EL DIABLO PUEDE LLORAR

SHERRILYN KENYON

EL DIABLO PUEDE LLORAR

Traducción de
**Ana Isabel Domínguez Palomo y
María del Mar Rodríguez Barrena**

PLAZA JANÉS

Título original: *Devil May Cry*

Primera edición: febrero, 2010

© 2007, Sherrilyn Kenyon
© 2008, Sherrilyn Kenyon, por el extracto de *Aquerón*
© 2010, Random House Mondadori, S. A.
   Travessera de Gràcia, 47-49. 08021 Barcelona
© 2010, Ana Isabel Domínguez Palomo y María del Mar
   Rodríguez Barrena, por la traducción

Printed in Spain – Impreso en España

ISBN: 978-84-01-38296-3
Depósito legal: B. 1.131-2010

Compuesto en Anglofort, S.A.

Impreso y encuadernado en Liberdúplex
Ctra. BV 2241, km 7,4
08791 Sant Llorenç d'Hortons (Barcelona)

L 382963

Agradecimientos

A Neco, que vivirá para siempre en mi corazón. Te echo muchísimo de menos y me encantaría poder «gritarle a mi chico» una vez más. A mis fans, a las Acólitas Kenyon y a todas las personas del RBL, cuyo apoyo y cariño me han ayudado a capear incontables temporales. A Retta, Rebecca, Kim, Vic y Dianna por ayudarme a seguir en pie cuando más lo necesitaba. A Kia, Jack, Jacs, Alex, Carl, Bryan, Soteria, Cee, Judy y Aimee por todo el trabajo que hacéis. A Merrilee, Monique, Sally, Matthew, Matt, John, Brian, Anne-Marie y a todo el personal de St. Martin's Press por vuestro esfuerzo para que los libros lleguen a las estanterías. Pero sobre todo a mi familia, por dejar a su madre tranquila y por comer más pizza de la que deberíais. A mi hermano pequeño Steven, que es lo más grande para mí, por escribir una maravillosa canción para Ash. Y por último, pero no por ello menos importante, a mi marido, que es mi ancla. Gracias por estar siempre ahí. Este va por vosotros, chicos. Espero que lo disfrutéis.

Prólogo

Venganza.

Se dice que es un veneno que se filtra en el alma hasta dejarla desnuda.

Que acaba destruyendo a quien la persigue.

Sin embargo, para otros es un alimento esencial. Los nutre y los fortalece, les da una razón para sobrevivir cuando no tienen otra cosa a la que aferrarse para seguir adelante.

Esta es la historia de una de esas criaturas. Una criatura que nació siendo un dios cuando la Humanidad ni siquiera era consciente de su corta historia. Sin, también llamado Nanna, regía en aquel entonces el universo conocido. Su panteón dominaba al resto y a él le rendían pleitesía.

Hasta el día que otros dioses se rebelaron y lo desafiaron.

La guerra mantuvo a Sin ocupado durante siglos, y la habría ganado de no ser por la traición que le arrebató su condición divina.

Privado de sus poderes cabalísticos, se vio reducido a habitar en el mundo de los humanos como uno de ellos. Como algo siniestro. Frío. Letal.

Sin embargo, el juego no ha acabado. La derrota solo ha servido para alimentar esa parte de su alma que le pide revancha. Mientras haya vida, hay esperanza. Y mientras haya esperanza, hay determinación.

Además del deseo de venganza que siempre acompaña a los vencidos.

Este dios lleva siglos esperando el momento adecuado, convencido de que la arrogancia y la presunción de su enemiga la pondrán de nuevo en su camino.

El momento de poner las cartas sobre la mesa está muy cerca.

1

—Hay que destruirlo. Yo prefiero que sea de manera dolorosa y sin que nadie se entere, pero siempre que acabe muerto, me
da lo mismo.

Aquerón Partenopaeo volvió la cabeza para mirar a la diosa
griega Artemisa, que se acercaba. Llevaban siglos unidos, y en
momentos como ese la diosa creía que realmente lo controlaba.

La verdad, sin embargo, era muy distinta.

Estaba sentado en la balaustrada de piedra de la terraza del
templo de Artemisa vestido con unos pantalones negros de cuero y con la espalda apoyada en una de las columnas. La terraza
era de reluciente mármol blanco y ofrecía una asombrosa pano-
rámica de una cascada iridiscente y de un bosque perfecto. Claro que eso era lo normal en el Olimpo, donde moraban los dioses griegos.

Ojalá los habitantes fueran tan perfectos como el paisaje...
Con su melena roja al viento, su piel de porcelana y sus penetrantes ojos verdes, Ash la consideraría preciosa si no detestara hasta
el suelo que pisaba.

—¿Qué te ha hecho Sin para ponerte de tan mala hostia?

La diosa hizo una mueca.

—Detesto que hables así.

Precisamente por eso lo hacía. Antes muerto que hacer algo
que a ella le gustase. Ya tenía bastantes problemas en ese campo.

—Estás cambiando de tema.

Artemisa resopló antes de decir:

—Nunca me ha caído bien. Se suponía que debía morir, ¿te acuerdas? Pero tú intercediste por él.

Estaba simplificando muchísimo los hechos.

—Sobrevivió por sus propios medios. Yo solo le di un trabajo después de que le jodieras la vida.

—Sí, y ahora se ha vuelto loco. ¿No viste que anoche se metió en un museo, dejó sin sentido a tres vigilantes de seguridad y robó un objeto antiguo muy conocido? ¿No crees que de esa forma se arriesga a que tus queridísimos Cazadores Oscuros salgan a la luz pública? Estoy convencida de que lo hizo a propósito, con la esperanza de que lo atraparan para poder contarles a los humanos de nuestra existencia. Es una amenaza para todos.

Ash pasó por alto su enfado, a pesar de que estaba de acuerdo en que había sido una acción muy arriesgada por parte de Sin. Por regla general, el antiguo dios sumerio se conducía con más sentido común.

—Estoy convencido de que solo quería tener algo que le recordase a su casa. Joder, seguro que lo que se llevó era suyo o de alguien de su familia. No voy a matarlo por echar de menos su hogar, Artie... Sería como matar a alguien cuando está meando. Eso no se hace.

Artemisa puso los brazos en jarras y lo fulminó con la mirada.

—¿Vas a pasar por alto el asunto como si no fuera nada?

—Si con eso te refieres a que no voy a exigir su inmediata ejecución... Llámame loco, pero sí, voy a pasarlo por alto.

La diosa lo miró con los ojos entrecerrados.

—Te estás fundiendo.

Ash frunció el ceño hasta que comprendió lo que quería decir.

—«Ablandando», Artie. Quieres decir que me estoy ablandando.

—Eso mismo. —Se colocó a su lado—. El Aquerón que yo recuerdo lo habría despiezado por una infracción muchísimo más leve.

Exasperado, Ash soltó el aire.

—«Despedazado», Artie. Joder, aprende a hablar. Tener que corregirte cada dos por tres me da dolor de cabeza. Además en la vida se me ocurriría liquidar a alguien por algo así.

—Claro que sí.

Ash lo meditó un instante. Pero como de costumbre la diosa se equivocaba.

—No. Ni hablar. Solo tú responderías de forma tan exagerada a algo tan insignificante.

—Eres un cabrón.

Ahí le había dado. No tenía que corregirla.

Apoyó la cabeza en la columna para mirarla a la cara.

—¿Por qué? ¿Porque no me someto a tu voluntad?

—Sí. Me lo debes. Por tu culpa tuve que renunciar a mi sicario y ahora no tengo control sobre todas esas criaturas que...

—Que tú creaste —añadió él, interrumpiendo su airado discurso—. Que no se te olvide ese importante detalle. Los Cazadores Oscuros no existirían si alguien, y recalco este punto por tu inexistente inteligencia, o sea tú, no me hubiera robado los poderes que me permitían resucitar a los muertos. No necesitaba a los Cazadores Oscuros para luchar contra los daimons y proteger a los humanos. Me iba muy bien solo. Pero tú te empecinaste. Los creaste y me hiciste responsable de sus vidas. Es una responsabilidad que me tomo muy en serio, así que perdona si no te permito que los mates solo porque tienes el síndrome premenstrual inverso.

La diosa frunció el ceño.

—¿El síndrome premenstrual inverso?

—Sí, a diferencia de las mujeres normales, tú estás insoportable veintiocho días al mes.

Cuando Artemisa hizo ademán de abofetearlo, la agarró de la muñeca.

—Que yo sepa no hemos hecho ningún trato, así que nada de golpes.

—Lo quiero muerto —dijo ella al tiempo que se zafaba de un tirón.

—No seré tu mano ejecutora.

Por suerte para Sin, él estaba de su parte.

Porque gracias a él, Artemisa no lo mataría con sus propias manos. Siglos atrás y después de que la diosa flambeara a un Cazador Oscuro, habían hecho un trato según el cual nunca podría hacerle daño a un Cazador sin que él lo aprobase.

Artemisa seguía echando chispas por los ojos.

—Sin trama algo. Lo presiento.

—De eso no me cabe la menor duda. Lleva planeando tu asesinato desde el día que le robaste su divinidad. Por suerte para ti, tendría que pasar por encima de mi cadáver y Sin lo sabe muy bien.

—Me sorprende que no lo ayudes a matarme —replicó ella con los ojos entrecerrados.

Ya eran dos. Pero, en el fondo, sabía que nunca podría hacerlo.

Necesitaba a Artemisa para seguir viviendo. Y si él llegaba a morir, el mundo se convertiría en un lugar mucho más aterrador de lo que ya era.

Una pena. Porque le encantaría darle la patada y no volver a verla en la vida.

Artemisa le dio un empujoncito a la pierna que tenía doblada.

—¿Ni siquiera vas a preguntarle por qué fue al museo? ¿Ni por qué agredió a los vigilantes de seguridad?

Un rayito de esperanza lo atravesó.

—¿Vas a dejarme que me vaya para hacerlo?

—Todavía me debes tres días de servicio.

Adiós a la esperanza. Debería haberlo sabido. La zorra no tenía la menor intención de dejarlo salir de su templo hasta que acabaran sus dos semanas. El trato que habían hecho era amargo para él: dos semanas como su esclavo sexual a cambio de dos meses de libertad absoluta, dos meses en los que ella no intervendría en nada. Detestaba prestarse a esos jueguecitos, pero las circunstancias mandaban.

Aunque fueran una mierda.

—Supongo que puede esperar.

Artemisa le gruñó y apretó los puños. Aquerón era la cruz de su existencia. No entendía por qué lo aguantaba.

Bueno, sí lo entendía. Pese a su cabezonería, era el hombre más sexy que había visto nunca. No había nada mejor que verlo moverse. O verlo sentado, como estaba en ese momento. Nunca había existido otro cuerpo masculino tan perfecto como el suyo. Se había recogido la larga melena rubia en una trenza que le caía por uno de los hombros. Estaba apoyado en la columna, con los brazos cruzados por delante del pecho, y su pie izquierdo, descalzo, se movía al compás de un ritmo imaginario que solo él podía escuchar.

Era un hombre poderoso y valiente que solo se doblegaba a su voluntad cuando lo obligaba con sangre y fuego. E incluso entonces se mostraba reticente y desafiante. Era como una bestia salvaje que nadie podría domar jamás.

Por eso se revolvía contra todo el que intentase acariciarlo.

Y bien sabían los dioses que ella llevaba siglos intentando conquistarlo por las buenas o intentando someterlo por las malas. Pero nada funcionaba. Seguía siendo tan inalcanzable como siempre. Eso la sacaba de quicio. Hizo un mohín.

—Te gustaría que me matase, ¿verdad?

Aquerón soltó una carcajada.

—¡Joder, no! Quiero reservarme ese honor.

¡Cómo se atrevía a decir algo así!, pensó para sus adentros.

—¡Eres un...!

—No me insultes, Artie —le advirtió de malos modos—, porque los dos sabemos que no hablas en serio. Estoy empezando a cansarme de tu lengua.

Artemisa sintió un escalofrío.

—Qué curioso, porque yo nunca me canso de la tuya. —Extendió la mano para tocarle los labios. Eran la única parte de su cuerpo suave, como los pétalos de una rosa, y le encantaban—. Tienes una boca preciosa, Aquerón, sobre todo cuando la usas sobre mi cuerpo.

Ash gruñó al reconocer la pasión en esos ojos verdes mientras le tocaba los labios. Se le puso la piel de gallina.

—¿Es que no te quedas nunca satisfecha? Si fuera mortal, estaría cojeando del último asalto. O muerto. Tenemos que buscarte otro pasatiempo que no sea aprovecharte de mí.

Sin embargo, ya era demasiado tarde, porque la diosa le estaba bajando la pierna y sentándose sobre su regazo.

Ash apretó los dientes y apoyó la cabeza en la columna cuando ella empezó a mordisquearle el cuello. Ladeó la cabeza, consciente de lo que se avecinaba al sentir sus lametones. El corazón de Artemisa latía desbocado mientras se pegaba más a él. Hasta que le hincó sus afilados colmillos y comenzó a beber su sangre...

—¡*Katra!*

Kat Agrotera se sentó de golpe en la cama al escuchar el grito en su cabeza.

—¿Qué he hecho ahora? —preguntó mientras intentaba adivinar por qué Artemisa se habría enfadado con ella.

—¿Estabas dormida?

Parpadeó al ver que la diosa se materializaba en el dormitorio, junto a la cama. La habitación estaba a oscuras salvo por el etéreo brillo azulado que irradiaba su cuerpo. Kat echó un vistazo a su propia cama con las sábanas arrugadas. Se miró a sí misma, con su pijama de franela rosa y el pelo revuelto, y decidió que un comentario sarcástico no sería lo más sensato.

—Ya estoy despierta.

—Bien. Tengo una misión para ti.

Tuvo que contener una carcajada.

—Detesto tener que recordártelo, pero le cediste mis servicios a Apolimia, ¿no te acuerdas? La peor maldición de la Atlántida, esa a quien tanto temes, me ha prohibido seguir tus órdenes. Le hace gracia irritarte de esa manera.

Artemisa la miró con los ojos entrecerrados.

—Katra...

—*Matisera*... —dijo, imitando el tono exasperado de la diosa—. Yo no te lo pedí. Fuiste tú quien hizo el trato con el que ahora tengo que vivir. La verdad es que me mosqueó muchísimo que me cambiaras como un vulgar cromo del que te habías cansado. Pero lo hiciste. Así que, sintiéndolo mucho, ahora juego con el equipo contrario.

Artemisa se acercó y Katra se dio cuenta de que tenía miedo de verdad.

—¿Pasa algo?

Artemisa asintió con la cabeza antes de susurrar:

—Va a matarme.

—¿Aquerón? —Era el candidato más plausible.

—No —respondió la diosa con brusquedad—. Aquerón nunca me haría daño. Solo me amenaza con ello. ¿Te acuerdas de cuando eras pequeña?

Bueno, dado que eso había sido hacía unos diez mil u once mil años, le costaba un poquito hacer memoria.

—Intento no recordar, pero algunas cosas siguen muy presentes. ¿Por qué?

Artemisa se sentó en el borde de la cama antes de coger el tigre de peluche y abrazarlo.

—¿Te acuerdas de Sin, el dios sumerio?

Kat frunció el ceño.

—¿El que se coló en tu templo hace eones e intentó quitarte los poderes y matarte?

Artemisa apretó con más fuerza el peluche.

—Sí. Ha vuelto y va a intentar matarme de nuevo.

¿Cómo era posible?, se preguntó. Ella misma se había ocupado de ese enemigo.

—Creí que estaba muerto.

—No, Aquerón lo salvó antes de que muriese y lo convirtió en un Cazador Oscuro. Sin cree que fui yo quien le quitó sus poderes y lo sentenció a morir. —El terror que vio en los ojos de Artemisa la dejó helada—. Va a matarme, Katra, lo sé. El mundo va a acabarse. Nos acercamos al Apocalipsis sumerio...

—No creo que los sumerios usen esa palabra.

—¡¿A quién le importa cómo lo llamen!? —gritó la diosa—. El fin del mundo es el fin del mundo, lo llames como lo llames.

La cosa es que Sin va a intentar derrocarme para ocupar mi lugar. ¿Sabes lo que eso significa?

—¿Que muchos se alegrarán?

—¡Katra!

Se puso seria.

—Lo siento. Lo entiendo. Quiere vengarse.

—Sí, por algo que no hice. Necesito que me ayudes, Katra. Por favor.

Se quedó sentada un rato, pensando. No era habitual que Artemisa pidiera las cosas por favor. Siempre las exigía... Y esa diferencia puso de manifiesto el miedo que la diosa sentía. Sin embargo y aunque saltaba a la vista que estaba aterrada, sospechaba que había algo más aparte de lo que le estaba contando. Siempre lo había.

—¿Qué me ocultas?

Artemisa la miró sin comprender.

—No sé a qué te refieres.

—Claro que sí. —Artemisa nunca contaba toda la verdad—. Y antes de que me comprometa a meterme en una catástrofe, quiero saberlo todo.

La expresión de Artemisa se crispó.

—¿Estás diciéndome que te niegas a ayudarme después de todo lo que te he hecho?

Eso lo resumía todo bastante bien, sí.

—Creo que te refieres a «todo lo que has hecho por mí», *matisera*, no a «todo lo que me has hecho».

—¿Qué más da? Contéstame ahora mismo.

¡Vaya! Menuda forma de pedir ayuda. Claro que esa era su naturaleza, y sería una mala señal si Artemisa no se mostraba autoritaria.

—¿Qué quieres que haga?

—¿Que qué quiero que hagas? Pues matarlo.

La respuesta la dejó de piedra.

—¡*Matisera*! ¿Sabes lo que estás pidiéndome?

—Te pido que me salves la vida —masculló Artemisa—. Es lo mínimo que debes hacer por mí. Sobre todo después de todo lo que te he dado. Me matará si tiene la oportunidad, y se quedará con mis poderes. Quién sabe lo que le hará a la Humanidad cuando vuelva a ser un dios. Los sufrimientos que padecerán los humanos. Ya se lo he pedido a Aquerón y se ha negado en redondo a ayudarme. Tú eres mi única esperanza.

—¿Por qué no lo matas tú misma? Sé que eres capaz.

Artemisa se enderezó con un resoplido.

—Tiene la Tuppi Shimati. Recuerdas lo que es, ¿verdad?

—La Estela del Destino sumeria. Sí, la recuerdo bien.

Quienquiera que la tuviera podría dejar a un dios momentáneamente sin sus poderes o arrebatárselos por completo, dejándolo indefenso y a su merced. Un objeto que los dioses no querían en las manos equivocadas.

Artemisa tragó saliva.

—¿A por quién crees que irá Sin ahora que la tiene en su poder?

De cajón. A por ella.

—Me has convencido. No te preocupes, *matisera*. Se la quitaré.

El alivio de Artemisa fue tan evidente como si le hubieran quitado un peso de encima.

—No quiero que nadie sepa de nuestro pasado. Tú mejor que nadie sabes lo importante que es que permanezca oculto. No me falles, Katra. Necesito que cumplas tu palabra.

Dio un respingo por el recordatorio de la única vez que le había fallado a Artemisa.

—La cumpliré.

Artemisa inclinó la cabeza antes de desaparecer.

Kat se quedó tendida en la cama, pensando en todo lo que acababa de pasar. No dudaba de la veracidad de la información de Artemisa en cuanto a la Estela del Destino. El panteón de Sin fue quien la creó. Si había alguien capaz de rastrearla y utilizarla era precisamente él.

Claro que Artemisa no dejaba de ser Artemisa.

Lo que quería decir que faltaban unas piezas muy importantes del rompecabezas, y antes de que saliera a cazar a otro dios, aunque ya no tuviera sus poderes, quería saber todo lo posible sobre él.

Extendió el brazo para coger el móvil que tenía en la mesita de noche, lo abrió y miró la hora. La una de la madrugada para ella, pero en Mineápolis sería medianoche. Marcó el seis y esperó a escuchar una dulce voz femenina.

Sonrió al escuchar el saludo de su amiga.

—Hola, Cassandra, ¿cómo estáis?

En el pasado había sido la protectora de Cassandra por órdenes de Artemisa. Pero cuando Cassandra se volvió inmortal y se casó con Wulf, un antiguo Cazador Oscuro, le dieron otro destino... hasta que la entregaron al servicio de la diosa atlante Apolimia.

A pesar de eso, seguía manteniendo una estrecha relación con Cassandra y tenía la costumbre de visitarla cada vez que podía.

—Hola, preciosa —dijo Cassandra con una carcajada—. Estamos bien. A punto de ver una película. Pero por tu tono de voz y por la hora, sé que no llamas solo para ver cómo estamos.

Sonrió al escuchar el comentario tan perceptivo de su amiga.

—Vale, me has pillado. Te he llamado por algo en concreto. ¿Puedes pasarme a tu maromo? Tengo que hacerle unas preguntillas sobre los Cazadores Oscuros.

—Claro. Ahora mismo.

Se pasó una mano por el pelo enredado mientras Wulf se ponía al teléfono. Cuando lo conoció, era un Cazador Oscuro. Los Cazadores eran protectores inmortales que habían jurado servir a Artemisa a cambio de un Acto de Venganza. Su trabajo consistía en matar a los daimons, que se alimentaban de almas humanas, y pasar la eternidad al servicio de la diosa, protegiendo a la Humanidad.

Sin embargo, Wulf había conseguido la libertad y en ese momento vivía feliz con su esposa y sus dos hijos en Mineápolis. Y solo daba caza a los daimons cuando los Cazadores Oscuros de su zona necesitaban que les echara una mano.

—Hola, Kat. ¿Querías preguntarme algo? —A pesar de todos los siglos transcurridos, seguía teniendo un fuerte acento nórdico.

—Sí. ¿Por casualidad conoces a un Cazador Oscuro llamado Sin?

—Conozco a un par con ese nombre. ¿A quién te refieres?

—Al sumerio.

—¿El dios depuesto?

—Ese mismo.

Wulf suspiró al otro lado de la línea mientras pensaba.

—En persona no, no lo conozco. Pero he oído algunos rumores. Dicen que está como una cabra.

—¿Quién lo dice?

—Todo el mundo. Cualquier Cazador Oscuro que haya estado en su zona. Cualquier escudero que haya cometido el error de cruzarse en su camino. Es un cabrón muy cruel que no tolera a nadie cerca de él.

Vaya, eso no sonaba nada prometedor. Pero confirmaba el miedo de Artemisa.

—¿Sabes de alguien que haya hablado en persona con él?

—Ash.

La respuesta la dejaba con un par de problemas: a Artemisa le daría un pasmo si ella se acercaba al dios atlante; y... a Artemisa le daría un pasmo si se acercaba al dios atlante.

—¿Alguien más?

—No —respondió Wulf, categórico—. Te repito que es antisocial, un ermitaño, y que se niega a relacionarse con nadie. Dicen que una vez dejó morir a un Cazador Oscuro a manos de los daimons y que se rió, mientras lo veía. Métete en la página web de los Cazadores y entra en el foro. A lo mejor encuentras a alguien a quien haya dejado acercarse. Aunque lo dudo mucho por lo poco que sé de él. Pero por intentarlo...

Genial. Justo lo que necesitaba.

—Vale. Gracias por echarme un cable. Anda, vuelve a la película. Cuidaos mucho.

—Tú también.

Colgó y cogió el portátil de debajo de la cama para seguir el consejo de Wulf, pero tras un par de horas buscando en el foro y leyendo los perfiles en la web de los Cazadores, se dio por vencida. Lo único que averiguó fue que Sin era un lobo solitario y un chalado.

Al parecer ni siquiera daba caza a los daimons. Según contaba uno, una vez pasó junto a un grupo de daimons que se estaban dando un festín y no se molestó en detenerlos. También decían que se autolesionaba quemándose y que ponía a caldo a todo el que se le acercaba.

¡Madre del amor hermoso, qué criatura más tierna! Estaba deseando conocerlo. Saltaba a la vista que no era muy sociable, cosa que a ella le daba igual. Como hija única, tampoco toleraba bien a los demás la mayor parte del tiempo.

Sin embargo, los rumores sobre las autolesiones eran preocupantes. ¿Qué clase de criatura haría algo semejante una y otra vez? ¿Habría perdido la razón cuando le arrebataron los poderes o siempre había sido así?

Cerró el portátil con un suspiro y se obligó a levantarse de su cómoda cama para vestirse. Solo eran las tres de la mañana... todavía faltaban un par de horas para el amanecer, lo que quería decir que seguramente Sin seguiría en la calle, deambulando sin rumbo fijo mientras pasaba junto a los daimons que debería matar.

Cerró los ojos y se concentró hasta dar con lo que estaba buscando...

La esencia de Sin.

Sin embargo, no estaba donde había esperado encontrarlo. En vez de estar en Las Vegas, se encontraba en Nueva York... En Central Park, para ser más exactos. Frunció el ceño mientras se teletransportaba al lugar en cuestión adoptando la forma de una Sombra transparente. Nadie podría verla, pero si la luz se reflejaba en ella en el ángulo adecuado, resaltaría el brillante contorno de su cuerpo. Razón por la que se ocultó en las sombras, lejos de la vista y del alcance de un dios depuesto que estaba como una cabra.

Su investigación le había indicado que Sin estaba destinado en Las Vegas.

A una media hora de la ciudad.

¿Qué estaba haciendo en Nueva York en plena noche? ¿Cómo y cuándo había llegado hasta allí?

Aunque eso no era lo más importante. Lo más importante era su forma de moverse por las zonas más oscuras del parque. Su actitud era la de un rastreador. La de una bestia sedienta de sangre que seguía el rastro de su presa. Tenía la cabeza gacha y los ojos entrecerrados mientras exploraba la zona. Ataviado con un largo abrigo de piel que se agitaba por sus movimientos, conformaba una imagen impresionante. Tenía los hombros anchos y el pelo negro, corto y rizado. A diferencia de los otros Cazadores Oscuros, no tenía los ojos negros. Eran castaños, con reflejos ambarinos... como los ojos de un león. De color topacio. Y relucían como el hielo en contraste con su piel bronceada.

Sus facciones eran perfectas, cosa que cabía esperar ya que nació siendo un dios. Por regla general, los dioses no eran feos. Y aunque lo fuesen, solían utilizar sus poderes para corregir esa característica. Algo relacionado con la vanidad divina que tan desagradable resultaba en ocasiones.

Parecía rondar la treintena y se movía con una elegancia atemporal. Tenías las cejas negras, el ceño fruncido en un gesto muy serio, y una barba de al menos dos días.

A decir verdad, estaba para comérselo, y una parte de ella que desconocía se percató del peligro que irradiaba esa forma de caminar tan masculina. Su modo de andar tenía algo que se le subió a la cabeza, como un buen vino. La dejó mareada y sin aliento.

Sintió el impulso de extender el brazo para acariciar a la criatura que sabía muy bien que la mataría a la menor oportunidad. Era fascinante e irresistible.

De repente, lo vio detenerse en seco y ladear la cabeza en su dirección. Contuvo el aliento y se le desbocó el corazón. ¿La había escuchado? ¿Había percibido su presencia? No debería, pero era un dios... o lo había sido.

Tal vez aún conservara ese poder.

Sin embargo, al reparar en la tenue sombra que había aparecido a su izquierda, comprendió que no estaba mirando en su dirección. Estaba concentrado por completo en los árboles que ella tenía delante. Y hubiera lo que hubiese, estaba susurrando algo en un idioma que no había escuchado antes. Un idioma gutural, con un deje siniestro que se parecía mucho al chirrido de unos engranajes.

—Erkutu —murmuró Sin con una voz increíblemente poderosa.

Se quitó el abrigo con un movimiento ágil y dejó al descubierto un cuerpo tan poderoso que le provocó un escalofrío.

Llevaba una camiseta negra sin mangas, pantalones negros de cuero y botas de motero con tachuelas. Sin embargo, lo que más llamaba la atención, además del contorno perfecto de sus músculos, eran los puñales que llevaba alrededor de los bíceps y la empuñadura de la antigua daga que sobresalía de su bota izquierda. Tenía los antebrazos protegidos por brazales de plata. Cuando se acercó a las sombras, desenrolló una larga cuerda de su muñeca derecha de cuyos extremos pendían sendas bolas metálicas del tamaño de una pelota de golf que brillaban a la luz y tintineaban al compás de sus pasos.

Era evidente que estaba preparándose para la batalla, pero no había daimons a la vista. De haberlos, ella los habría presentido.

Sin embargo, el extraño murmullo continuaba.

Se movió entre los árboles con sigilo en un intento por ver el lugar hacia el que se dirigía Sin. De repente, observó que algo salía disparado hacia la cabeza del Cazador, que lo esquivó y se enderezó al punto, moviendo la cuerda por encima de la cabeza como un vaquero con el lazo mientras seguía caminando. Las bolas silbaron en el aire justo antes de que soltara la cuerda y salieran disparadas hacia los árboles.

Un alarido rompió el silencio de la noche.

Se quedó helada al ver qué lo había provocado. Al principio creyó que era una humana muy guapa, pero después la vio abrir la boca para dejar al descubierto dos hileras de dientes afilados. Aunque lo peor era la sangre que le corría por la barbilla. Sangre humana, del mismo rojo que los ojos de la criatura.

24

Y no estaba sola. Había tres, la mujer que había caído y dos hombres fornidos. Nunca había visto nada parecido. No eran humanos, aunque su aspecto físico fuera semejante al de estos. Se comunicaban en ese lenguaje extraño de chirridos guturales, como los delfines.

Se abalanzaron sobre Sin como si fueran uno solo. El Cazador Oscuro se agachó y lanzó al primero en alcanzarlo por encima de su espalda. Con gran agilidad, se sacó la daga de la bota e intentó apuñalar al segundo. La criatura le agarró el brazo y le clavó los colmillos en la mano.

Sin le asestó un rodillazo en el estómago, soltó un taco y se giró para enfrentarse a la mujer, que se apartó un segundo antes de que la daga la degollara.

El primer hombre se levantó y se abalanzó contra Sin por la espalda, aunque él se tiró al suelo de forma que su atacante acabó dándose de bruces con el que le había mordido la mano. Mientras se levantaba desenrolló una segunda cuerda de la muñeca izquierda y se la pasó a la mujer por el cuello. La criatura chilló un instante antes de que su cabeza se separase de su cuerpo.

Kat apartó la vista y se estremeció por la espantosa imagen que tenía delante mientras luchaba por contener las arcadas.

Las otras dos criaturas salieron corriendo entre chillidos. Sin cruzó los brazos por delante del pecho para coger un puñal de cada brazo y los lanzó con tal puntería que se les clavaron en la base de la espalda. Las criaturas cayeron al suelo y comenzaron a retorcerse entre gritos de dolor. Al cabo de un momento los chillidos cesaron y se quedaron quietos. Aunque siguieron gimiendo.

La escena tenía a Kat horrorizada. Era dantesca y sobrecogedora, y algo le decía que Sin estaba disfrutando mucho más de lo que debería. Era como si se enorgulleciera de infligirles el máximo dolor posible.

Es un cabrón sádico, pensó.

Sin los observó un rato antes de ir hacia la humana de la que se habían estado alimentando. Sin embargo, ya era demasiado tarde. A pesar de la distancia era evidente que estaba muerta por la forma en la que sus ojos miraban al cielo. Tenía el cuerpo destrozado por el ataque.

Pobre mujer, pensó.

Con el rostro serio, Sin le cerró los ojos a la víctima y susurró una antigua oración sumeria para que su alma descansara en paz a pesar de la violencia que le había quitado la vida. Semejante actitud descolocó a Kat, ya que parecía fuera de lugar con todo lo que acababa de hacer.

O eso pensó hasta que lo vio recuperar uno de los puñales con los que había derribado a sus enemigos. Creó una bola de fuego sobre su mano derecha para calentar la hoja, y en cuanto estuvo al rojo, se la pegó a la mordedura de la mano.

La escena hizo que Kat diera un respingo compasivo, aunque él no movió ni un músculo. Se limitó a apretar los dientes sin moverse siquiera. Ella, en cambio, tenía el estómago revuelto por el olor a carne quemada.

Pero todavía no había terminado. En cuanto cauterizó el mordisco, regresó junto a la humana muerta y le cortó la cabeza sin compasión. Kat se estremeció horrorizada.

Está loco..., pensó.

No había otra explicación posible. ¿Por qué si no haría algo así con esa pobre mujer, con la víctima? No tenía sentido.

Y todavía no había acabado... Repitió el proceso con los dos demonios, a los que decapitó antes de juntar los cuerpos y quemarlos. Los vio arder con expresión impasible. Las llamas iluminaron ese rostro de gesto distante y dejaron sus ojos en sombras, otorgándole un aire demoníaco más aterrador que el de las criaturas que acababa de matar.

No pronunció ni una sola palabra, ni tampoco demostró la menor compasión.

En cuanto estuvieron quemados, esparció las cenizas con la punta de la bota hasta que no quedó rastro de ellos. Nadie sabría jamás lo que le había pasado a esa pobre mujer.

Kat tenía el estómago revuelto. ¿Cómo era posible que hubieran permitido vivir a un hombre tan salvaje? ¿Aquerón no estaba al tanto de lo que Sin hacía por las noches? ¿No sabía que profanaba restos humanos? Era imposible que él pasara por alto algo tan espantoso. Su carácter no se lo permitiría, de la misma forma que no se lo permitía a ella.

Tal vez, y sin que sirviera de precedente, Artemisa tuviera razón. Un hombre como Sin no debería campar a sus anchas por el mundo. Era demasiado peligroso.

Sin embargo, antes de lanzarse sobre él tenía que saber qué poderes conservaba. A juzgar por lo que había visto, controlaba el fuego y era muy diestro con las armas y en el combate cuerpo a cuerpo.

Acabar con él sería complicado. Tal vez lo mejor sería paralizarlo. Podría sumirlo en un sueño donde no pudiera hacerle daño a nadie. Sería como si estuviera muerto, pero su cuerpo seguiría con vida. Sí, podría ser la mejor solución en vez de matarlo sin más.

Mientras ella le daba vueltas a su muerte, Sin recogió el abrigo.

Se lo puso con un gesto florido y se desvaneció en mitad de una bruma brillante.

¡Mierda!, exclamó para sus adentros.

Cerró los ojos e intentó localizarlo de nuevo para poder terminar su misión.

Sin embargo, no sintió nada. No captó ningún rastro de él.

Frunció el ceño. ¿Cómo era posible? Por fuerza debía tener esencia, y dicha esencia siempre dejaba un rastro, como una tarjeta de visita. Lo intentó de nuevo, y una vez más fue en vano. Era como si ya no formara parte de ese mundo. No tenía ni idea de adónde se había ido.

Cosa que no le había pasado nunca.

—¿Dónde estás, Sin?

Aunque la verdadera pregunta no era dónde estaba, sino qué estaba haciendo...

2

Sin se teletransportó directamente hasta la habitación del hotel. Aunque podría haber elegido su propia casa, en esos momentos no le apetecía que Kish o Damien lo molestaran. Necesitaba espacio y tiempo a fin de prepararse mentalmente para lo que tenía que hacer.

Estaba cubierto de sangre y, a pesar de que en otra época le habría encantado la sensación, esos días eran agua pasada. Estaba cansado de todas esas peleas que parecían no tener fin. Cansado de una guerra que sabía que no podía ganar.

La sangre que deseaba tener en las manos pertenecía a una persona en concreto. Si esa sangre pegajosa lo cubriera de la cabeza a los pies, estaría eufórico.

La sangre de Artemisa.

La simple idea de separarle la cabeza del cuerpo le arrancó una sonrisa mientras caminaba hacia el cuarto de baño para darse una larga ducha caliente.

Abrió el grifo y soltó las armas, que cayeron al suelo con un golpe seco. Se desnudó mientras esperaba a que el agua saliera caliente, hasta que, de hecho, saliera hirviendo, para entrar y dejar que lo limpiara. La pelea lo había dejado cubierto de tierra, de sudor y de sangre; tanto suya como de los demonios. Inclinó la cabeza para contemplar cómo resbalaba por su cuerpo y por el plato de ducha antes de desaparecer por el desagüe en un remolino.

El agua caliente relajó sus doloridos músculos, pero no hizo nada para aliviar sus turbulentos pensamientos.

La Retribución, o el Kerir, como algunos lo llamaban, se acercaba, y todavía tenía que localizar el Hayar Bedr, también conocido como la «Luna Abandonada», antes de que los gallu dieran con él y lo liquidaran. No tenía nada que hacer contra ellos sin la Luna.

Aunque con la Luna sus posibilidades de vencerlos también eran escasas, contar con ella era mejor que nada.

Se imaginó el Kerir y apretó los dientes. La noche de Fin de Año, cuando todos los humanos se dispusieran a celebrar la entrada del año nuevo, las siete Dimme (demonios que Anu creó para vengar la destrucción de su panteón) serían liberadas. Él era el único que podía enfrentarse a ellas y, puesto que no contaba con sus poderes divinos, no podría acabar con las Dimme ni de coña.

Que los dioses, los antiguos y los nuevos, los protegieran a todos.

—¡Joder, Artemisa! —masculló.

Esa zorra imbécil. Los había condenado a todos con su egoísmo. Y ni siquiera le importaba. Creía que su divinidad la protegería de los demonios que los amenazaban.

Qué equivocada estaba.

¿Por qué te preocupas?, se preguntó. Al luchar solo conseguiría prolongar su propia muerte. Claro que su forma de ser le impedía mantenerse al margen y cruzarse de brazos mientras morían inocentes. Mientras los demonios asolaban la Tierra. No, llevaba demasiados siglos luchando contra los gallu como para ponerles la Tierra en bandeja sin llevarse por delante a todos los que pudiera.

Eran duros de pelar, pero las Dimme...

Lo despedazarían entre carcajadas. Cerró el grifo con un suspiro y cogió una toalla. La cicatriz que descubrió en su mano lo sorprendió.

Asquerosos gallu..., pensó.

A diferencia de los daimons, a quienes el dios griego Apolo había condenado a robar almas humanas para vivir, los gallu podían transformar a los humanos en uno de ellos. El veneno que transmitían con su mordedura podía incluso convertirlo a él. De ahí que tuviera que cauterizar las mordeduras cada vez que se enfrentaba a ellos. De ahí que se asegurara de decapitar a esas criaturas antes de quemar sus cuerpos. Era la única forma de destruir el veneno para que no se regeneraran.

Eran criaturas prolíficas. Bastaba un mordisco, un intercambio de sangre, y ¡bingo! No necesitaban matar humanos para convertirlos en demonios. Sin embargo, disfrutaban tanto asesinando que normalmente lo hacían por pura diversión. Una vez infectado, el humano muerto perdía su identidad y quedaba bajo el dominio absoluto de los gallu. Los humanos se convertían de ese modo en obedientes esclavos sin autonomía.

O en algo peor.

Once mil años atrás existían guerreros especialmente entrenados y designados por los dioses sumerios para luchar contra los gallu. Cuando el número de esos guerreros disminuyó hasta desaparecer por completo, Sin, ayudado por su hija y su hermano, logró encerrar a los demonios para evitar que sometieran a la Humanidad. Sin embargo, el paso del tiempo y la caída del panteón sumerio facilitaron la fuga de los gallu. Además, se habían organizado y actuaban de un modo mucho más inteligente.

En esos momentos estaban intentando reunir los objetos que su hermano ocultó y que ayudaban a invocar a las Dimme; tenían la esperanza de que ellas los recompensaran por su lealtad. Y era lo más probable.

Sí, en cuestión de tres semanas nadie querría estar en el pellejo de un humano...

Se secó el pelo con una toalla y decidió que no tenía sentido reflexionar al respecto esa noche. Tenía en su poder la Estela del Destino. Al día siguiente se haría con la Luna. Hasta entonces podría descansar unas horas.

Se metió en la cama completamente desnudo e intentó olvidar los acontecimientos de esa noche. En vano. Se imaginaba a los gallu aunando sus fuerzas. Los veía transformando a los humanos en demonios como ellos. No tardarían mucho en controlar el mundo. Madres contra hijos. Hermanos contra hermanos.

Su sed de sangre era insaciable. Los gallu eran el arma definitiva, que en un principio fue creada para combatir a los enemigos del panteón sumerio.

En concreto, se crearon para luchar contra los carontes, los demonios que, según su padre, acabarían con los dioses sumerios. Lo que su panteón nunca había previsto era la destrucción de la Atlántida y de sus carontes. Puesto que no había ningún otro demonio que los mantuviera a raya, los gallu decidieron alimentarse y distraerse con los humanos.

Antes de que Ishtar, Zakar y él los acorralaran, consiguieron asolar ciudades enteras. Aún tenía grabada a fuego en la memoria la imagen de los cadáveres de los humanos alzándose de nuevo como demonios para luchar contra ellos.

No obstante, más nítida todavía era la imagen de sus propios hijos volviéndose en su contra...

Gruñó mientras desterraba esos recuerdos. Lo único que conseguiría de esa forma sería hacerse más daño. Y ya había sufrido bastante. El pasado estaba muerto y enterrado.

Tenía un futuro por el que luchar y para hacerlo necesitaba reponer fuerzas.

Cerró los ojos y se obligó a no pensar en nada. A no sentir nada. No podía permitir que algo tan trivial como el deseo de venganza o el odio lo debilitaran. Tenía demasiadas cosas que hacer.

Kat deambuló por las calles de Nueva York, intentando localizar el rastro de Sin. Tal vez ya no estuviera siquiera en la ciudad, pero dado que ese era su paradero la noche anterior, era el punto de partida más lógico. El gélido viento la atravesó mientras se abría paso entre la festiva multitud.

Le encantaba darse una vuelta por Nueva York en Navidad. Y comprendía la necesidad de su padre de pasar esa época del año en la ciudad. Sí, hacía frío, pero sus calles rezumaban vida con toda esa gente comprando, trabajando y... viviendo.

Lo que más le gustaba eran los escaparates de las tiendas decorados y los temas tan divertidos que los escaparatistas elegían. Eran preciosos, y a la niña que todavía llevaba en su interior la volvían loca, sobre todo cuando escuchaba los alegres gritos de los niños que corrían de un escaparate al siguiente señalando con las manos entre los contrariados adultos.

Ella nunca había disfrutado de esa despreocupación. Aunque había vivido una infancia muy protegida, nunca había sido inocente. Había visto cosas que ningún niño debería ver y, aunque había intentado no convertirse en una cínica, costaba no hacerlo.

Sin embargo, esos niños y sus alegres carcajadas... Esos niños que no tenían ni idea de lo feo que el mundo podía llegar a ser... Eran el motivo de su lucha. Por ellos tenía que localizar a Sin y detenerlo. No podía permitir que los convirtiera en sus víctimas.

No después de lo que le había hecho la noche anterior a esa pobre mujer. ¿Por qué profanar un cadáver humano? Seguía sin entenderlo. La afectaba de tal modo que no paraba de pensar en esa mujer y en su familia, que jamás sabría qué le había sucedido.

Era una crueldad y un horror. Estaba mal, simple y llanamente.

Se detuvo para dejar pasar a una niña y en ese momento un tío enorme la empujó por la espalda. Kat lo miró con el ceño fruncido cuando pasó a su lado, mascullando algo. Se percató de que le echaba un vistazo a la niña y siseaba como si fuera un gato. Acto seguido, su expresión se tornó interrogante... como si fuera una bestia salvaje observando su siguiente comida.

No obstante, cuando estaba a punto de lanzarse a por ella, la madre de la niña apareció y le echó un buen sermón por haberse alejado de su lado.

El hombre las miró con tal avidez que a Kat se le heló la sangre en las venas. Había algo sobrenatural en él. Y lo más importante, un brillo rojizo en sus ojos que no tenía nada de humano.

Nunca había visto nada igual.

El hombre resopló y siguió caminando después de haber decidido que dejaría tranquilas a la madre y a la hija.

Movida por la curiosidad que despertaban en ella tanto él como sus intenciones, lo siguió con disimulo. Si no hubieran estado a plena luz del día, lo habría tomado por un daimon en busca de un alma humana para prolongar su vida. Pero era imposible. Porque la maldición de Apolo les impedía salir mientras el sol estuviera en el cielo. Si lo hacían, estallaban en llamas.

¿Qué era entonces?

Y más importante aún: ¿a qué panteón pertenecía? Si no era humano ni tampoco un daimon, algún dios lo había creado. La pregunta era: ¿con qué propósito?

Utilizó sus poderes para sondearlo, pero lo único que percibió en él fue su espíritu humano y su ira al tropezarse.

Tal vez solo estuviera loco...

Lo vio meterse en un callejón desierto.

Algo la instó a pasar de él y seguir buscando a Sin.

Pero no lo hizo. Su forma de ser no le permitía desentenderse de un tema así sin más. Si ese hombre andaba tramando algo, ella era de las pocas personas que podría detenerlo. Nunca haría oídos sordos al dolor de la gente como hacía su madre. No si estaba en su mano aliviarlo.

De modo que, en lugar de seguir caminando por la calle, siguió al tío por el callejón. No tardó mucho en volverse hacia ella con un gruñido feroz.

En esa ocasión sus ojos eran de un brillante color rojo que giraba alrededor de las pupilas. Cuando abrió la boca, dejó a la vista dos hileras de dientes afilados. La agarró por los hombros y la estampó contra la pared de ladrillos.

Atontada por el ataque y por su apariencia, intentó devolverle el golpe.

No obstante, la criatura le cogió la mano, la agarró por el cuello y volvió a estamparla contra la pared con tal brutalidad que se le agitaron todos los huesos del cuerpo. De haber sido humana, estaría inconsciente o muerta.

En cambio, estaba cabreada porque dolía un montón.

—¿Qué eres? —le preguntó.

El tío guardó silencio mientras la alzaba en brazos, toda una proeza dado su metro noventa y dos centímetros de altura y su complexión musculosa, y la arrojó con violencia contra un coche aparcado. El impacto hundió el techo, destrozó el parabrisas y activó la alarma. Kat ni siquiera podía respirar. Notaba el regusto de la sangre en la boca, además de un dolor increíble.

Intentó moverse, pero tenía un brazo roto y parecía estar atrapada entre los restos hundidos del techo y del parabrisas. El hombre se acercó sin apartar esos turbulentos ojos rojos de ella.

Estaba a punto de cogerla cuando vio que algo caía del edificio que tenía enfrente. Un objeto negro que impactó contra el suelo con fuerza, agrietando el pavimento.

Tardó un segundo en comprender lo que era, y la sorpresa fue aún mayor que la que sintiera al ver a su atacante.

Era Sin, vestido de cuero negro de la cabeza a los pies. Estaba agachado en el suelo, pero se enderezó despacio, listo para la lucha. Sus ojos estaban clavados en la criatura que ella tenía delante.

—Gallu —lo escuchó decir—, búscate a alguien que pueda hacerte frente.

Y se abalanzaron el uno contra el otro, olvidándola de momento. Vio a su atacante blandir el puño para atizarle a Sin, que a su vez levantó el brazo para detener el golpe con el brazal plateado que lo protegía. Acto seguido, le dio un puñetazo en el mentón y la criatura retrocedió a trompicones. Sin lo golpeó en el pecho y logró que retrocediera un poco más. Mientras su oponente trastabillaba, él se apartó el abrigo y dejó a la vista un puñal de hoja larga. La criatura volvió a la carga con la boca abierta e intentó morderle. Sin se echó al suelo y lo golpeó en las piernas por detrás, de modo que acabó dándose un buen costalazo contra el pavimento antes de que Sin se girase para clavarle el puñal entre los ojos.

La criatura chilló mientras intentaba liberarse agitando brazos y piernas.

—¡Cierra la puta boca! —masculló Sin antes de sacar la hoja del puñal de la cabeza de su enemigo para volver a apuñalarlo.

Kat se bajó del coche deslizándose por el capó y se acercó a ellos sujetándose el brazo roto; sin embargo, antes de que pudiera llegar Sin decapitó a la criatura y la quemó allí mismo.

34

Horrorizada, retrocedió al ver lo que estaba sucediendo ante sus ojos. Estaban a plena luz del día y a él no parecía importarle.

Cualquiera podría verlos.

Antes de que pudiera moverse, Sin se acercó a ella y la agarró del brazo.

—¿Te ha mordido? —le preguntó mientras comenzaba a toquetearla sin mirarla siquiera a la cara.

Kat siseó cuando le rozó el brazo roto, pero ni eso detuvo su inspección.

Al ver que estaba a punto de subirle la camiseta para echarle un vistazo a su abdomen, le apartó la mano con un guantazo.

—Deja de tocarme.

—¿Te ha mordido? —masculló él otra vez, enfatizando cada palabra. Justo entonces fue cuando la miró a la cara y se quedó petrificado.

Antes de que Kat supiera lo que estaba pasando, la tenía agarrada por el cuello e intentaba estrangularla.

3

Kat levantó las piernas y le devolvió la patada. El Cazador cayó al suelo con un golpe sordo antes de ponerse en pie de un salto y abalanzarse sobre ella de nuevo. Kat se apartó del coche y esquivó sus manos, pero logró rozarle el brazo y el dolor la dejó sin aliento, enfureciéndola todavía más.

—No te conviene ponerme las manos encima, gilipollas.

El Cazador Oscuro soltó un resoplido burlón.

—Ya lo creo que me conviene. Llevo siglos soñando con estrangularte.

¿Qué querrá decir con eso?, se preguntó ella.

De repente, se escucharon sirenas a lo lejos. Kat ladeó la cabeza y aguzó el oído, pero en cuanto lo hizo, Sin la agarró.

En esa ocasión, cuando intentó golpearlo, él se movió más rápido de lo que era humanamente posible. Estaban en mitad de la calle, pero de pronto todo se volvió negro.

Sin esbozó una sonrisa siniestra cuando Artemisa se desmayó en sus brazos. Cierto que no poseía toda la fuerza que tenía siendo un dios, pero después de que Artemisa le robara los poderes, su hermano se había asegurado de que le quedara lo suficiente como para protegerse él solito.

Incluso contra los dioses.

No terminaba de creerse que las Moiras hubieran tenido la amabilidad de ponerle a esa zorra en su camino... Pero por fin la tenía en su poder e iba a hacerle pagar por todo lo que le había hecho.

La idea le arrancó una sonrisa. Se teletransportó a su ático de Las Vegas. Soltó sin mucha consideración a su prisionera en el sofá negro de piel y fue al dormitorio en busca de las cosas que necesitaba. Retener a una diosa era un asuntillo complicado. En cuanto se despertase, estaría de un humor de perros y querría sangre.

La suya.

Por tanto, necesitaba ciertos elementos para asegurarse de que no utilizaba sus poderes para arrancarle el corazón. Abrió el armario, apartó la ropa y rebuscó en el fondo. Allí tenía escondida su cámara de seguridad. La puerta era de bronce pulido y tenía un escáner de huellas y de retina. Increíble por su modernidad, sobre todo para un antiguo dios sumerio. Claro que había que adaptarse a los tiempos, sobre todo si se estaba atrapado en el infierno de la vida humana.

Abrió la puerta y entró en la cámara, donde guardaba los restos de su propio templo en Ur (lo poco que Artemisa no había destruido después de arrebatarle los poderes). No era mucho, alguna que otra urna de oro y la bandeja donde sus devotos habían colocado sus ofrendas. También conservaba unas cuantas estatuas, aunque la mayoría de los objetos procedía del templo de su hija también en Ur. Después de que Ishtar muriera, intentó conservar cualquier cosa que llevara su imagen. Dichos objetos estaban cuidadosamente guardados en las vitrinas de cristal que lo rodeaban.

Sin embargo, nada de eso lo había llevado hasta allí. Lo que buscaba se encontraba en el rincón más alejado, en un arcón forrado de cuero que soltó un crujido siniestro cuando lo abrió. Esbozó una sonrisa sádica en cuanto dio con el objeto que había conservado durante tantos siglos.

La *diktion* que Artemisa usó para inmovilizarlo mientras le arrebataba sus poderes. Bajo ella, los inmortales se quedaban indefensos. Los mantenía atrapados e impotentes.

Aún sentía la humillación de estar a merced de la diosa.

Y después, en cuanto la muy zorra le arrebató todos los poderes, lo dejó tirado en el desierto, atrapado en la red.

«Te agradezco que hayas sido tan complaciente. Ahora solo tengo que enfrentar a los pocos miembros que quedan de tu ridículo panteón para que se maten los unos a los otros», había dicho Artemisa.

En ese momento Sin recordó las carcajadas de la diosa mientras resonaban en sus oídos.

Debilitado, se había visto obligado a pedirle ayuda a su familia. Su padre se echó a reír antes de darle la espalda... como todos los demás. El único que se apiadó de él fue su hermano Zakar. De no ser por él, seguiría tirado en mitad del desierto.

Pudriéndose... como poco.

Claro que habían dejado de reírse al cabo de muy poco tiempo. Artemisa había cumplido su promesa. Casi todos los miembros de su familia acabaron muertos a manos de los dioses griegos que o bien absorbieron sus poderes y los reemplazaron, o bien los enemistaron hasta que se mataron entre ellos. Eso sucedió hacía ya tres mil años.

Había llegado la hora de ajustar cuentas.

Cogió la red y regresó junto al sofá, donde había dejado a Artemisa «durmiendo».

Seguía en el mismo sitio, inconsciente. Bien.

Sabes que podrías matarla sin más, ¿verdad? Ahora mismo, se dijo.

La tentación era casi irresistible. Pero si lo hacía, ¿dónde estaría la gracia? Artemisa estaba inconsciente. No se enteraría de nada. No lo sabría. Además, era una diosa. Matarla sin arrebatarle sus poderes divinos provocaría una perturbación en el universo.

La única manera de destruir a un dios era destruir o absorber sus poderes antes de matarlo.

Además, quería verla sufrir. Quería mirarla a los ojos mientras le arrebataba los poderes y recuperaba su estatus divino. Quería que sufriera la vergonzosa humillación y el escalofriante dolor de ser completamente vulnerable ante los demás.

Y eso solo podía hacerlo si estaba despierta y viva.

¡Joder!

Con eso en mente, se tomó su tiempo para envolverla en la red. Que su propia arma fuera su ruina. Era una dulce ironía. Si tenía suerte, se echaría a llorar como una niña y le suplicaría clemencia, cosa que no estaba dispuesto a ofrecerle.

Ya se imaginaba la escena al detalle:

«Por favor, Sin. Por favor, te lo suplico, suéltame. Haré lo que me pidas», diría ella.

«Ladra como un perro», le contestaría él.

Y ella lo obedecería, llorando e histérica. Y él se reiría en su cara. Saboreó la idea.

Se detuvo tras atarle los pies para mirarla a la cara. Muy a su pesar, tuvo que admitir que era hermosa... como una víbora venenosa y traicionera, pero hermosa. En sus sueños de venganza se había olvidado de lo elegante y guapa que era.

Sin embargo y en ese preciso momento, recordó cosas que había enterrado tres mil años antes.

Artemisa lo había traicionado como todos los demás. Se había reído en su cara y lo había convertido en un patético ser inmortal.

Nada más recordarlo, la belleza de la diosa desapareció. Pero sí le llamó la atención que tuviera el pelo rubio en vez de la famosa melena pelirroja. Tal vez estuviera intentando pasar desapercibida entre los humanos por algún motivo desconocido.

De todas maneras, el cuerpo seguía siendo el mismo. Alto, elegante y esbelto. Un cuerpo digno de la diosa que era. Cualquier hombre, inmortal o no, mataría por tener a una mujer como ella. Y recordó la época en la que se sintió tan atraído por ella que habría hecho cualquier cosa con tal de hacerla feliz.

En esos momentos solo quería matarla.

—Oye, Sin.

Perdió el hilo de sus pensamientos con la llegada de su ayudante. Aunque aparentaba veintipocos, en realidad Kish tenía casi tres mil años. Era alto, sobrepasaba el metro ochenta y, al igual que él, tenía el pelo negro y la piel morena; la única diferencia era que llevaba el pelo largo.

Kish se quedó de piedra al ver a la mujer del sofá.

—Esto... Jefe, ¿qué haces?

—¿A ti qué te parece que hago?

Kish hizo una mueca y se rascó la sien izquierda.

—Pues, la verdad, algo morbosillo. Y ya que me has preguntado, te diré que secuestrar a una mujer en los tiempos que corren, y en este país en concreto, es un delito.

A Sin no le hizo gracia.

—Sí, en tus tiempos era una ofensa capital que se castigaba cortándole los huevos al culpable antes de decapitarlo.

Kish dio un respingo al escuchar la parte de la castración y se llevó una mano al paquete.

—Vale, ¿por qué la has secuestrado?

—¿Quién dice que lo haya hecho?

—Bueno, como está inconsciente y atada... Completamente vestida. Supongo que si os fuera el rollo sado y ella estuviera por la labor, estaría despierta y desnuda.

En eso tenía razón.

Kish se acercó al sofá y observó a Artemisa con detenimiento antes de mirarlo.

—¿Quién es?

—Artemisa.

—¿Artemisa?

Lo miró con los ojos entrecerrados.

—Ya sabes, la zorra griega que me robó los poderes.

Kish soltó una carcajada nerviosa.

—Y esa es la mujer que tienes atada como un pavo en el sofá. ¿Te has vuelto loco?

—No —contestó mientras la furia que tenía derecho a sentir se apoderaba de él—. Se me presentó la oportunidad y la he aprovechado.

Kish se quedó blanco.

—Y cuando se despierte, los dos estaremos fritos. ¡Qué digo fritos, quemados! Achicharrados. O lo que cojones se le ocurra. —Movía el índice de uno a otro, señalándolos, para darle énfasis al asunto—. Estamos listos. Va a darnos una paliza. Y no te ofendas, pero no quiero que una diosa me dé una paliza a menos que sea Angelina Jolie con un picardías negro y tacones de aguja. Ese bomboncito podría taladrarme con los tacones, pero esta... —dijo al tiempo que señalaba a Artemisa—. Esta hará que me destripen lenta y dolorosamente, cosa que me gustaría evitar a toda costa.

Sin meneó la cabeza al ver el nerviosismo de su ayudante.

—Tranquilízate antes de que te mees en la alfombra y tenga que enseñarte a hacer pis en la hoja de un periódico. No va a darnos una paliza. Esta red anula sus poderes. Así fue como me dejó seco y humillado.

Kish ladeó la cabeza como si quisiera creerlo, pero sin saber muy bien si fiarse o no.

—¿Estás seguro, jefe?

—Totalmente. La *diktion* fue diseñada para atrapar dioses y otros seres inmortales. Mientras la inmovilice, estaremos a salvo.

—No sé yo si usar esa expresión en este momento —replicó Kish, que seguía indeciso—. Más bien creo que estamos jodidos, puede que muertos. No le va a hacer gracia nada de esto.

Como si a él le importara lo que le hacía gracia o dejaba de hacérsela.

—En cuanto recupere mis poderes, dará lo mismo. No podrá hacernos daño a ninguno de los dos.

—¿Y cómo vas a conseguirlo?

No tenía ni idea. A decir verdad, no estaba seguro del método que había empleado Artemisa para hacerse con los suyos. Recordaba que le dio a beber néctar en su templo, y a partir de entonces sus recuerdos eran confusos, de modo que no estaba seguro de lo que le había hecho. Estaba casi seguro de que Artemisa le había arrebatado los poderes bebiendo de su sangre. La verdad era que no quería beber de la sangre de la diosa (a saber la de enfermedades de las que esa zorra podría ser portadora: la rabia, la parvo, el moquillo...), pero si de esa forma conseguía recuperar su divinidad, lo haría.

Claro que antes tendría que averiguar si el intercambio de sangre funcionaría.

Fulminó a su ayudante con la mirada.

—¿No tienes nada que hacer?

—En realidad estaba por llamar a la policía, pero sé que acabarías rompiéndome todos los huesos. Tal como están las cosas, creo que lo mejor para mi cuello es que intente hacerte entrar en razón.

Sin apretó los dientes.

—Kish, si valoras tu vida, sal de aquí y piérdete.

Sin embargo, en cuanto su ayudante se alejó, lo asaltaron las dudas. Kish tenía demasiado miedo, y la gente que se dejaba llevar por el pánico siempre cometía estupideces...

Como dejar en manos de los polis a un inmortal que no quería explicar qué hacía en su sofá una mujer inmovilizada con una red.

O peor todavía, llamar a Aquerón, que se pondría como una fiera si llegaba a enterarse de eso.

De modo que lo inmovilizó donde estaba y observó su estatua con satisfacción.

—Eso es, tú relájate mientras yo me encargo de todo.

Era la mejor solución para todos, ya que así se evitaría tener que matar a Kish más adelante. Con esa idea en mente, cerró la puerta para que nadie más pudiera molestarlo.

Kat se despertó por el terrible dolor del brazo. Intentó cambiar de postura para no apoyar todo el peso sobre él, pero descubrió que no podía. Una red muy ligera la tenía atrapada. Por desgracia, era una red que conocía a la perfección.

Una de las *diktion* de Artemisa.

La indignación se apoderó de ella porque llevaba siglos sufriendo la bromita. Otra de las doncellas de Artemisa encontraba divertidísimo utilizar la red para inmovilizarla. ¿Cuándo iba a aprender que a ella no le hacía ni pizca de gracia?

—Ya vale, Satara, déjate de bromas y suéltame.

Sin embargo, cuando logró enfocar la vista, se dio cuenta de que no estaba en casa y de que Satara no se encontraba allí, riéndose de ella.

En su lugar había un hombre, que la observaba con odio. El mismo de antes.

Soltó un suspiro exasperado.

—¿Qué quieres?

—¡Bah! Poca cosa. Mis poderes.

Por supuesto. ¿Qué dios no querría recuperar sus poderes? Pero el infierno de Lucifer se congelaría antes de que permitiera que semejante loco consiguiera más poder del que tenía.

—Vaya, pues lo siento mucho, pero va a ser que no.

Sin hizo una mueca.

—No me jodas, Artemisa. No estoy de humor.

—Ya somos dos, imbécil. Por si no te has dado cuenta, no soy Artemisa.

Sin guardó silencio mientras la estudiaba con detenimiento. Había ciertos detalles que le daban otro aire, pero ahí estaban sus ojos verdes. Los mismos rasgos. Era Artemisa. Sentía el poder que emanaba de ella.

—No me mientas, zorra.

Kat intentó darle una patada, pero él se apartó.

—No te atrevas a insultarme, gilipollas. No aguanto tonterías de nadie, mucho menos de alguien como tú.

—Devuélveme los poderes y te dejaré marchar. —Y lo decía en serio. En cuanto recuperase sus poderes, la mataría y así sería libre.

—Mira, pesado, no puedo darte lo que no tengo. Porque no soy Artemisa —replicó, enfatizando cada palabra.

Se inclinó sobre ella para que pudiera ver todo el desdén que le inspiraban tanto ella como sus palabras.

—Claro, lo que tú digas. ¿Crees que me iba a olvidar de la cara que lleva atormentándome tres mil años? ¿De la cara de la mujer a la que quiero degollar?

—¡A ver si se te mete en la mollera! ¡No soy Artemisa! —repitió a voz en grito.

—¿Y quién eres?

—Kat Agrotera.

Sin soltó un resoplido.

—Así que Agrotera, ¿no? —Tiró de la red que le apretaba el pecho y la levantó para quedar cara a cara—. Buen intento, Artemisa. Agrotera significa «cazadora». ¿Creías que me iba a olvidar de que ese es uno de los nombres por los que te conocen tus fieles?

La diosa comenzó a debatirse para zafarse de sus manos.

—También es el nombre que usan todas las *korai* de Artemisa para honrarla... ¡Como yo, capullo!

Su respuesta le arrancó una carcajada.

—¿Eres una de las doncellas de Artemisa? ¿Me crees tan imbécil? Me engañaste una vez, pero no lo harás una segunda.

Kat soltó un largo suspiro mientras la frustración la consumía. Tenía los poderes necesarios para librarse de la red. Pero si lo hacía, desvelaría lo poderosa que era y su verdadera identidad. Una información que alguien como él debía ignorar.

No, era mejor que siguiera creyendo que estaba indefensa, que no era nadie.

—Te lo creas o no, así es.

Sin la soltó y la dejó caer al sofá antes de lanzarle una mirada venenosa.

—Claro, claro. Artemisa nunca toleraría la presencia de una *koré* que midiera lo mismo que ella. Ni a una con su mismo color de ojos. Es demasiado vanidosa. ¡Eres demasiado vanidosa!

—Si te vas a poner puntilloso, soy más alta que ella. ¿No te has dado cuenta?

Sin titubeó. La verdad era que no recordaba la altura exacta de Artemisa... había pasado demasiado tiempo desde la última vez que la vio. Lo único que recordaba era que pasaba del metro ochenta.

—Te repito que Artemisa nunca permitiría en su templo a una *koré* más alta que ella.

—Tengo noticias para ti: se ha ablandado con la edad.

Sí, claro, se dijo.

—Claro que lo has hecho... Igualito que yo.

Artemisa echó la cabeza hacia atrás y soltó un gruñido irritado.

—A ver, me da la sensación de que tienes una cantidad de

problemas alucinantes. Suéltame y nos olvidamos de este incidente sin importancia. Si no lo haces, te vas a arrepentir.

Sin resopló al escucharla.

—Esta vez no, Artemisa. Eres tú quien se va a arrepentir. Quiero que me devuelvas los poderes que me robaste. Me engañaste y después me lo quitaste todo salvo la vida, y por los pelos.

Kat se quedó helada al escucharlo, ya que esas palabras despertaron un recóndito recuerdo. Pero era muy vago y borroso, demasiado como para verlo con claridad, de modo que recurrió a lo que recordaba del incidente.

—Ibas a matar a Artemisa. Dijo que la odiabas... que te habías colado en su templo e intentaste violarla, que... —Dejó la frase en el aire al caer en la cuenta de la mentira que le había contado Artemisa.

¿Cómo era posible que un dios de otro panteón se colase en su templo del Olimpo sin una invitación? En aquel entonces no cayó en el asunto. Era demasiado joven y tenía demasiado miedo de que le hiciera daño a Artemisa, de que la matara. En aquel momento, muchos de los dioses estaban en guerra, y los que supuestamente debían controlarlos estaban ocupados con sus propios asuntos. Hubo muchas amenazas contra Artemisa, y estuvieron a punto de cumplirlas en numerosas ocasiones.

Sin embargo, había algo imposible. Un dios de otro panteón no podía entrar en los dominios de otro dios sin invitación.

¡Otra de las medias verdades de su madre!

Sin la miró con el gesto torcido.

—¿De qué estás hablando? ¿Se te ha ido la pinza?

—No —contestó ella, consumida por la culpa—. No soy Artemisa. Suéltame.

—No hasta que me devuelvas mis poderes.

La situación empezaba a ser irritante...

—Te repito, y por última vez, que no puedo darte lo que no tengo.

—Pues entonces te vas a quedar en esa red toda la eternidad.

—Pues menuda ocurrencia, ¿no crees? —le soltó—. ¿Qué vas a hacer? ¿Utilizarme de mueble bar o como una obra de arte sobre la que hablar cuando vengan tus amigos? No quiero ni pensar qué va a pasar cuando tenga que ir al baño. Espero que te hagan descuento en la tienda de muebles, porque no vas a ganar para sofás.

Sin no sabía si reírse por el arranque o mosquearse. Aunque tenía que reconocer que tenía una imaginación desbordante.

—Vaya, vaya, veo que eres una mina de comentarios sarcásticos.

—Todavía no has visto ni la mitad, estoy calentando. —Dio un respingo al golpearse el brazo, porque el dolor le corrió hasta el hombro.

El dolor que vio reflejado en su rostro despertó los remordimientos de Sin, que se odió por ello. Que sufriera. ¿Qué le importaba a él? Sin embargo, la parte que más odiaba de sí mismo (esa que todavía sentía compasión) le suplicó que la ayudase.

De todas maneras, ella tenía razón. Dejarla en la red no iba a servirles de nada a ninguno de los dos.

—Mira, Artemisa o (suponiendo que no sea otro de tus trucos) Kat, tengo que recuperar mis poderes. Es imperativo que lo haga.

—Claro que sí. Necesitas recuperarlos para poder matar a Artemisa y vengarte de ella.

—No voy a mentirte y decirte que no es verdad. Porque lo es. Quiero verla muerta con todas mis ganas. Pero ahora mismo tengo problemas más graves. Y tú acabas de toparte con uno en ese callejón de Nueva York.

Kat se quedó callada mientras pensaba en la criatura contra la que había luchado. Había sido terrible, sí.

—Supongo que te refieres a esa... cosa que me atacó.

—Sí. Los demonios gallu están campando a sus anchas, las Dimme están a punto de liberarse y yo soy la única persona viva que puede detenerlos a ambos. Si no recupero mis poderes para luchar contra ellos, el mundo se acabará. ¿Recuerdas lo que le pasó a la Atlántida? Pues esto va a hacer que aquello parezca un parque de atracciones.

—No te ofendas, carcamal, pero la destrucción de la Atlántida sucedió antes de que yo naciera, así que va a ser que no me acuerdo de nada.

Aunque sí que estaba al tanto de los rumores que corrían sobre la destrucción y el hundimiento del continente.

Se quedó callada un momento mientras pensaba. Sabía que Artemisa no era de fiar. El problema era que no sabía si se podía decir lo mismo de Sin. ¿Le estaba soltando una sarta de mentiras o sus palabras tenían algo de verdad?

—¿Qué me dices de las personas de anoche? ¿Por qué los decapitaste y quemaste sus cuerpos?

La ira que llameó en sus ojos puso de manifiesto que la pregunta lo incomodaba.

—¿Me has estado espiando?

—Artemisa me dijo que lo hiciera... sí.

Su cólera era tan intensa que hacía crepitar el aire a su alrededor.

—No me mires de esa manera. Puedo espiar todo lo que quiera.

—¿Y por qué me estabas espiando?

Se removió inquieta. Decirle lo que quería Artemisa (su muerte, a fin de cuentas) solo conseguiría cabrearlo más. De modo que se decantó por una explicación más prudente.

—Artemisa quería saber qué estabas tramando. Creyó que querías matarla.

—Sí, pero por más que desee ver muerta a esa zorra, ahora mismo tengo otros problemas. —Hizo una pausa antes de añadir—: La razón por la que decapito a los gallu y los quemo es porque si no lo hago, se levantan como los zombis de cualquier serie B.

Eso lo explicaba en parte, pero no aclaraba por qué profanaba los cuerpos de las víctimas.

—¿Por qué hiciste lo mismo con la humana?

—¿Tú qué crees? Basta un mordisco de un gallu para que su víctima se convierta en un demonio sin voluntad que pueden controlar a su antojo. La profanación de su cuerpo no es nada comparado con lo que los gallu les hacen a las humanas como ella. Cada vez que un humano muere a manos de esos demonios hay que decapitarlo y quemarlo para que no vuelva a la vida convertido en una criatura semejante a ellos.

Vaya... Con razón le había estado buscando mordeduras como un loco antes de dejarla sin sentido.

—¿Por eso te quemaste el brazo anoche?

Lo vio asentir con la cabeza.

—Si lo coges a tiempo, puedes cauterizar la herida y evitar que el veneno se extienda por todo el cuerpo.

Sí, pero eso tenía que doler. Al pensarlo, se preguntó cuántas veces lo había hecho en el pasado.

—Oye, por curiosidad... ¿sabe Artemisa de la existencia de los gallu?

—No lo sé, Artemisa. ¿Lo sabes?

La insistencia de creerla la jefa le arrancó un suspiro.

—Creía que ya habíamos superado esta fase.

—Hasta que no tenga pruebas irrefutables, no. Me atengo a lo que sé sobre ti, zorra. Ahora, devuélveme mis poderes.

Su terquedad y sus insultos la enfurecieron. ¿Qué tenía que hacer para que se diera cuenta de que ella no era Artemisa?

Rompe la red y rómpele la cabeza..., se dijo en silencio.

El impulso era tan fuerte que le costó la misma vida resistirse.

—¿Katra?

Dio un respingo al escuchar la voz de Artemisa en su cabeza.

—¿Qué pasa? ¿Por qué estás tan enfadada? ¿Te está molestando Apolimia?

Kat puso los ojos en blanco.

—Deja de espiarme.

Sin torció el gesto.

—Me cuesta no mirarte ahí, tirada en mi sofá. Además, tiene narices que digas eso después de que tú me espiaras anoche.

Lo miró angustiada al darse cuenta de que había hablado en voz alta.

—¿Katra? Dime qué está pasando o me planto allí ahora mismo. No es normal que te enfades tanto.

¿Ahora se preocupa por mí?, se preguntó Kat, sin saber qué

le molestaba más: si el hecho de que un dios sumerio depuesto la hubiera atado como un pavo o que una diosa griega la tratara como a una niña.

Mmm, definitivamente ganaba de lejos lo primero. Igualado con la irritación que sentiría si le sacaran un ojo.

—*No pasa nada,* matisera —le dijo a Artemisa—. *Lo tengo todo controlado.*

—¿Por qué me cuesta tanto creerte? —dijo Artemisa cuando se materializó en la habitación delante de Kat, con los brazos en jarras. Iba vestida con un largo peplo blanco y su larga melena pelirroja brillaba a la luz.

Kat dio un respingo al darse cuenta de lo que acababa de hacer su madre.

Sin se giró de golpe. Ver a Artemisa allí plantada lo había dejado alucinado. Esa era la prueba irrefutable que necesitaba para creer que ella no le había mentido. Saltaba a la vista que no era la diosa.

A favor de Artemisa debía decir que no se dejó llevar por el pánico. Se limitó a mirarlo como si fuera una mera molestia.

—Vaya, mira quién brota por aquí. —Fulminó a Kat con la mirada—. ¿Por qué está aquí?

Sin soltó un taco al darse cuenta de que le habían tomado el pelo doblemente.

Se olvidó de la mujer del sofá y se abalanzó sobre Artemisa, pero antes de que pudiera llegar hasta ella, la doncella apareció delante de él como si nada. ¿Cómo se había liberado de la red? Sabía por experiencia que no se rompía así como así. Pero eso daba lo mismo.

Lo único que importaba era echarle el guante a Artemisa.

—Tranquilízate —dijo Kat, que lo había agarrado del brazo.

—Fuera de mi camino, niñata —replicó él, meneando la cabeza—. Nada me impedirá conseguir lo que quiero.

Artemisa puso los ojos en blanco.

—¿Y qué quieres? ¿Tus ridículos poderes?

Sin se abalanzó sobre ella, pero la doncella de Artemisa lo agarró por la cintura y lo tiró al suelo con una fuerza que jamás habría imaginado en una mujer, mucho menos teniendo el brazo roto. La mujer cayó sobre él.

—No quiero hacerte daño —masculló antes de apartarla—, pero eso no quiere decir que no vaya a hacértelo.

Ella lo fulminó con la mirada.

—Lo mismo digo.

Intentó quitársela de encima, pero se pegaba como el velcro. Lo tenía aferrado de tal forma que no podía llegar hasta Artemisa.

La diosa resopló al ver la pelea.

—Katra, quítate de en medio para que pueda lanzarle una descarga.

Sin se quedó quieto cuando se tranquilizó lo suficiente como para darse cuenta de algo muy importante. Miró a la tal Katra y a Artemisa.

Y al hacerlo, supo cómo iba a salirse con la suya.

Sacó la larga daga de la funda que tenía en la caña de la bota antes de agarrar a Katra y apoyarle la hoja en la garganta. Le lanzó una mirada asesina a la diosa.

—Artemisa, devuélveme mis poderes o mato a tu hija.

4

Kat dio un respingo al escuchar que Sin decía en voz alta una verdad que solo los más valientes se atrevían a susurrar. Y nunca en presencia de Artemisa.

Se apoyó en él para alejarse de la hoja de la daga.

—Joder, tío, tienes un don especial para cabrear a la gente. —Tal como indicaba el grito furioso que acababa de soltar Artemisa—. Ya puestos, ¿por qué no le dices que ese vestido la hace más gorda?

Sin respondió acercándole más la daga al cuello.

—No estoy bromeando, Artemisa.

El rostro de la diosa adoptó una expresión pétrea.

—Ni yo.

Antes de que Kat pudiera parpadear siquiera, la daga se alejó de su cuello y una fuerza invisible la apartó de los brazos de Sin. El arma salió volando y le asestó al Cazador tres puñaladas en el pecho, donde se quedó clavada hasta la empuñadura, girando lentamente.

Sin soltó un taco antes de arrancársela.

—*Matisera...* —dijo ella, que extendió un brazo hacia Artemisa en un intento por calmar los ánimos.

—Mantente al margen, Katra. Vete a casa.

El tono de voz que la diosa había empleado no admitía la menor desobediencia, pero no podía quedarse de brazos cruzados y dejar que matara a Sin si lo que le había dicho sobre los demonios gallu era cierto. Necesitaban a alguien que supiera cómo enfrentarse a ellos.

Artemisa se acercó despacio a Sin.

—Ha llegado la hora de terminar con esto de una vez por todas.

Sin se incorporó y corrió hacia la diosa, pero apenas se había acercado cuando ella lo estampó contra la pared. Gruñó mientras extendía un brazo y Artemisa salió volando hacia atrás.

Kat dio un paso hacia su madre para protegerla. Sin embargo, antes de dar el segundo la escuchó gritar:

—¡Deimos!

Kat se detuvo al ver al hombre corpulento y de aspecto feroz que acababa de aparecer al lado de su madre. Iba vestido de negro de la cabeza a los pies y llevaba el pelo muy corto y con mechones blancos. Un estilo muy distinto al que lucía la última vez que lo vio. Su apariencia era aterradora, sobre todo por el tatuaje de su cara, que en los párpados parecía el efecto de un discreto delineador, pero que adoptaba forma de un relámpago conforme bajaba desde los lagrimales hasta las mejillas y de estas hasta el cuello. Era un tío guapo, de ojos azul eléctrico, pero de aspecto letal. Los contemplaba fijamente con la cabeza ladeada como un depredador, las piernas separadas y las manos cerca de sus armas, una espada y una pistola, listo para la lucha.

—Despójalo de sus poderes y mátalo —masculló Artemisa.

La orden dejó a Kat boquiabierta. Una vez pronunciada era imposible que su madre se retractara. Deimos era uno de los Dolofoni más peligrosos. Sus hermanos y él eran hijos de las temidas Erinias, pero era a él a quien los dioses acudían cuando necesitaban a un Exterminador implacable. De modo que no se detendría hasta que Sin estuviera muerto.

Deimos se abalanzó sobre Sin y lo tiró de espaldas al suelo.

—¿Qué has hecho, *matisera*?

—Lo que debería haber hecho desde el principio.

Artemisa intentó sacarla de la habitación con sus poderes, pero dado que había dejado de ser su sirvienta ya que estaba a las órdenes de su abuela, no le fue posible. Al ver que no lo conseguía, le ordenó furiosa:

—Márchate, Katra. Ahora mismo.

Pero no podía hacerlo. Ella era la culpable de que Sin estuviera metido en ese lío, y aunque estaba plantándole cara a Deimos, sabía muy bien quién saldría vencedor de la pelea.

Y no lo decía precisamente por Sin, que luchaba con una mano ya que la otra la tenía inmovilizada a la espalda, y tenía tres puñaladas en el pecho mientras que Deimos contaba con el poder de todo el panteón griego para matarlo. Esa era una de las ventajas con las que contaban las Erinias y sus hijos. Así que, por mucho que Sin mereciera morir, no merecía hacerlo de ese modo.

No después de lo que le habían hecho y mucho menos si lo que afirmaba era cierto. Iban a necesitarlo para enfrentarse a los demonios del panteón sumerio.

—Lo siento, *matisera* —dijo sin detenerse siquiera a ver la cara de confusión de Artemisa antes de correr hacia Sin.

Estaba inmovilizado contra la pared, forcejeando para zafarse de Deimos, que en esos momentos sacaba su espada para rematarlo. De modo que Kat lo agarró y utilizó sus poderes para salir con él del apartamento y materializarse en su residencia en Kalosis.

Aterrizaron en el suelo, el uno en los brazos del otro, en mitad de su oscuro salón. Lo escuchó sisear antes de quitársela de encima de un empujón, pero ella se negó a alejarse demasiado. Sabía que estaba sangrando mucho y que lo peor eran las puñaladas. Si fuera mortal, serían letales; aunque debían de dolerle tanto que tal vez deseara estar muerto.

Volvió a acercarse a él arrastrándose por el suelo.

—Hay que curarte esa herida.

Sin le lanzó una mirada furiosa.

—¿Dónde estamos? ¿Qué has hecho?

—Evitar que te mataran.

—Ya, pues resulta que sé defenderme solito —replicó, apartándole la mano de una de sus heridas.

Kat se incorporó para sentarse sobre los talones.

—Sí, la verdad es que le estabas dando caña. Tu forma de machacarle los nudillos con la cara ha sido impresionante. Unos minutos más y estoy segurísima de que te habrías empleado a fondo... desde el fondo de tu tumba, sí.

Sin hizo una mueca de asco.

—¿Qué sabrás tú?

—Últimamente más de lo que me gustaría.

La respuesta fue tan sentida que Sin frunció el ceño. Saltaba a la vista que estaba harta, sin duda de Artemisa y de sus maquinaciones, que podrían acabar con la paciencia del santo Job.

Por mucho que aborreciera admitirlo, posiblemente estuviera en lo cierto al decir que habría acabado mordiendo el polvo. No debería haberse lanzado sobre Artemisa sin contar con sus poderes. Había sido una estupidez, y tenía suerte de que el Dolofoni no le hubiera arrancado el corazón de cuajo.

No obstante, ansiaba vengarse por encima de todo lo demás y lo último que se le habría ocurrido en ese momento era hacerle caso al sentido común.

Katra se acercó y le desgarró la camisa para dejar a la vista las puñaladas que Artemisa le había asestado en el pecho. Estaba a punto de quitarse a la mujer de encima cuando vio que se materializaba un paño húmedo en su mano con el que comenzó a limpiarle las heridas. Su amabilidad lo desconcertó, sobre todo por su herencia genética. Además, no estaba acostumbrado a que la gente lo ayudara. Todos sus conocidos le habían dado la espalda y lo habían dejado sufrir.

La gente no era amable, y lo sabía muy bien. A menos que obtuvieran algún beneficio a cambio, claro.

—¿Por qué estás ayudándome?

Ella le lanzó una mirada desdeñosa.

—¿Quién dice que esté ayudándote?

Sin enarcó una ceja al tiempo que lanzaba una mirada elocuente a la mano con la que le estaba limpiando la sangre.

Katra carraspeó antes de decir:

—No me gusta que abusen de nadie.

—¿Por qué me cuesta creerlo? ¡Ah, ya! Será porque eres la hija de la zorra más impresentable de la Historia que ha dedicado su vida entera a abusar de todo aquel que se acerca a ella.

—¿Cuándo vas a dejar de repetir eso? —replicó ella entre dientes.

Así, desde luego, no iba a convencerlo.

—Es una zorra.

—Eso no, lo otro. Aunque será mejor que no repitas más ninguna de las dos cosas o te pongo un emplasto de sal en las heridas.

—¿Por qué? ¿No estás orgullosa de tu queridísima mami?

Esos ojos verdes lo miraron con una furia abrasadora.

—Quiero a mi madre con todas mis fuerzas y soy capaz de matar o de morir para protegerla. Por eso te pido que dejes de hablar así de ella o tendré que matarte.

Se quedó helado al caer en la cuenta de algo. Si Katra era la hija de Artemisa...

Recordaba vagamente que la diosa lo llevó hasta su cama, le arrancó la camisa y lo arrojó al colchón mientras la cabeza le daba vueltas por la bebida.

Artemisa era virgen. Supuestamente, claro.

De repente, lo invadió una horrible premonición.

—¡Mierda! Eres mi hija, ¿verdad?

Katra lo miró como si esa fuera la idea más repugnante que pudiera imaginar.

—Bájate de la nube. Tus genes jamás habrían creado a alguien como yo.

Sí, claro. Era guapa, alta, más alta que Artemisa, un rasgo que podría haber heredado de él. Su piel era más oscura que la de su madre... La angustia le provocó un nudo en el estómago.

—Si no soy yo, ¿quién es tu padre?

—Eso ni te va ni te viene.

—Soy yo, ¿a que sí?

La vio poner los ojos en blanco un instante, y luego siguió atendiendo sus heridas, que cerró con sus propios dedos.

—El ego masculino... Hazme caso. Mi madre no te habría metido en su cama ni cubierto de chocolate y caramelo.

Eso sí que lo ofendió.

—¿Cómo dices? Resulta que soy muy bueno en la cama. Mis habilidades no tienen parangón. No solo era el dios de la luna, ¡era el dios sumerio de la fertilidad! Sabes lo que eso significa, ¿no?

—¿Que les tienes envidia a los penes de todos los demás dioses de la fertilidad?

Sin le apartó las manos de mala manera e hizo ademán de levantarse, pero el dolor se lo impidió y tuvo que volver a tumbarse con una mueca.

—Tranquilo. No les diré nada a los demás sobre tu deficiencia de tamaño.

El comentario lo dejó pasmado.

—Desde luego, eres digna hija de tu madre.

—Ya te he dicho que no lo repitas más.

—¿Por qué?

—Porque nadie sabe de mi existencia.

El tono airado de su voz le arrancó un resoplido.

—¿Crees que la gente es ciega o qué? Eres igualita que ella.

—No lo soy. Me parezco mucho más a mi padre, aunque los ojos sí son de Artemisa. Todavía no entiendo cómo lo has adivinado.

No es tan raro, pensó él.

—Tenéis la misma voz.

—¿En serio? —le preguntó antes de alejarse un poco para mirarlo con el ceño fruncido.

—Sí. El acento es distinto, pero el tono es idéntico. Hablas como ella.

Kat se puso en pie y se alejó de él, inquieta por su revelación. Era muy perceptivo. Cosa inusual en los hombres. Aunque tenía que admitir que normalmente nadie poseía semejante perspicacia, y eso la llevó a preguntarse si alguien más habría reparado en el parecido entre su voz y la de Artemisa. De ser así, habían hecho bien en no revelar el descubrimiento.

—Gracias por la ayuda —dijo Sin al tiempo que se señalaba el pecho, tras lo cual utilizó sus poderes para arreglar la camisa. Acto seguido intentó abandonar el lugar, pero descubrió que no podía—. ¿Qué co...?

Kat se encogió de hombros al ver que la miraba echando chispas por los ojos.

—Tienes que quedarte aquí.

—Y una mierda —masculló.

—De mierdas nada, gracias —replicó, señalando el suelo limpio con una mano, antes de llevarse el brazo roto al pecho—. En cuanto salgas de aquí, serás hombre muerto. En serio. Tu sentencia de muerte se firmó cuando dijiste lo que no debe decirse y mi madre invocó al Exterminador para eliminarte.

Estaba tan furioso que solo le faltaba echar humo por las orejas.

—No permitiré que me encierres aquí, ¿me oyes?

Parecía tan indignado que Kat se echó a reír.

—Sí, claro. Y eso lo dice el hombre que me noqueó y me inmovilizó como si fuera una momia. ¿Cómo llamarías tú a eso?

—Eso fue distinto.

—Desde luego, porque la víctima era yo. ¡Ah, no, espera! Tienes razón. Estoy haciendo esto para protegerte, mientras que tú lo hiciste para matarme. No sé, quizá deba dejar que te largues. Te lo mereces.

—¿Y por qué no lo haces?

Kat inspiró hondo para calmarse antes de contestar. La ira no le serviría de nada y lo sabía muy bien. Precisamente la ira había sido la culpable de que su madre acabara metida en tantos berenjenales.

—Porque quiero saber la verdad de lo que pasó la noche que fuiste al Olimpo. Artemisa dice que intentaste violarla.

Lo escuchó hacer un ruido raro, como si la simple idea de tocar a la diosa le provocara un ataque de asma o algo así.

—¿Tú qué crees?

—No lo sé. Hasta ahora no has demostrado un comportamiento muy ético que digamos. A lo mejor dice la verdad e intentaste violarla.

Sin se acercó hasta quedar frente a ella. Kat se percató de que le brillaban los ojos con un resplandor dorado mientras la miraba de arriba abajo con evidente desprecio.

—Nena, hazme caso. En la vida he llevado a una mujer obligada a la cama. Pero supongamos, para darle vidilla a la discusión, que lo intenté. ¿Me crees tan tonto como para hacerlo en el Olimpo, delante de las narices de los demás dioses?

Ahí le había dado, pero no estaba dispuesta a darle la razón.

—Eres muy arrogante. Podrías haberlo intentado.

—Arrogante sí —convino él en voz baja y amenazante—, pero no imbécil.

—Entonces, ¿qué hacías allí?

Su expresión se volvió inescrutable mientras se alejaba de ella, lo que la llevó a preguntarse qué estaría ocultando. Aquella noche sucedió algo de lo que Sin ni siquiera quería acordarse. Lo presentía.

—Contéstame.

—No es asunto tuyo —masculló—. Y ahora si me disculpas... —Caminó hacia la puerta.

Kat levantó una mano y cerró el puño. La puerta desapareció al instante.

—No estaba bromeando. No puedes salir de aquí.

Antes de saber qué estaba pasando, se encontró estampada contra la pared, a varios centímetros del suelo.

—Yo tampoco bromeaba. Sácame de aquí o lo lamentarás.

Kat negó despacio con la cabeza.

—Mátame y nunca saldrás. —Notó que la presionaba con más fuerza contra la pared justo antes de que volviera a dejarla en el suelo con una delicadeza que la pilló por sorpresa—. Gracias.

—Tengo que salir de aquí —insistió mientras la miraba con los ojos entrecerrados—. Faltan menos de tres semanas para el Armagedón y todavía tengo muchas cosas que hacer para prepararme.

—Vale, pero yo tengo un brazo roto que necesita atención. Vamos a hacer una cosa. Tú te quedas aquí sentadito tramando el asesinato de Artemisa y preparándote para el Armagedón y yo volveré dentro de un momento. Eso sí, no toques mis cosas ni las rompas... o te arranco la piel a tiras.

Lo vio abrir la boca para hablar, pero antes de que pudiera hacerlo Kat abandonó su casita de Kalosis y apareció en el palacio.

Concretamente en el recibidor. Tardó un instante en localizar a su abuela con sus poderes. Como era habitual, Apolimia estaba fuera, en el jardín.

Por respeto, atravesó caminando la sala del trono hasta llegar a la puerta dorada de doble hoja que daba acceso al jardín. A su abuela no le gustaba que la gente apareciera sin avisar. Y ella era la única que sabía por qué. En una ocasión, cuando era pequeña, se le ocurrió hacerlo y la sorprendió llorando a lágrima viva, como si el sufrimiento que guardaba en su interior fuera insoportable. Apolimia no soportaba que nadie la viera así.

Como la Gran Destructora, ansiaba que todos vieran su faceta más fuerte e implacable. Sin embargo, era mucho más que eso. Su abuela tenía sentimientos y sufría, igual que el resto de los seres del universo.

Lo único que Apolimia quería era recuperar a su hijo, al padre de Kat. Un hijo al que había querido por encima de todas las cosas y al que solo había tenido entre sus brazos dos veces. La primera, el día que se lo sacaron de forma prematura para ocultarlo en el vientre de otra mujer; la segunda, el día que el dios griego Apolo lo mató.

No pasaba un solo día sin que Apolimia sufriera por la separación y ansiara el regreso de su hijo. Por eso reaccionaba con extrema dureza contra cualquiera que la descubriera llorando. Era una mujer fuerte y orgullosa a la que no le gustaba mostrarles sus debilidades a los demás.

Ni siquiera a su nieta. Sin embargo, Kat percibía la tristeza y el sufrimiento de su abuela en su brusquedad. La empatía era una de las muchas cosas que había heredado de su padre. De ahí que no le gustara avergonzar a Apolimia ni a nadie si estaba en su mano evitarlo.

De modo que se acercó despacio, por si Apolimia necesitaba recuperar la compostura. Soplaba una ligera brisa. El jardín estaba rodeado por unos altísimos muros de mármol negro, tan pulido que parecían espejos.

Su abuela estaba sentada en un diván negro, de espaldas a ella. A su lado montaban guardia dos carontes, un macho y una hembra. El macho solo llevaba un taparrabos que dejaba a la vista la práctica totalidad de su musculoso y esbelto cuerpo. Tenía la piel de un tono marrón claro veteado de amarillo. Sus ojos eran negros, al igual que su pelo y sus alas. La hembra tenía la piel naranja y roja, e iba vestida con un top de cuero negro y unos shorts del mismo color. Su corte de pelo, de color castaño oscuro, era una melenita recta que resaltaba sus rasgos afilados y el color rojizo de sus ojos. Ambos demonios permanecían inmóviles como estatuas, pero Kat sabía que estaban pendientes de ella y que observaban cada uno de sus movimientos.

Apolimia, ataviada con una túnica vaporosa de color negro que dejaba sus hombros al aire, acunaba un pequeño almohadón en su regazo. Un regalo que Simi, el demonio caronte de Aquerón, le había hecho muchos años antes. El almohadón conservaba el olor de Aquerón, de modo que Apolimia nunca se separaba de él para poder sentirse cerca del hijo al que jamás podría tocar.

Su abuela era toda una belleza de apariencia serenísima. Su largo pelo rubio platino y sus turbulentos ojos plateados le otorgaban un aspecto juvenil de unos veintipocos años. Tenía la piel muy clara con un ligero resplandor, y lo mismo podía decirse de su pelo, que parecía tener toques de purpurina.

Volvió la cabeza para saludarla y la sonrisa de bienvenida desapareció de sus labios nada más percatarse de que tenía el brazo roto.

—Niña —susurró al tiempo que se levantaba del diván y soltaba el almohadón. Se acercó a ella para examinarle el brazo—. ¿Qué te ha pasado?

—Gajes del oficio.

—Si esa zorra de Artemisa...

—¡Por favor! —exclamó ella entre dientes—. Ya está bien de insultar a mi madre. ¿Es que soy la única persona que la quiere?

Apolimia enarcó una ceja.

—Por supuesto que lo eres. Todos los demás la vemos tal cual es.

—Piensa lo que quieras —refunfuñó—, pero de no ser por

ella yo no estaría aquí. Así que, por favor, vamos a dejarnos de insultos y a curarme el brazo, ¿vale?

La expresión de Apolimia se suavizó de inmediato.

—Claro, cariño.

Un simple roce en el hombro y su brazo se curó.

Inspiró hondo, agradecida, cuando el dolor remitió por fin. Había heredado los poderes sanadores de su abuela, pero por desgracia no podía curarse a sí misma. Solo a los demás. Cosa que era una faena cuando no tenía a su abuela cerca.

—Gracias.

Apolimia sonrió antes de besarla en la frente y colocarle el pelo en torno a los hombros en un gesto cariñoso.

—Hace tiempo que no vienes a verme, *agria*. Te he echado de menos.

—Lo sé y lo siento. No tengo tiempo para nada.

La tristeza ensombreció los ojos de Apolimia mientras le daba unos golpecitos a Kat en el hombro.

—Ojalá pudiera decir lo mismo —replicó al tiempo que se alejaba de ella.

Sí, era duro para su abuela estar atrapada en lo que antaño fuera el infierno atlante. Once mil años antes su familia al completo conspiró para encerrarla, de modo que mientras Aquerón viviera ella jamás podría ser libre.

Kat la compadecía por la soledad que sufría, a pesar del ejército de daimons y carontes que comandaba. En el fondo no eran familia y nunca la harían feliz.

—¿Cómo van las cosas con Stryker? —le preguntó.

Stryker era el hijo de Apolo y estaba al mando del ejército de daimons que su abuela controlaba. Cuando Apolo maldijo a los apolitas a morir el día de su vigésimo séptimo cumpleaños, también condenó sin saberlo a su propio hijo y a sus nietos. Desde entonces Stryker odiaba a su padre y conspiraba para destruirlo.

Seguía vivo porque Apolimia aprovechó la oportunidad y lo convirtió en su hijo adoptivo para utilizarlo contra Apolo y Artemisa. Juntos habían pasado siglos intrigando contra los dioses griegos.

Hasta que, tres años antes, se produjo un fuerte enfrentamiento entre ellos y Stryker se revolvió contra Apolimia. Parecía que su disputa por el control no iba a acabar en breve.

Su abuela soltó una carcajada furiosa.

—Estamos en guerra, *agria*. Está sentado en el salón contiguo, planeando mi muerte como si yo no lo supiera. Pero se le olvida que otros muchos mejores que él han intentado matarme y sí, yo estoy aquí encerrada, pero ellos están muertos. El mismo destino que sufrirá él en cuanto reúna el valor suficiente como para atacarme de frente. Pero esto no es lo que te ha traído por aquí, ¿verdad? —Cogió una de sus manos—. ¿Qué es lo que te preocupa, preciosa?

No era necesario endulzar sus preguntas y, además, Kat era directa por naturaleza.

—¿Has oído hablar de los gallu?

Los dos carontes sisearon con fuerza en cuanto pronunció la palabra «gallu». La inesperada reacción la dejó boquiabierta. Nunca los había visto reaccionar de ese modo, ni de ningún otro que se le pareciera.

—Tranquilos —dijo Apolimia para aplacar a sus guardaespaldas—. Aquí no hay ningún gallu.

El demonio macho escupió en el suelo.

—Muerte a los sumerios y a toda su progenie.

Apolimia suspiró antes de soltarla y le hizo un gesto para que se alejara de los carontes.

—Enlil, uno de los dioses sumerios, creó a los gallu para exterminar a los carontes de la Tierra, cuando estos campaban a sus anchas. —Eso explicaba la inesperada hostilidad—. No hace falta que te diga que los carontes no soportan ni siquiera escuchar el nombre de esas asquerosas criaturas. A ver, ¿a qué viene tu interés?

—¿Sabes qué ha sido de ellos?

Apolimia asintió con la cabeza.

—Después de que destruyera la Atlántida, los gallu se revolvieron contra los humanos y contra sus propios creadores porque su enemigo había desaparecido. Al final, tres dioses sumerios unieron sus fuerzas para mantenerlos encerrados, tal como hicieron conmigo.

—¿Y las Dimme? ¿Qué son?

Apolimia la miró con expresión suspicaz.

—¿Por qué me preguntas por las Dimme?

—Me han dicho que están a punto de liberarse y destruirlo todo.

Una expresión serena y soñadora apareció en el rostro de Apolimia, como si la idea de semejante baño de sangre le encantara. Esbozó una lenta sonrisa.

—Una estampa preciosa, sí.

—¡Abuela!

—¿Qué? —preguntó Apolimia, como si su tono la hubiera ofendido—. Soy una diosa de la destrucción. Dime sinceramente que no te resulta emocionante la idea de un trillón de personas pidiendo socorro y clemencia en vano porque no hay nadie que se preocupe por ellas. O la posibilidad de que caiga sobre la Tierra una lluvia de demonios de todo tipo, decididos a torturar, a masacrar y a despedazar a los humanos en un incontrolable frenesí de odio. Me los imagino bebiendo sangre en una orgía de terror... ¡No hay nada tan bonito como la aniquilación!

Kat se habría quedado espantada si ese no fuera un pensamiento recurrente de su abuela.

—Pues resulta que, aunque técnicamente no soy una diosa ya que no pertenezco a un panteón en concreto, me parezco a mi padre, a quien le gusta proteger a la Humanidad, así que no me apetece ver a una panda de demonios comiéndose a la gente. Llámame sentimental si quieres.

Apolimia resopló, disgustada.

—Eso es lo único que aborrezco de tu padre. Sois un par de... ¿Cómo lo llaman los humanos? Lloricas. Sois un par de lloricas.

—Te equivocas. Mi padre y yo somos capaces de apañárnoslas perfectamente sin ayuda.

Apolimia soltó un resoplido desdeñoso, cosa poco habitual en ella, pero decidió pasarlo por alto.

—Todavía no me has contestado —insistió, pese al mal humor de su abuela—. ¿Qué son las Dimme?

Se percató de que la diosa estaba irritada cuando la vio agarrar una de las dulces peras negras que crecían en los árboles de corteza negra de su jardín para aplastarla entre los dedos.

—Son la venganza final de Anu y de Enlil. Si los gallu son la bomba atómica capaz de neutralizar a mis carontes, las Dimme son el holocausto nuclear que creó Anu.

No estaba segura de entenderla.

—¿Por qué?

—Las Dimme son siete demonios cuya ferocidad ni siquiera serías capaz de imaginar. Son incontrolables incluso para los dioses y tan peligrosas que los sumerios nunca se atrevieron a liberarlas. Desde su creación viven confinadas en una celda cuya cerradura tiene un temporizador. Cada dos milenios más o menos, la fuerza que las mantiene encerradas se debilita. Si los dioses sumerios siguen vivos, no pasa nada. Vuelven a sellar la cámara y los demonios siguen encerrados como siempre. Sin embargo, si algo le sucediera al panteón y no hubiera ningún dios sumerio para sellar la cámara, las Dimme serían liberadas y camparían por el mundo para destruirlo y destruir al panteón dominante, sea cual sea. Es la broma final de Anu para reírse de aquel que lo asesinó y asesinó a sus hijos.

De modo que Sin no estaba mintiendo. La idea de lo que serían capaces de hacer esos siete demonios le revolvió el estómago. Tenía muy claro hasta dónde eran capaces de llegar los monstruos normales y corrientes. Y los carontes. Pero era incapaz de imaginar las atrocidades que las Dimme podían cometer.

—¿No te parece un poco extremo?

Apolimia la miró con expresión taimada.

—Ojalá se me hubiera ocurrido a mí.

Meneó la cabeza al escucharla. No entendía por qué su abuela odiaba tanto a su madre, ya que eran idénticas en su comportamiento... y en su forma de pensar sobre casi todo.

Apolimia se lamió el dulce jugo de la pera de los dedos.

—Pero eso no explica tus preguntas, niña. ¿Qué tienen los

sumerios para despertar este repentino interés cuando nunca te has preocupado por ellos?

—Bueno, es que tengo al último superviviente de su panteón encerrado en mi casa.

Apolimia se tensó de repente.

—¿Cómo dices?

—Que Sin está en mi casa. Aquí al lado.

Los turbulentos ojos de su abuela comenzaron a brillar, cosa que solo sucedía cuando algo la molestaba mucho.

—¿Te has vuelto loca?

Antes de que pudiera explicarse, Apolimia desapareció.

Segura del paradero de su abuela y furiosa, soltó un taco y se teletransportó hasta su casa.

Sí, allí estaba Apolimia... estampando a Sin contra la pared.

—Abuela...

—¡Vete! —rugió la diosa.

La orden la dejó pasmada. Ni una sola vez en su vida había escuchado a su abuela hablarle así. Apolimia y Sin desaparecieron en un abrir y cerrar de ojos.

¡En el nombre de Zeus!, exclamó para sus adentros. ¿Qué estaba pasando?

Cerró los ojos, pero no percibió ni rastro de ellos.

Tenían que estar en el palacio y no quería ni imaginar lo que Apolimia podía estar haciéndole a Sin. Fuera lo que fuese, sería sangriento y doloroso.

Y eso que algo sangriento y doloroso era lo que su abuela le hacía a la gente que le caía bien...

5

Sin soltó un taco cuando cayó de costado al suelo en mitad de lo que parecía un festín caronte. Habría al menos cien demonios mirándolo mientras yacía frente a ellos en el suelo adoquinado. Lo único que se escuchaba era algún que otro aleteo.

La estancia tenía un regusto medieval con sus arcos de medio punto y sus travesaños vistos de madera. Los muros de piedra sumían la estancia en un tétrico silencio que no parecía desconcertar a los semidesnudos carontes, más interesados en comer cerdos asados, vacas y otras cosas que ni siquiera era capaz de identificar.

—¿Es para comer? —preguntó uno de los machos más pequeños a un congénere de más edad.

Antes de que Sin pudiera incorporarse o responder, Apolimia apareció en el otro extremo de la mesa del banquete, junto al caronte al que le habían hecho la pregunta.

La diosa lo miró mientras el color plateado de sus iris se agitaba sin cesar.

—Despedazad a este despreciable sumerio.

—¿Sumerio? —repitió con voz amenazante el macho adulto.

Sin soltó un taco. Sí... para el grupo que tenía delante su condición de sumerio era tan ofensiva como una actuación de Ozzy Osbourne y Marilyn Mason en el encuentro anual de la Iglesia baptista. Era como si llevara tatuado en la frente: «Carne fresca». Se levantó a la espera de la muerte que estaba a punto de llamar a su puerta.

—A ver, ¿no podemos hacer un esfuerzo para llevarnos bien?

—*Ekeira danyaha* —masculló una hembra, cosa que traducida sería algo así como «Que te den».

De repente, uno de los machos se abalanzó sobre él por la espalda. Sin lo atrapó antes de que lo tocara y lo arrojó al suelo. Sin embargo y antes de que pudiera golpearlo, otro caronte le mordió en un hombro. Siseando por el dolor, se zafó de él con un cabezazo. El demonio cayó hacia atrás, desgarrándole el hombro en el proceso. En ese momento le tocó el turno a una hembra. Sin la atrapó y la lanzó sobre otros dos machos que se preparaban para el ataque.

—¿Dónde está el bote de Raid cuando hace falta? —masculló al tiempo que otro demonio lo agarraba por detrás.

Se dejó caer contra él con todo su peso, cosa que lo ayudó bien poco porque el demonio era muy fuerte. Cambió de estrategia y le asestó un par de patadas en las rodillas. El caronte gritó de dolor antes de soltarlo. En décimas de segundo, Sin se giró y le dio un puñetazo en las costillas.

—¡Ya vale!

Los demonios se detuvieron al escuchar la orden y Sin se tambaleó hacia atrás. Katra estaba a su derecha, observando horrorizada lo que había sucedido.

—No interfieras en esto —le advirtió Apolimia con voz furiosa.

Kat meneó la cabeza.

—No permitiré que muera. No así y no sin una explicación.

—¿Una explicación? —Apolimia apartó al macho que tenía delante para acercarse a su nieta—. Le pedí a su panteón que me ayudaran a ocultar a tu padre para que mi familia no lo matara. ¿Sabes lo que hicieron?

—Reírse a carcajadas —contestó Sin, que recordaba la historia con claridad.

Apolimia se volvió hacia él, resoplando indignada por la nariz. Le sorprendió que la diosa atlante no utilizara sus poderes para estamparlo contra la pared. Saltaba a la vista que no tenía en mente una muerte rápida, sino una muy lenta y dolorosa.

—Mi hijo sufrió como nadie debería sufrir y quiero devolvértelo... multiplicado por diez.

Lo entendía. ¡Joder, si hasta respetaba su afán vengativo! Sin embargo, eso no cambiaba el hecho de que él era inocente de todo lo sucedido.

—Yo no te di la espalda, Apolimia. Ni siquiera estaba allí aquel día. Te lo juro. De haberlo sabido, te habría ayudado. Pero cuando me enteré, ya era demasiado tarde.

—¡Mentiroso!

—No te estoy mintiendo —le aseguró justo cuando uno de los demonios se acercaba a él.

Tragó saliva al recordar su amarga infancia. Sus hermanos y él eran trillizos. No había pasado ni una hora desde su nacimiento cuando se vaticinó que ocasionarían la destrucción del panteón.

Lo triste era que la profecía se cumplió. Sin embargo, las cosas no sucedieron exactamente como su padre temía. Los causantes del fin fueron los celos y el odio de su propia familia. Por su culpa se convirtió en el punto débil que Artemisa y los dioses griegos utilizaron para dividir con sus mentiras a la familia hasta destruirla.

El panteón sumerio cayó después de que él perdiera su divinidad y después de que el único hermano que le quedaba tuviera que ocultarse.

El dolor por los recuerdos lo hizo hablar con voz ronca.

—Mi padre mató a mi hermano por culpa de una profecía y estuvo a punto de matarme también a mí. Nunca habría permitido que otro niño sufriera por una idiotez semejante. Yo no soy así.

Kat frunció el ceño al escucharlo, consciente del sufrimiento que se reflejaba en el rostro de su abuela y de la nota emocionada en la voz de Sin. Había hablado muy en serio.

—¿Y cómo sé que no estás mintiéndome? —exigió saber Apolimia.

—Porque yo también he perdido a mis hijos y conozco el sufrimiento que se lleva en el corazón y que ni siquiera el alcohol puede aliviar. Sé lo que se siente cuando se tienen poderes divinos y no se puede abrazar a quien más quieres. Si me crees capaz de hacerle eso a otra persona, incluso a Artemisa (a la que me encantaría torturar toda la eternidad), échame a tu ejército encima. Merezco la muerte que decidan darme.

Kat tragó saliva al ver la agonía de su mirada mientras hablaba de sus hijos y de su pérdida. Ese era un hombre que había sufrido una inmensa tragedia. La simple idea le llenó los ojos de lágrimas y la conmovió. Nadie debería padecer semejante dolor.

Apolimia estaba rígida como una estatua. Tenía una mirada atormentada y estaba muy pálida.

Bastó una simple mirada amenazadora por parte de Sin para detener al demonio que se estaba acercando a él.

—Apolimia —siguió—, Aquerón es uno de mis pocos amigos. Por nada del mundo me quedaría de brazos cruzados viendo sufrir a un hombre tan decente.

Apolimia siguió en silencio, pero al final se movió. Bajó del estrado con regia elegancia y se acercó a él. Sin decir una palabra, extendió un brazo y le pasó la mano por el brazo herido y por el hombro, que se curaron al instante.

Cuando habló, su voz apenas fue un susurro, aunque poseía la suficiente fuerza como para que todos la escucharan.

—Mi hijo tiene pocos amigos, aunque solo unos cuantos lo conocen por lo que es. Mientras lo protejas, seguirás viviendo. Ya seas sumerio o no. Pero si descubro que me has mentido, caeré sobre ti con tal ira que pasarás el resto de la eternidad intentando arrancarte el cerebro para aliviar el dolor.

Sin apartó la vista de la diosa para mirar a Katra.

—Ahora sé de quién has heredado tu imaginación.

Kat contuvo la sonrisa. Su padre y Sin eran los únicos capaces de recurrir al humor en una situación semejante.

Apolimia pasó por alto el comentario.

—Katra —la llamó sin mirarla—, es tu invitado en mi reino. Sácalo de aquí y asegúrate de que no se tropiece con alguien que quiera matarlo.

—Pero ¿no íbamos a comérnoslo? —se quejó el pequeño caronte.

Apolimia miró al «niño» con ternura.

—Otro día, Parriton.

El caronte hizo un mohín mientras Kat se acercaba a Sin.

—¿No puedo darle un bocadito, akra?

Su avidez le arrancó una carcajada a Kat.

—Otro día, Parriton, te lo prometo.

El caronte soltó un exagerado suspiro y siguió comiéndose su filete.

Kat se detuvo frente a Sin y le tendió la mano para teletransportarlo a su casa. Aunque temió que la rechazara, no tardó en sentir el contacto de esa mano fuerte y grande en torno a la suya. Había en él un poder innato e indescriptible. Una especie de paz interior.

Al menos hasta que aparecieron en su salón.

Sin le soltó la mano y la miró con sorna.

—¡Vaya! —dijo con ironía—. Qué divertido. ¿Hay algún otro sitio que quieras enseñarme mientras estamos aquí? ¿Algún otro rincón del infierno más siniestro que ese salón infestado de demonios hambrientos?

Kat sonrió.

—Podemos ir al salón de los daimons. Estoy segura de que a Stryker le encantará clavarte los colmillos.

Sin resopló al escuchar su amenaza.

—Stryker es una nenaza. Se meará en los pantalones a los tres segundos de verme.

Su arrogancia le resultó graciosísima.

—Sí, claro. Me han dicho que la última vez que os visteis te dio para el pelo. —No era cierto, pero le apetecía pincharlo un poco.

—Y una mierda.

—Lo que yo te diga —insistió, acercándose a él con los brazos en jarras—. Todo el mundo lo comenta en el foro de los Cazadores Oscuros. Dicen que te usó de fregona y que se echó a reír mientras dejaba que te desangrases.

—¿Quién lo dice?

Se quedó helada al darse cuenta de que se había acercado demasiado a él mientras le tomaba el pelo. Estaban tan cerca que podía sentir su aliento en la cara.

Era tan alto y tan sexy... Era imposible no darse cuenta. Además, esos ojos...

Podría pasarse la eternidad contemplando esas profundidades doradas y esas espesas pestañas oscuras. Para colmo, la textura de su piel la tenía fascinada. Un mentón masculino poseía una cualidad electrizante. Despertaba el apetito. Y la impulsaba a acariciarlo.

Sin permaneció totalmente inmóvil, con la vista clavada en los labios separados de Katra. Tenía la boca perfecta para su tono de piel y sus rasgos. De repente, sintió una punzada de deseo. Todo era precioso en ella. Su piel, suave y clara. Sus ojos, brillantes y de mirada inteligente.

A medida que la iba conociendo, las similitudes con su madre desaparecían.

Además, hacía mucho tiempo que no estaba con una mujer que se atreviera a desafiarlo, mucho menos a tomarle el pelo. Y también hacía mucho que no sentía ese ardor en la entrepierna.

Inclinó la cabeza para besarla sin darse cuenta de lo que hacía.

Kat se estremeció al sentir el roce de esos labios. Era su primer beso de verdad. Su madre y su abuela la habían vigilado y resguardado hasta el punto de que nunca había estado a solas con ningún hombre.

Al menos no por mucho tiempo.

Siempre se había preguntado cómo era un beso de esa naturaleza. Y Sin no la decepcionó en absoluto. Sus labios eran suaves y exigentes, en contraste con la dureza de su cuerpo. Le echó los brazos al cuello para acercarlo un poco más. ¡Era como estar en la gloria! Una sensación maravillosa y cálida. Hipnotizante. Sí, podría seguir en la misma postura un buen rato.

No obstante y de buenas a primeras, lo arrancaron de sus brazos y lo estrellaron contra la pared.

Sin soltó un taco mientras miraba hacia el suelo, que estaba a unos dos metros de sus pies.

—¡Mantén tus labios y otras partes de tu persona alejados de ella o acabarás decapitado!

Kat se echó a reír al escuchar la estentórea voz de su abuela en la estancia. Una vez hecha la advertencia, su abuela liberó a Sin, que cayó al suelo con fuerza.

Lo escuchó soltar un suspiro disgustado.

—Juro que algún día recuperaré mis poderes aunque solo sea para...

—¡Chitón! —lo interrumpió ella—. Ten cuidado porque puede oírte.

Lo vio girar en el suelo hasta quedar tumbado de espaldas para mirarla. Aunque no sabía muy bien cómo lo había logrado, la postura resultaba la mar de sexy.

—¿Cómo te las arreglas para tener vida social?

—No tengo vida social.

—No me extraña —replicó él mientras se levantaba—. Supongo que Ash es peor que ellas.

La tristeza la invadió por la simple mención de un padre al que le encantaría conocer. Sin embargo, su madre la había mantenido alejada de él y, aunque le dolía, había obedecido sus deseos porque comprendía sus razones. Eso sí, el distanciamiento con su padre era lo peor de su vida.

—Pues no. Mi padre no sabe nada de mí.

Las noticias lo dejaron alucinado. Conociendo a Aquerón, sabía que se pondría hecho una furia cuando supiera que tenía una hija de la que nadie le había hablado.

—¿Qué habéis hecho para ocultárselo? Es omnisciente.

Kat se encogió de hombros.

—Bueno, no lo sabe todo. No percibe nada de sus allegados y, dado el vínculo genético que nos une, para él soy un fantasma. Mi madre le ocultó mi existencia cuando nací y después mi abuela hizo lo mismo al comprender que las noticias solo conseguirían hacerle más daño... y al comprender que le darían a Artemisa un arma más que usar contra él. Créeme, es mucho mejor para todos que nunca se entere de que existo.

Aunque tenía sentido, no estaba bien. Personalmente, él mataría a cualquiera que le ocultara algo así.

—¿Y no se os ha ocurrido pensar que lo que habéis hecho no está bien?

—¿A qué te refieres?

—Ash se morirá si se entera de que tiene una hija a la que nunca ha visto. Una hija crecidita.

—Por eso no debe enterarse nunca y por eso debes dejar de referirte a Artemisa como mi madre. Todo el mundo cree que solo soy una niña abandonada que ella recogió, al igual que las demás doncellas.

Sin meneó la cabeza. Joder, salvo por la experiencia de perder un hijo, no se le ocurría nada peor que tener uno e ignorar su existencia. Aquerón no se merecía una cosa así.

—Entre las tres le habéis hecho una buena jugarreta. ¿Lo sabe alguien más?

—Simi, tú y nosotras tres. Y cuento con tu silencio.

—Tranquila. Es posible que se cargue al mensajero, y no me apetece pagar los platos rotos. —Le regaló una sonrisa maliciosa mientras imaginaba que Ash eliminaba a Artemisa con una descarga—. En fin, en realidad esto tiene una parte positiva. Tarde o temprano tu padre va a descubrirte y, cuando lo haga, me ahorrará el trabajo de matar a Artemisa. Espero estar presente para verlo.

Katra le lanzó una mirada contrariada que consiguió reavivar el deseo en su interior.

—Muy gracioso. Nunca le haría daño —afirmó ella.

—Sí, lo sé. Esa hija de... —replicó en voz baja—. El cabrón sigue enamorado de ella. Eso demuestra que no carbura bien.

—No —lo corrigió ella con un hilo de voz—. Ya no la quiere. De lo contrario, yo lo sabría. Creo que lo suyo fue un simple encaprichamiento. Lo que pasa es que la conoce muy bien y no es capaz de hacerle daño a nadie si puede evitarlo.

Sin resopló. No estaba de acuerdo con ella. A lo largo de los siglos había visto a Ash perder los estribos con más de una persona, razón por la que nunca se le ocurriría presionarlo demasiado. En todas las ocasiones las faltas habían sido menores. No quería ni imaginarse la furia que podía desatar en él semejante bombazo.

—No lo conoces tan bien como crees.

—¿Y qué te hace tan experto en el tema?

—Digamos que entiendo el concepto de «traición». Y, como he estado en su pellejo, sé muy bien que va a estallar. Hazme caso. Quítate de en medio cuando suceda.

La advertencia la puso sobre aviso.

—¿Artemisa te traicionó?

—No me refería a ella.

Kat guardó silencio un instante mientras intentaba leer sus pensamientos, pero era un libro cerrado. Hasta sus emociones estaban ocultas. Normalmente era capaz de percibir los sentimientos de cualquiera que estuviese cerca y, aunque de vez en cuando percibía alguna que otra punzada de los de Sin, la situación era una novedad para ella. Ir tan a ciegas le resultaba desconcertante.

—Entonces, ¿quién te traicionó?

Sin cruzó los brazos por delante del pecho.

—Verás, el problemilla de la traición es que no apetece hablar del tema, mucho menos con desconocidos que también guardan parentesco con tu peor enemigo. —Echó un vistazo por la estancia antes de decir—: Así que, ¿dónde nos deja todo esto? ¿Tienes pensado mantenerme aquí encerrado hasta que los gallu liberen a las Dimme o qué?

Esa era la pregunta del millón. En realidad, no estaba segura de lo que debía hacer con él.

—Lo de las Dimme no es un cuento chino, ¿verdad?

Sin se quitó la camisa, pasándosela por la cabeza, y dejó a la vista un musculoso torso cubierto de cicatrices. Algunas parecían ser arañazos, mientras que otras eran claramente mordiscos y quemaduras.

—¿Te parece que estoy bromeando?

No, pensó.

Era un guerrero marcado por la lucha. La invadió una oleada de compasión. Era obvio que llevaba mucho tiempo luchando para mantener a la Humanidad a salvo.

Y gran parte del tiempo lo había hecho a solas. Sin nadie que le guardara las espaldas.

Eso era lo más triste. Nadie debería enfrentarse a solas a una pesadilla semejante.

—¿Qué puedo hacer para ayudarte?

Su pregunta hizo que enarcara una ceja como si no acabara de creerla. Antes de contestarle, volvió a ponerse la camisa. Cuando habló, la incredulidad había dado paso a la amargura y la frialdad.

—Llévame de vuelta a casa y no te interpongas en mi camino.

Meneó la cabeza al escucharlo. ¿Cómo podía haber olvidado que era un dios prehistórico con ínfulas de macho?

—Creo que debería recordarte que hay un perro de presa griego con sed de sangre que sabe tu nombre y tu dirección. ¿Te acuerdas de él? Deimos no tiene ganas de ofrecerte su amistad ni va a mostrarte clemencia. Aunque tendrá que escucharme.

—¿Por qué?

Le ofreció una sonrisa socarrona.

—Porque en una ocasión le di tal paliza que no ha podido olvidarla. —Se acercó a él con paso decidido—. Necesitas a alguien que te cubra las espaldas.

Él la miró con gesto frío y amenazador.

—Sin ánimo de ofender, la última vez que permití que alguien me las cubriera, acabé recibiendo una puñalada trapera. Me gusta pensar que aprendo de mis errores.

—No todo el mundo es así de traicionero.

—La experiencia me ha demostrado lo contrario y, teniendo en cuenta tu parentesco con cierta persona que me la jugó bien, creo que no te extrañará saber que no voy a agregarte a mi lista de amigos de confianza.

Tenía razón, sí, pero ella no se parecía a su madre en nada.

—También soy hija de mi padre.

—Sí, y tú misma has dicho que has tenido mucho menos contacto con él que con tu madre. Así que espero que entiendas que vaya con pies de plomo.

No podía culparlo por su recelo. ¿Cómo iba a hacerlo si ella misma no confiaba del todo en su madre?

Sin la miró con cara de pocos amigos.

—Necesito salir de aquí, Kat. No puedo hacer mi trabajo si estoy atrapado en el inframundo.

—Y yo no puedo dejarte marchar sin saber qué planes tienes.

Sus palabras le arrancaron un suspiro asqueado.

—Evitar la aniquilación de la Humanidad y la destrucción de la Tierra. Un plan sencillo, pero importante. ¿Puedo irme ya?

La respuesta le hizo gracia hasta cierto punto, pero también hizo que le entraran ganas de agarrarlo del pescuezo por su cabezonería y su secretismo.

—¿Para qué necesitas la Estela del Destino?

Sin recorrió con un par de zancadas la distancia que los separaba y esos ojos dorados se cernieron sobre ella echando chispas.

—Sácame de aquí, Katra. Ahora mismo.

—No puedo.

—En ese caso, espero que seas capaz de vivir con la exterminación de la raza humana en tu conciencia. —Señaló el sofá con el dedo pulgar—. Yo me sentaré ahí hasta que todo haya acabado. ¿Tienes algunas películas buenas con las que pueda entretenerme? Me ayudarán a no escuchar sus gritos suplicando clemencia. Sobre todo los de los niños. Suelen ser los más duros de pasar por alto.

Sus palabras le llegaron a lo más hondo y afectaron su parte más humana. Ver a un niño sufrir le resultaba insoportable. Sin estaba jugando sucio y dolía.

—Me dan ganas de matarte.

La expresión de Sin se tensó.

—Ponte a la cola. Tu madre está antes.

Kat apartó la mirada mientras debatía consigo misma para decidir qué hacer. Si lo que decía era cierto, no podía retenerlo, pero ¿cuánto iba a durar con Deimos tras él? No tenía sus poderes divinos y el Dolofoni era un hijo de puta con todas las letras.

—¿Sabes a lo que te enfrentas?

Sin la miró como si fuera tonta.

—Si algo tan patético como un Dolofoni griego puede vencerme, mereceré morir.

—¿Y qué pasará con la Humanidad en ese caso?

—Supongo que lo llevará crudo, ¿no?

¿Cómo podía ser tan chulo y tan pasota? Sabía muy bien a lo que se enfrentaba. ¿De verdad pensaba que podía vencer a Deimos sin alguien que lo ayudara?

No soportaba pensar que pudiera morir en una pelea y que no quedara nadie más que supiera cómo enfrentarse a los gallu. La Humanidad necesitaba más de un defensor.

—Enséñame a luchar contra las Dimme.

No lo habría sorprendido más ni aunque se hubiera desnudado en ese momento para abalanzarse sobre él.

—¿Cómo dices? Estoy seguro de que no he oído lo que creo que acabo de oír.

Su respuesta no la amilanó.

—Enséñame a luchar contra ellas y contra los gallu.

La simple idea de verla enfrentarse a los demonios y a su crueldad le arrancó una carcajada. Sí, era alta y corpulenta, pero no era rival para la fuerza de un gallu, ni mucho menos para la de una Dimme. Se la comerían viva. Literalmente.

—No tienes sangre sumeria.

—Hay formas de solucionarlo.

Sin retrocedió unos pasos al imaginarse una de ellas.

—¿Lo de chupar la sangre es herencia familiar?

—No, pero si creamos el vínculo, conseguiré la fuerza y la sangre sumerias.

Eso no era lo único que conseguiría y Sin lo sabía muy bien.

—Y te dará poder sobre mí. Así que ni de coña.

Kat se acercó a él con una mirada suplicante en esos ojos verdes.

—Sin...

—Katra... —se burló él—. No voy a permitir que ni tú ni nadie me debilite aún más de lo que ya me han debilitado. Jamás.

—Entonces déjame entrenar contigo. Enséñame...

—¿Mis mejores movimientos? ¿Para que puedas matarme? —¿Estaba loca o qué?, se preguntó—. Vete a la mierda.

—¿Es que no confías en nadie? —masculló ella de mala manera.

—¿No hemos hablado ya de esto? ¡Joder, no! No confío en nadie. ¿Por qué iba a hacerlo?

—Porque nadie puede ir solo por la vida.

Soltó un resoplido burlón al escucharla. Aunque Katra parecía creerse todas las gilipolleces que estaba diciendo, él no era un papanatas ni mucho menos.

—Ahí te equivocas. Llevo solo toda mi vida y me gusta.

Katra no se rindió y lo persiguió por el salón cuando él intentó poner cierta distancia entre ambos.

—Confía en mí, Sin. Solo quiero ayudar.

—¿Quieres que confíe en ti? —Se detuvo de forma tan repentina que ella se dio de bruces contra su espalda y trastabilló hacia atrás. La suavidad de su cuerpo le hizo dar un respingo, pero no iba a permitir que la lujuria le nublara la razón. La agarró por los brazos para enderezarla y la alejó de él con una expresión furiosa. Sabía de qué forma podía cortar de raíz sus tonterías—. Vale. Confiaré en ti con una condición. Dime cómo matarte.

Ella lo miró con los ojos desorbitados por la confusión.

—¿Cómo dices?

Sonrió porque sabía muy bien que la había pillado. Nunca le diría cuál era la fuente de sus poderes.

—Todos los dioses tienen un talón de Aquiles que los deja expuestos. ¿Cuál es el tuyo?

Vio que lo miraba con recelo. Estupendo, después de todo no era tan pánfila.

—¿Cómo sé que no vas a usarlo para matarme?

—Ajá —replicó con voz ronca—. ¿Ves como no es tan fácil confiar en los demás?

De todas formas, Kat no dio su brazo a torcer, cosa que en cierto modo le resultó admirable.

—Tienes la Estela del Destino. Con ella puedes dejarme sin poderes.

—Pero así no me demuestras ninguna confianza, ¿no te parece? Dime cómo puedo matarte sin usarla.

Kat se detuvo a sopesar seriamente las consecuencias que podía sufrir si le contestaba. Dado el odio que le profesaba a su madre, sería un error garrafal darle ese tipo de información. Podría matarla en cualquier momento y en cualquier lugar.

Recordó todo lo que había leído sobre él en el foro de los Cazadores Oscuros. Carecía de compasión y de cordura. Claro que de ser así, no tendría el cuerpo marcado por sus peleas contra los demonios en defensa de la Humanidad.

Un hombre así no la habría rescatado. No, no era el monstruo que otros aseguraban. Pero tampoco era un santo.

Confiar en él podría costarle la vida. No confiar en él podría suponer el fin del mundo.

La elección estaba clara.

No lo hagas, se dijo.

La simple idea era aterradora, pero no tenía otra opción. Uno de ellos tenía que ser el primero en confiar en el otro, y saltaba a la vista que no iba a ser él.

—Si te lo digo, ¿me entrenarás? —le preguntó sin rodeos.

—Sí, ya puestos, ¿qué más da?

Kat inspiró hondo para hacer acopio de valor antes de volver a hablar:

—Muy bien. Mis poderes provienen del sol y de la luna. Si paso demasiado tiempo alejada de alguno de los dos, comienzo a debilitarme. Por eso no puedo quedarme mucho con mi abuela. Si me encerraran aquí, sin estar expuesta al cielo, moriría.

Sin la miró, alucinado. Le resultaba increíble que le hubiera dicho algo así. ¿Estaba loca?

—¿Sabes lo que has hecho?

—Sí. He confiado en ti.

Sí... Definitivamente estaba como una cabra. No le cabía duda. ¿Cómo si no iba a confesar algo tan crucial?

—Sabes muy bien que odio a tu madre.

—Y también sé lo que opinas de mi padre.

—Que ni siquiera sabe que existes.

—Cierto —admitió ella—. Pero quiero ayudarte a hacer lo correcto, y si la única forma de lograrlo es darte poder sobre mí, que así sea.

Estaba como un cencerro. No había otra explicación. ¿Qué clase de criatura podía ser tan imbécil y tan confiada? ¿Y por qué motivo? ¿Para ayudar a una raza que ignoraba su existencia?

—Puedo destruirte ahora mismo.

—Sí —reconoció ella, mirándolo con una intensidad abrasadora—, podrías hacerlo. Pero confío en que no lo hagas.

Meneó la cabeza sin dar crédito a lo que estaba pasando. Nadie había confiado en él de esa manera. Ni siquiera su mujer. Los dioses no entregaban ese tipo de información a los demás bajo ninguna circunstancia.

—Tú no estás bien, ¿verdad?

—Es posible. No eres el primero que lo piensa, y ahora mismo la voz de mi conciencia está poniéndome a caldo.

Extendió un brazo para acariciarle la mejilla. El roce de su piel en las yemas de los dedos era tan suave como la seda. Pese a su apariencia delicada, percibía en ella un núcleo duro como el acero.

—¿Eres consciente del peligro al que vas a enfrentarte?

—Después de que uno de ellos me partiera el brazo hace un rato y de haber visto tus cicatrices, me hago una idea, sí. Pero nunca he sido de las que se acobardan por nada. Necesitas que alguien te ayude, y tengo la intención de hacerlo lo quieras o no.

Alguien a su lado. En la lucha. Un concepto novedoso. Nadie le había hecho nunca una oferta semejante y todavía no sabía si aceptar o no. Claro que le había dado su palabra y él no se retractaba nunca de una promesa.

Aunque seguía sin confiar en ella.

—¿Cómo sé que no vas a utilizar en mi contra lo que te enseñe?

La oyó soltar un resoplido indignado.

—¡Oye! Tienes la información para matarme, ¿recuerdas? Me parece que yo llevo las de perder en todo esto.

Sin le dio la razón asintiendo con la cabeza, tras lo cual apartó la mano de su mejilla.

—Muy bien. Tengo que salir de aquí. Necesito volver a mi casa para prepararme.

—Vale.

En un abrir y cerrar de ojos estaban de vuelta en su ático de Las Vegas. Echó un vistazo a su alrededor por si Artemisa seguía allí, pero no había rastro de la diosa ni de su Dolofoni. Kish seguía de pie junto al sofá, como una estatua de tamaño real.

Kat enarcó una ceja al reparar en su presencia por primera vez.

—¿Amigo o enemigo?

—Depende del día y del momento —contestó él antes de chasquear los dedos para que Kish recobrara la normalidad.

—¿Has vuelto a congelarme? —le preguntó su ceñudo ayudante después de sacudir la cabeza.

—Me estabas molestando —contestó al tiempo que se encogía de hombros.

—Odio que lo hagas. —Al darse cuenta de la presencia de Kat, que lo miraba con un brillo curioso en los ojos, le dio un buen repaso con la vista. Confundido, se volvió hacia Sin—. ¿Artemisa y tú habéis hecho las paces? Joder, ¿cuánto tiempo he estado congelado?

Kat se echó a reír.

—No soy Artemisa.

—Cometí un error —reconoció él, renuente a explicar nada más.

—¿Y lo admites? —Kish alzó las manos—. No me desintegres, jefe. Voy a ver qué tal van las cosas en el casino. Esto no es asunto mío. No me interesa para nada. Como quiero seguir viviendo, me voy. —Se marchó a la carrera, como si no viera el momento de cerrar la puerta al salir.

Kat lo miró con una sonrisa sincera.

—Tu ayudante es gracioso. ¿Es tu escudero?

Negó con la cabeza antes de coger el abrigo y dejarlo sobre uno de los taburetes del mueble bar.

—No soy un Cazador Oscuro. Los escuderos no me van.

—Interesante elección de palabras.

Él la miró con expresión burlona.

—¡Ja, ja! Muy graciosa —le dijo.

Kat se acercó hasta atraparlo entre su cuerpo y la barra del mueble bar.

—Dime una cosa: entonces, ¿por qué se te considera un Cazador Oscuro?

—Fue idea de Aquerón. Pensó que tenerme en nómina era lo menos que podía hacer para reparar lo que Artemisa me había hecho.

—Pero tú pasas de los daimons.

—Sí. Aquerón sabía desde el principio que los gallu estaban ahí fuera. Así que entre los dos los hemos mantenido a raya.

—¿Ash te ayuda? —preguntó ella con el ceño fruncido.

—¿Por qué te sorprende?

—¿No decías que salvo los miembros de tu panteón nadie podía matarlos?

—Sí, bueno, tu padre es un poco distinto a los demás. Seguro que lo sabes.

No podía estar más de acuerdo. Su padre era muy raro y esa afirmación se quedaba corta.

—En ese caso, ¿por qué crees que no puedo hacerlo?

—Tú no eres ctónica. De serlo, no tendrías ningún punto débil.

Enarcó una ceja al escucharlo. Los ctónicos eran asesinos de dioses. Una especie de sistema de seguridad creado por la Naturaleza para mantener el equilibrio. Solo ellos poseían el poder para destruir a los indestructibles. El único problema era que nadie sabía cómo destruirlos a ellos. Solo un ctónico podía matar a otro ctónico.

—¿Ese es su secreto?

—No, casi todos los dioses antiguos lo saben. Por eso les tienen tanto miedo a la justicia ctónica.

Cierto. Eran los únicos capaces de obligarlos a entrar en razón. Por desgracia para Sin, en la época en la que Artemisa atacó a su panteón los ctónicos estaban enfrentados entre ellos y no había nadie para proteger a los sumerios.

Kat echó un vistazo al exterior a través de los altos ventanales situados a su izquierda que ofrecían una vista espectacular del paisaje árido de Las Vegas.

—Dime, ¿qué se te ha perdido en el desierto?

—Es pura logística. Mi padre enterró a los gallu y a las Dimme en el desierto porque en aquella época esta zona estaba escasamente poblada y pensó que era una buena forma de mantenerlos controlados. Por desgracia, no era capaz de predecir el futuro, así que ignoraba los efectos del desarrollo nuclear del siglo XX. Las pruebas que llevaron a cabo en el desierto de Nevada despertaron a los gallu y comenzaron a liberarlos en grandes grupos. A medida que salían a la luz, yo los perseguía y también perseguía a sus víctimas.

Kat le cogió una mano para estudiar atentamente las cicatrices que tenía en la piel. Recordó el día en que, siendo apenas una niña, su madre la convocó a su dormitorio.

«Ayúdame, Katra. Tenemos que quitarle sus poderes o me matará.»

El recuerdo hizo que se encogiera por dentro. En aquel momento Sin estaba inconsciente. Su juventud y su inocencia la habían llevado a obedecer a su madre sin rechistar.

Y así acabó arruinando al hombre que tenía delante.

Si alguna vez llegara a enterarse de la verdad, la mataría.

—¿Qué le pasó a tu padre? —quiso saber.

Sin le acarició los dedos con el pulgar antes de alejarse de su mano.

—Acabó rodeado de enemigos, externos e internos. ¿Cómo era el dicho aquel? «No te fíes de los griegos con regalos.» Apolo y tu madre llegaron como amigos, pero comenzaron a soltar mentiras. Su fin era volvernos sistemáticamente los unos contra los otros hasta que no confiáramos en nadie. En mi caso, la confianza en los demás brillaba por su ausencia. Después de que me arrebataran mis poderes y mi condición de dios, intenté advertir a los otros, pero no creyeron que la historia pudiera repetirse con ellos. Al fin y al cabo, yo solo era un imbécil que me merecía lo que me había pasado. Ellos eran mucho más listos que yo. O eso pensaban.

—Y, después de todo, tú sigues aquí y ellos no.

Asintió con la cabeza antes de replicar:

—Sobrevivir es la mejor forma de vengarse. Ahí tienes a las cucarachas.

—Y a los gallu.

El comentario le arrancó una carcajada.

—Posiblemente. Me merezco pasarme toda la eternidad luchando contra ellos, la verdad.

Kat sonrió por su buen humor. Para ser un dios depuesto, era un tío gracioso y bastante listo. Había algo en él que resultaba contagioso, algo que tenía en ella un efecto embriagador. Normalmente tardaba más en congeniar con la gente; pero a pesar de todo lo que se decía sobre Sin, quería creer en su palabra.

No tenía sentido.

Quería extender un brazo para tocarlo. Quería besarlo otra vez y ver qué habría sucedido si Apolimia no los hubiera separado a la fuerza.

Dio un paso hacia él de forma inconsciente. Era muy probable que hubiera hecho algo más si en ese momento no hubiese sentido un extraño escalofrío en la espalda. Una sensación que le resultaba muy familiar.

Porque anunciaba la presencia de un daimon.

El origen de los daimons era una maldición de Apolo, que condenó a los apolitas a morir dolorosamente a la temprana edad de veintisiete años. Los daimons solo podían sobrevivir alimentándose de almas humanas. De ahí que tuvieran que aniquilarlos. Tan pronto como se hacían con un alma, esta comenzaba a morir porque no estaba en su cuerpo original. La única forma de salvarla y enviarla al lugar donde debía estar era matar al daimon antes de que fuera demasiado tarde.

Y en ese momento percibía la presencia de un daimon en las cercanías.

Alguien llamó a la puerta y notó que se le helaba la sangre en las venas. Había un daimon al otro lado. Lo sabía.

Intentó detener a Sin para que no abriera, pero él no le hizo caso. Abrió la puerta y allí estaba, un daimon alto, rubio y con un traje negro.

Kat hizo aparecer un puñal en su mano y corrió hacia él.

6

Sin pegó a Katra contra su cuerpo antes de que alcanzara a Damien Gatopoulos y lo apuñalara en el corazón.

—¡Para, Kat!

Damien puso los ojos como platos al tiempo que retrocedía de un salto, como si tuviera resortes. Sin embargo, recuperó la compostura al instante al darse cuenta de que Sin no iba a soltarla para dejar que lo matase.

—¡Es un daimon! —rugió ella.

Damien la miró con expresión indignada.

—Pues sí —reconoció Sin muy despacio, sujetándola con más fuerza—, y también es el gerente de mi casino.

La sorpresa hizo que se quedara pasmada y que lo mirara sin dar crédito. Estaba colorada y, aunque había aflojado la mano con la que sostenía el puñal, Sin decidió no soltarla por si se lanzaba de nuevo contra Damien y acababa arruinándoles la noche a todos.

—¿Cómo has dicho? —la escuchó preguntar.

—Que es el gerente de mi casino.

La furia la asaltó de nuevo, ya que empezó a debatirse otra vez. Aunque no debería ser así, el roce de su cuerpo lo puso a cien. Le costaba concentrarse en otra cosa que no fuera lo mucho que deseaba besar sus labios al ver esas mejillas encendidas por la furia.

—¿Tienes a un daimon trabajando para ti?

Cambió de postura para evitar que Katra siguiera restregándose con su entrepierna y soltó una carcajada antes de responder:

—La verdad es que tengo a un par, sí.

—No te preocupes —dijo Damien al tiempo que se enderezaba la chaqueta y se alisaba las solapas—. Solo como humanos que se lo tienen bien merecido.

Su aclaración no sirvió de mucho.

Kat torció el gesto con una expresión asqueada y volvió la cara de nuevo hacia Sin.

—Y pensar que empezabas a caerme bien... No puedo creer que dejes que un daimon trabaje para ti.

No esperaba que Kat lo entendiera, claro, pero en su caso no tenía el menor problema ni con Damien ni con el resto de los que trabajaban para él. Eran hombres y mujeres cuyas vidas quedaron arruinadas por la ira de un dios griego. En su opinión, eran almas gemelas. Apolo los había maldecido porque mataron a su amante y a su hijo. Aunque había sido una tragedia, Apolo nunca tendría que haber maldecido a todos los miembros de la raza apolita para que sufrieran una muerte muy lenta y dolorosa cuando cumplieran los veintisiete años. El dios también los desterró del día y los obligó a subsistir bebiendo la sangre de sus congéneres. Una crueldad nada digna de un dios que debería haber demostrado más compasión hacia la raza que había creado y que, en cambio, les había dado la espalda.

Además, lo que había dicho Damien era cierto. Ni él ni los demás que trabajaban en el casino se alimentaban de las almas de humanos decentes. Solo destruían las almas de gente que merecía morir. Y bien sabían los dioses que había bastantes humanos en ese mundo que merecían la muerte. Era justo que se convirtieran en las víctimas de un depredador noble y que, por una vez, el destino les deparase una sentencia justa.

—Sí —le dijo a Kat con una sonrisa—, pero es un tío muy legal. Desde que está al mando, nadie intenta hacer trampas. Si alguien lo hace, se lo come.

La vio hacer una mueca al escucharlo.

—¡Sois repugnantes! ¡Los dos!

Damien resopló, muy ofendido.

—Pues que sepas que me duele mucho que me juzgues por un único y desafortunado hecho. La verdad es que no soy un mal tío.

Kat no se lo tragaba.

—Te alimentas de las almas de la gente. ¿Cómo no vas a ser un mal tío?

—Si los conocieras, seguro que no querrías que esta gente se reencarnara, de verdad. El último a quien me ventilé era un maltratador. Su alma estaba estupenda, pero como ser humano era asqueroso.

Sin contuvo una carcajada, porque saltaba a la vista que a Kat no le había hecho gracia el comentario. Sin embargo, sabía que Damien estaba en lo cierto. Su gerente solo se alimentaba de aquellos que merecían morir, y mientras siguiera haciéndolo, él no tenía el menor problema.

Kat meneó la cabeza.

—Y si comes muchas almas como esa, te corromperán hasta que te conviertas en un ser igual. Todo el mundo lo sabe.

Damien volvió a resoplar.

—Solo si eres imbécil. Tengo doscientos años y todavía no me he convertido en nada. El truco está en canturrear para no escuchar la mierda que te sueltan en la cabeza. Se ponen muy gritones cuando están a punto de morir. Pero te zampas un alma nueva y listo. La anterior desaparece y así no hay peligro de convertirte en un ser malvado.

Intentó soltarse una vez más de las manos de Sin.

—Me das asco.

Damien no se lo tomó a mal.

—Como si tú no tuvieras costumbres asquerosas.

—Yo no me como a la gente.

—Y técnicamente yo tampoco. Solo me trago sus almas. Algo que te aconsejo que pruebes un día... Mmm, están para chuparse los dedos.

Kat soltó un chillido antes de abalanzarse sobre él.

Sin le rodeó la cintura con las manos y la levantó del suelo, una mala idea, porque ella respondió dándole una patada en las piernas.

—¿Por qué no bajas, Damien? Te llamaré cuando tenga un hueco.

—Claro, jefe.

Sin esperó a que la puerta se cerrase antes de soltar a Kat, que se giró hacia él echando humo por las orejas y chispas por los ojos.

—No vuelvas a impedir que me teletransporte.

—¿Por qué no? Tú lo hiciste conmigo.

Kat se tranquilizó un tanto al darse cuenta de que era verdad. Le había hecho lo mismo. Qué curioso que en su momento no le pareciera una intromisión en su intimidad. Con razón se había enfadado tanto con ella en Kalosis. Sin embargo, eso no cambiaba el hecho de que estuviera equivocado con respecto al daimon.

—¿Cómo puedes aceptar lo que ese hombre hace para seguir vivo?

—¿Yo? Te recuerdo que no fue precisamente mi tío quien se volvió loco y maldijo a toda una raza. De no ser por Apolo y su maldición, no existiría ningún daimon.

—Mataron a su hijo y a su amante —le recordó ella, como si eso justificara la furia irracional del dios.

—A su hijo y a su amante los mataron tres soldados —puntualizó Sin—. El resto de los apolitas era inocente. ¿Cuántos niños mató Apolo el día que desató su ira contra ellos? ¿Le importa? No, espera que me he acordado de una mejor... ¿Cuántos de esos apolitas a los que condenó a morir eran fruto de su carne, sus hijos y sus nietos? ¿Le importó algo que no tuvieran nada que ver con el asunto? En un arrebato de ira mató a muchísimos más descendientes suyos que los tres soldados, que solo acabaron con su amante y con su hijo. A muchísimos más.

Dio un respingo al caer en la cuenta de que Sin volvía a tener razón. Stryker, que servía a Apolimia, era hijo de Apolo. En un principio Stryker tenía diez hijos, que también fueron víctimas de la maldición. De esos diez hijos, todos se habían convertido en daimons y habían acabado muertos.

Todos.

—Dime una cosa, Kat —siguió Sin con voz tensa—. Si fueras a morir a los veintisiete y alguien te mostrara el modo de vivir un día más, ¿de verdad elegirías preservar la vida de un desconocido antes que la tuya?

—Claro que sí.

—Pues eres mucho mejor persona que yo. O tal vez nunca hayas tenido que luchar para sobrevivir, de modo que no sabes lo que es mirar a la muerte a la cara y que esta te devuelva la mirada.

Sus palabras no la hicieron cambiar de opinión.

—Eres inmortal. ¿Qué sabes tú de la muerte?

Una expresión gélida se apoderó del rostro de Sin al tiempo que el dolor afloraba a sus ojos ambarinos.

—Los inmortales pueden morir, como de hecho lo hacen. Algunos más de una vez.

Había algo en sus palabras... algo que debía averiguar.

—¿Y tú le has quitado la vida a un inocente para sobrevivir un día más?

Los ojos de Sin la miraron fríos e inescrutables.

—He hecho muchas cosas en esta vida que no quería hacer. No estoy orgulloso de ellas, pero sigo aquí. Y tengo la intención de seguir aquí muchísimo tiempo. Así que no te atrevas a juzgar a la gente cuando no has estado en su pellejo.

Extendió el brazo para tocarlo a pesar de saber que no debería hacerlo. En cuanto lo hizo, sintió la crudeza de su dolor. Aunque lo peor fue verlo con su hija, gritando su nombre mientras ella moría a manos de los demonios. Sin tenía el pelo pegado a la piel por culpa del sudor. La sangre manaba por su cuerpo y por su rostro de expresión furibunda como si fueran ríos de color púrpura. Lo vio acunar a Ishtar contra él y sintió un dolor tan profundo que le arrancó un jadeo.

A continuación, experimentó un dolor agudo, como si algo le atravesara el corazón.

Bajó la vista y se quedó sin aliento al ver lo que parecía su propia sangre, casi esperando ver una herida. Sin embargo, no vio su cuerpo. Era el de Sin. Tenía una espada clavada en el pecho y quemaba como los fuegos del infierno. A cada latido de su corazón el dolor se extendía por todo su cuerpo, hasta que sintió deseos de gritar.

Y ese ni siquiera era el único recuerdo doloroso que Sin ocultaba. Se vio en una galería muy larga, soleada y bien aireada, con unas vaporosas cortinas blancas que se agitaban por la brisa. El sol entraba a raudales mientras Sin se dirigía a la parte posterior de su templo en Ur. La alegría inundaba su corazón hasta que los sonidos de una pareja en pleno frenesí sexual acabaron con ella. La alegría se convirtió en un furioso deseo de venganza al entrar en su dormitorio. Se acercó a la cama situada en una esquina de la estancia y apartó la cortina roja.

Lo que vio la sobresaltó tanto que soltó el brazo de Sin y retrocedió con un jadeo.

No podía respirar. No podía ver ni oír nada salvo la insoportable agonía que la consumía. Dolía... dolía... las imágenes se repetían en su cabeza una y otra vez. Los recuerdos de Sin. Vio a su esposa en los brazos de otro hombre. Vio a su hijo, Utu, y a su hija, Ishtar, mientras morían luchando contra los demonios que su propio padre había creado.

La agonía era insoportable...

¿Cómo soportaba Sin todo lo que le había sucedido? ¿Cómo? Se habían reído de él y lo habían humillado.

Después, habían muerto y lo habían dejado completamente solo...

Kat quería tranquilizarse, pero le resultaba imposible encontrar consuelo. Las imágenes se repetían de forma implacable, abrumándola. La culpa. La traición.

—Ayúdame —susurró con el corazón desbocado.

Sin estaba junto a Kat, observándola. La parte sádica de su ser disfrutaba al verla sufrir. Era lo que se merecía por haber husmeado en sus emociones y en sus recuerdos.

Sin embargo, no era el cabrón que le gustaría ser, de modo que el regocijo apenas le duró una milésima de segundo antes de estrecharla entre sus brazos. Kat empezó a sollozar contra él.

—Tranquila —susurró mientras la acunaba—. Olvídate de

esos recuerdos. No son tuyos. —Cerró los ojos y la acunó contra su pecho al tiempo que utilizaba sus poderes para calmar el dolor que ella le había arrebatado.

Kat siguió temblando sin control mientras las imágenes desaparecían. Sintió el consuelo de los brazos de Sin, que luchaba contra las emociones residuales que aún la abrumaban.

Sin albergaba mucho dolor en su interior. Había sufrido muchas traiciones. ¿Cómo lo soportaba?

Aunque ya conocía la respuesta. Todo eso era lo que lo impulsaba a combatir a los gallu. Encauzaba toda su furia y su dolor hacia ese objetivo.

Sin embargo, al mismo tiempo lo aislaba de todo el mundo. Incluso de Kish y de Damien. Y por fin entendió lo que le había dicho antes.

—Hay más de una forma de morir —murmuró.

—Sí. —La voz de Sin era apenas un susurro, y ese monosílabo destiló más emoción que un poema de amor—. Los cobardes no son los únicos que mueren un millar de veces. En ocasiones también les pasa a los héroes.

Era cierto. Lo había visto con sus propios ojos, y por fin entendía muchas cosas sobre él.

Echó la cabeza hacia atrás para poder mirarlo a la cara. Estaba guapísimo a la tenue luz de la estancia. Sus facciones eran perfectas. De todas formas, seguía viéndolo cubierto de sangre, con expresión angustiada...

Y quería consolarlo más que nada en el mundo.

Sin se quedó sin aliento al ver la compasión en los ojos de Kat. La lástima. Había pasado mucho tiempo desde que alguien lo miró así por última vez. El odio, la furia, el desdén... Podía soportarlos. Pero esa mirada bastó para debilitarlo.

Porque llegó a lo más hondo de una parte de su ser cuya existencia desconocía. Y lo ablandó. Nunca se había sentido tan desnudo ante nadie. Kat había visto su pasado y no se había reído de él. Era una novedad aterradora.

Cuando ella le tocó los labios con los dedos, el deseo lo abrasó. Había pasado mucho tiempo desde que una mujer...

No, nunca se había sentido así con una mujer. Ni siquiera su esposa lo había atraído tanto como Kat. Tenía algo que resultaba contagioso, incitante. Su sentido del humor, su valor. Toda ella.

Y quería saborearla con tantas ganas que solo podía pensar en desnudarla y hacerle el amor hasta el fin de los tiempos.

O al menos hasta que las Dimme se los comieran...

Kat vio las emociones que cruzaban el rostro de Sin. Un deseo ardiente y descarado brillaba en esos ojos y no le hizo falta utilizar sus poderes para saber lo que estaba sintiendo.

Contuvo el aliento a la espera de que la besara.

Sin la abrazó con más fuerza un segundo antes de apoderarse de su boca. Ella le colocó la mano en la mejilla y sintió cómo se movían los músculos de su cara mientras sus lenguas se encontraban. Sabía a hombre y a vino. A consuelo y calidez. Desconocía el motivo, pero experimentó una extraña sensación de paz con él. El deseo se apoderó de ella.

Sin gruñó al sentir que la lengua de Kat le devolvía las caricias. En parte esperaba que Apolimia los separase con una descarga, pero a medida que pasaban los segundos y gracias a las cálidas caricias de Kat, se relajó. No había nadie allí que los separase. Nadie que se interpusiera entre ellos.

Eso lo alegró muchísimo más de lo que debiera.

¡Por los dioses, qué dulce era! Y qué suave. El cálido aroma de su piel se le subió a la cabeza. Casi había olvidado lo bien que se sentía al abrazar a una mujer que sabía quién era y lo que era. Claro que ella acababa de ver una parte de sí mismo que nadie había visto jamás. Era una parte que ni siquiera él quería recordar.

Le cogió la cara entre las manos con los sentidos saturados. Deseaba sentirla desnuda contra él. Que esos dedos largos y elegantes lo acariciaran. Que sus largas piernas lo rodearan por la cintura mientras se hundía en el interior de su cuerpo.

Sin embargo, Kat se apartó para mirarlo a los ojos. Tenía las pestañas humedecidas por las lágrimas.

—Siento mucho todo lo que has sufrido.

—No lo sientas. Tú no hiciste nada.

Kat tragó saliva al escuchar ese tono de voz tan inexpresivo. No, no lo había hecho, pero toda su familia había sido partícipe.

El hombre al que había visto en la cama con la esposa de Sin era su abuelo Arcón. Se preguntó si Apolimia sabría que su marido no le fue fiel. En caso de saberlo, eso explicaría el odio que les profesaba a los sumerios.

La política divina siempre fue complicada. Y solía ser dolorosa, aunque nunca tanto como en ese caso.

Inclinó la cabeza, cogió una de las manos de Sin y observó las quemaduras y las cicatrices de sus peleas. Tenía la piel muy oscura comparada con la suya. En sus manos había fuerza. Sin embargo, era la soledad que padecía lo que más le dolía.

«Las adversidades nos hacen más fuertes.» Eso es lo que le dijo el dios ctónico, Savitar, cuando le preguntó por qué algunas personas tenían que sufrir tanto. «El acero más resistente se forja en los fuegos del infierno. Se golpea una y otra vez antes de volver a hundirlo en la fragua. El fuego le da su poder y su flexibilidad, y los golpes le dan fuerza. El fuego y los golpes hacen que el metal sea dúctil y capaz de soportar todas las batallas que tendrá que librar.»

De niña le había parecido muy cruel. Y todavía seguía pareciéndoselo en ocasiones.

No obstante, Sin lo había soportado sin rechistar.

Se llevó la mano a los labios y besó las peores quemaduras que tenía en el dorso de la muñeca izquierda.

Sin se estremeció por esa muestra de ternura. A decir verdad, no sabía qué hacer con ella. Era capaz de lidiar con los insultos y los ataques.

La ternura...

Lo aterraba.

—Creía que me odiabas.

Kat soltó una carcajada que él sintió sobre la piel.

—Y lo hago. —Lo miró a los ojos con una sinceridad que lo desarmó—. Sabes que no deberías permitir que los daimons trabajen para ti.

—Los pocos daimons que tengo a mi cargo no han destruido

ni la mitad de vidas que tu madre y tu tío, pero aun así tú los sigues queriendo.

En eso tenía razón.

—Solo cuando tengo un buen día. —Carraspeó y se apartó de él—. Ibas a enseñarme a luchar contra los gallu.

Nada más pronunciar esas palabras, vio la imagen de la hija de Sin en su cabeza. Los demonios habían despedazado a Ishtar. Literalmente. Y a juzgar por la cara que él había puesto, supo que estaba recordando lo mismo.

—No te preocupes —le aseguró—. Puedo con ellos. Soy hija de dos dioses.

Sin resopló por sus palabras.

—Lo mismo que Ishtar.

Sí, pero Ishtar no era como ella ni tenía los mismos padres.

—Mi padre es el heraldo de la muerte y la destrucción. Mi abuela es la Gran Destructora. Mi madre es la diosa de la caza. Creo que no me pasará nada.

—Ya —dijo él entre dientes antes de retroceder—. Por tus venas corre el terror y la crueldad a raudales.

Le guiñó un ojo.

—Recuérdalo por si alguna vez se te ocurre interponerte entre una tableta de chocolate y yo.

—Intentaré tenerlo en mente.

Sin no parecía muy convencido. No la creía una luchadora, pero ya se enteraría. Le demostraría de qué pasta estaba hecha.

—Bueno, ¿cuántos daimons tienes trabajando en el casino? —le preguntó ella.

Sin se encogió de hombros.

—No estoy seguro. No me acerco demasiado a ellos para cerciorarme. Damien los controla. Si se alimentan de los turistas equivocados, los mata.

—¿Y eso te da igual?

—Confío en Damien más que en ninguna otra persona.

Eso no tenía ningún sentido. Claro que su abuela controlaba todo un ejército de daimons y no protestaba por las vidas y las almas que robaban para seguir con vida. Por supuesto, su líder,

94

Stryker, estaba conspirando para acabar con ella, pero esa era otra cuestión.

Tardó un minuto en darse cuenta de por qué la tolerancia de Sin le molestaba tanto. Porque estaban en el mismo plano que los humanos. Stryker y su ejército tenían que acudir a ese plano para alimentarse, cosa que nunca había presenciado. Por extraño que pareciera, consideraba que era peor el hecho de darles cobijo a los daimons en el mundo humano.

—Creía que no te fiabas de nadie —le dijo.

—No he dicho que me fíe de Damien hasta el punto de confiarle mi vida. Solo le confío mi dinero.

—¿Eso quiere decir que confías en mí para que te cubra las espaldas?

—No del todo. Vas a quedarte a mi lado para que pueda tenerte controlada. No creas que me he olvidado ni por un instante de que tienes la cara y la voz de la mujer a quien deseo matar con todas mis ganas.

Que lo olvidara sería demasiado pedir. Claro que si alguien le hubiera arrebatado su divinidad, ella también estaría un pelín molesta.

—Muy bien. En fin, ¿qué plan tienes? Además de evitar a Deimos y a mi madre.

—Tenemos que encontrar el Hayar Bedr.

Frunció el ceño al escuchar el nombre, desconocido para ella.

—¿Qué es eso?

—La Luna Abandonada.

—Vale, ¿y es animal, vegetal o mineral?

—Animal. Definitivamente animal.

¿Por qué le sorprendía? Porque era muy normal referirse a un animal como la «Luna Abandonada». Claro, claro...

—¿En serio? ¿Qué clase de animal recibiría el nombre de «Luna Abandonada»?

—Mi hermano gemelo.

La revelación la dejó de piedra. No había visto ese detalle en sus recuerdos.

—¿Hay dos como tú?

El semblante de Sin se crispó.

—Por decirlo de alguna manera. Al principio, nacimos tres de una madre humana. Era una campesina que llamó la atención de mi padre y a la que dejó embarazada. Todavía éramos pequeños cuando una profecía vaticinó que provocaríamos la destrucción del panteón sumerio. Mi padre logró matar al primogénito en un arrebato de furia, de modo que escondí a Zakar en el plano onírico y me enfrenté a mi padre por mi derecho a vivir. Le dije que ya me había ocupado de mi hermano y que le había arrebatado sus poderes.

—Pero no lo hiciste.

—No, pero la idea de que poseía el poder necesario para matar a mi hermano asustó tanto a mi padre que recapacitó. Aunque seguía deseando mi muerte, llegó a la conclusión de que la profecía no tenía valor alguno ya que los culpables de la destrucción debían ser tres y solo quedaba uno. De modo que ocupé el lugar que me correspondía en su panteón y Zakar permaneció casi todo el tiempo oculto. Los humanos lo conocían, pero cada vez que alguien lo mencionaba, le decía a mi padre que era yo a quien veían en sueños, bajo el nombre de mi hermano.

—¿Y te creyó?

—Es mejor no mosquear a un dios de la fertilidad si quieres que se te siga levantando —respondió él con una sonrisa ufana.

Cierto. Los dioses de la fertilidad eran capaces de arruinar las noches de muchos hombres con sus maldiciones.

Y sus egos para toda la eternidad.

—Bueno, ¿y dónde está tu hermano ahora? —quiso saber.

Sin suspiró con cansancio al tiempo que la soltaba para acercarse al mueble bar, donde se sirvió un whisky.

—No tengo ni idea. La última vez que lo vi fue después de que Artemisa me arrebatara los poderes y me diera por muerto. Zakar me ayudó a liberarme de la red, pero no se quedó mucho tiempo. Me dijo que tenía algo de lo que ocuparse antes de desaparecer.

—¿Y no sabes adónde fue?

Sin apuró el whisky de un trago y se sirvió otro. Doble.

—Ni idea. He intentado invocarlo. Llamarlo. Todo lo que se te ocurra. Nada. Ni una postal ni un susurro en miles de años. Una parte de mí se pregunta si no estará muerto.

—De estarlo, ¿cómo nos afecta?

—Básicamente querría decir que lo llevamos crudo. —Apuró la copa—. Su sangre fue lo que sirvió para atrapar a los gallu la última vez. Lo que significa que necesitamos su sangre para volver a encerrarlos.

—Si sois gemelos, ¿por qué no sirve tu sangre?

Le sirvió una copa, pero Kat la rechazó con un gesto de la cabeza.

Antes de responder a su pregunta Sin soltó el vaso que le había ofrecido.

—Yo no puedo moverme por el plano onírico. Zakar sí. Una vez luchó en sueños contra Asag, el demonio del que se crearon los gallu. Durante el combate, mi hermano absorbió algunos de los poderes del demonio. Por eso puede enfrentarse a ellos solo mientras que yo no puedo hacerlo. Los comprende, y también conoce sus debilidades. Gracias a mi hermano pude controlar a los demonios y enfrentarme a ellos.

—¿Y por qué Ishtar murió a manos de los gallu?

En esa ocasión ni se molestó en llenar un vaso. Bebió directamente de la botella antes de responder la pregunta.

—En cuanto perdí mis poderes y Zakar desapareció, se quedó sola para luchar contra ellos. La escuché pidiendo ayuda una noche y corrí a su lado, aunque sabía que no podría luchar con los demonios. —Tragó saliva al tiempo que el dolor se reflejaba en sus ojos—. Ya era demasiado tarde. No tienes ni idea de lo que se siente al acunar a tu hija en los brazos mientras la ves morir con la certeza de que podrías haberla salvado si conservaras tus poderes. —Sus ojos la atravesaron—. Podría perdonarle a Artemisa lo que me hizo. Es la muerte de mi hija lo que no podré perdonarle jamás. Si alguna vez se me presenta la oportunidad de matar a esa zorra, la aprovecharé, en serio. Y a la mierda con las consecuencias.

Sus apasionadas palabras le provocaron a Kat un escalofrío.

Aunque no podía culparlo. Había visto el dolor de la muerte de Ishtar a través de sus ojos y también había sentido su horror y su furia.

Ningún padre se merecía ese recuerdo.

Dio un paso hacia él a pesar del nudo que tenía en la garganta.

—Sin...

—No me toques. No necesito que nadie me consuele, mucho menos la hija de la mujer que me lo quitó todo.

Asintió con la cabeza. Comprendía muy bien sus sentimientos, unos sentimientos que la conmovían.

—¿Qué pasó con los poderes de Ishtar cuando murió?

Sin apuró la botella con un último trago.

—Antes de morir me transfirió los poderes suficientes como para evitar que el universo se fuera al traste... razón por la que puedo luchar contra los gallu y vencerlos. Después de su muerte, los demás demonios se liberaron, lo que provocó una tremenda erupción volcánica. Y luego llegó Afrodita a nuestro panteón como la diosa del amor y la belleza para reemplazarla y en poquísimo tiempo los sumerios fuimos historia. Literalmente.

Tragó saliva al recordar los comentarios que había escuchado al respecto entre los dioses griegos. Afrodita había utilizado los celos como arma para que los sumerios se volvieran los unos contra los otros hasta que no confiaron en nadie. Su tía había sido una manipuladora insidiosa. Todavía le resultaba sorprendente que la gente que se conocía de toda la vida estuviera dispuesta a creerse las mentiras de una desconocida.

Que estuvieran dispuestos a sucumbir a los celos hasta el punto de hacer cualquier cosa para ver cómo su inocente enemigo caía en desgracia.

Al final todos habían pagado un altísimo precio.

Sin embargo, todo eso era historia y de nada les servía para solucionar su problema actual. Lo que necesitaban era a alguien que pudiera...

Empezó a darle vueltas a algo que Sin había dicho.

98

—Una pregunta. ¿Por qué no puedes hacer lo que hizo Zakar? Si sois gemelos, ¿por qué no puedes luchar contra Asag en sueños y conseguir los mismos poderes del demonio?

Lo vio limpiarse la boca con el dorso de la mano.

—Si tuviera mis poderes y no la mitad de los de Ishtar, podría hacer muchísimas cosas... como matar a tu madre.

Se lo había puesto a huevo. Decidió pasar de su rencor e intentó otra vía.

—¿Qué me dices de los Óneiroi? —Eran los dioses oníricos del panteón griego—. Podríamos conseguir que uno de ellos buscara a Asag y se enfrentara a él, ¿no?

—Podríamos probar. Claro que no tengo ni idea de cómo va a afectarles el veneno de Asag, porque son de panteones distintos. Sería muy interesante. O funciona o se convierten en otra clase de demonios a quienes tendremos que matar. ¿A quién quieres usar de cobaya?

Kat frunció el ceño al escuchar su sarcasmo. Aunque tenía razón. No había forma de saber los efectos negativos que ese veneno podía tener en sus primos.

—Supongo que Zakar es nuestra mejor opción.

—A menos que convenzas a tu madre para que me devuelva los poderes, sí.

Lo miró con los ojos entrecerrados.

—Bueno, eso va a ser difícil porque ni siquiera soy capaz de convencerla para que te perdone la vida, ¿no te parece? No has hecho mucho para engatusarla, la verdad.

—Perdona mis malos modales. ¿Quieres que llame a tu mami del alma y la invite a tomar el té? Te prometo que seré encantador mientras la estrangulo lentamente.

—¡Joder! —exclamó Kish con una carcajada al entrar en la habitación por la puerta de la derecha—. ¿Qué es esto? ¿Un concurso para ver quién está más cabreado y quién puede ser más sarcástico? ¿Hago palomitas? A la mierda con *Factor X*, tío. Esto es muchísimo más entretenido.

Sin le lanzó una mirada asesina a su ayudante.

—¿Por qué vienes a molestarme, Kish?

—Bueno, es que me han entrado unas repentinas ganas de morir. Sentí la imperiosa necesidad de subir para que me volvieras a congelar. Me gusta ser una estatua... siempre y cuando no me dejes en un parque perdido para que las palomas se me caguen encima.

Kat tuvo que contener una carcajada. Aunque si las miradas matasen, Kish estaría ensartado como una sardina.

—Valeeeeee —dijo Kish, alargando la palabra—, la cosa es que hay un hombre abajo que quiere hablar contigo. Dice que es urgente.

—Estoy liado.

—Se lo he dicho.

—¿Y por qué me molestas?

Kish extendió un puño cerrado.

—Quería que te diera esto.

A Sin le costó no poner los ojos en blanco.

—No acepto sobornos. —Pero la exasperación desapareció en cuanto Kish dejó caer un pequeño medallón en su mano. Era una antigua moneda babilónica—. ¿Te ha dicho su nombre por casualidad?

—Kessar.

Kat frunció el ceño, porque nunca había escuchado ese nombre.

—¿Kessar? —repitió.

Sin no dijo nada mientras el miedo y la ira le provocaban un nudo en el estómago.

—Digamos que es Stryker en versión gallu —le explicó a Kat.

Sin pronunciar otra palabra, cogió un bastón de la pared y se encaminó hacia el ascensor que lo llevaría al casino.

7

Kat intercambió una mirada extrañada con Kish antes de salir en pos de Sin al pasillo donde se encontraba el ascensor. Sin los miró con cara de pocos amigos cuando entraron con él en el ornamentado interior del ascensor.

—¿Qué? —preguntó Kat, irritada, al tiempo que lo miraba.

Su respuesta fue un gruñido ronco.

—¿Eso quiere decir que conoces a este tío, jefe? —preguntó Kish.

Sin siguió con la boca cerrada.

A Kat no le hacían falta sus poderes para sentir la intensa furia que rugía en su interior, para sentir al asesino en que se había convertido nada más escuchar el nombre de Kessar. No sabía qué relación los unía, pero saltaba a la vista que no era una muy alegre. Al parecer, apreciaba a Kessar en la misma medida que apreciaba a su madre...

Sin tenía la espalda erguida y sujetaba el bastón con fuerza. Su expresión era tensa. Su mirada, fría. No entendía cómo podía parecerle atractivo, pero el aura que lo rodeaba sumada a la ira le revolucionaba las hormonas.

De repente, recordó la letra de «Get Stoned» de los Hinder. Muy inapropiado, sobre todo en ese preciso momento. De todas formas, se preguntó si la furia mejoraría el sexo.

Claro que ella no tenía experiencia con el sexo, ni siquiera con el relajado.

Tienen que dejarme salir un poco más, pensó.

Sin la miró como si pudiera leerle la mente.

Genial, pensó, lo que le hacía falta, que se metiera en su cabeza y escuchara que su furia la ponía a cien. Genial. Sencillamente genial. ¿Por qué no te pones a gritar como una quinceañera y le dices lo guapo que está cuando se mosquea?, se dijo. Dada la suerte que tenía, seguro que se pasaba el día cabreado.

Desvió la vista hacia la puerta y se quedó callada y sin hacer nada que pudiera delatar sus pensamientos. Eso sí que sería humillante. Sobre todo porque ese hombre odiaba a toda su familia materna, incluida su madre.

Había ciertas humillaciones que era mejor evitar. Y esa era definitivamente una de ellas. De modo que intentó desentenderse de su presencia. Cosa que habría sido mucho más fácil si su imagen no se hubiera reflejado en el acero de la puerta del ascensor. Joder, estaba buenísimo, sobre todo con esa expresión tensa y decidida. Era la viva imagen del depredador, de la virilidad.

Y era una combinación peligrosa para su salud mental.

En cuanto las puertas del ascensor se abrieron, Sin salió y se colocó delante. Gesto que la dejó de piedra porque no le gustaba tener a nadie a su espalda.

Supongo que confía en que Kish lo avise si intento atacarlo, pensó.

Qué idea más halagadora...

El casino estaba en penumbra, iluminado solo por las luces de las máquinas tragaperras y de las mesas de juego. Los pitidos y tonos musicales de las máquinas parecían enfrentarse entre sí para hacerse escuchar, acompañados por las risas de los ganadores, los gritos del resto de la clientela y la música. Era una escena de anarquía total, que sin embargo conseguía ser divertida e incitante al mismo tiempo. No sabía qué tenían esos sitios, pero resultaban hipnóticos.

Sin no le prestó atención a nada de eso y cruzó la zona con decisión hacia las mesas de juego, como si supiera de forma instintiva dónde encontrar a su enemigo.

Kat miró a derecha e izquierda en un intento por localizar a quienquiera que estuviese en contra de ellos o a quienquiera que pudiese ser una de las criaturas que la habían atacado en Nueva York. Vio a muchos humanos que no sabían siquiera que estaban en mitad de un campo de batalla. Algunas camareras muy altas y rubias, ataviadas con minivestidos negros, se detuvieron para mirarla con odio. Eran apolitas, salvo la que estaba repartiendo cambio, que era una daimon. Esa fue la que se atrevió a sisearle, e incluso llegó a enseñarle los colmillos.

Pasó de ella mientras continuaba la búsqueda del demonio gallu.

De repente, sintió algo extraño. Como si le hubieran echado un cubo de agua fría por la espalda. Su sexto sentido la avisó de una presencia maligna. Se paró al captar un movimiento a su izquierda.

Vio a cinco hombres, todos guapísimos y vestidos con trajes negros. Tenían la piel bronceada, algo normal dada su ascendencia persa. Su pelo era negro. Tres lo tenían rizado, corto y peinado al descuido. Otro lo tenía lacio y lo llevaba recogido en una pequeña coleta. Sus ojos eran tan negros como su pelo. Brillaban como la obsidiana.

Sin embargo, el que los lideraba...

Destacaba muchísimo más que los otros. Tenía el pelo castaño oscuro con mechones más claros, casi rubios. Tenía la nariz aguileña y rasgos patricios. A pesar de que el casino estaba en penumbra, llevaba unas gafas de sol que le ocultaban los ojos. Cuando se acercó más a él, comprendió el motivo.

Eran rojos como la sangre.

Esbozó una sonrisa torcida muy siniestra cuando Sin se plantó delante de él.

Kessar estaba rodeado por un aura malvada a pesar de que era muy guapo. De pequeño, seguro que era de los que le arrancaba las alas a los... Bueno, seguramente se las arrancaría a los carontes y luego se reiría a carcajadas mientras los demonios lloraban.

—Vaya, vaya, Nanna —dijo en un tono casi jovial—. ¿Cuánto hace que no nos vemos?

Sin pasó de responder y le preguntó a su vez:

—¿Quién coño te ha dejado salir?

Kessar soltó una carcajada siniestra y, al igual que Sin, decidió no responder.

—Las Dimme están despertando. Sé que lo sabes. —Cerró los ojos como si estuviera saboreando algo delicioso—. Escucho cómo se agitan sus alas mientras hablamos. Siento cómo comienza a correr la sangre por sus venas. Mis hermanas estarán hambrientas cuando se despierten. Tendremos que asegurarnos de que haya un banquete esperándolas.

Sin observó a los demonios que había detrás de Kessar antes de fulminarlo con la mirada.

—Sé muy bien qué darles de comer.

Kessar chasqueó la lengua.

—No somos caníbales, mala suerte para ti. Considera esta visita como la de un amigo que solo quiere decirte que no vas a encontrar lo que buscas... Así que no pierdas el tiempo. Hemos encontrado la Luna antes que tú, y ahora se encuentra en un lugar al que no tienes acceso. Cuando mis hermanas se despierten, compartirás con ella la peor de las desdichas.

Sin se quedó blanco antes de que su expresión se crispara. Kat sintió que el pánico y el miedo se abrían paso en su interior.

—¿Qué le has hecho a Zakar?

Kessar no le hizo caso y clavó su mirada letal en ella, antes de acercarse con el ceño ligeramente fruncido.

—¿Qué tenemos aquí? —preguntó el demonio con voz cantarina—. Una atlante. Creía que estabais todos muertos.

—Sorpresa —se burló ella.

El demonio pareció saborear su desdén. Levantó la mano para acariciarle el mentón con un nudillo.

Kat se apartó del frío roce de su mano. Quería escupirle a la cara, pero no pensaba caer tan bajo.

Sin los separó con el bastón, que utilizó para obligar a Kessar a apartarse de ella.

El demonio miró el bastón y se quedó blanco.

—No puedes utilizar eso delante de los humanos. ¿Qué van a pensar?

Sin se encogió de hombros.

—Lo que pasa en Las Vegas se queda en Las Vegas. No te olvides de que es mi ciudad, la ciudad del pecado.*

—Mmm. —Kessar levantó la mano y chasqueó los dedos por encima del hombro. El demonio de la coleta se adelantó. Kessar abrió la mano y su subalterno le colocó una cajita en la palma que él le ofreció a Sin—. En ese caso, aquí tienes un regalito para que no te olvides de mí.

Sin abrió la cajita. Kat apartó la mirada al ver un dedo cortado con un anillo. Era repugnante.

Sin gruñó e hizo ademán de abalanzarse sobre Kessar, pero Damien lo detuvo.

—No es el lugar, Sin. Ni el momento.

—¡Cabrón! —masculló Sin entre dientes—. ¡No bajes la guardia! Porque voy a por ti.

—Es curioso que Zakar dijera lo mismo. Pero lleva un tiempo sin hablar. Ahora solo gime y lloriquea. —Esbozó una sonrisa fría—. Lo mismo que harás tú dentro de poco.

Damien sujetó a Sin con más fuerza, pero Kat ya estaba harta. Vale que no se rebajara a escupirle, pero era la digna hija de su padre. Sin previo aviso, se acercó a Kessar y le dio un rodillazo en la entrepierna con todas sus fuerzas.

El demonio se dobló al punto, gimoteando de dolor. Le alegró saber que los demonios también sucumbían a esa táctica humana. El de la coleta se abalanzó sobre ella, pero lo apartó de un puñetazo que lo hizo girar en el aire. Los demás ni se movieron.

Acto seguido, levantó a Kessar del pelo para susurrarle al oído:

—Nunca subestimes a un atlante. No somos como el resto de los dioses.

La cara del demonio se transformó al escucharla. Unas gruesas venas le aparecieron en la frente y al instante comenzaron a brillarle los ojos. Su boca se ensanchó para dejar espacio a la doble hilera de dientes. Estaba a punto de atacarla, pero Sin lo agarró por el cuello y lo lanzó a los brazos de Damien.

* *Sin* significa «pecado» en inglés. *(N. de las T.)*

—Saca a esta basura. No quiero que me apeste el casino.

El rostro de Kessar recuperó el aspecto humano tan rápido que la dejó de piedra. El demonio apartó a Damien de un empujón.

—No me toques, daimon. No eres digno de mí.

Damien torció el gesto.

—Lo mismo digo, gilipollas. Además, no me apetece apestar a mierda sumeria. Coge a tus amiguitas y salid de nuestro casino.

Kessar se enderezó la chaqueta.

—Volveremos pronto. Ya lo creo que volveremos.

El rostro de Sin era una máscara pétrea.

—Lo estoy deseando.

—Ya somos dos. —Con eso, los demonios dieron media vuelta y se alejaron en una formación en V.

—¡Vaya! —murmuró Kat—. Así parecen gansos.

—Sí, también se cagan en el jardín, como los gansos. —Damien se sacó del bolsillo un frasquito de ambientador que procedió a pulverizar por todo el lugar—. Lástima que no tengamos insecticida para demonios.

—Mmm, a lo mejor sí... —Kat los miró—. ¿Qué es lo que más odian los gallu?

—Lo tienes delante —respondió Sin.

—Sí, pero lo siguiente sería un demonio caronte, ¿no?

Sin la miró con sorna.

—Por si no te has dado cuenta, no se puede decir que abunden en este plano. Creo que tu abuela se ha quedado con todo el stock.

Kat soltó una carcajada.

—No con todo. Sé de una en concreto a la que le gusta venir de vez en cuando y a la que le encantaría apuntarse a un banquete, sobre todo en Las Vegas, donde hay un montón de cositas brillantes para ver.

Damien y Sin se miraron sin comprender.

—¿De quién estás hablando? —preguntó Damien—. Y lo más importante, ¿es guapa?

—Ya lo creo que es guapa. Pero no te aconsejo que vayas a por ella. El último que lo hizo terminó muerto, por desgracia.

—Kat cogió el móvil que Damien llevaba en el cinturón y marcó el número que haría sonar un brillante móvil Razr rosa cubierto por circonitas rosas y blancas.

—¿Diga?

Sonrió al escuchar la voz cantarina que tan bien conocía y a cuya dueña tanto quería.

—¿Simi? ¿Tienes tiempo libre?

Simi resopló, disgustada.

—Claro que sí. Akri está en el Olimpo con la foca a la que Simi quiere comerse, pero akri no la deja. ¿Por qué llamas, akrita?

—Estoy en Las Vegas y necesito con urgencia a un buen demonio. Y tráete tu salsa barbacoa, cariño. —Sonrió triunfalmente a Sin—. Mucha salsa barbacoa.

—¡Mmm! ¿Un bufet?

—Desde luego que sí. Podrás comer todo lo que quieras.

Simi soltó un chillido extasiado.

—Simi va de camino. Pero antes tiene que coger unas cositas. Dentro de un rato estará allí.

Colgó y le devolvió el móvil a Damien.

—Una caronte hambrienta viene de camino.

Sin asintió con la cabeza, pero su rostro seguía serio cuando miró la cajita que tenía en la mano.

—Encontraremos a tu hermano —le dijo ella al tiempo que le tocaba el brazo para darle ánimos.

La expresión de Sin la conmovió.

—Sí, pero ¿con qué nos vamos a encontrar?

Se le encogió el corazón por la idea mientras sentía cómo iba creciendo la furia en el interior de Sin. De no ser por su madre, él podría haber protegido a su hermano y haberlo mantenido a salvo. Seguro que en ese momento estaba planeando nuevas maneras de torturar a Artemisa, y no podía echárselo en cara ni mucho menos.

Damien carraspeó.

—Aún es de día, jefe. Pero esta noche podemos ayudarte a rastrearlo.

Sin meneó la cabeza.

—Manteneos al margen. Os harán papilla.

La expresión de Damien le indicó que no tenía miedo.

—¿Qué me dices de Savitar? —preguntó ella al recordar a la persona que podría inclinar la balanza a su favor—. ¿O de algún otro ctónico? Podrían ayudarnos...

—Hasta ahora se han mantenido al margen. Desde que libraron su propia guerra fratricida, solo protegen sus territorios y pasan de todo lo demás. —Sin apoyó el bastón en el suelo.

Kat ladeó la cabeza al recordar la reacción de Kessar al ver el objeto, que había conseguido intimidarlo.

—¿Qué es eso? ¿Criptonita para demonios?

—Algo así. —Sin giró la empuñadura y dejó al aire una hoja delgada, que era justo lo que ella pensaba que escondía—. Lo creó Anu, y es como las dagas atlantes que matan a los demonios carontes. Así es como mantenemos a raya a los gallu.

¡Sí, sí, sí! Le gustaba cómo sonaba eso.

—¿Tienes más?

—No —contestó él con un suspiro—. Después de tantos siglos, son frágiles. Es el último que me queda. Y como Anu no anda por aquí para hacer más...

Lo llevamos crudo, concluyó ella en silencio. No hacía falta que Sin acabara la frase.

—¿Serviría una daga atlante?

—No lo sé. ¿Tienes alguna?

—Pues no. Solo estaba pensando en voz alta. No tenías por qué descubrir mi farol.

—Perdona por haberte aguado la fiesta. —Sin se giró hacia Kish, que no había abierto el pico en todo ese tiempo—. Destapa los espejos que hay en el casino. Asegúrate de que haya espejos en todas las entradas.

Kat frunció el ceño.

—¿Para evitar que entren los Cazadores Oscuros?

—Para evitar que entren los gallu. Los espejos muestran su verdadera naturaleza. No se acercan a ellos.

Damien resopló.

—Me gusta más lo de mantener fuera a los Cazadores Oscuros.

—No me extraña —replicó ella con sorna—. Me sorprende que no se haya pasado ninguno por aquí para hacer limpieza...

—No nos queremos mucho —explicó Sin—. Los que hay por la zona saben que yo regento este sitio y pasan de largo. Al fin y al cabo no tengo prohibido matarlos porque no soy un verdadero Cazador Oscuro. Y lo tienen muy presente.

Kat lo miró con ojitos de cordero degollado e incluso se colocó las manos entrelazadas bajo la barbilla, tras lo cual soltó con voz almibarada:

—Eres tan dulce... No entiendo por qué los Cazadores Oscuros no te dejan jugar a las casitas con ellos. Son muy malos.

La única respuesta de Sin fue poner los ojos en blanco.

—Damien, vigila que no entren más demonios hasta que Kish tenga listos los espejos.

—Hecho.

Kish se dirigió a la pared más cercana.

Sin levantó el bastón, dio media vuelta y regresó a los ascensores tan rápido que Kat prácticamente tuvo que correr para alcanzarlo.

No habló mientras aguantaba la puerta para que ella pasara. De hecho, ese gesto tan caballeroso la dejó pasmada.

—Gracias.

Lo vio inclinar la cabeza antes de alejarse de la puerta y soltar un largo suspiro. Presentía que quería decirle algo y que al mismo tiempo preferiría no tener que hacerlo. Ni siquiera era capaz de mirarla a los ojos. Sus actos tenían algo increíblemente infantil. No era propio de él mostrarse inseguro, y ese rasgo le resultó enternecedor.

Aunque el Sin autoritario era una revolución hormonal, el Sin que tenía delante era encantador. Adorable y dulce. Una extraña dicotomía en el hombre que comenzaba a conocer.

Al cabo de unos segundos, se atrevió a mirarla con timidez.

—¿Tienes el poder de localizar a mi hermano?

Así que eso era lo que había estado rumiando. Tenía que pedirle ayuda. Algo que seguro que no hacía muy a menudo. ¡Por favor, por lo que había visto, seguro que era la primera vez!

—Ojalá... Lo siento.

Lo escuchó soltar un taco.

—Pero... —añadió con la esperanza de animarlo—, mi abuela tiene la esfora. Tal vez pueda localizarlo.

Sin frunció el ceño.

—¿La esfora?

—Es como una bola de cristal. Le pides que te enseñe algo y lo hace. Casi siempre.

El alivio que vio en sus ojos dorados fue inconfundible.

—¿Lo intentarías por mí? Por favor.

El modo en el que añadió ese «por favor» puso de manifiesto que tal vez también fuera una novedad para él. Y tenía que admitir que le gustaba ver ese lado de su personalidad. Podría llegar a ser amiga de ese hombre.

—Sí.

Sin le sonrió, aunque no estaba de humor. Solo podía pensar en Zakar, totalmente solo y sufriendo sabrían los dioses cuánto a manos de sus enemigos.

Era imposible saber el tiempo que llevaba a su merced. La mera idea le revolvió el estómago.

¿Cómo lo habían capturado?, se preguntó.

¿Seguiría vivo? Sin embargo y nada más pensar en eso, supo la respuesta. Claro que Zakar estaba vivo. Los gallu vivían para torturar y para derramar sangre. Tener a un antiguo dios en su poder sería un subidón de adrenalina.

¡A la mierda con todos!, exclamó para sus adentros.

La idea lo enfurecía tanto que casi no podía respirar.

Cuando Artemisa lo dejó tirado en el desierto, Zakar fue quien lo encontró y lo ayudó a recobrarse. En un momento en el que nadie le habría prestado auxilio, Zakar le dio de comer hasta que se curó y lo llevó a un lugar seguro.

Y ¿cómo le había devuelto el favor a su hermano?

Dejando que los gallu lo atraparan.

Se merecía morir por esa traición. Si al menos pudiera reparar el daño que Zakar había sufrido... Pero sabía que era imposible. Nada podría borrar la tortura y el dolor.

Asqueado de sí mismo, salió del ascensor en cuanto se abrió la puerta y regresó a su ático. Dejó el bastón apoyado en el mueble bar y soltó la caja encima, tras lo cual se pasó las manos por el pelo. Quería gritar de frustración.

—No te preocupes, Sin. Ya los pillaremos. —Kat le colocó una mano en el hombro para consolarlo.

No sabía por qué, pero de algún modo la caricia lo consoló. Y lo excitó, además, porque sintió una descarga que le recorrió todo el cuerpo.

Sin embargo, aunque su cuerpo reaccionó al contacto, su mente no se dejó engañar. Pese a su ternura, solo había un motivo por el que Kat estaba con él en ese momento.

—Tu madre te envió anoche para matarme, ¿verdad?

Kat se quedó de piedra por la inesperada pregunta. ¿Cómo lo habría averiguado?, se preguntó.

—¿Cómo dices?

Sin la miró con expresión amenazadora.

—No me mientas, Kat. Artemisa quería que me mataras. Reconócelo.

No había necesidad de mentir. Sin ya había sufrido bastantes mentiras y no necesitaba que ella también lo engañara.

—Sí, es cierto.

Lo escuchó soltar una amarga carcajada antes de que sacara una daga de la funda oculta que llevaba en la cintura.

Contuvo el aliento a la espera de que se abalanzara sobre ella, pero no lo hizo. En cambio, le tendió el arma.

—Si esa es tu intención... Vamos, adelante. No voy a quedarme sentado esperando a que me ataques por la espalda. Échale huevos y vamos a acabar con la farsa.

No supo por qué, pero le hizo gracia su exigencia de que le echara huevos al asunto. Sin embargo, tenía muy claro que no pensaba matarlo en ese momento.

Cogió la daga y la dejó sobre el mueble bar.

—No soy mi madre, Sin. No me controla.

Eso pareció tranquilizarlo. Al menos durante unos segundos.

—¿Y cuando me enfrente a ella? ¿Dónde estarás? ¿Detrás de mí o enfrente?

Lo miró con una media sonrisa.

—No creo que te enfrentes a ella.

La expresión de Sin era tensa y letal.

—¿Quieres apostar su vida?

—Sí. Porque sabes que su muerte causaría una grave perturbación en este plano y, a diferencia de ella, tú no eres tan egoísta.

Cada vez que un dios mayor moría asesinado, sus poderes regresaban al universo. Si nadie absorbía dichos poderes, podrían estallar como una bomba nuclear. Sobre todo cuando el dios en cuestión era hijo del sol y de la luna. A esos dioses en concreto había que protegerlos por encima de todo.

Y dado que Artemisa había absorbido los poderes de Sin además de los suyos propios, su destrucción sería el doble de peligrosa que la de cualquier otro dios.

Sin la miró con los ojos entrecerrados.

—A lo mejor absorbo sus poderes y ocupo su lugar como ella hizo conmigo.

Por mucho que insistiera, no se lo tragaba.

—Si supieras cómo hacerlo, ya lo habrías hecho.

Sin apartó la vista y meneó la cabeza.

—Eres demasiado confiada.

—Y tú demasiado desconfiado.

Sin se apartó de ella con semblante inescrutable.

—Tienes toda la razón.

Muy bien. Ya sabía cómo buscarle las cosquillas al dios depuesto. El tema de la confianza le escocía. Ese tema era tabú.

Como quería recuperar la camaradería que casi habían alcanzado antes de desviarse del camino y acabar en una zanja, cambió de tema.

—Bueno, ¿vas a enseñarme a luchar contra esas criaturas para que la próxima vez que a Kessar se le ocurra poner un pie en tu casa pueda dejarlo hecho papilla además de lisiado?

Sus palabras casi le arrancaron a Sin una sonrisa.

Casi.

—¿Qué me dices de la esfora y de encontrar a mi hermano?

—Espera un momento.

Kat cerró los ojos y dejó que su mente vagara. Vio a su abuela en el jardín y, aunque no lloraba, sintió su tristeza. No estaba de humor para recibir visitas, ni siquiera la suya. Todavía estaba molesta por la aparición de Sin y por lo que le había sucedido a Aquerón.

Abrió los ojos y miró a Sin con decisión.

—¿Podemos esperar un poco? No creo que mi abuela quiera verte en este momento. Dale un poco más de tiempo. Un par de horas o así... Con un poco de suerte, cuando vayamos a verla, se le habrán pasado las ganas de dejarte en manos de sus demonios. ¿Te parece?

—Pues no. Pero como sé que nunca viene bien meterle prisas a una diosa enfadada, creo que echaré mano de mi paciencia.

Tenía razón en eso.

—Además —añadió ella—, Simi viene de camino y creo que es mejor que estemos aquí cuando llegue.

—Sí —convino Sin con una carcajada ronca—. No quiero que un caronte hambriento ande suelto entre mis trabajadores y mis clientes.

También tenía razón en eso. Simi podía ser un pelín revoltosa cuando estaba sola.

—¿Eso quiere decir que volvemos a lo de los entrenamientos?

Sin le miró la ropa.

—Vas a tener que cambiarte. No creo que estés vestida para entrenar.

En fin, pues para pelear sí me ha servido, reflexionó, pero no pensaba decírselo. De esa forma se arriesgaba a que se encerrara en sí mismo cuando necesitaba que le dijera cómo matar a esas criaturas tan repugnantes.

Chasqueó los dedos y sus vaqueros y su camisa se transformaron en unos pantalones de deporte negros y en una camiseta del mismo color, además de unas zapatillas deportivas.

—¿Vale así?

—Puede valer.

Sin repitió su gesto y su ropa se transformó en unos pantalones de deporte negros y en una camiseta blanca que resaltaba los definidos contornos de sus músculos.

¡Uf, sí...!, se dijo. A punto estuvo de suspirar cuando la invadió el deseo. Por todos los dioses, con tan poca ropa estaba para comérselo. Y eso la llevó a preguntarse cómo estaría desnudo por completo.

Para colmo, su forma de moverse ponía de manifiesto que era mucho más poderoso que un Cazador Oscuro normal. Tal vez no contara con todos sus poderes divinos, pero sí con los bastantes como para ser un oponente formidable.

Mientras se preguntaba qué le iba a enseñar, lo siguió por el pasillo hasta un enorme gimnasio.

Ash gimió mientras dormía a medida que sus sueños se convertían en una neblina borrosa. Odiaba soñar. Siempre lo había odiado. Sus sueños nunca tenían sentido, y ese en concreto no era más útil ni más claro que los demás.

Dos mujeres a quienes no conocía lo atormentaban. Una era alta y rubia. Por raro que pareciera, le recordaba a Artemisa. Pero no era ella. Esa mujer tenía compasión y una mirada amable. Estaba junto a él con una expresión triste.

—Algún día nos conoceremos... —le dijo.

En ese momento se acercó otra mujer, pero la bruma ocultaba su rostro. A pesar de eso, sabía que estaba furiosa con él. Porque sus ojos lo fulminaban tras la bruma.

—¿Quién te crees que eres? ¡Te odio! Lárgate. No quiero volver a verte nunca. Espero que te atropelle un coche. Si tengo suerte, a lo mejor hasta da marcha atrás para pillarte de nuevo. ¡Largo!

El veneno de su voz lo destrozó. ¿Qué le he hecho? ¿Por qué me odia?, se preguntó. Todas las mujeres lo querían. Deseaban su compañía.

Sin embargo, esa no.

Quería cortarle la cabeza.

Se despertó empapado en sudor frío. Tardó un minuto en darse cuenta de que estaba en la cama de Artemisa, a salvo de la lengua viperina de su torturadora. Se secó la frente y se sentó muy despacio mientras las blancas sábanas de seda caían hasta su cintura.

¡Cómo aborrecía dormir! No había tenido un buen sueño desde que nació. Pero al menos ese no estaba relacionado con su pasado. Era algo totalmente distinto...

—¡Despreciable!

Frunció el ceño al escuchar el grito de Artemisa, procedente de la otra estancia. Y que fue seguido del ruido de algo al romperse.

—He hecho todo lo que he podido.

—¡Eres despreciable!

Ash no escuchó nada más, pero se sentía como si alguien lo hubiera tirado al suelo. Le dolía todo el cuerpo, y tenía que averiguar por qué. Salió de la cama, se vistió con un gesto de la mano y cruzó el dormitorio para abrir la puerta de oro utilizando sus poderes.

Deimos tenía a Artemisa contra el suelo, agarrada por el cuello.

—Si vuelves a...

No le dio la oportunidad de terminar la amenaza, porque lo levantó de golpe y lo lanzó al otro extremo de la habitación. Deimos se estampó contra la pared antes de caer al suelo. Sin embargo, se puso en pie de un salto y se preparó para la batalla, pero después se dio cuenta de la identidad de su oponente. El Dolofoni se limpió la sangre que manaba de su nariz y del labio partido.

—Deberías marcharte ahora mismo —le dijo Ash con una mirada gélida.

Deimos escupió sangre en el mármol blanco. Miró a Artemisa, que estaba sentada donde la había dejado. Por una vez no parecía arrogante.

—Artemisa, si quieres que ese cabrón muera —dijo—, manda a tu mascota.

En circunstancias normales Ash habría dejado correr el comentario sin más. Pero ese día no estaba de humor. Extendió los brazos y Deimos voló hasta sus manos.

—Hoy tengo ganas de patearle el culo a alguien. No sabes cómo me alegra que te hayas ofrecido voluntario. —Le clavó la rodilla en el estómago, pero cuando estaba a punto de darle un puñetazo, Deimos se desvaneció—. ¡Vamos! —exclamó en voz alta—. ¿Te ha molestado algún comentario?

Como era de esperar, Deimos no contestó. Una palabra habría bastado para que localizara su escondite y fuera a por él.

Cabrón, pensó.

Como seguía de mala leche, se acercó a Artemisa, que no se había movido del sitio. Muy raro en ella. Apretó los dientes al ver las marcas rojas que el ataque del Dolofoni le había dejado en el cuello. También tenía las mejillas encendidas por la rabia.

—¿Estás bien? —le preguntó.

—Como si te importara... —masculló ella con desdén—. Tú también me harías daño si pudieras.

La expresión herida de sus ojos hizo que se tragara el comentario sarcástico y que no le diera la razón. Aunque su relación distaba mucho de ser idílica, no tenía lo que había que tener para patearla cuando estaba en el suelo. Le habían hecho demasiado daño a lo largo de su vida como para querer provocárselo a los demás.

Se sentó junto a ella y dobló las rodillas.

—¿Qué ha pasado?

El mohín enfurruñado de Artemisa era digno de cualquier niña.

—Nada.

Inspiró hondo para calmarse al comprender lo que estaba tramando. Artemisa quería hablar, pero iba a obligarlo a sacarle las palabras con pinzas. Estupendo. Ese era el mejor de los entretenimientos. Claro que teniendo en cuenta las preferencias de Artemisa para matar el tiempo con él, era una mejora notable.

—Vamos, Artie. Ya lo sé. Enviaste a Deimos a por Sin, ¿no es cierto?

Artemisa hizo otro mohín antes de sorberse la nariz.

—¿Qué otra alternativa me quedaba? Tú no vas a hacer nada.

¿Es que no va a crecer nunca?, se preguntó. Por una sola vez en la vida le gustaría tratar con una persona adulta...

—No puedo hacer nada mientras esté aquí. Lo sabes muy bien. Te negaste a concederme un poco de tiempo libre para ir a hablar con él.

—Tampoco harías nada aunque te fueras de aquí.

Seguramente es verdad, reconoció para sus adentros.

Artemisa se sorbió de nuevo la nariz antes de mirarlo de reojo.

—A nadie le importa lo que me pase.

—No empieces, Artemisa —replicó él entre dientes—. No me trago ese numerito lastimero y lo sabes muy bien. Si quieres que papá te cure las heridas, lo tienes en la colina más alta.

La furia regresó a los ojos de la diosa.

—¿Por qué sigues conmigo si eso es lo que sientes?

Curiosamente, era la misma pregunta que él se hacía todos los días.

—Ya sabes por qué.

Artemisa pasó del comentario.

—Me odias, ¿verdad?

En ocasiones. No, casi siempre, pensó. Sin embargo, percibía la vulnerabilidad que la aquejaba y por una razón que no entendía, sentía la necesidad de consolarla. Sí, era un gilipollas masoquista.

—No, Artie, no te odio.

—Mentira —lo contradijo ella—. ¿Crees que no conozco la diferencia? —Una lágrima solitaria se deslizó por su mejilla mientras lo miraba—. Antes me abrazabas como si te importara.

Tenía razón, y lo más triste de todo era que en aquel entonces ella le importaba más que su propia vida. Sin embargo, eso había sido once mil años antes y habían cambiado muchísimas cosas entre ellos.

—Tú no me dabas palizas. ¿Te acuerdas?

Artemisa meneó la cabeza.

—Ya habías cambiado antes de eso. Estabas enfadado conmigo antes de morir.

No quería hablar del tema ni de coña. Su pasado ya había sido doloroso cuando le tocó vivirlo. Lo último que le apetecía era rememorarlo.

Se levantó y regresó al dormitorio, pero Artemisa lo siguió.

—¿Qué te pasó? —preguntó ella.

Soltó una carcajada al escuchar la pregunta tan tonta antes de darse la vuelta para mirarla a la cara. Artemisa parecía ignorar la respuesta.

—¿Cómo has podido olvidarlo? Me dijiste que solo te servía para darte un revolcón. No, espera... ¿Qué me dijiste exactamente? «Si alguna vez le hablas a alguien de lo nuestro, haré que te flagelen en mi templo hasta que pongas el suelo perdido con tu sangre.» Eso le baja la libido a cualquiera, ¿no crees? Y después, cuando cumpliste tu promesa a pesar de que nunca le hablé a nadie de nosotros, destruiste esa parte de mí a la que le importabas.

—Ya te pedí perdón por la paliza.

Sus palabras hicieron que diera un respingo. Palabras. Meras palabras con las que creía poder borrar el dolor y la humillación que había sufrido por su culpa. Todavía sentía los azotes del látigo en la piel.

Todavía escuchaba los gritos de su hermana aquella tarde, cuando su padre humano le pidió explicaciones por su ausencia.

«¡No lo hagas, padre! Es inocente. Estaba con Artemisa. ¡Díselo, Aquerón! Por todos los dioses, dile la verdad para que no te pegue más.»

Su padre humano lo tiró al suelo, le pateó la espalda y le pisó el cuello hasta que la bilis estuvo a punto de ahogarlo.

«¿Qué mentiras le has contado, cerdo?»

Ash intentó apartarle el pie, pero su padre ejerció más presión contra su cuello de forma que ni siquiera podía respirar.

«—Nada, por favor...»

«¡Blasfemo!» Su padre se apartó mientras él intentaba respirar a pesar de tener el esófago casi aplastado. «Desnudadlo y llevadlo al templo de Artemisa. Que la diosa presencie su castigo. Y si de verdad ha estado con ella, seguro que saldrá en su defensa.» Miró a Ryssa con expresión ufana. «Azotadlo en el altar hasta que la propia diosa aparezca.»

La humillación de aquel día seguía atormentando su alma. La gente que había jaleado al verdugo para que lo golpeara con más fuerza. Los sacerdotes que lo habían abofeteado mientras el verdugo lo azotaba. El agua que le habían tirado a la cara para despertarlo cada vez que perdía el conocimiento por el dolor...

Todo seguía fresco en su memoria.

Y Artemisa había aparecido, sí. Pero nadie salvo él la había visto. Había observado con regocijo cómo lo azotaban.

«Ya te dije lo que te pasaría si me traicionabas.»

Acto seguido, Artemisa se acercó al corpulento verdugo que le estaba azotando para susurrarle al oído que lo golpeara más fuerte, con más saña.

Solo tenía veintiún años.

Cuando por fin terminó (y solo porque el verdugo estaba exhausto), lo dejaron colgado en el templo durante tres días. Sin comida ni agua. Sin consuelo. Desnudo y sangrando. Dolorido. Solo. Y mientras estuvo colgado allí, la gente se acercó para escupirle e insultarlo. Para tirarle del pelo y golpearlo.

Para decirle que no era nada y que se merecía lo que había recibido.

Cuando los sacerdotes por fin lo desataron, le afeitaron la cabeza y le marcaron a fuego en la coronilla el doble arco y la flecha de Artemisa.

Después lo ataron a un caballo y lo arrastraron de vuelta al palacio. El trayecto le reabrió las heridas y le provocó otras nuevas. Cuando por fin estuvo en su habitación, fue incapaz de hablar por el dolor. Se quedó tirado en el frío suelo durante días, llorando porque la mujer a la que amaba con todo su corazón lo había condenado cuando no había hecho nada malo. Había guardado en secreto su nombre en todo momento, cargando con las consecuencias.

Y Artemisa creía que bastaba una disculpa para borrar todo eso... La muy zorra estaba loca.

Ni siquiera en la actualidad Artemisa le había hablado a nadie de su relación. Aunque cualquiera con dos dedos de frente lo habría averiguado a esas alturas. Al fin y al cabo, iban ya... ¿cuántos? Once mil años. Once mil años metiéndolo a hurtadillas en su templo. Once mil años de abusos.

Todos lo sabían, pero nadie hablaba de ello. Le seguían el juego a Artemisa y ¿para qué? Para salvaguardar su vanidad.

—Abrázame, Aquerón —le suplicó con voz temblorosa—. Abrázame como lo hacías antes.

Le costó la misma vida no apartarla de un empujón. Pero eso habría sido cruel y, a pesar de que le habría encantado hacerlo, no era tan despiadado como ella.

De modo que la acercó a su cuerpo, pasando por alto lo mucho que la despreciaba.

Artemisa soltó un suspiro de felicidad antes de abrazarlo por la cintura y pegarse a él.

Su ternura era lo que más odiaba de ella. Le recordaba demasiado al sueño que una vez albergó. Un sueño en el que ella lo cogía de la mano en público. En el que le sonreía sin esconderse.

Cuando era humano, fue lo bastante tonto como para pensar que llegaría a quererlo. Que al menos reconocería su presencia.

Sin embargo, siempre fue y lo seguía siendo, su sucio secretillo. Antes de morir a manos de Apolo, su propio hermano, ni siquiera le concedió el permiso de pronunciar su nombre en público. De tocarla, de mirarla o de pasar junto a su templo. Solo reconocía su presencia en privado.

Sin embargo, estaba tan desesperado por las migajas de ternura que le lanzaba que lo aceptó todo sin rechistar.

—Te quiero, Aquerón.

Apretó los dientes al escuchar unas palabras que Artemisa ni siquiera entendía.

Amor... Claro. Si eso era amor, prefería pasar sin él.

Artemisa lo besó en los labios antes de apartarse con una sonrisa.

—Siempre has sabido a luz del sol.

Y ella siempre había sabido a fría oscuridad. Soltó el aire con cansancio.

—¿Estás mejor?

—Pareces cansado, Aquerón mío —dijo ella, que asintió con la cabeza para responder a su pregunta mientras le acariciaba el pecho—. Vuelve a la cama. Enseguida estoy contigo.

La impaciencia me está matando, pensó. Se moría por meterse en la cama con ella. Lo deseaba tanto como que le pusieran un enema con ácido.

—¿Adónde vas?

Artemisa se levantó.

—Tengo que ocuparme de una cosilla. Pero volveré enseguida. Confía en mí.

No me queda otra, se dijo.

—Tómate el tiempo que necesites. —Si tenía suerte, conseguiría una hora sin magreos.

Era muy triste que esa fuera la mayor aspiración de un dios todopoderoso e inmortal.

Artemisa le sonrió antes de desaparecer y se teletransportó hasta el Inframundo, donde los Dolofoni moraban, en la parte más impenetrable del dominio de Hades.

No tardó mucho en encontrar a Deimos. Estaba delante de un enorme armero, examinando un hacha de hoja pequeña.

—¿Qué haces? —le preguntó mientras intentaba adivinar en qué pensaba el Dolofoni.

Deimos levantó la cabeza al escuchar la pregunta.

—Comprobando la resistencia de la hoja.

—¿No deberías estar buscando a Sin?

Deimos dejó el hacha, pero en vez de mirarla, pasó la mano por el resto de las armas.

—Eso depende. ¿Tu hija va a seguir interponiéndose en mi camino?

La pregunta hizo que a Artemisa se le cayera el alma a los pies.

—¿Cómo dices?

Deimos se giró hacia ella con una expresión malévola.

—Tu hija. Ya sabes, la rubia alta con un cuerpazo de vértigo, que tiene tus mismos ojos y los poderes de su padre. No me creerías tan tonto como para no darme cuenta, ¿verdad?

Se había quedado sin habla. Menos mal que Aquerón no estaba presente. Si se enterase, la mataría.

Deimos la miró con los ojos entrecerrados.

—Por eso me llamaste para que matara a Sin, ¿no? Porque se ha enterado de la verdad y ahora debe morir.

Se negaba a proporcionarle algo que usar en su contra.

—No sé de qué me hablas.

—Claro que no —replicó Deimos con tono burlón mientras acortaba la distancia que los separaba.

Retrocedió hasta que quedó pegada a la pared.

Deimos hizo una mueca desdeñosa.

—¿Eso quiere decir que tengo tu permiso para matar a Katra si se interpone en mi camino?

8

Sin se apartó y el puñal de Kat le pasó rozando el cuello. Sonrió, muy impresionado, al ver su pericia con el arma. No todos los días se cruzaba con alguien capaz de devolverle los golpes y mucho menos con alguien que parecía estar hecha de cemento armado. Tal como Kish había dicho de Angelina, a él no le importaría que Kat le diera una tunda, siempre y cuando llevara un *body* de encaje o de cuero negro. Sí... imaginársela con tacones de aguja rojos le provocó una erección a pesar de lo cerca que había tenido el puñal.

Le cogió la muñeca justo cuando su brazo comenzaba a moverse de nuevo, pero no esperaba que lo atacara con la rodilla, que lo golpeó en el costado.

Soltó un gruñido antes de arrebatarle el puñal. Acababa de hacerlo cuando Kat le asestó un cabezazo en la cara.

El dolor le atravesó el cráneo al tiempo que la fuerza del golpe le echaba la cabeza hacia atrás y comenzaba a sangrarle la nariz.

¡Joder!, pensó. La tía pegaba fuerte, sí...

—¡Madre mía! —exclamó Kat al instante—. Lo siento mucho. No pretendía hacerte daño. Me dejé llevar.

Sacudió la cabeza para despejarse, aunque todavía le palpitaban la frente y la nariz, y le pitaban los oídos.

—¿Tienes por costumbre disculparte con tus enemigos cuando les das un buen golpe?

—No, pero sí me disculpo con mi compañero de entrenamiento cuando lo dejo fuera de combate.

Sonrió y se frotó la cabeza mientras observaba la marca rojiza que acababa de aparecer en la sudorosa frente de Kat. El color rosado de sus mejillas hacía que sus ojos prácticamente relucieran. Era guapísima, fuera o no hija de Artemisa.

—¿Qué? —preguntó ella al tiempo que retrocedía.

—Nada. Estaba mirando la marca que te ha salido en la frente por dejarme fuera de combate y me preguntaba si la mía es igual.

Kat soltó una carcajada mientras extendía un brazo para tocarle la frente, justo allí donde palpitaba.

—Un poco, Uni.

—¿Uni?

La sonrisa que apareció en sus labios se la puso dura al instante.

—Unicornio. Es como si alguien acabara de cortarte el cuerno de la frente. —Se acercó para darle un beso en el dolorido lugar.

Un beso que hizo bien poco por aliviar el dolor que sentía en otra parte de su cuerpo. Hacía mucho que una mujer no lo excitaba hasta ese punto sin estar desnuda en su cama. O de rodillas frente a él.

Claro que no tenía por costumbre hablar con sus amantes. Básicamente se limitaba a echarles el ojo en el casino, a soltarles un par de halagos estratégicos y, en un abrir y cerrar de ojos, las tenía desnudas y sudorosas en su habitación. En cuanto acababa con ellas, las despachaba.

Sí, era un cerdo y lo sabía. Aunque siempre se aseguraba de dejarles claro que lo único que le interesaba era el sexo sin compromisos. No se quedaba con sus números de teléfono y prometía llamarlas para después dejarlas colgadas. Todas sabían desde el principio lo que quería de ellas.

Los Cazadores Oscuros tenían prohibido mantener relaciones sentimentales con los humanos. Y aunque técnicamente no era uno de ellos, había aceptado esa regla. Su mujer ya lo había humillado bastante con sus infidelidades. No iba a permitir que ninguna otra tuviera control sobre sus emociones. No eran de fiar.

Sin embargo, Kat tenía algo distinto y no sabía muy bien qué era. Parte de sí mismo disfrutaba tomándole el pelo. ¡Joder, si hasta le gustaban sus pullas! Cosa que era toda una novedad.

La vio morderse el labio antes de hacer un mohín compasivo.

—Siento mucho haberte dado el cabezazo.

—No pasa nada. Ojalá tengas siempre la misma puntería. A diferencia de los daimons, la única manera de detener a los gallu es golpearlos entre ceja y ceja.

—O partirles la columna —añadió ella, para sorpresa de Sin—. Aunque no te lo creas, estaba prestándote atención.

—Bien. Esa información te salvará la vida.

Pese al intercambio de comentarios, en realidad no estaba pendiente de la conversación. Sus pensamientos estaban muy ocupados con el hilillo de sudor que le corría entre los pechos, claramente delineados bajo el top. El deseo de saborearlos le hacía la boca agua.

Era apenas unos centímetros más baja que él, así que si se pusiera unos tacones de diez centímetros tendría que echar la cabeza hacia atrás para mirarla a los ojos. No entendía por qué la idea le resultaba tan excitante.

Sí, ya se veía en la cama con ella encima y desnuda salvo por esos tacones, frotándose contra él. La idea lo estaba volviendo loco.

La fijación por los tacones era una novedad, pero no podía quitarse la imagen de la cabeza.

Gracias, Kish, se dijo.

Ya se encargaría de hacerle pagar la tortura que estaba sufriendo.

Kat tragó saliva al ver la expresión ardiente en los ojos dorados de Sin. Aunque muchos hombres la habían mirado con deseo, no estaba acostumbrada a que la afectara tanto. Por algún motivo que se le escapaba, no era inmune a Sin. La excitaba de una manera que jamás habría creído posible.

Si cerraba los ojos, podía sentir el roce de sus labios. El olor de su piel se le subió a la cabeza y sintió el deseo de enterrar la cabeza en su cuello para que la embriagara del todo. Quería sentir esos músculos en las palmas de las manos. Quería sentir el peso de su cuerpo sobre ella...

Ejercía un efecto hipnótico en ella. Ni siquiera escuchó el golpe del puñal contra el suelo cuando Sin lo soltó, tras lo cual le colocó la mano en la base de la espalda y la pegó a él.

Sin embargo, no la besó. Se quedó mirándola como si estuviera esperando que lo apartara de un empujón o que volviera la cabeza. Sus labios seguían a escasos centímetros mientras la observaba con expresión voraz.

Incapaz de soportarlo más tiempo, levantó una mano, enterró los dedos en esos suaves mechones negros y lo obligó a inclinar la cabeza. Soltó un gemido satisfecho en cuanto sus labios se tocaron. Nadie podría saber mejor que él. En ningún otro lugar podría estar mejor que entre sus brazos.

Sin sabía que debía alejarse de Kat. Era la digna hija de su madre...

A pesar de eso, sus caricias lo pusieron a cien. El sabor de sus labios y el roce de su cuerpo bastaron para que se olvidara de todo lo demás. El odio lo abandonaba cuando ella lo abrazaba. El pasado no atormentaba sus pensamientos. Solo existía ella. Su olor, su sabor, su presencia.

Y disfrutó de todo ello.

La mano con la que le acariciaba el pelo le produjo un escalofrío que le recorrió la espalda. Incapaz de soportarlo más, la alzó en brazos. Ella le rodeó la cintura con las piernas mientras la aprisionaba contra la pared.

—Te deseo, Katra —confesó con un gruñido apenas a un centímetro de sus labios mientras la miraba con pasión—. Ahora.

Kat no podía pensar con el cuerpo de Sin entre los muslos. El deseo que la embargaba era tan intenso como el que él sentía.

—Mi madre te matará.

Sin soltó una carcajada maliciosa.

—Por ti merecerá la pena morir.

Kat se mordió el labio al sentir el roce de su erección. Ningún hombre la había tocado... así. A decir verdad, nunca había estado tan cerca de un hombre a menos que estuvieran luchando.

Era un poco aterrador. Su vida había carecido de la complicación que suponía un hombre.

Porque eran una complicación. En sí mismos. Su abuela estaría encerrada eternamente por culpa de un hombre. Su madre estaba unida a su padre eternamente por mucho que quisiera liberarlo. Ni siquiera Cassandra era libre. Wulf lo era todo para ella y se había convertido en su vida. Gery también había abandonado su búsqueda para poder quedarse con Arik...

No seas tonta, Kat. Solo es sexo, no tiene por qué ser un compromiso de por vida, se dijo.

Ojalá lo tuviera tan claro como la voz de su conciencia. ¿La cambiaría la experiencia de alguna forma?

Aunque claro, ¿cómo iba a hacerlo? Simi no había cambiado. Seguía siendo el mismo demonio de siempre.

Notó que Sin le levantaba el borde del top. Tenía que decidirse antes de que las cosas llegaran más lejos.

Sí o no.

Al final, ganó la curiosidad. Quería saber qué se sentía al estar con un hombre, y ningún otro la había excitado como él. Puesta a perder la virginidad, ¿con quién mejor que con un dios de la fertilidad? Si eran expertos en algo, era precisamente en complacer a las mujeres.

Y ella no era cobarde.

Inspiró hondo y utilizó sus poderes para desnudarse y desnudarlo a él.

Sin inspiró entre dientes al sentir el roce del cuerpo desnudo de Kat. No había ninguna barrera entre ellos. Nada. Estaban piel contra piel. Su mente tardó un segundo en asimilarlo.

La miró, impresionado por su belleza. Sus pechos eran perfectos y de piel muy clara. Sus pezones, rosados y endurecidos, le suplicaban que los besara. Inclinó la cabeza para llevarse uno de ellos a la boca.

Kat gimió por la extraña sensación que los lametones de Sin le estaban provocando en el estómago. Observarlo la puso a cien. Extendió un brazo y le acarició la espalda cubierta de cicatrices con un gemido. Apoyó una mejilla contra su cabeza mientras el corazón le latía desbocado. Su familia y ella le habían arrebatado tanto que le parecía justo entregarle lo que no le había dado a ningún otro.

Pero, sobre todo, quería conocerlo en esa faceta. Sentir su fuerza rodeándola, llenándola. Quería compartir su cuerpo con él.

Sin se apartó de su pecho y sopló sobre el pezón antes de volver a besarla.

Mmm, pensó. Era divino y estaba deseando continuar.

En ese momento la apartó de la pared y la dejó en el suelo muy despacio.

Sentir su peso fue un doloroso placer. Un placer exquisito. Porque, además, comenzó a deslizarse por su cuerpo lamiéndola y besándola por todos lados. Cada roce de su lengua le provocaba un escalofrío y dejaba sus nervios a flor de piel.

Sin sonrió al escuchar los murmullos y ver los respingos que sus caricias le provocaban. Era deliciosa y quería saborear cada centímetro de su cuerpo. Las caricias de sus dedos, que lo exploraban a su vez, también eran maravillosas, hasta que llegaron a su miembro y se detuvieron en torno a él, dejándolo al borde del orgasmo. Llevaba siglos sin estar con una mujer que supiera lo que era en realidad. Claro que, desde que su esposa murió, no había estado con una mujer que supiera lo más mínimo de él. Todas sus amantes habían sido aventuras de una noche. Rostros atractivos que aparecían y desaparecían cuando era incapaz de soportar más el celibato.

A diferencia de las demás, Kat seguiría ahí cuando acabaran. No iba a marcharse para no volver nunca. Eso la hacía especial, de ahí que quisiera asegurarse de que se lo pasara lo mejor posible en su cama.

Quería asegurarse de que, cuando acabaran, se sentiría totalmente satisfecha. La besó mientras deslizaba la mano por su muslo en dirección a los rizos de su entrepierna.

Kat jadeó al notar entre las piernas los dedos de Sin, que comenzaron a acariciarla en la parte más íntima de su cuerpo. El fuego la consumió a medida que la exploraba en busca de esa parte de su cuerpo que enloquecía con sus caricias. Cuando la penetró con un dedo, soltó un gemido.

Sin se quedó pasmado al descubrir algo insólito. Era imposible... Boquiabierto, se apartó de ella para mirarla.

—¿Eres virgen?

—Sí.

La respuesta lo confundió aún más.

—¿Cómo es posible?

Kat hizo un gesto con la cabeza al tiempo que respondía con evidente sarcasmo:

—Porque no he estado con ningún hombre.

Puso los ojos en blanco al escucharla.

—Ya sé por qué eres virgen, me refería a que cómo lo has logrado.

—Ya te he dicho que me vigilan constantemente.

Sí, pero ¿durante once mil años? Joder, pensó. Eso era pasarse tres pueblos.

—Ahora no te vigila nadie.

Kat siguió la forma de una de sus cejas con un dedo mientras esbozaba una sonrisilla.

—Solo tú.

Esa no era una respuesta que aclarara nada.

—¿Por qué has esperado todos estos años y de repente decides que ha llegado el momento así, sin más? Apenas me conoces.

La expresión de Kat tenía que ser la más tierna que había visto nunca en una mujer y lo derritió.

—Te conozco, Sin. He estado en tu interior... y te quiero en mi interior. ¿Tan difícil es de entender?

Una parte de sí mismo quería mandarla al cuerno. A ella y a los delicados sentimientos que despertaba en su interior. Quería decirle que no significaba nada para él y que no quería nada de ella.

Pero otra parte de su ser solo quería abrazarla. Arrastrarse hasta estar entre sus brazos y dejar que lo consolara más de lo que ya lo había consolado.

Al final, decidió escuchar a su parte furiosa. No podía permitirse el lujo de abrir su corazón a nada ni a nadie. Ya le habían hecho bastante daño a lo largo de su vida. No necesitaba sufrir más. Estaba harto de que lo utilizaran y lo manipularan.

—Con esto no conseguirás manejarme.

—No contaba con ello.

—Entonces, ¿qué esperas a cambio?

—Nada —contestó Kat con una expresión tan inocente y sincera que los remordimientos lo consumieron por mostrarse tan receloso con ella—. Solo será placer puro y duro. No quiero nada más de ti. Lo juro —concluyó, haciéndose una cruz sobre el corazón.

Sin meneó la cabeza. No podía ser tan sencillo. Era imposible que lo fuese.

—Me resulta difícil de creer. En este mundo no hay nada gratis. Nada.

—En ese caso, levántate y ponte la ropa —replicó ella—. Allí está la puerta. Estoy segura de que sabes usarla. Es un proceso muy simple: vas echando un pie delante del otro, hasta que llegas a la puerta, agarras el picaporte, lo giras y sales.

Debería hacerlo. Era lo que estaba a punto de hacer, pero cuando Kat le colocó una mano en la mejilla, su ternura lo desarmó. Solo quería que lo abrazaran...

Era un imbécil. Pero estaba cansado de estar solo. Cansado de llegar a una casa vacía donde curarse las heridas y de vivir con el único propósito de seguir luchando. Ya ni siquiera sabía por qué luchaba.

¿Por qué se preocupaba por un mundo que pasaba por completo de él? Sin embargo, si miraba a Kat, veía cosas que llevaba siglos sin ver. Compasión. Alegría. Belleza. Esta última era casi siempre letal.

Sintió el torbellino de sus emociones en su interior mientras Kat giraba sin soltarlo hasta dejarlo tendido de espaldas. Se tumbó sobre él y comenzó a torturarlo con la boca, mordisqueándole y besándole el mentón. Su pelo le hacía cosquillas cada vez que lo rozaba. Pero lo peor era el abrasador roce de su cuerpo. Lo había desarmado. Sus caricias y el consuelo que le ofrecía lo habían vencido. Con Kat abrazándolo de esa manera, no se habría levantado ni aunque la habitación estuviera en llamas.

Kat había visto miles de gloriosos desnudos masculinos en su vida. Hombres perfectos cuya perfección no había supuesto nada. Porque nada podía compararse a la belleza de Sin, por muchas cicatrices que lo desfiguraran. Su cuerpo dejaba bien clara la historia de un hombre que no contaba con nadie que lo protegiera. En ese sentido le recordaba un poco a su padre.

Pero Sin no se parecía en nada a Aquerón.

En él había una especie de frialdad espiritual. Era un hombre con unas heridas tan profundas que ya no creía en la bondad. Ni siquiera aceptaba su generosidad. Era una forma de vida demasiado gélida.

Y lo único que ella quería era ofrecerle un poco de calor. Hacerle saber que no todo el mundo pretendía hacerle daño. Que algunas personas eran de fiar. Que no todas iban por la vida buscando hacer daño. Que todavía había bondad y honradez en el mundo.

Sin embargo, no estaba segura de que lo entendiera. Desde luego que no iba a entenderlo si llegaba a descubrir la verdad de lo sucedido la noche que Artemisa le arrebató sus poderes divinos.

No, rectificó.

La noche que ella le arrebató sus poderes divinos para dárselos a su madre. Había estado mal, pero lo hizo para proteger a Artemisa. En esos momentos se daría de tortas por haber sido tan tonta, pero en aquel entonces se tragó todo lo que le dijo su madre.

Qué imbécil había sido.

Ojalá pudiera dar marcha atrás en el tiempo para cambiar las cosas. Por desgracia, no podía. Lo único que podía hacer era intentar consolarlo. Estar ahí cuando necesitara ayuda para luchar.

Y eso haría.

Sin observó a Kat con los ojos entrecerrados mientras ella descendía por su cuerpo, explorándolo centímetro a centímetro. Con una inocencia muy evidente. Y con curiosidad.

Al llegar al centro, se detuvo. Contuvo el aliento y la observó mientras le pasaba los dedos por el vello púbico y examinaba su miembro con detenimiento. Era doloroso sentirse observado sin que lo acariciara, sobre todo con la erección que tenía.

Ella levantó la vista y sus miradas se encontraron. La vio esbozar una sonrisa torcida antes de que lo tocara. La satisfacción fue tal que arqueó la espalda. Sus dedos se deslizaron desde los testículos hasta la punta de su miembro mientras lo observaba retorcerse de placer. La sonrisa se ensanchó justo antes de que inclinara la cabeza para sustituir los dedos por la boca.

Tuvo que golpearse la cabeza con el suelo para evitar correrse mientras ella lo lamía y lo chupaba.

¡Joder, joder!

Menudo talento estaba demostrando poseer en la lengua...

—¿Estás segura de que no has hecho esto antes?

Kat se rió, haciéndole cosquillas con el movimiento. Se apartó y meneó la cabeza.

—Nunca.

¡Joder!, repitió. Su mente no daba para más.

—No hacía falta que pararas.

Ella lo miró con una ceja enarcada.

—¿Ah, no?

—Joder, no.

Le dio un lametón en la punta y después sopló.

Bueno, vale, reconoció para sus adentros, era hora de que parara. Si no lo hacía, los dos iban a llevarse un buen chasco. Así que se incorporó y la acercó a él.

Kat soltó un sonido parecido a un ronroneo cuando Sin le acarició el cuello con la nariz. El roce áspero de su barba la excitó y la sensación le endureció los pezones. Con los sentidos saturados por el placer, le agarró la cabeza para acercarlo más a ella. En ese momento Sin le aferró las caderas y la instó a sentarse encima para poder penetrarla.

Sin embargo, se tensó en cuanto el dolor arruinó las placenteras sensaciones.

—Tranquila —le susurró Sin al oído.

Su aliento la abrasó y al instante notó las húmedas caricias de su lengua en el lóbulo de la oreja. Creyó estallar en llamas mientras su cuerpo se adaptaba a la penetración.

Sin notó que Kat por fin se relajaba. Le pasó las manos por la espalda y se detuvo en su trasero, para aferrárselo. La alzó un poco y le enseñó cómo debía moverse. Kat demostró ser una aprendiz diligente. En nada de tiempo impuso un ritmo suave y lento que lo estremeció de la cabeza a los pies.

Decidió tumbarse para observarla mientras lo montaba. Mientras lo acariciaba con descaro. Verla así, moviéndose sobre él... era una imagen letal. Menos mal que era inmortal.

Sonrió mientras extendía un brazo en busca de su clítoris, que procedió a acariciar mientras ella se movía. Nada más rozarlo, escuchó su chillido de placer.

—Te ha gustado, ¿verdad?

—Ajá —jadeó ella.

Era una tortura contenerse, pero merecía la pena. Al fin y al cabo, había sido un dios de la fertilidad. Ni de coña iba a acabar antes que ella. Aunque muriera en el intento.

Kat creyó derretirse por completo cuando miró a Sin. Nunca había pensado que tener a un hombre en su interior sería tan maravilloso. Había algo increíblemente satisfactorio y especial en la experiencia. Estaba compartiendo con él algo que no había compartido con nadie. Algo íntimo y especial. Observó esos ojos dorados un instante antes de cogerlo de la mano. Se la llevó a los labios y le besó la palma antes de hacer lo mismo con cada uno de sus nudillos.

¿Cómo habían podido hacerle daño? La idea la enfurecía y le provocaba un afán protector. Aunque también la entristecía. La gente podía ser muy cruel y los dioses, más.

De repente, perdió el hilo de sus pensamientos por culpa del extraño placer que notó.

Una sensación ardiente y deliciosa que fue extendiéndose por todo su cuerpo. Como si fuera una ola que crecía y avanzaba hasta resultar incontenible.

Al cabo de un segundo su cuerpo estalló y comenzó a estremecerse por las increíbles sensaciones.

Sin soltó una carcajada triunfal al ver sus espasmos de placer. La aferró con fuerza por las caderas y comenzó a penetrarla con mucha más rapidez, intensificando su orgasmo de modo que acabó inclinándose sobre él con un grito.

Él llegó al clímax en cuanto notó el roce de su pelo en el torso.

El placer fue increíblemente intenso. Kat era exquisita y lo dejó sin aliento y débil. Tanto que pensaba que jamás podría volver a moverse.

Kat se dejó caer y lo cubrió con su cuerpo. Se le escapó una risilla tonta, cosa poco habitual en ella, mientras lo abrazaba.

—¿Estás bien? —le preguntó, preocupado.

—Estupendamente —contestó ella con voz soñadora—. Tan contenta como un gatito que acaba de zamparse su comida.

La respuesta le arrancó una carcajada.

—Sí, conozco la sensación —le aseguró mientras la abrazaba y rodaba con ella hasta colocarse encima—. Yo tenía razón. Si tu madre me mata, habrá merecido la pena. —Inclinó la cabeza y la besó.

Kat suspiró al notar el movimiento de sus músculos en las manos. Sus besos eran tan sabrosos... no quería salir en la vida de ese ático. Ni hablar.

—¡Uf, qué asco! ¡Gente desnuda! ¡Voy a vomitar!

Sin se tensó al escuchar la voz femenina procedente de la puerta. Al volver la cabeza se encontró no con uno, sino con dos demonios carontes. O eso creyó que eran. Sin embargo, no tenían la piel veteada como era normal en su especie. Eran dos mujeres jóvenes, dos veinteañeras.

Una iba vestida de negro, como cualquier universitaria a la que le gustara el rollo gótico: vestido de terciopelo negro muy corto; botas altas de cordones; pelo negro con mechas rojas.

La otra era rubia y llevaba vaqueros y un top vaporoso de color rojo.

—Pues entonces no mires —dijo la morena dirigiéndose a la rubia, que se parecía sospechosamente a Artemisa—. ¿Por qué miras si no quieres ver? Mira para allá —siguió, señalando con el dedo el cuadro de Dalí que adornaba una de las paredes—. Una pared muy bonita con cuadros. Si miras los cuadros, no vomitarás. ¿A que funciona?

Kat tuvo que contener la sonrisa mientras salía de debajo de Sin y se vestía con la ayuda de sus poderes.

—Hola, Simi.

Sin se vistió en un abrir y cerrar de ojos, seguro de que los demonios lo atacarían en cuanto descubrieran lo que era.

No lo hicieron.

La morena sonrió, dejando a la vista unos colmillos afilados.

—¡Hola, akrita! Simi siente haber tardado tanto, pero alguien —dijo, enfatizando la última palabra mientras miraba furiosa a la rubia—... no la dejaba venir sin ella, porque dice que en Las Vegas hay muchas cositas brillantes que quiere ver. Simi le dijo que no, pero ya sabes quién ganó la pelea, ¿verdad? —Soltó un bufido—. Qué suerte tienes de ser hija única. Simi echa de menos la época en la que ¡alguien! —volvió a mirar a la rubia, que parecía pasar por completo del sermón—, y se refiere a Xirena, apareció y se mudó a casa de Simi. Menos mal que akri no la obligó a compartir su dormitorio.

Xirena soltó una especie de resoplido indignado.

—¡Ya vale, Xiamara! Te pasas todo el día quejándote por todo. ¡Venga quejas, venga quejas! Eres un demonio, ¡a ver si lo demuestras!

—¿Un demonio? —repitió Simi con voz burlona—. Por si no lo sabes, Simi es peor que un ejército de demonios. Simi hace lo que quiere porque akri dice que Simi es el mejor demonio del mundo. Lo que te pasa es que estás celosa porque tu akri no te quiere tanto como el akri de Simi la quiere a ella.

La conversación dejó a Sin alucinado. En la vida había visto a un par de carontes tan... cotorras. Simi parecía más una adolescente mimada que un demonio asesino y voraz.

—¿Es... bueno, son...? —preguntó, pero se detuvo porque era consciente de que no sabía qué decir mientras intentaba encontrarle sentido a la escena—. Confieso que no he visto nada parecido en la vida. ¿Se pasan el día así?

Kat se echó a reír.

—Simi todavía no se ha acostumbrado a su hermana. Tienen problemas de convivencia.

Xirena hizo un mohín de disgusto.

—Yo no tengo ningún problema con nadie, aparte del hecho de que el dios maldito ha hecho que mi hermana sea muy rara.

Sin frunció el ceño.

—¿Lo del dios maldito va por Aquerón?

—Simi es su demonio, sí —contestó Kat.

Aquello iba a acabar mal, pensó Sin.

Simi sonrió de oreja a oreja.

—Simi es la hija de akri.

Xirena jadeó.

—¿Cuántas veces tengo que decirte que no eres la hija del dios maldito? ¡Tus padres fueron dos demonios! Deja de llamar papá a tu akri. Se me caen las alas de la vergüenza.

Simi le sacó la lengua.

—El akri de Simi es su padre. Él se lo dijo, así que ya se te pueden caer las alas todo lo que quieras, porque así son las cosas.

Sin estaba pasmado por la conversación. ¿Cómo iban a ayudar esas dos en la lucha contra los gallu? Kessar las haría pedazos. Le lanzó una mirada incómoda a Kat mientras se frotaba la nuca.

—¿No crees que deberíamos buscar otra pareja de demonios? Después de ver esta discusión, no tengo muy claro que puedan ayudarnos mucho a luchar.

—Confía en mí —replicó Kat con una carcajada—, las discusiones acaban en cuanto hay comida a la vista.

—¿Comida? —preguntó Simi, que dejó de discutir al instante—. ¿Dónde hay comida?

—¿Comida de la buena? —preguntó a su vez Xirena con voz alegre.

Simi puso los ojos en blanco al escucharla.

—¿Es que hay comida mala?

—Bueno, sí, los daimons. Saben muy fuerte y además se me quedan pegados en los colmillos.

—Eso es verdad —reconoció Simi—. Pero Simi tiene una salsa barbacoa de Nueva Orleans que le quita ese sabor. Están buenísimos con ella. Los pone a altura de la carne humana y de la carne de zarigüeya.

Xirena parecía contentísima.

—¿Esa es la salsa que tiene la foto de una mujer con látigo en la etiqueta?

—Qué va. Esa es un poco más flojita, pero también está buena. La que Simi dice tiene un hombre en la etiqueta soltando una bocanada de fuego, como si fuera un dragón gordo, pero el tío no está gordo, está...

—Si me permitís un momento... —las interrumpió Sin.

Los demonios lo miraron como si estuvieran a punto de agregarlo al menú. Convertirse en el centro de su atención fue un gran error. Xirena lo reconoció nada más mirarlo, a juzgar por el brillo que asomó a sus ojos negros.

—Eres sumerio.

De repente, sus ojos se volvieron amarillos; su piel, roja con vetas negras; y le aparecieron unas enormes alas negras en la espalda.

Sin se preparó para la pelea; pero antes de que Xirena pudiera atacar, Kat se interpuso entre ellos.

—Tranquila, Xirena. Sin es de los nuestros.

Xirena escupió al suelo, gesto que lo puso de un humor de perros y que a Kish tampoco iba a hacerle gracia, supuso.

—Muerte a los sumerios —dijo el demonio.

—No todos son malos —puntualizó Simi, cruzando los brazos por delante del pecho—. Akri conoce a un sumerio que antes fue pescador durante muchos años. Es muy bueno con Simi. Le daba de comer bolitas de pescado con aceite de oliva envueltas en hoja de parra. Y croquetas de pescado, y los ojos. Los ojos son muy sabrosos, sobre todo si se fríen en aceite de oliva.

Xirena la corrigió con voz amenazadora:

—Todos los sumerios son enemigos de los carontes.

Simi puso un brazo en jarras y ladeó la cabeza.

—Eso es una tontería. No puedes odiar a todo un pueblo

porque uno o dos de sus habitantes sean malos. ¿Qué te han hecho los sumerios?

—Crearon a los demonios gallu para matarnos.

—¡Oooh! —exclamó Simi con cara de alegría—. A Simi le gustan los gallu. A la brasa están muy crujientes. Akri dejaba que Simi se los comiera por docenas. Y le daba igual. No como cuando Simi se come a la gente. Pero después los gallu se fueron y Simi ya no podía comérselos. Se les echa de menos. Estaban para chuparse los dedos.

—Pues ahora han vuelto —comenzó Kat para llamar de nuevo su atención.

Xirena puso cara de estar descompuesta. Simi parecía encantada de la vida.

—¿Simi puede comérselos?

Sin asintió con la cabeza.

—*Bon appétit.*

Kat lo recriminó con la mirada.

—Sí, Simi. Pero necesitamos que Xirena y tú nos ayudéis a luchar contra ellos.

Xirena señaló a Sin con un gesto de la cabeza.

—Creo que deberíamos dejarles que se coman al sumerio. Se lo merece.

Kat chasqueó la lengua.

—Xirena...

—¿Lo ves, Katra? —la interrumpió Simi—. Es malísima. Además, se come los pendientes cuando nadie la ve. ¡Y los buenos, encima! Los de diamantes... con lo que brillan...

Xirena miró furiosa a Simi.

—Tú también serías malísima si hubieras visto a los gallu matar a los carontes. Y comértelos no habría sido tan fácil si no hubieras tenido a tu akri para anular sus poderes. Son demonios malos capaces de matarnos. —Miró a Katra—. ¿Nos ayudará el dios maldito?

Kat titubeó. Ojalá pudiera ayudarlas, pero de momento era imposible.

—Vamos a intentar solucionarlo sin su ayuda.

Xirena la miró con los ojos como platos.

—¿Por qué?

—Porque akri no sabe que Katra existe —explicó Simi—. Si lo descubre, se pondrá muy triste y Simi no quiere ver triste a su akri, así que no puedes hablarle de ella. Bastante triste está ya porque tiene que vérselas con esa zorra pelirroja.

—Simi... —la reprendió Kat.

—¡Es que es una zorra! Simi sabe que la quieres, akra, pero las cosas como son. Es una foca asquerosa.

Xirena se relamió los labios.

—Hace un montón que no como foca. ¿Hay alguna por aquí?

Simi la miró de reojo.

—Simi sabe dónde hay una bien gorda: en el Olimpo.

Kat meneó la cabeza.

—¡Simi!

—¿¡Qué!? —preguntó el demonio, pestañeando con fingida inocencia—. Si Xirena se la come, ¿cómo van a echarle la culpa a Simi?

Sin resopló.

—Esto es como hablar con un par de crías. ¿Cómo lo aguantaban los atlantes?

Kat se llevó una mano a la sien, que comenzaba a palpitarle, mientras se hacía la misma pregunta.

—Normalmente no son tan parlanchines.

La respuesta no pareció convencerlo.

—¿De verdad?

—Apolimia los ata en corto.

Xirena siseó al escuchar el nombre de la diosa.

—¡Muerte a la zorra! ¡Ojalá muera abrasada en un charco achicharrante de saliva caronte!

El deseo asesino de Xirena hizo que Sin soltara una carcajada.

—Joder, Kat, lo tuyo no tiene remedio. Aparte de ti, ¿hay alguien a quien le caiga bien tu familia?

Ella soltó un suspiro resignado.

—Parece que no.

—Pues anda que quien ha ido a hablar... —soltó Xirena con muy mala leche—. La tuya tampoco le cae bien a nadie.

—¡Eso! —exclamó Simi, aunque luego se llevó una mano a la boca y le susurró a Xirena—: ¿Es verdad?

—Sí.

—¡Sí! —volvió a exclamar Simi, que alzó un puño para enfatizar la afirmación.

Sin meneó la cabeza.

—Me está dando una migraña...

—Tú no sufres de esas cosas —le recordó Kat.

—Entonces es un tumor... del tamaño de un par de demonios.

El deje sarcástico de su voz le arrancó una carcajada a Kat.

—Querías ayuda, bueno, pues aquí tienes a la caballería.

En fin, sí, Kat les había buscado ayuda. Sin embargo, no sabía si el remedio sería mil veces peor que la enfermedad.

—Es raro, pero tengo la sensación de que la caballería va a pasarnos por encima... antes de asarnos.

Kat lo miró nerviosa.

—¿Qué hacemos entonces?

Se pensó la respuesta. Dejar sueltas a ese par no le parecía una buena idea.

—¿Podemos dejarlas solas?

Ella se encogió de hombros.

—No creo que sean más peligrosas que los daimons que tienes abajo ojeando a los turistas en busca de su cena.

—Ellos no tienen alas ni cuernos.

Xirena recuperó la apariencia humana.

—Ni nosotras. A menos que lo queramos.

Simi levantó una mano, como si fuera una colegiala.

—Si los daimons comen turistas, ¿Simi puede?

—No —contestaron Kat y Sin a la vez.

—¡Bah! —exclamó Simi, haciendo un puchero—. ¿Por qué tienen preferencia los daimons?

Xirena puso cara de indignación.

—A lo mejor deberíamos volver a Katoteros. Allí por lo menos podemos comer dragones cuando tenemos hambre.

Simi se quedó blanca.

—¿Te comes a los dragones de akri? Xirena, eres mala. A akri no le gusta que sus dragones se vayan. ¡Uf, será mejor que te escondas cuando vuelva y vea que no están! Va a enfadarse mucho.

Kat carraspeó con la esperanza de que cambiaran de tema y volvieran al que necesitaban discutir. Miró a Sin.

—Si las dejas en una habitación sentaditas y viendo la Teletienda, se pondrán más contentas que unas pascuas.

—¿¡La Teletienda!? —preguntaron las dos al unísono.

Simi le echó un vistazo a su reloj.

—Es la hora de la venta de circonitas. ¿Dónde está la tele?

Sin se frotó la frente antes de llamar a Kish y ordenarle que preparara una suite para los demonios en ese mismo pasillo. Cuando su ayudante volvió para acompañarlas a la habitación, Simi y Xirena seguían hablando de lo riquísimas que estaban las circonitas.

Sin las observó alejarse desde la puerta.

—Menudo par de demonios.

—Sí —replicó Kat con una sonrisa mientras acortaba la distancia que los separaba—, menudo par. Tenemos que asegurarnos de que no le pase nada a Simi. Aquerón nos mataría.

La mirada de Sin se suavizó nada más mirarla.

—Dudo mucho que te matara. A mí, por otra parte, me dejaría un par de cabezas más bajo.

Kat frunció el ceño.

—¿Un par?

Sin señaló la cabeza que tenía sobre los hombros antes de bajar la mano hasta la entrepierna.

—¡Ah! —exclamó Kat entre carcajadas—. ¡Qué malo eres!

—Sí, pero aunque sé que me defiendo bien contra la mayoría de las criaturas, en el caso de Ash sé que me fulminaría en el acto. Por tanto, prefiero tenerlo contento en la medida de lo posible.

Kat no acababa de tragarse su explicación.

—No le tendrás miedo, ¿verdad?

—Miedo, no. Pero sí muchísimo respeto. Les doy las gracias a las Moiras por haberle dejado vivir como humano durante un tiempo. Si no lo hubieran hecho, ¿te imaginas cómo sería ahora mismo el universo? Piensa en el poder que ostentan Apolimia y él. Y ahora añádele a la mezcla el ego de un dios.

Sí... era para echarse a temblar.

Pero también planteaba la pregunta de si fue precisamente eso lo que hizo a Aquerón ser como era. Una pregunta que ella solía plantearse con frecuencia.

—Pero tú tienes principios morales. No te imagino pisoteando a nadie para conseguir lo que quieres.

—No soy el mismo que cuando era un dios. Me pasé la juventud resentido y amargado por lo que nos había hecho mi padre y, como dios, tenía muchas cosas que demostrar. Además, el hecho de vivir como un humano tiene la capacidad de alterar muchísimo la forma de ver ciertas cosas.

El tono de voz de Sin le produjo un nudo en el estómago. Clavó la mirada en la cicatriz que Sin tenía en el cuello y extendió un brazo para tocarla mientras se preguntaba lo mucho que habría sufrido a causa de la herida. Tuvo que morderse el labio inferior para no disculparse por haberle arrebatado sus poderes.

¡Qué imbécil e inocente había sido! Como cualquier otro niño, en aquella época no veía los defectos de su madre. Lo único que quería era agradar a Artemisa y hacerla feliz. ¿Cómo iba a saber que un solo error podía herir tanto a una persona y, además, alterar la historia del mundo?

Ojalá pudiera arrebatarle los poderes de Sin a su madre para devolvérselos, pero Artemisa nunca se lo permitiría. Si lo intentaba, perdería a su madre para siempre y, por muchos defectos que tuviera, la quería. Nunca haría nada que pudiera perjudicarla.

Sin le apartó la mano del cuello y le dio un beso en la palma. Pese a la ternura del gesto, había una expresión salvaje en su mirada. Sí, le había permitido acercarse a él, pero podía revolverse en cualquier momento. La idea era aterradora y emocionante a la vez.

—Todavía tenemos que encontrar a mi hermano —le recordó él.

Kat asintió con la cabeza.

—De acuerdo. Creo que es mejor que vaya sola. Veré si mi abuela puede ayudarnos con su esfora. —Y si está de humor para recibir visitas, añadió en silencio.

El tema que tenían que tratar requería que Apolimia estuviera contenta y con ganas de colaborar. De otro modo, la visita sería una pérdida de tiempo que solo le depararía una negativa tajante.

Se apartó de él, pero antes de que pudiera desaparecer de la suite Sin la detuvo colocándole una mano en el brazo.

—Gracias, Katra. Te agradezco mucho la ayuda.

No supo por qué, pero esas palabras la inundaron de alegría.

—De nada.

Sin asintió con la cabeza y le dio un afectuoso apretón en el brazo.

—Tampoco me he olvidado de tu regalo. Gracias de nuevo.

Ella se acercó y lo besó en la mejilla.

—Volveré pronto.

Artemisa titubeó a medida que se acercaba a su dormitorio. Se mordió el pulgar con indecisión. Quizá sería mejor ir al templo de Zeus un rato y tramar algún plan...

—¿Qué haces?

La voz de Aquerón la sobresaltó, sobre todo al darse cuenta de que lo tenía detrás.

—Creía que estabas acostado —le soltó con brusquedad—. Tenía que ir al baño.

—Vaya... —replicó él mientras sus turbulentos ojos plateados la miraban furiosos—. ¿Qué has hecho, Artie? Y no me digas «Nada». A juzgar por tu actitud sé que has hecho algo que va a ponerme de muy mala leche.

Esa capacidad para interpretar sus reacciones la sacaba de quicio. ¿Cómo lo hacía? Sin embargo, se negó a ponerse a la defensiva. De modo que hizo lo que siempre hacía: lanzarse al ataque.

—En fin, tú tienes la culpa.

Aquerón puso los ojos en blanco.

—¿Cómo no? Siempre me toca a mí. ¿Qué he hecho ahora?

Artemisa lo miró con los ojos entrecerrados; pero, por muy enfadada que estuviera, siempre había una parte de sí misma aterrada cuando se enfrentaba a él. Porque le aterrorizaba pensar en su reacción cuando le dijera lo que necesitaba decirle... y el motivo.

—Antes de contártelo tienes que prometerme dos cosas.

En la mandíbula de Aquerón apareció un tic nervioso.

—¿El qué?

Artemisa retrocedió un paso para aumentar la distancia que los separaba.

—Primero, que no me matarás. Nunca. Y segundo, que te quedarás aquí otra semana.

Ash titubeó. La cosa debía de ser más seria de lo que pensaba si le exigía una promesa semejante. La furia se apoderó de sus entrañas. Sabía que se le estaban poniendo los ojos rojos y notó el calor en las mejillas. Pero a ella le daba igual. Y la conocía tan bien que estaba seguro de que no le contaría el motivo de su nerviosismo a menos que le prometiera las dos cosas.

—Vale. De acuerdo.

—Dilo, Aquerón. Quiero saber que estás obligado a mantener tu palabra.

Ash soltó un taco antes de decir entre dientes:

—Vale. Te prometo que no te mataré y que...

—Nunca.

Ash respiró hondo antes de repetir:

—Nunca.

¡Joder, qué ganas tenía de estrangularla!

—Y que te quedarás aquí otra semana... a menos que tengas que hacerme algún favor.

Eso le heló la sangre en las venas.

—¿Qué favor?

—Dilo, Aquerón. Y después te lo contaré.

Sí, aquello iba a ponerlo de muy mala leche. Ojalá pudiera mantener su palabra. Si no, los dos acabarían muertos.

—De acuerdo. Me quedaré aquí otra semana a menos que tenga que hacerte algún favor.

Artemisa soltó un suspiro de alivio.

—Bien. Ahora, quédate aquí quietecito.

La obedeció mientras se preguntaba qué leches le pasaba... además de ser una diosa fría y egoísta, claro.

Artemisa, por su parte, se trasladó al otro extremo de la estancia, bien lejos de él.

—¿Qué estás haciendo?

—Es que tenía que haberte contado una cosa.

—Tienes que contarme una cosa —la corrigió él—. Sí, ya me lo has dicho. ¿Qué es?

—Te estás enfadando.

Verla prolongar el jueguecito le resultó muy desagradable.

—No me has exigido que te prometiera no hacerlo.

—Porque sabía que no podrías evitarlo y que morirías por no cumplir la promesa.

—¡Artemisa!

—Vale —accedió con un resoplido—. No me grites. No soporto que me grites.

—Estoy a punto de hacer algo más que gritarte.

—Vale, ponte como quieras. ¿Recuerdas cuando volviste de entre los muertos?

¿Que si lo recordaba? Todos los días. Había sido uno de los momentos más dolorosos en una vida plagada de sufrimientos.

—¿A qué viene eso ahora?

—Bueno... —Artemisa se mordió el labio inferior y comenzó a retorcerse el peplo con una mano—. Tardaste meses en venir a mi templo y eso que te llamé con insistencia.

—Sí. Estaba un poquito molesto por lo que tu hermano y tú me habíais hecho.

—Pero quiero que recuerdes que yo te llamé.

Parecía demasiado ansiosa para su gusto, pero decidió aliviar su inquietud pese a las ganas de estrangularla.

—Lo recuerdo, Artemisa. Estuviste a punto de volverme loco con tus gritos para que viniera a verte.

—Y cuando viniste, ¿recuerdas lo que pasó?

Frustrado, Ash soltó otro suspiro. Lo recordaba todo con claridad. Artemisa lo había recibido en el bosque, fuera del templo. Él la esperó en el centro del claro y la contempló furioso. Estaba hambriento y enfurecido, y ansiaba su sangre en el peor de los sentidos. La diosa se acercó como si su presencia la aterrara.

—Por favor, no te enfades conmigo, Aquerón —le había suplicado.

Sus palabras le arrancaron una amarga carcajada.

—Bueno, «enfadarse» se queda corto para lo que siento ahora mismo por ti. ¿Cómo te atreves a llamarme de nuevo?

Artemisa tragó saliva.

—No podía hacer otra cosa.

—Siempre se puede hacer otra cosa.

—No, Aquerón. En este caso, no.

No se lo tragó, claro. Siempre había sido egoísta y caprichosa, y tenía muy claro que esos habían sido los motivos que la habían impulsado a resucitarlo en lugar de dejarlo entre los muertos.

—¿Para esto me has estado llamando? ¿Para disculparte?

La vio negar con la cabeza.

—No me arrepiento de nada. Lo volvería a hacer en un parpadeo.

—En un abrir y cerrar de ojos —la corrigió él, furioso.

Ella le restó importancia al tema con un gesto de la mano.

—Quiero que hagamos las paces.

¿Las paces?, pensó. ¿Estaba loca o qué? Tenía suerte de que no la matara en ese mismo momento. Cosa que haría si no le asustara lo que pudiera pasarle a muchos inocentes.

—Entre nosotros nunca habrá paz. Nunca. Destruiste esa oportunidad el día que viste cómo me mataba tu hermano sin intervenir para defenderme.

—Estaba asustada.

—Más lo estaba yo, que me descuartizaron y me destriparon

en el suelo como si fuera un animal. Disculpa si no me compadezco de tu dolor. El mío me tiene muy ocupado. —En aquel momento se volvió para marcharse, pero ella lo detuvo.

Fue entonces cuando escuchó el gimoteo de un bebé. Ceñudo, contempló con horror al bebé que Artemisa había mantenido oculto entre los pliegues del peplo.

—Tengo un bebé para ti, Aquerón.

Se zafó de su brazo con brusquedad, consumido por la ira.

—¡Zorra! ¿De verdad crees que así podrás reemplazar a mi sobrino, al que dejaste morir? Siempre te odiaré. Haz lo correcto por una vez en tu vida, y devuélveselo a su madre. Lo último que necesita esa criatura es criarse con una víbora desalmada como tú.

Artemisa lo abofeteó con tanta fuerza que le partió el labio superior.

—Vete al infierno, cabrón asqueroso.

Él se limpió la sangre del labio con el dorso de la mano mientras le lanzaba una mirada asesina.

—Yo seré un cabrón asqueroso, pero por lo menos no soy una puta frígida capaz de sacrificar al único hombre que la ha amado porque es demasiado egoísta como para salvarlo.

Artemisa lo fulminó con la mirada.

—Yo no soy la puta, Aquerón. Eres tú quien se vende por dinero. A cualquiera que pueda pagar el precio. ¿Cómo se te ocurrió creerte digno de una diosa?

Sus palabras lo hirieron de tal forma que dejaron un trocito de su corazón destrozado para siempre.

—Tenéis razón, milady. No soy digno de vuestra presencia ni de la de ningún otro. Solo soy una mierda que merece estar en la calle. Perdonadme por haberos mancillado.

Y con esas palabras desapareció de la presencia de Artemisa, y durante dos mil años evitó todo contacto con ella. Lo único que aceptaba eran los frascos con su sangre que ella le enviaba para que se alimentara y siguiera viviendo.

De haberse salido con la suya, no habría vuelto a verla en la vida. Pero Artemisa utilizó los poderes que le había robado para dar vida a los Cazadores Oscuros con la excusa de usarlos para proteger a la Humanidad de los daimons que Apolo había creado. En realidad, los usó para controlarlo eternamente y obligarlo a negociar con ella los términos de cada liberación.

Ellos eran el motivo de que siguiera lidiando con ella.

Ellos y el remordimiento que sentía por su creación.

Le daban ganas de mandarlos a todos a la mierda.

Sin embargo, eso era agua pasada, y sería mejor dejarlo estar.

—¿Por qué remueves unos recuerdos tan amargos, Artemisa?

Ni siquiera había acabado de hablar cuando lo comprendió todo. «Tengo un bebé para ti, Aquerón.»

Retrocedió mientras la incredulidad y el dolor lo golpeaban con saña.

—El bebé...

Artemisa asintió con la cabeza.

—Era tu hija.

9

Aquerón se alejó trastabillando de Artemisa, consumido por la ira. Apoyó un brazo en la pared y observó cómo su piel se volvía azul. Respiraba de forma acelerada y sus colmillos se habían alargado. Lo veía todo borroso.

Ansiaba tanto la sangre de Artemisa que podía paladear su sabor. Aunque lo que más ansiaba era degollarla.

—¡Joder, Artemisa! —masculló.

—Intenté decírtelo. Te la ofrecí y tú la rechazaste.

Sus palabras lo hicieron volverse con brusquedad para lanzarle una mirada furibunda.

—Textualmente dijiste: «Tengo un bebé para ti». Nada de: «He tenido un hijo tuyo». ¡La diferencia es para cagarse! Creía que era una niña que alguna de tus fieles te había dejado en ofrenda y que tú querías dármela para compensar la muerte de mi sobrino. Y lo sabías muy bien. —Todas sus doncellas llegaron a su servicio de esa manera. En aquella época era normal que la gente dejara a sus hijos como ofrenda a los dioses.

Se pasó las manos por el pelo a medida que los recuerdos cruzaban por su mente, desgarrándolo.

Se vio tumbado sobre la fría piedra cuando era solo un muchacho, encadenado e inmovilizado por los esclavos mientras el cirujano se acercaba con el escalpelo.

El recuerdo del dolor lo hizo sisear.

Se acercó a Artemisa con la respiración acelerada y los puños apretados para no estrangularla.

—Me esterilizaron. Es imposible que engendrara un hijo. Imposible.

La expresión de Artemisa se crispó.

—Fuiste estéril como humano. Pero cuando cumpliste los veintiuno...

Su condición de dios se manifestó.

Se pasó la mano por la cara al recordarlo. Todas las cicatrices de su cuerpo desaparecieron. Físicamente se recuperó por completo.

Era obvio que se habían curado todas las heridas, no solo las evidentes. Lo que incluía la cirugía que le practicaron. ¡Joder! ¿Cómo había podido ser tan idiota?

—¿Por qué no me dijiste que estabas embarazada?

Artemisa le lanzó una mirada furiosa.

—Lo intenté. Tú te negabas a escucharme y lo único que me decías era: «Te odio. Muérete». No dijiste nada más durante esos dos mil años.

Ash se echó a reír, asaltado por un amargo dolor. Artemisa tenía razón por primera vez en la vida. Se pasó dos mil años dándole la espalda. ¡Por los dioses! ¿Quién se habría imaginado que era «eso» lo que quería decirle?

Y lo peor era que la rechazó de plano cuando intentó mostrarle a su hija. Se maldijo por haber sido tan imbécil y haber estado tan ciego. ¿Por qué no se lo había imaginado siquiera? ¿Por qué había permitido que la rabia lo cegase en algo tan trascendental?

Le daban ganas de matarse por lo imbécil que había sido. Había rechazado a su propia hija. A saber lo que pensaba de él y de su rechazo.

—Han pasado once mil años, Artemisa. No sé, podrías haberme mencionado el tema antes, ¿no te parece?

Los ojos de la diosa estaban llenos de lágrimas.

—Cuando te la ofrecí y tú me insultaste y rechazaste lo más preciado para mí en todo el universo, quise hacerte daño. No tienes ni idea de lo que pasé mientras intentaba ocultarle mi embarazo a todo el mundo. Sufrí el parto a solas, sin nadie que me atendiera. Sin nadie que me ayudara. Podría haberme deshecho de ella, ¿sabes?

El último comentario estaba destinado a herirlo, pero no estaba dispuesto a permitírselo.

—¿Y por qué no lo hiciste?

—Porque era parte de ti y también era mía. Lo único que he tenido en la vida que es únicamente mío. Nunca se me habría ocurrido deshacerme de ella. Cuando comenzaste a hablarme de nuevo, ya era una mujer hecha y derecha. Decidí que sería absurdo perderte por algo que no tenía vuelta de hoja cuando lo había intentado todo para que me amaras.

Soltó una amarga risotada al escucharla.

—Me alegro por ti, Artie. Adoras a mi hija y yo solo soy un extraño para ella. Gracias.

—No seas tan rencoroso. En realidad, no tardó mucho en ir en busca de tu madre a mis espaldas. Es igualita que tú... Siempre encuentra la forma de castigarme cuando lo único que quiero es abrazarla.

Sus palabras lo dejaron de piedra. Tenía que estar de coña...

—¿Mi madre conoce su existencia?

—Claro que esa zorra lo sabe. Me vi obligada a cederle la protección de mi hija a cambio de tu vida la noche que Stryker estuvo a punto de matarte en Nueva Orleans.

Hervía de furia, aunque no sabía muy bien por qué. Entre su madre y Artemisa lo habían jodido tantas veces que ya había perdido la cuenta. No había habido ni una sola mujer en su vida que no lo hubiera traicionado.

Ni una.

Simi era la única criatura femenina pura que había conocido. E incluso ella lo había traicionado al seducir a su mejor amigo. Ella perdió su inocencia y él ganó un enemigo que no se detendría hasta verlo muerto.

O hasta que él lo matara.

Sí, las mujeres eran la cruz de su vida. Ojalá hubiera nacido gay, de esa forma habría evitado siglos de sufrimiento.

De todas maneras, no podía hacer nada para cambiar el pasado. Soltó un largo y furioso suspiro antes de mirar a Artemisa.

—¿Y dónde está mi hija ahora?

—Eso era lo que quería decirte. Le ordené que matara a Sin.

—¿¡Que has hecho qué!?

Artemisa chilló al tiempo que se alejaba de él.

—No te preocupes. Se parece tanto a ti que no fue capaz de hacerlo. Así que tuve que recurrir a Deimos.

La cosa mejoraba por momentos, pensó Ash.

—A ver si acierto. Deimos va ahora a por los dos, ¿verdad?

Artemisa asintió con la cabeza.

—Le he dicho que no le haga daño a Katra, pero no va a hacerme caso. Y no sé cómo se ha enterado de que es mi hija.

Por fin lo comprendía todo.

—Quieres que detenga a Deimos.

—Quiero que lo mates.

Ash soltó una carcajada.

—No me mires mientras meneas la cabeza —masculló Artemisa—. Sé que puedes hacerlo. Eres un exterminador de dioses. Sus poderes no son nada comparados con los tuyos.

Le lanzó una mirada asesina.

—No tienes ni idea, Artie. Ni idea. De hecho, tienes suerte de que no te haga pedazos ahí donde estás.

—No puedes. Has jurado que nunca lo harás.

—Sí, pero estoy pensando que merece la pena morir con tal de matarte.

—No te atreverías.

Gruñó, porque sabía que decía la verdad. Si él moría, su madre quedaría libre para campar a sus anchas por el mundo y la Humanidad quedaría reducida a cenizas. Y él era tan imbécil que le importaba.

Soltó el aire despacio antes de preguntarle lo más obvio a doña Obtusa.

—¿Cómo quieres que proteja a mi hija si me has hecho prometerte que seguiré aquí una semana más?

—Si Katra te necesita, podrás ir a ayudarla. Pero tiene que estar en peligro.

Guardó silencio un instante tras escuchar por primera vez el nombre de mi hija.

—¿Katra? En griego significa «pura».

Artemisa asintió con la cabeza.

—Se parece a ti. —Levantó una mano e invocó una imagen de la cara de Katra para que pudiera verla.

La belleza de su hija hizo que se le llenaran los ojos de lágrimas, pero se negó a llorar. Mientras la contemplaba, cayó en la cuenta de que la conocía. Era la cara que veía en sueños. La rubia que no identificaba. De alguna manera su mente debía de saber de su existencia y estaba intentando transmitírselo.

—¿La he visto alguna vez? —preguntó con un hilo de voz.

—Una vez, que yo sepa. Estaba saliendo con las demás *korai* cuando tú apareciste de repente. La miraste antes de que yo consiguiera llamar tu atención.

Lo recordaba. Porque le sorprendió que una de sus doncellas fuera más alta que la propia diosa cuando sabía perfectamente que Artemisa no soportaba tener mujeres más altas que ella en su presencia.

—La rubia alta...

—Sí.

Reprimió el dolor que comenzaba a invadirlo. Pensar que había estado tan cerca... era casi insoportable.

—¿Ella sabe quién soy?

—Nunca le he ocultado la identidad de su padre. Por eso fue a ver a tu madre.

Un mal presentimiento se asentó en su estómago.

—¿Qué le dijiste, Artie? ¿Que yo la rechacé?

Los ojos de Artemisa lo miraron echando chispas.

—Estoy harta de que siempre me hagas daño, Aquerón. Muy harta. Si te hubieras comportado conmigo como tenías que haberlo hecho, habrías estado al tanto de su existencia. Así que no me vengas ahora con cabreos. Hice lo que tenía que hacer. Fuiste tú quien le dio la espalda. Yo estuve siempre ahí para ella, mientras tú seguías de morros.

De morros, pensó él. Sí. Era tan típico en él ponerse de morros... En realidad, estuvo aprendiendo a usar sus poderes e intentando controlar a una jovencísima Simi que nunca antes había estado en el plano humano. Los primeros años después de que Artemisa lo resucitara fueron duros y aterradores.

Y no contó con el apoyo de nadie. Su madre había reaccionado de forma desagradable e irracional cada vez que intentaba ponerse en contacto con ella. Artemisa no paraba de acosarlo. De no haber sido por Savitar, que apareció de repente para ayudarlo a controlar sus poderes, habría estado perdido.

Sin embargo, todo eso pertenecía al pasado y no podía cambiar nada. Lo único que podía hacer era asegurarse de que nadie le hiciera daño a su hija a partir de ese preciso momento.

—¡Simi!

Su demonio caronte apareció incluso antes de haber acabado de pronunciar su nombre.

—¡Akri! —exclamó ella con una sonrisa de alegría—. ¿Ya puedes venir a casa?

Ash miró a Artemisa con expresión malévola.

—Todavía no. Pero tengo un encargo para ti.

Simi pareció confundida.

—¿Ah, sí?

—Pues sí. Parece que hay alguien que necesito que protejas. Quiero que te asegures de que no le pasa nada. ¿Lo entiendes?

Simi se quedó blanca.

—No querrás que Simi vigile a esa zorra, ¿verdad? Porque, sin ánimo de ofender, akri, Simi te quiere, pero no tanto como para eso. No lo haría ni por las circonitas de la Teletienda.

Su sinceridad le arrancó una sonrisa.

—No me refería a Artemisa, Simi. Necesito que cuides de una mujer llamada Katra.

La aclaración hizo que Simi frunciera el ceño.

—¿De akra Kat?

La pregunta le provocó un mal presentimiento.

—La conoces.

Simi se puso nerviosa, una mala señal en ella.

Artemisa soltó un resoplido asqueado.

—Ya sabe que es su hija, idiota.

Simi se volvió hacia la diosa con una expresión incrédula.

—¿Idiota? ¿Has llamado idiota a Simi? La zorra se ha hecho un lío y se ha confundido. Ahora resulta que se cree Simi, aunque es normal, claro. Todas las mujeres quieren ser Simi porque es un bellezón, porque tiene un estilazo vistiendo y porque va siempre monísima con sus circonitas. Y porque no es una foca... como otras.

—Por favor, la estupidez de este demonio es increíble. Como si quisiera parecerme a ti...

Los ojos de Simi se volvieron negros con tal rapidez que Ash apenas tuvo tiempo de agarrarla antes de que se lanzara a por la zorra de Artemisa para comérsela.

—No, Simi. Déjala. —Y a Artemisa le dijo—: Un insulto más y Simi será el menor de tus problemas.

Artemisa hizo una mueca burlona.

—No puedes hacerme nada.

—Tienes razón. Yo no. Pero siempre puedo dejarte en manos de mi niña.

Simi soltó una alegre carcajada.

—¡Síii! ¿Dejarás que Simi se coma por fin a la zorra? ¡Bien!

Artemisa se desvaneció al instante.

Se habría sentido satisfecho de no estar tan enfadado. Soltó a Simi y la instó a volverse para poder mirarla a la cara.

—¿Sabías lo de mi hija?

Simi bajó la cabeza como una niña temerosa por la posibilidad de una bofetada, aunque nunca le había dado ninguna.

—¿Akri está enfadado con su Simi?

Tiró de ella para abrazarla.

—¿Cómo voy a enfadarme contigo? —Simi era lo único que había amado en su vida sin condiciones y sin avergonzarse de ello. Sin embargo, eso no evitaba que su secretismo resultara doloroso—. Aunque me habría gustado que me lo dijeras.

—Pero la diosa reina dijo que si te enterabas, llorarías. Dijo que sufrirías muchísimo. Tanto como ella porque no puede tenerte cerca. Simi no quería verte llorar como llora akra.

La abrazó con más fuerza.

—Lo sé, Simi. No pasa nada.

Ella se apartó para mirarlo a los ojos.

—¿Estás triste, akri?

—Un poco.

Simi le cogió una mano y le dio un apretón.

—Simi no quería hacerte daño, akri.

—Cariño, tú no me has hecho daño. Se me pasará.

—Vale —replicó ella en voz baja—, porque si no se pasa, Simi se comerá a la foca y lo arreglará todo.

Sonrió al escucharla.

—No puedes comértela.

—¿Ni un bocadito? —insistió con un mohín—. En un talón o en un dedo. No lo echará de menos... hasta que intente coger algo, aunque ¿a quién va a importarle? Bueno a ti, porque a los demás no.

—No, Simi. Tus bocaditos son como los de un tiburón. Necesito que encuentres a Katra y la protejas.

—Pero ¡Simi ya sabe dónde está! Acaba de estar con ella.

Sus palabras lo dejaron pasmado. Aunque, la verdad fuera dicha, no sabía por qué se sorprendía a esas alturas de la película.

—¿Cómo dices?

—Está con ese dios depuesto que odia a la foca tanto como la odia Simi. Quieren que Simi y Xirena los ayuden a luchar contra los demonios gallu que antes dejabas que Simi se comiera. Parece que hay un montón. —Metió la mano en el bolso y sacó un bote de salsa barbacoa—. Y Simi está preparada.

Ash meneó la cabeza mientras intentaba comprender lo que le estaba diciendo.

—¿Los gallu están libres?

Simi hizo un gesto afirmativo.

—Sin dice que están apareciendo como moscas, así que será como un tentempié.

Sí... y para la Humanidad sería la ruina.

—Simi, vete y cuida a Katra por mí.

—Vale, akri. Pero no estés triste. —Le mandó un beso antes de desaparecer.

Ash soltó un suspiro cansado mientras recorría la estancia con la mirada. Las cosas en la Tierra se estaban desmoronando y allí estaba él, atrapado por culpa de la insaciable libido de Artemisa. Era muy injusto.

—¿Qué coño está pasando?

Tenía derecho a saberlo.

Cerró los ojos e intentó localizar a Sin y a los gallu, aunque lo único que vio fue bruma sin forma ni sustancia. Cosa que no le sorprendió. Normalmente le costaba trabajo ver algo del mundo inferior cuando estaba en el templo de Artemisa. La diosa no quería que estuviera al tanto de lo que pasaba, porque eso acrecentaba su impaciencia por marcharse.

Sin embargo, había una persona que sí le diría lo que quería saber...

Volvió a la terraza del dormitorio de Artemisa y se apoyó en la balaustrada. Tras cerrar los ojos, dejó que su *ensyneiditos* lo abandonara y viajara por el cosmos hasta llegar al jardín de su madre. Era el único respiro que tenía cuando Artemisa lo obligaba a estar en el Olimpo. Como el *ensyneiditos* era la parte consciente de su persona, que no su cuerpo físico, podía utilizarla para desplazarse sin moverse de donde estaba.

Y era la única manera de visitar a su madre. Si alguna vez apareciera ante ella en persona, Apolimia quedaría libre y podría destruir el mundo... que era precisamente su único objetivo.

El suyo, en cambio, era el de impedírselo.

Flotó por Kalosis hasta dar con ella. Estaba cerca del estanque, en la parte trasera de su palacio. Las rocas de obsidiana relucían como la piel de su madre, que estaba utilizando el agua negra del estanque para formar una esfora. Apolimia había alzado una buena cantidad de agua, que flotaba en el aire en forma de esfera.

Sin embargo, lo que lo dejó sin palabras fue la mujer que estaba a su lado. Una cara que había visto antes, pero solo en sueños. Sus rasgos eran muy similares a los suyos, aunque lo poco que había heredado de Artemisa bastaba para dejar clara su identidad.

Era su hija.

—¿Katra?

La esfera explotó y las gotas negras regresaron al estanque mientras ambas se volvían para mirarlo. Cuando esos ojos verdes se clavaron en él, sintió deseos de echarse a llorar. Sin embargo, el dolor no era una experiencia nueva. Estaba tan acostumbrado a ocultar su sufrimiento que ni siquiera tenía que esforzarse para lograrlo.

—Apóstolos —dijo su madre con un hilo de voz mientras se ponía en pie y los miraba a ambos con recelo—. ¿Estás enfadado?

Kat era incapaz de moverse mientras aguardaba la respuesta. A juzgar por su forma de pronunciar su nombre, estaba claro que alguien le había hablado de ella. No podía creer que su padre estuviera ahí, con ellas. Aunque sabía que realmente no lo estaba. Solo era una aparición. No podía tener contacto físico con su madre sin liberarla de su prisión.

La estaba mirando con una expresión muy seria.

Había soñado millones de veces con ese momento, con el instante en que la viera por primera vez y la reconociera por lo que era. Sin embargo, en sus sueños era un momento de felicidad, no de aprensión. Nunca había imaginado que las cosas se desarrollaran así, y eso que había fantaseado con un sinfín de posibilidades.

Lo que quería hacer era correr hacia él para abrazarlo. Ojalá pudiera hacerlo. Sin embargo, su actitud era tan distante que le daba miedo hasta moverse.

—¿Papá? —lo llamó con aprensión.

Aquerón apartó la mirada mientras una lágrima resbalaba por su mejilla, justo antes de que desapareciera de su vista. La imagen hizo que a Kat se le llenaran los ojos de lágrimas y la emoción le provocó un nudo en la garganta que amenazó con asfixiarla.

Su abuela le puso una mano en el hombro.

—Ve con él, Katra. Te necesita.

Ella asintió con la cabeza antes de desaparecer de Kalosis camino del Olimpo. Se materializó en la terraza donde tantas veces había jugado siendo niña.

Allí estaba su padre, a unos metros de distancia.

No sabía muy bien qué hacer ni qué decir. Quería correr hacia él. No, se corrigió, quería decirle algo. Pero no se le ocurría nada mientras percibía su dolor y su tristeza.

Estaba tan quieto como una estatua, con la vista perdida en los jardines que se extendían a los pies del templo. De repente, jadeó al recobrar la consciencia.

Kat creyó que se le pararía el corazón cuando lo vio girarse hacia ella y sus miradas se encontraron.

Las lágrimas comenzaron a resbalar por las mejillas bajo el asalto de las emociones. Se las limpió con un gesto furioso.

—Normalmente no soy así. No soy tan sentimental.

Su padre seguía sin hablar. Se limitó a acercarse a ella como si no pudiera creerse lo que estaba viendo. Se detuvo frente a ella y la miró como si fuera un espectro. De cerca parecía mucho más grande. Mucho más poderoso. Supuso que era normal que una hija se sintiera un tanto intimidada por la presencia de su padre. En su caso, estaba muerta de miedo.

—¿Has tenido una buena vida? —lo escuchó preguntarle con ternura.

La sencilla pregunta logró que las lágrimas cayeran con más fuerza mientras asentía con la cabeza.

—Solo he echado algo en falta.

—¿El qué?

—A ti.

Ash era incapaz de respirar por culpa de las lágrimas. Y eso lo puso de muy mal humor. Él no lloraba. Nunca. Sin embargo, el hecho de haberse perdido tantísimos años de la vida de su hija y de saberse un extraño para ella lo estaba destrozando. ¿Cuántos niños había acunado y protegido a lo largo de los siglos? ¿Cuántos había abrazado mientras deseaba que fuesen suyos, convencido de que nunca podría tenerlos? Y saber que durante todos esos siglos había una hija suya en el mundo...

Era muy injusto.

Tragó saliva, asaltado por el deseo de tocarla, pero tenía miedo de que lo rechazara como todos los demás lo habían rechazado en el pasado. Seguro que lo odiaba por haberla abandonado. Y, de ser así, no podría culparla. Bien sabían los dioses que él había sentido lo mismo cuando supo quiénes eran sus verdaderos padres. Los odió por haberlo mantenido en la ignorancia, por no haber contado con su apoyo ni con su cariño.

El problema era que acababa de descubrir lo difícil que debió de ser el primer encuentro entre ellos para su madre.

—Ni siquiera sé qué decirte —susurró.

—Yo tampoco —admitió ella—. ¿Y si seguimos así, mirándonos mientras lloramos?

La pregunta y su inesperado sentido del humor le arrancaron una carcajada.

Kat se enjugó las lágrimas otra vez.

—¿Puedo abrazarte? —preguntó.

Ash extendió los brazos y antes de que pudiera hacer ningún otro movimiento, Katra corrió hacia él. La sensación de tenerla entre sus brazos lo conmovió hasta el fondo del alma. Esa era su hija. Carne de su carne y sangre de su sangre. Sintió una oleada de orgullo, un amor tan grande que estuvo a punto de ahogarlo.

Por fin comprendía a su madre, por fin entendía la cólera que la invadió la noche que descubrió su pasado. En ese momento supo que mataría a cualquiera que le hiciera daño a Kat.

No obstante, la culpa por no haber estado a su lado...

Nunca la había abrazado. Kat nunca había recibido su consuelo ni sus caricias cuando estaba triste. Había vivido su vida sin conocerlo realmente, ya que lo único que sabía de él era que había contribuido con su ADN para crearla. Su único consuelo era que le hubieran mantenido su existencia oculta hasta ese momento.

¿No habría sido infinitamente peor para Apolimia, que sabía de su existencia y no podía acudir en su ayuda?

—Lo siento mucho —murmuró contra el pelo de Kat mientras le acariciaba la cabeza—. No lo sabía.

—Lo sé.

Sin embargo, quería que comprendiera lo mucho que lo sentía.

—¿Por qué no has acudido nunca a mí?

—De pequeña tenía miedo de que te enfadaras conmigo. Siempre que aparecías por aquí estabas furioso. Odiabas a Artemisa y tenía miedo de que también me odiaras a mí por ser un nexo de unión con ella.

Se apartó un poco de ella y le colocó una mano en la mejilla.

—Nunca podría odiarte.

Kat había pasado toda la vida deseando escuchar esas palabras, así que notó que volvían a llenársele los ojos de lágrimas. Llevaba una eternidad esperando sentir las caricias de su padre. Y eran mucho más tiernas de lo que había imaginado.

—Te quiero, papá.

Ash sollozó, consumido por el dolor. Las palabras de su hija acababan de atravesarlo como una hoja afilada.

—Lo siento muchísimo, Katra.

—Yo también. Debería habértelo dicho. Lo sé. Pero no estaba segura de tu reacción. Tenía miedo de que mataras a mamá.

Eso le arrancó una amarga risotada.

—Posiblemente lo hubiera hecho. —Meneó la cabeza mientras la miraba de arriba abajo—. Eres preciosa. Ojalá te hubiera visto cuando eras pequeña.

Kat le regaló una sonrisa tímida.

—No te perdiste gran cosa. Tenía dientes de conejo y el pelo encrespado.

Se echó a reír al escuchar la descripción.

—Lo dudo muchísimo.

—Es verdad, y de adolescente era horrorosa. Alta y desgarbada. Siempre me daba en la cabeza con todo. Y todavía me sigue pasando.

—Eres mi hija, sí —dijo al tiempo que meneaba la cabeza.

—Sí, claro —protestó ella—. Como si tú fueras patoso...

—Te juro que me he dado un montón de golpes en la cabeza. Me extraña que no se me haya quedado marcada la palabra «Salida» en la frente.

La melódica risa de Katra inundó los oídos de Ash y le llegó al corazón.

Era increíble lo mucho que se veía reflejado en sus gestos. Era como mirarse en un espejo y verse con la cara de otra persona.

Sin embargo, la alegría le duró poco porque comprendió que si eran tan parecidos, Katra debía de haberlo pasado muy mal durante su infancia.

—¿Se ha portado tu madre bien contigo?

La vio esbozar una lenta sonrisa.

—Teniendo en cuenta cómo es ella, sí. Aparte de que nunca me ha dejado que la llamara *matisera* en público, siempre ha sido buena conmigo.

Debió de ser horrible para ella no poder dirigirse a su madre como tal en público. Él sabía muy bien lo que dolía, y le enfureció que Artemisa se lo hubiera hecho a su propia hija después de habérselo hecho a él.

¿Hasta dónde podía llegar el egoísmo de una persona?

—¿Es cariñosa contigo?

Kat tragó saliva al escuchar la pregunta porque sabía exactamente a lo que se refería. Ash tenía miedo de que Artemisa hubiera sido fría con ella. Sin embargo, a pesar de todos sus defectos, no había sido así.

Dispuesta a calmar sus temores, le cogió una mano y cerró los ojos para enseñárselo.

Ash dio un respingo al ver los recuerdos de Katra en su propia mente. Tendría unos siete años y estaba acurrucada en su cama, al lado de Artemisa.

Katra frunció el ceño y le colocó a su madre una mano en la mejilla. La tenía mojada.

—¿Por qué lloras, *matisera*?

—Eres muy pequeña para entenderlo, cariño.

—Pues dímelo, aunque no lo entienda. Así te sentirás mejor y volverás a estar contenta.

Artemisa sonrió a pesar de las lágrimas mientras la arropaba mejor.

—He cometido un terrible error.

El rostro infantil de Katra reflejó su extrañeza.

—Pero eres una diosa. No puedes cometer errores.

Artemisa cogió su diminuta mano y la besó con ternura.

—Hazme caso, pequeñina. Todos cometemos errores. Hasta los dioses. Y los nuestros son mucho peores que los de los humanos. Porque, a diferencia de los humanos, nosotros no sufrimos a solas. Compartimos el sufrimiento con miles de personas. Por eso tienes que aprender a ser como tu padre. A contener las lágrimas y la furia. A intentar no hacerle daño a tus seres queridos.

—Pero a mí no me haces daño, *matisera*.

Artemisa la besó en la frente.

—No, Katra, a ti no. Tú eres mi tesoro y te quiero mucho.

Katra seguía confundida por las lágrimas de su madre.

—¿Tu error soy yo?

—¡Por todos los dioses del Olimpo, no! ¿Cómo se te ocurre pensarlo siquiera, niña?

—Porque no quieres que nadie se entere de que soy tu hija. ¿No se supone que los errores hay que ocultarlos?

—No, cariño. Esa no es la razón por la que quiero ocultarte. Lo que pasa es que no quiero compartirte con nadie. Eres mía. Solo mía. Siempre serás mi niñita y no quiero compartirte con nadie más.

Kat se rascó la cabeza.

—¿Crees que mi padre me querría?

Artemisa frotó su nariz con la de Kat antes de contestar:

—Tu padre te querría mucho más de lo que te quiero yo. Te despertaría dándote besos y haciéndote cosquillas, y te daría un enorme abrazo antes de mandarte a la cama.

—Entonces, ¿por qué no vamos a por él?

La tristeza regresó al rostro de Artemisa.

—Porque me odia y no quiere tener nada que ver conmigo.

—¿Por qué iba a odiarte, *matisera*? Eres cariñosa y muy buena. Mucho. Todo el mundo debería verlo.

Artemisa le acarició los rizos rubios.

—Pero a él le hice daño, Katra. Mucho daño. —Suspiró con

pesar—. Tenía el mundo en mis manos y ni siquiera me di cuenta. Lo perdí todo porque dejé que la estupidez me cegara.

—Pues dile que lo sientes.

—Tal como tu padre diría, hay ciertas cosas que no se solucionan con un «Lo siento». Algunas heridas son tan grandes que no pueden curarse solo con palabras, por muy sinceras que sean.

Katra se incorporó.

—Pero yo sí puedo curarlo todo. Le pondré la mano en el corazón y lo arreglaré todo. Y después volverá a quererte.

Artemisa la estrechó con fuerza entre sus brazos.

—Ay, tesoro... Ojalá pudiéramos hacerlo. Pero no pasa nada. Gracias a él te tengo a ti, y a ti puedo quererte sin ningún tipo de remordimiento.

Kat soltó la mano de Ash en ese momento y dejó reposar sus recuerdos.

—No siempre fue la madre perfecta, pero no puedo quejarme. Siempre he tenido claro que me quería, incluso cuando hacía las cosas mal.

Ash era incapaz de hablar por culpa de la imagen que acababa de ver. Era una faceta de Artemisa cuya existencia había olvidado. Desde el día que lo resucitó, se había empeñado en castigarlo por el simple hecho de amarlo.

Sí, lo llevaba obligado a su cama, pero en cuanto acababa con él le daba la patada. Su amor había sido egoísta incluso cuando él la quería.

Siempre le había echado la culpa de todo lo que pasaba.

Sin embargo, al principio era cariñosa con él. Lo abrazaba y se reía con él por las cosas más tontas. Ya ni siquiera se acordaba de la última vez que se rieron juntos por algo. De la última vez que lo tocó por la simple razón de que estaba cerca.

Todavía sufría por la pérdida de esa amistad.

Tomó a Kat de la mano.

—Me alegro de que nunca te haya hecho víctima de la ira que sentía hacia mí.

Ella lo miró con expresión burlona.

—Y yo. —Extendió el otro brazo y le apartó un mechón de

pelo de la cara—. No acabo de creerme que esto esté sucediendo de verdad. Que estés aquí, conmigo.

Ni él. La escena le parecía irreal.

De no ser por un capricho del destino, no estarían allí en ese momento.

Cosa que le recordó algo.

—¿Qué hacías en el jardín de mi madre?

—Estaba intentando ayudar a Sin a luchar contra los gallu y las Dimme. El hermano de Sin...

—Zakar.

Kat no supo por qué, pero le sorprendió que supiera de la existencia de Zakar.

—¿Lo conoces?

Lo vio asentir con la cabeza.

—Me lo he encontrado unas cuantas veces. Es un buen tío.

Saberlo la alegró. Lo único que le hacía falta era liberar a otro enemigo.

—Bueno, pues ha desaparecido. Uno de los gallu dijo que lo tenían prisionero. Sin necesita saber si es cierto.

—¿Te ayudó mi madre a localizarlo?

—Vimos algo, pero no sé si se trataba de Zakar. La imagen era muy borrosa.

—Sí, la esfora no siempre funciona.

Ash se llevó las manos a la nuca y se quitó un colgante. Era una esfera de cristal de color rojo, pero Kat no comprendió que era una esfora diminuta hasta que la tuvo en torno al cuello.

—Es más poderosa que el estanque. Tiene parte de mí en su interior.

Kat la encerró en un puño con el corazón desbocado, incapaz de creer que le hubiera dado algo tan valioso. Puesto que contenía su ADN, además de usarla para ver lo que quisiera, podía destruirlo con ella. Y dado lo poco que Ash confiaba en los demás, era un regalo que decía más que mil palabras.

—Dile lo que necesitas localizar y te llevará hasta el lugar preciso —le dijo al tiempo que retrocedía un paso.

—Gracias.

Ash asintió con la cabeza, pero ella se puso de puntillas para darle un beso en la mejilla.

La ternura del gesto lo dejó sin aliento. Su hija lo había besado. Fue un momento tan tierno y cariñoso que lo invadió una oleada de amor semejante al que solo sentía cuando Simi estaba cerca. Ansiaba estrecharla con fuerza entre sus brazos, pero Kat era demasiado mayor como para tratarla como a una niña. Su hija era una mujer hecha y derecha y tenía que respetarla como tal.

—Ten cuidado —le susurró al oído.

—Tú también.

Retrocedió otro paso e hizo lo más duro que había hecho en la vida: soltar la mano de su hija.

—Llámame si me necesitas y acudiré, cueste lo que cueste.

—Lo sé. Gracias... papá.

La observó desvanecerse con los ojos llenos de lágrimas hasta que volvió a quedarse a solas en la terraza de Artemisa. Se las enjugó con el dorso de la mano.

Tenía una hija...

Era increíble.

—*¿Estás enfadado conmigo, Apóstolos?*

Apretó los dientes al escuchar la pregunta de su madre en la cabeza.

—No, *metera*. Pero me duele que no me lo hayas dicho nunca.

—*Preferiría que estuvieras enfadado. No soporto verte sufrir.*

—Lo siento.

—*¿Por qué te disculpas cuando soy yo la que ha cometido el error?*

—Porque no me gustar hacerte daño.

Su madre apareció frente a él en forma de Sombra.

—Ven a casa, Apóstolos. Libérame y me aseguraré de que nunca vuelvas a sufrir.

Negó con la cabeza.

—No puedo, *metera*. Lo sabes.

Apolimia soltó un suspiro cansado.

—Algún día aceptarás el destino para el que naciste, hijo.

Y él esperaba no hacerlo. Porque si lo hacía, el fin del mundo habría llegado.

Kat se materializó de nuevo en el ático de Sin. Estaba justo donde lo había dejado, al lado del mueble bar, tan sexy como siempre.

Se levantó y recorrió la escasa distancia que los separaba.

—¿Lo has localizado? —le preguntó con una nota ansiosa en la voz.

Kat negó con la cabeza, sorprendida por la ironía de la situación. Había ido en busca de su hermano y había encontrado a su propio padre.

—No exactamente. Pero mi padre me ha dado esto. —Alzó la diminuta bola roja que llevaba al cuello para que la viera—. Me ha dicho que nos llevaría hasta Zakar.

Sin la miró con el ceño fruncido.

—¿Has hablado con tu padre?

Respondió a la pregunta con un gesto afirmativo de la cabeza.

—¿Estás bien?

La preocupación que demostraba Sin al hacerle esa pregunta la afectó mucho más de lo que debería. Le resultó enternecedor.

—Sí. En cierto modo, estoy bien.

Sin se acercó despacio a ella y le colocó las manos sobre los hombros.

—¿Estás segura?

—Sí, de verdad.

Había una ternura en su cara que no había esperado ver nunca. Sin embargo, solo duró lo que tardó en formular la siguiente pregunta:

—¿Y se ha cargado a Artemisa?

Sus palabras resultaron letales para la ternura del momento, y la expectación que destilaban no ayudó mucho a mejorarlo.

—¡Sin!

—¿Qué? —replicó él con cara de inocente—. Es una pregunta lógica. Espero que le haya cortado la cabeza y la haya clavado en una pica.

¡Hombre tenías que ser!, exclamó para sus adentros.

—Siento desilusionarte, pero sigue respirando.

—¡Joder! —masculló en voz baja—. A ver si alguna vez es capaz de darle su merecido a esa...

Enarcó una ceja a modo de advertencia antes de que Sin utilizara el calificativo que tanto odiaba.

—Mujer —concluyó él con una expresión que puso de manifiesto lo mucho que aborrecía el uso de esa palabra para referirse a Artemisa—. De darle a esa mujer lo que se merece.

—¿Tú le darías su merecido a la madre de tu hija?

Ni siquiera había acabado de hablar cuando comprendió que había tocado una fibra sensible. Percibió el dolor de Sin, que se clavó en ella como un cuchillo. En realidad, era él quien parecía haber recibido una puñalada.

—Sin... —Dio un paso hacia él, pero lo vio retroceder antes de que pudiera tocarlo.

—Tenemos que encontrar a Zakar —dijo entre dientes.

—Sin, no cambies de tema. Quiero saber qué te pasa. ¿Por qué te ha dolido tanto mi pregunta?

—Digamos que con esa pregunta me has aclarado ciertas cosas y ya está.

Sin embargo, no estaba dispuesta a dejar las cosas así. Quería entenderlo.

—Sé que tu mujer te fue infiel. Lo he visto.

—Pues ya sabes por qué no la maté. Era la madre de mis hijos. ¿Alguna otra herida que te apetezca hurgar? La primera vez que intenté usar mis poderes para volar cuando era pequeño, acabé humillado. En lugar de flotar sobre la montaña, caí de bruces y me di un buen golpe en la barbilla. ¿Por qué no me llamas incompetente? Te aseguro que fue menos bochornoso que ser un dios de la fertilidad incapaz de satisfacer a su mujer.

De modo que esa era la raíz del problema, concluyó Kat.

Verlo tan avergonzado le dio lástima. Tomó su cara entre las manos y lo miró a los ojos para que supiera que iba a hablar muy en serio.

—Después de haber estado juntos, te puedo asegurar que a tu

mujer le pasaba algo si no era capaz de sentirse satisfecha contigo. A lo mejor tenía una tara de nacimiento o algo.

Sin la miró con los ojos entrecerrados. Pese a ello, supo que sus palabras le habían reportado cierto consuelo. Alzó las manos y las colocó sobre las suyas.

—No me puedo creer que seas la hija de esa... ¿cómo la llama Simi? ¿Foca?

Puso los ojos en blanco al escuchar el apelativo.

—Lo sé. Yo soy una copia descafeinada, así que ya puedes ir dando las gracias.

Sin se llevó su mano derecha a los labios y le besó con ternura los nudillos.

—Gracias, Kat.

—Siempre digo la verdad, que lo sepas. Es una maldición que he heredado de mi padre.

Sin sonrió.

—Yo no lo veo como una maldición, más bien me parece un cambio refrescante.

El brillo que reflejaban esos ojos dorados hizo que el corazón de Kat se acelerara. Tenía un mal presentimiento en lo que a Sin se refería. Había algo en él que le resultaba reconfortante y no sabía por qué. Algo que la atraía poderosamente. Quería aliviar el dolor que asomaba a su mirada y, al mismo tiempo, era consciente de que el simple hecho de contemplar esa mirada la llenaba por completo.

Le resultaba incómodo. Así que le acarició los dedos con el pulgar antes de apartarse de él. Inclinó la cabeza y cogió la diminuta esfora.

—No sé si esto funcionará, pero ¿estás preparado para intentarlo?

—Preparadísimo.

Kat cerró los ojos e invocó a Simi y a Xirena, que se materializaron en la estancia. Sin se tensó cuando las vio aparecer un pelín mosqueadas. Su reserva hizo que Kat sonriera.

—No sabemos dónde vamos a adentrarnos. Aunque sé que eres capaz de encargarte de cualquier demonio que se nos cruce en el camino y yo también puedo noquear a alguno, me gusta la idea de que la caballería nos cubra las espaldas. Sobre todo porque creo que tienen hambre.

Sin meneó la cabeza, pero no dijo nada.

—¿Dónde vamos, akra Kat? —preguntó Simi.

—¿Hay comida? —preguntó a su vez Xirena, esperanzada—. Ver todas esas circonitas me ha abierto el apetito.

Kat frunció la nariz antes de contestar la pregunta.

—Con la suerte que tengo, seguro que encontramos un montón de gallu para tu cena.

Xirena y Simi se frotaron las manos, encantadísimas con la idea.

Kat se echó a reír antes de aferrar la esfora con una mano.

—Vale, chicos. Abrochaos los cinturones. El viaje puede ser un poco accidentado. —Se concentró y esperó con la respiración entrecortada.

No sucedió nada.

—No lo estás haciendo bien —le advirtió Simi con retintín—. Tienes que quitártelo del cuello, sostenerlo en la palma de la mano y pensar en la persona a la que quieres localizar.

—¡Ah! —exclamó mirando a Sin—. ¿Tu hermano se parece a ti?

—Pues siendo gemelos, sí.

—Vale. Marchando un sumerio cañón.

Se quitó el colgante, sostuvo la esfera en la palma de la mano y cerró el puño. Cerró los ojos y se imaginó a Sin. En cuanto lo hizo, la esfera comenzó a brillar. Los rayos se filtraron entre sus dedos y se reflejaron en las paredes, moviéndose sin cesar.

Hasta que la luz roja los envolvió por completo. Al cabo de dos segundos aparecieron en una caverna húmeda. A juzgar por el fuerte olor a tierra mojada, estaban a gran profundidad. La luz de la esfora se desvaneció y los dejó sumidos en la oscuridad.

De hecho, estaba tan oscuro que lo único que veía de Simi y de Xirena era el brillo de sus ojos. El silencio solo se veía interrumpido por el sonido de una furiosa respiración. Kat intentó localizar el origen de dicha respiración, pero sus ojos no eran capaces de penetrar semejante oscuridad.

Extendió un brazo y palpó los bíceps de Sin, que en ese momento levantó una mano e hizo aparecer una llamita en la palma para iluminarlos.

Al principio Kat solo vio las paredes de tierra. La respiración dejó de escucharse.

Y ella se quedó sin aliento.

Allí, en el otro extremo de la caverna, yacía el cuerpo de un hombre sobre una losa de piedra. Pero eso no era lo horrible. Lo peor era cómo lo habían inmovilizado. Tenía el hombro izquierdo atravesado por una espada de la que solo se veía la empuñadura, una espada que lo mantenía unido a la piedra. En la muñeca derecha tenía otra espada de menor tamaño. Igual que en las piernas, que estaban un poco torcidas para que las hojas pudieran atravesarle los gemelos.

Notó la bilis en la garganta mientras se acercaban a él.

Sin guardaba silencio, pero la furia que lo invadía era patente. Cuando se acercaron, vio la sangre que manaba de las heridas, así como las numerosas cicatrices que le cubrían el cuerpo. Tenía el pelo largo, sucio y enredado como si hiciera años que no se lo lavara ni se lo peinara. Estaba afeitado, pero saltaba a la vista por qué le habían permitido ese mínimo gesto de higiene.

Tenía marcas de mordeduras en el cuello. Algunas alargadas e irregulares, como si se hubieran apartado de él con saña para provocarle el máximo dolor posible después de alimentarse.

Aunque lo peor eran sus ojos. Alguien o algo le había quemado los párpados para que no pudiera abrirlos.

Xirena le rozó una pierna de forma accidental.

El hombre giró la cabeza hacia ella.

—Vete a la puta mierda, gallu —masculló en sumerio antes de soltar un escupitajo y comenzar a forcejear.

Kat hizo una mueca de dolor al ver que las hojas de las espadas le cortaban aún más.

—Para, Zakar —dijo Sin, que se acercó a su hermano para inmovilizarlo.

Zakar intentó morderle.

Sin le cogió la cabeza con las dos manos.

—Para. Soy yo. Sin. He venido a liberarte.

—¡Vete a la puta mierda! —replicó Zakar antes de escupirle.

Sin se limpió la cara con el dorso de una mano.

—Deja de forcejear. Lo único que estás logrando es hacerte más daño.

Kat se estremeció cuando Zakar levantó la muñeca que tenía inmovilizada y la hoja chirrió al moverse contra la piedra. El dolor que tuvo que provocarle el movimiento debió de ser insoportable.

Sin le inmovilizó el brazo antes de arrancarle la espada. En lugar de agradecérselo, su hermano intentó asestarle un puñetazo. Como no lo consiguió, lo agarró del pelo y le estampó la cabeza contra la losa. Sin soltó un taco y se zafó de su mano.

—Joder, Zakar, tienes suerte de que te quiera mucho.

Su hermano siguió como si no lo escuchara.

Kat se acercó para echarle una mano.

—Le quitaré las de las piernas.

—Simi y Xirena lo harán —se ofreció Simi, que la apartó al instante—. Los carontes son fuertes. Saldrán con un tirón y así no le harán daño.

Kat les agradeció la ayuda. Cualquier cosa con tal de provocarle el menor dolor posible a ese pobre hombre. Se apartó para dejarles espacio a Simi y a Xirena. Entre los tres acabaron de liberarlo de la losa. Zakar comenzó a retorcerse de dolor al tiempo que soltaba un alarido que hizo que Kat se estremeciera hasta la médula de los huesos.

Tan pronto como se supo libre, rodó por la losa y cayó al suelo listo para atacar.

—¡Zakar! —masculló Sin, intentando hacerlo entender—. Soy Sin.

Zakar se abalanzó sobre él y lo agarró con fuerza, tirándolo de espaldas al suelo. Aunque ansiaba ayudar, Kat no sabía muy bien cuál podía ser la mejor estrategia. Además, no quería hacerle más daño a Zakar. La cara de Sin mientras intentaba eludir los golpes de su hermano ponía de manifiesto que estaba pensando lo mismo.

—¿Podemos comérnoslo? —preguntó Xirena.

—No —contestó Simi al instante—. Comerse a la gente está mal. —Hizo un puchero—. Simi habla como akri. Pero akri tiene razón. Además, si te lo comes, akra Kat se enfadará.

De repente, una luz brillante inundó la cueva. Sin y Kat se quedaron paralizados al comprender que ya no estaban a solas con Zakar.

—Bueno, bueno, bueno... parece que tenemos más comida.

10

Kat se giró al escuchar ese gruñido tan parecido a la voz de Kessar. El demonio se le parecía mucho, pero tenía el pelo más oscuro y los ojos negros como el carbón. Por si eso no bastaba para alegrarle el día, había seis demonios más detrás de él. Cinco hombres y una mujer.

—Qué tierno —dijo la mujer cuando rodeó a los hombres para ponerse al frente—. El esclavo de sangre tiene amigos.

En un abrir y cerrar de ojos, los demonios se desvanecieron y reaparecieron delante de cada uno de ellos.

Salvo en el caso de Sin, que acabó rodeado por el líder y dos de sus secuaces.

Kat intentó ver cómo les iba a Simi y a Xirena, que habían desplegado las alas para atacar a los demonios que les habían plantado cara, pero la mujer que tenía delante le bloqueaba la visión.

¡Qué asco!, pensó, porque en su forma demoníaca los gallu eran feísimos de narices. Sus ojos eran desagradables y pequeños, y tenía la boca desfigurada por la doble hilera de colmillos. Enrollarse con uno de los gallu sería como darse el lote con la momia de Stephen Sommers después de haber matado solo dos veces.

¡Qué asquito!, pensó.

La mujer ladeó la cabeza y sonrió, enseñándole los colmillos.

—Qué bien. Una atlante de almuerzo.

Kat resopló.

—Qué bien. Una zorra a la que arrancarle las uñas.

La mujer se abalanzó sobre ella, pero Kat se apartó al punto, la cogió del brazo y la estampó contra la pared de la caverna. Eso tenía que doler. Bien. Casi le arrancó una sonrisa.

Con un grito, la gallu se giró, pero ella le dio una patada que la arrojó de nuevo contra la pared. Acto seguido, le clavó una daga en el corazón y esperó a que estallara.

No lo hizo.

—Entre los ojos —rugió Sin—. No puedes matarlos como si fueran daimons.

¡Por todos los dioses! ¿Cómo había podido olvidarlo tan pronto? Sí que le había servido el entrenamiento...

La gallu se lanzó a por ella justo cuando recuperaba la daga, que le clavó entre los ojos. El demonio soltó un chillido ensordecedor antes de estallar sobre ella.

¡Asqueroso del todo!, pensó. Prefería un daimon de los de toda la vida. Al menos los daimons no apestaban el lugar cuando estallaban.

Asqueada, Kat se desentendió de la idea y volvió la cabeza. Simi y Xirena se estaban «comiendo» a sus respectivos gallu. No volvería a pedir pizza después de semejante espectáculo.

Apunte personal: Para la próxima vez, pedirle a Simi que traiga un babero junto con la salsa barbacoa.

Intentó olvidar que estaban dándose un banquete con los gallu, cuyos cuerpos estaban desmembrados e irreconocibles, y se acercó para ayudar a Zakar, que no paraba de acuchillar a ciegas a un demonio que lo atormentaba como un gato que estuviera jugando con un ovillo de lana. Sin tenía a dos de sus atacantes muertos a sus pies y estaba dándole una buena tunda al tercero cuando ella atravesó la estancia.

Zakar no la hirió por los pelos.

El demonio se echó a reír.

—Muy bien, esclavo. Mata a tu salvadora.

El demonio se abalanzó sobre ella, pero le retorció los brazos y lo levantó del suelo. En vez de ser ella la que acabara encima de Zakar, como era la intención del gallu, fue él quien lo hizo. Zakar le rebanó la garganta. El demonio gritó.

Kat tiró de la muñeca de Zakar y le quitó el cuchillo de la mano antes de usarlo para rematar al demonio. Acababa de matarlo cuando Zakar la agarró por detrás y le clavó los dientes en el hombro. Soltó un chillido y estuvo a punto de golpearlo, pero se contuvo a tiempo.

Sin se acercó en ese instante para apartar a Zakar, que se debatió como un poseso, presa de una furia irracional. Cogió a Sin del pelo y tiró con todas sus fuerzas.

—¡Ya vale! —le gritó Sin al oído—. Soy tu hermano.

—¡Vete a la mierda, gallu! ¡A la mierda!

Al darse cuenta de que no podía hacer otra cosa, Kat extendió las manos y le lanzó a Zakar una descarga muy suave, aunque no por ello fue menos efectiva. Zakar se desmayó en los brazos de su hermano.

Su mirada se cruzó con la de Sin y vio la gratitud reflejada en sus ojos mientras levantaba en brazos a su hermano.

—Salgamos de aquí antes de que aparezcan más.

Asintió con la cabeza.

—¿Simi? Cárgate a todos los demonios y vámonos de aquí.

Simi hizo un puchero.

—Pero Simi todavía tiene hambre.

—Compraremos circonitas en cuanto volvamos.

El rostro ensangrentado de Simi se iluminó al instante.

—¡Eso está mucho mejor que los gallu!

Simi y Xirena se apresuraron a quemar a los demonios antes de que Kat y Sin los teletransportaran a todos de vuelta al ático.

Kat utilizó sus poderes para materializar una enorme bolsa de circonitas que les dio a Simi y a Xirena. Los demonios salieron corriendo entre chillidos hacia su habitación del hotel para zamparse las piedras, dejándola a solas con Sin y con su hermano.

Dio las gracias a los dioses por las circonitas, que mantendrían ocupadas a Simi y a Xirena durante un buen rato.

Con expresión triste y amargada, Sin llevó a su hermano al sofá, que se desplegó solo para convertirse en una cama de matrimonio. Las sábanas se apartaron un segundo antes de que dejara a Zakar encima del colchón.

—¿Va a ponerse bien?

Sin ni siquiera podía hablar mientras contemplaba las espantosas cicatrices que cubrían el cuerpo de su hermano. ¿Qué le habían hecho? Parecía que llevaran siglos alimentándose de él.

Quería que pagaran con sangre lo que habían hecho. Quería que Kessar pagara... Que pagaran los gallu.

Aunque más que nada quería que pagara Artemisa. De no ser por ella, habría podido evitar la tortura. Habría tenido el poder de proteger a Zakar de su brutalidad.

No, se corrigió enseguida. No era culpa de Artemisa. Era culpa suya, y lo sabía muy bien. Si no hubiera buscado que lo aceptaran... Si no hubiera buscado compañerismo... Si no hubiera buscado nada, eso no habría sucedido. Fue su propia debilidad lo que había herido a su hermano. Él era el único culpable de todo lo que había pasado.

El dolor y la culpa le provocaron un nudo en el estómago.

Sintió que Kat lo apartaba de su hermano con suavidad. Estuvo a punto de pagarlo con ella, pero la expresión decidida que vio en su cara le hizo morderse la lengua. Vio que Kat se acercaba a Zakar mientras se frotaba las manos; acto seguido, colocó las palmas sobre los ojos de su hermano y comenzó a susurrar en atlante.

Un translúcido resplandor amarillo brotó de sus manos y cubrió el cuerpo de su hermano. A medida que el resplandor se movía sobre Zakar, fue cerrando las heridas y curando las profundas cicatrices que desfiguraban su cuerpo... Incluso reconstruyó el dedo que le faltaba.

El alivio y la gratitud lo inundaron mientras observaba cómo Kat sanaba a su hermano.

El hecho de que lo estuviera haciendo sin que se lo hubiera pedido significaba mucho para él.

Cuando Kat se apartó, vio que su hermano ya no tenía los párpados quemados. Estaban cerrados normalmente, en reposo. Salvo por el pelo sucio y enredado, era el mismo que él recordaba.

—Gracias —murmuró, agradecido por lo que había hecho.

La vio inclinar la cabeza antes de que se apartara de la cama.

—Le habían perforado los tímpanos. Por eso no respondió cuando le dijiste quién eras. Estaba sordo.

La ira se apoderó de él y soltó un taco.

—Los quiero muertos. A todos. Sin excepción.

La expresión de Kat le indicó que ella era de la misma opinión.

—Detesto tener que decirlo, pero admito que respeto en parte a Stryker después de esto. Al menos tiene cierto código del honor, por más retorcido que sea, y lo sigue. No me lo imagino haciendo algo así.

—Por eso no podemos permitir que los gallu campen a sus anchas entre los humanos. No tienen compasión, piedad ni decencia.

—Sí, tienes razón. Pero no creo que Zakar pueda ayudarnos ahora. Está destrozado, y a saber lo que le han hecho a su cabeza. Pueden haberle hecho cosas que un simple hechizo sanador no arregle.

Por mucho que le pesara admitirlo, tal vez llevara razón. El hombre que yacía en la cama no estaba en condiciones de luchar. Estaba demacrado y débil. Tendrían suerte si Zakar podía ponerse en pie sin ayuda.

—Me pregunto cuánto tiempo habrá estado en su poder.

—No lo sé. Pero da la sensación de que lleva mucho —dijo Kat, apartándole el pelo de la cara antes de masajearle la base de la espalda—. ¿Estás bien?

Bajó la cabeza para mirarla con el alma en los pies.

—Si fuera tu hermano, ¿qué contestarías?

No dudó en darle una respuesta.

—Querría venganza.

—Pues ya sabes cómo me siento.

Kat asintió con la cabeza, tras lo cual le dio un apretón en el brazo.

—Y yo estaré justo aquí, ayudándote a que te vengues.

Una miríada de emociones, entre ellas la ternura, lo invadió al escuchar sus palabras. Al ver que había estado a su lado todo ese tiempo. Al ver que había curado a Zakar.

Había sido una especie de sueño muy raro.

Incapaz de soportar el tumulto que lo embargaba, la estrechó contra su cuerpo y la besó con pasión.

Kat suspiró al saborear a Sin. Percibía el torbellino emocional que lo consumía mientras la abrazaba como si fuera lo más importante en el mundo para él, y deseó de todo corazón poder consolarlo. Sin había tenido un día de perros y, a pesar de eso, besarlo le sabía a gloria. Ojalá las cosas hubieran salido bien para Zakar y para él. Aún tenían que lidiar con los gallu y con Deimos. Y ninguno descansaría hasta ver a Sin muerto.

Daba la sensación de que todo el mundo estaba en su contra. Sin embargo, en ese preciso momento, mientras estaba en sus brazos, se sentía con fuerzas para enfrentarse (y vencer) a todos.

Sin gimió al separarse de sus labios y enterró la nariz en su pelo. Le encantaba el olor de su piel y de su aliento, el roce de su cuerpo. Por primera vez no tenía que inclinarse para besar a una mujer. Tenía la altura perfecta para él, y su fuerza lo dejaba maravillado.

—Creo que te estás convirtiendo en una adicción para mí.

La oyó soltar una carcajada.

—Apenas me conoces.

—Cierto —convino él con una sonrisa picarona—, pero conozco partes de ti mejor que ninguna otra persona.

Kat se ruborizó.

—Lo tuyo no tiene arreglo.

—Ni hablar. Lo mío se arregla de una forma muy sencilla...

Kat le besó la mejilla antes de apartarse.

—Es increíble que estés tan juguetón con la que está cayendo.

Sin soltó un suspiro cansado antes de pasarse las manos por el pelo.

—Intento no pensar en el pozo de miseria, culpa y dudas que me consume. Y que sepas que estaba funcionando... por un segundo, pero funcionaba.

Se acercó de inmediato a él y le colocó una mano en su duro estómago y otra en la espalda. Lo miró con expresión arrepentida.

—Lo siento, corazón. ¿Quieres que nos desnudemos ahora?

Lo vio poner los ojos en blanco al escuchar el comentario sarcástico.

—Olvídalo. He tenido un momento de bajón.

Se apartó de él con una carcajada.

—Mmm, ¿estás de bajón? Qué curioso. —Le sonrió con picardía—. A lo mejor necesitas que te levanten la moral... ¿Quieres que ponga a trabajar mis habilidades lingüísticas?

Sin se retractó de su anterior idea. Era digna hija de su madre. Podía torturar a cualquier hombre como la mejor.

—Eres mala por incitarme de esta manera.

—Lo sé. Y lo siento, pero ha merecido la pena por ver la cara de angustia que has puesto.

Sin levantó la mano para acariciar su melena rubia. Era tan suave como la seda. Acarició los mechones con los dedos y recordó lo que había sentido al tenerla sobre él.

—Todavía no te entiendo. ¿Por qué estás aquí conmigo? Ayudándome. No tiene sentido.

—Tal vez porque tu arrolladora personalidad me atrae como una llama atrae a una polilla.

Resopló al escucharla.

—Dirás «repelente personalidad» más bien.

Kat enarcó una ceja, como si sus palabras la hubieran sorprendido.

—¿Estoy oyendo cómo un dios se menosprecia?

—Dios depuesto.

—Da igual, no es algo normal entre vosotros.

Sin le acarició la mejilla con el dorso de los dedos, deleitándose con el suave tacto de su piel.

—Tampoco es normal tener corazón o alma. Pero tú pareces tener las dos cosas —replicó.

Kat se estremeció al ver la ternura con la que la miraba. Una sensación cálida se extendió por su cuerpo al sentir las caricias de su mano. Estaba para comérselo.

—No dejo de repetirte que yo no soy una diosa.

—Cierto... pero lo habrías sido si tu madre no hubiera tenido miedo de que los otros dioses descubrieran que se estaba acostando con tu padre.

Tal vez, pero a ella no la atraían ni los títulos ni el poder. Se había hartado de la política entre panteones hacía eones. No quería ni oír hablar de ella. Solo quería...

A decir verdad, no sabía lo que quería. Se había pasado casi toda la vida atendiendo los caprichos de su madre. No había nacido en un mundo donde los sueños o los anhelos tuvieran un final feliz. Por regla general, acababan con la humillación de alguien o con una gran carnicería.

Su mayor ambición en la vida había sido ahorrarse el dolor de ambas cosas. La verdad era que nunca había soñado con conocer a un hombre. En ese momento le resultaba inconcebible. Pero había vivido a ciegas, sin pensar en el futuro. El mundo (el suyo al menos) era como era. Sin lo había cambiado todo.

Por primera vez en la vida quería algo, y eso la asustaba porque sabía que nunca se entregaría a ella de esa manera. Su carácter no le permitiría sentar la cabeza y formar una familia. Era un guerrero que no quería tener relación alguna con el panteón de su madre, y aunque ella no era una diosa, seguía formando parte de dicho panteón.

Intentar forzar la situación solo le acarrearía humillaciones. Estaba convencida.

—Bueno, ¿cómo eras en tu vida como dios? —preguntó mientras intentaba imaginarse cómo había sido todos esos siglos atrás. No parecía que la política se le diera mucho mejor que a ella.

Lo vio encogerse de hombros.

—Como el resto, supongo.

No lo creía.

—No, creo que nunca fuiste como ellos. Por lo que he visto de tu pasado, nunca le fuiste infiel a tu mujer a pesar de que ella sí lo fue. ¿Por qué?

La expresión de Sin se volvió impenetrable, como si un velo hubiera caído sobre él para ocultarle sus emociones y sus pensamientos. Solo sintió un inmenso vacío.

—Me acerqué a Artemisa con la intención de ponerle los cuernos.

Kat apartó la mirada mientras invocaba todo lo que había sentido mientras visitó su pasado. Sin mentía.

—Eso es mentira.

—¿Cómo lo sabes?

Como no quería que descubriera lo que estaba haciendo, lo miró a los ojos.

—Después de haberle sido fiel todo ese tiempo no me cuadra que lo echaras todo por la borda por un capricho. Tenías otro motivo para ir a ver a Artemisa.

La furia se apoderó del rostro de Sin antes de que se apartara de ella.

—¿Sin?

Era imposible pasar por alto la ira que inundaba sus ojos cuando la miró.

—¿Qué?

Cualquier persona inteligente que quisiera seguir viviendo habría cambiado de tema, pero ella tenía más tendencias suicidas que la mayoría.

—¿Por qué fuiste al Olimpo?

Vio que sus ojos se quedaban inexpresivos.

—¿Seguro que quieres saber la verdad?

—No te habría preguntado de no querer saberla.

Se alejó de ella para servirse un whisky doble... Una reacción que parecía ser habitual cuando algo le preocupaba más de la cuenta.

Se lo bebió de un trago e hizo una mueca antes de fulminarla con la mirada.

—Me sentía solo. —El dolor de su rostro la dejó sin aliento—. No iba por ahí acostándome con la primera que pillaba por una sencilla razón: me consideraban un ser impuro. Mitad humano y mitad dios. No encajaba en ningún sitio, y te juro que los dioses sumerios estaban encantados de dejármelo bien claro. Ningal, mi esposa, había abandonado nuestro lecho conyugal hacía siglos. Solo se casó conmigo porque era exótico, distinto.

Pero en cuanto los demás empezaron a meterse con ella por acostarse con un mestizo, me echó de su cama. A fin de cuentas, ¿qué clase de hijos tendría con alguien que no era un dios puro? —Apretó los dientes como si sintiera más dolor del que podía soportar antes de continuar—: Creía que tenía algo malo. ¿Desde cuándo un dios de la fertilidad no saltaba de cama en cama? ¿Desde cuándo un dios de la fertilidad no compartía cama con su esposa? Pero no estaba dispuesto a convertirme en alguien como mi padre y aprovecharme de las humanas desprevenidas que serían incapaces de resistirse a mí. Está mal usar a la gente de esa manera, y sabía muy bien todo el dolor que mi padre le había causado a mi madre. Y entonces vi a Artemisa un día mientras yo cabalgaba por Ur. Estaba rodeada de ciervos y parecía tranquila y (no te rías) dulce. Nunca había visto a una mujer más hermosa, así que me detuve para hablar con ella. Lo siguiente que recuerdo es que nos estábamos riendo. Nos hicimos amigos enseguida.

Tenía sentido para ella. Ambos eran dioses de la luna. Seguramente tendrían muchas cosas en común.

—¿Qué te hizo ir aquella noche al Olimpo? Y dime la verdad.

Lo vio apartar la mirada.

—La ira. Ningal me había humillado y estaba harto de que se rieran de mí. Era un dios poderoso, pero no el más poderoso de mi panteón. Sabía que no podía enfrentarme a ellos y salir vencedor. Se habrían aliado en mi contra. De modo que acudí a Artemisa para que me ayudara a debilitar a mi propio panteón. Creí que si de verdad me amaba como aseguraba, podríamos aunar nuestras fuerzas contra ellos. —Soltó una carcajada amarga—. Cuidado con lo que deseas, porque puede hacerse realidad. Quería destruirlos a todos por lo que me habían hecho, y fueron destruidos. Pero no vi mi caída como parte de ese plan.

La culpa se apoderó de ella al escuchar el dolor de su voz, al ver en sus ojos el odio que se profesaba a sí mismo. Nunca fue su intención hacerle daño a él ni a ninguna otra persona.

—Artemisa no podía darte lo que buscabas.

Lo oyó resoplar.

—Gracias por la advertencia, pero aquí entre nosotros, ahora que no nos oye nadie, ya me di cuenta de eso hace tres mil años, cuando me ató y me dejó seco.

Como quería consolarlo, atravesó la estancia y le cogió la mano antes de que se sirviera otro whisky.

—Sabes lo que acabas de hacer, ¿verdad?

—¿Insultar tu intelecto?

—No. —Le dio un apretón en la mano—. Te has sincerado conmigo. Has confiado en mí.

Sin se quedó pasmado al darse cuenta de que era verdad. Le había contado cosas que jamás le había dicho a nadie. Pero era muy fácil hablar con ella. A diferencia de otras personas, no parecía juzgarlo por su pasado ni por sus errores.

Había hecho que se olvidara de mantener la guardia bien alta.

—Supongo que tu madre y tú os echaréis unas buenas risas a mi costa después.

Vio que Kat se indignaba al punto.

—Nunca, jamás de los jamases, le diría a nadie lo que me has contado. ¿Qué clase de persona crees que soy?

No le respondió.

—Creo que lo mejor sería que volviéramos a los insultos. Sería mucho más fácil.

La vio menear la cabeza.

—No, no sería más fácil. Solo más seguro.

¡Joder, qué lista es!, pensó. Bastante más lista de lo que a él le convenía.

—Me gusta la seguridad.

Kat soltó una carcajada.

—¿Y eso lo dice alguien que se enfrenta a los demonios solo? ¿De verdad me tienes miedo?

—Los demonios son pan comido, no como tú. —Porque a los gallu no le apetecía abrazarlos.

—¿En qué sentido?

—Ellos solo te quitan la vida.

La vio enarcar una ceja.

—¿Y yo?

Tú podrías arrebatarme el corazón, pensó. Esa verdad lo dejó paralizado. No había sentido nada parecido en miles de años.

Miles.

Aunque, pensándolo bien, no estaba seguro de haber sentido nada igual por una mujer. Apenas recordaba el cortejo de su esposa. Si en algún momento sintió algo por ella, su crueldad se encargó de aplastar sus sentimientos.

Kat, en cambio...

Era sincera y amable. Dos cosas que su esposa nunca había sido. Cuando Kat lo tocaba, su cuerpo reaccionaba de forma incontrolada. Una simple sonrisa suya bastaba para ponerlo a cien. Una caricia de sus manos podía destrozarlo. Le aterraba pensar en el poder que tenía sobre él. En el hecho de que un simple gesto pudiera afectarlo tanto.

—Sin, no me has contestado —insistió ella, con una expresión juguetona en su precioso rostro.

Se apartó de ella.

—¿Qué te tengo que contestar?

—¿Por qué me tienes miedo?

¿No se cansaba de insistir?, se preguntó intrigado. Como no tenía ganas de confesar lo que sentía, le soltó lo primero que se le ocurrió.

—Controlas a dos demonios mencionando simplemente la salsa barbacoa. ¿Quién en su sano juicio no te tendría miedo?

Kat chasqueó la lengua.

—¿Por qué te escondes de mí?

—¿Quién dice que estoy escondiéndome?

—Te delata esa mirada nerviosa que le lanzas a la puerta, como si estuvieras esperando que llegara alguien para rescatarte. —Empezó a cloquear y a mover los brazos como si fueran alas.

Sus gestos lo dejaron alucinado.

—¿En serio me estás llamando gallina?

La expresión juguetona de Kat era incitante.

—Quien se pica...

Debería enfadarse, pero a una parte desconocida de su persona le hizo gracia su descaro.

—Te encanta atormentarme, ¿verdad?

—Todos debemos tener una misión en la vida, y reconozco que me hace mucha gracia ver la confusión en tus preciosos ojos. Empiezan a brillar cada vez que me meto contigo.

El inesperado cumplido lo dejó pasmado.

—¿Crees que mis ojos son preciosos?

—Sí. Deslumbrantes.

Sus palabras no deberían afectarlo, pero lo excitaron. No sabía por qué la idea de ser atractivo a sus ojos significaba algo para él. Millones de mujeres (literalmente) lo habían encontrado atractivo a lo largo de la historia. Eran miles las que lo adoraban.

Sin embargo, sus palabras le aceleraron el corazón. Le provocaron un sudor frío. Se la pusieron tan dura que pensó en escapar para no seguir escuchándola.

Kat le cogió una mano.

—Vamos. —Tiró de él hacia el dormitorio.

—¿Qué haces?

—Necesitas descansar. Ha sido un día muy largo y voy a meterte en la cama —contestó con una sonrisa torcida que se la puso todavía más dura.

—¿En serio? ¿Y me vas a dejar meterme en otro sitio?

—Si juegas bien tus cartas y dejas de decir tonterías, a lo mejor tienes suerte...

Kessar parpadeó al mirar a Nabium, que había interrumpido su comida. Se levantó, dejando a la corista muerta en el suelo, y se limpió la sangre de los labios con una servilleta de lino.

—¿Qué quieres decir con que el Hayar Bedr ha desaparecido?

El demonio, que era alto y de pelo oscuro, tragó saliva con dificultad al percatarse de la voz furiosa de su jefe.

—El dios Nanna entró en la caverna y...

—Dios depuesto —corrigió Kessar.

El demonio carraspeó.

—El dios depuesto, sí... Bueno, se lo llevó.

Kessar soltó un taco por lo inoportuno del momento. Le cabreaba que Sin hubiera encontrado la manera de colarse en su madriguera y quitarle uno de sus juguetes preferidos. Aunque no importaba. Aún podían liberar a las Dimme, pero tener a la Luna Abandonada les habría facilitado la tarea de convertirse en la fuerza vital dominante en el planeta.

—¿Dónde está mi hermano?

Nabium se quedó petrificado.

Kessar soltó un bufido, disgustado por su hermano menor y su libido. Él siempre tan oportuno...

—Dile que le dé la patada a la mujer con la que esté y que venga aquí. Ahora.

—No...no puedo, milord.

—¿Por qué no?

Nabium retrocedió un paso antes de tragar saliva de nuevo.

—Lo han matado.

La noticia lo dejó sin aliento.

—¿Qué has dicho?

—Murió luchando contra ellos, milord. Lo siento muchísimo.

A medida que la rabia se apoderaba de él le crecieron los colmillos. Quería venganza.

Cuando se acercó al armario, vio que Nabium daba un respingo por el miedo. Aunque él nunca le haría daño a su lugarteniente. No, necesitaba a alguien débil a quien torturar.

Abrió el armario y sacó a la universitaria que había capturado poco después de salir del casino de Sin. Era bajita, con una larga melena castaña y unos claros ojos azules enmarcados por unas gafas redondas. Tenía la boca tapada con cinta adhesiva para que no pudiera gritar y estaba atada de pies y manos. Llevaba unos vaqueros desgastados, botas negras y una camiseta negra de *Los elegidos* que dejaba al aire sus brazos regordetes.

Sin embargo, lo que más le fascinaba (motivo por el que la había capturado) era el pequeño tatuaje del doble arco y la flecha que llevaba en la muñeca. Antes de raptarla, le había dicho que el tatuaje era para protegerla de las pesadillas. Cosa rara, ya que también era la marca de Artemisa, y eso convertía a la estudiante en un objetivo para ellos.

Utilizó sus poderes para insonorizar la habitación de modo que nadie la escuchara gritar en el hotel y acto seguido le arrancó la cinta de la boca.

La chica gritó y él la lanzó hacia los brazos de Nabium.

—Sujétala.

—Por...por favor —suplicó ella al tiempo que miraba el cuerpo de la otra mujer—. Estoy embarazada.

—¿Crees que nos importa? —Sintió cómo le cambiaba la cara hasta adoptar su verdadera forma demoníaca.

La chica empezó a chillar con fuerza, excitándolo todavía más.

La levantó en vilo y le clavó los colmillos en el cuello, arrancándole la carne para que la sangre le inundara la boca. En cuanto dejó de debatirse, Nabium se unió al festín, mordiéndole el otro lado del cuello.

Cuando estuvo muerta, sin una gota de sangre, la tiraron al suelo. Frunció el ceño al ver la pulsera de cuero que llevaba en la muñeca derecha. Se la arrancó de un tirón para leer el nombre y después la arrojó sobre el cuerpo con un resoplido mientras se limpiaba la boca.

Recuperado ya el buen humor, se quitó la camisa pasándosela por la cabeza y la arrojó sobre el cuerpo, tras lo cual usó sus poderes para ponerse otra.

Nabium repitió su gesto antes de regresar al tema que les ocupaba.

—Las buenas noticias son que hemos inutilizado a Zakar. No les servirá de nada en su estado.

Muy bien, pero él no era de los que confiaba en que las cosas salieran según el plan establecido.

—Nunca subestimes a Nanna. Lo acompaña una atlante.

—¿Seguro?

—Por supuesto. ¿De qué otra forma podría haber destruido a mi hermano? —Su dolor había desaparecido. El asesinato lo había calmado. Si su hermano había sido lo bastante imbécil como para morir a sus manos, se lo tenía bien merecido.

—¿Qué hacemos ahora? —preguntó Nabium.

—Tenemos que encontrar el modo de anular los poderes de Sin.

—Ya se los han arrebatado.

—No lo bastante. Es lo único que se interpone en la llegada del Kerir. Tenemos que atrapar a Zakar y a esa zorra atlante para convertirla.

—¿Cómo?

Sonrió al escuchar la pregunta.

—De la misma manera que capturamos a Zakar. La infectamos. Entonces tendremos a Zakar y a Nanna en nuestras manos y nada se interpondrá en nuestro camino.

Nabium se echó a reír, pero guardó silencio al darse cuenta de que las humanas comenzaban a despertarse.

—Hablando de infectados...

Miró a las mujeres.

—Son demasiado feas como para mantenerlas con nosotros, sobre todo la bajita. Córtales la cabeza y tíralas en cualquier sitio.

Observó cómo Nabium cubría a las mujeres con una chaqueta para ocultar la sangre de su ropa antes de sacarlas de la habitación para llevarlas al lugar donde pensaba rematarlas.

Humanos... Qué asco daban.

Claro que pronto todos estarían bajo el yugo de sus amos. Aunque antes tenía que echarles el guante a Sin y a Zakar...

11

Kat suspiró emocionada cuando el cuerpo de Sin se relajó, indicándole que por fin se había dormido. Le sorprendía haber ganado la discusión y que se durmiera en lugar de meterle mano.

A pesar de que quería estar con él, necesitaba un poco de espacio. Su relación iba demasiado deprisa para ella. Acababa de conocerlo, literalmente, y aunque ya habían compartido muchas experiencias, seguía necesitando un poco de tiempo para tomar aire. Para pensar. Para adaptarse a los cambios.

Así que al final Sin puso un mohín picarón y la abrazó con la simple intención de dormirse. En cierto modo, el gesto era mucho más íntimo que mantener relaciones sexuales con él. Al menos implicaba más confianza, dado que requería que cerrase los ojos y se relajara con ella al lado. Podría hacerle cualquier cosa que él no podría impedírselo.

Podría raparle la cabeza, pintarle las uñas de rosa... Incluso maquillarlo.

Se mordió el labio para contener una carcajada al pensar en él de esa manera tan poco masculina.

—¿Qué haces? —Su voz fue un gruñido soñoliento.

—Creía que estabas dormido.

—Lo estaba hasta que me has clavado la cadera en la entrepierna. —Esos penetrantes ojos dorados se abrieron para mirarla—. Es dificilillo seguir dormido con tu aroma tan cerca y tu cuerpo frotándose contra el mío. —Se puso de espaldas—. Que sepas que es una crueldad en toda regla.

—Lo siento.

Se pegó a su costado. Le apoyó la cabeza en el hombro y aspiró su penetrante olor. Se miró la mano, tan pálida al lado de su piel morena. Tras darle un beso justo encima del pezón, cerró los ojos.

Sin se estremeció por la ternura de sus gestos. Aún no se creía que estuvieran compartiendo cama sin hacer nada más que dormir.

¿Qué coño le pasaba?, se preguntó. Nunca había hecho eso con una mujer.

«Ya estamos los dos creciditos. Sobrevivirás.»

Recordó sus descaradas palabras. No estaba muy seguro de poder sobrevivir a esa experiencia.

Y al mismo tiempo, sin embargo, era maravilloso sentirla contra él. Acarició ese pelo tan claro. No sabía por qué, pero siempre le había fascinado el pelo rubio. El de Kat relucía como oro bruñido. Se lo extendió por los hombros y sonrió al ver su pijama de franela rosa.

Un pijama... en su cama. ¿No acabarían nunca las humillaciones? Al menos podría haberse puesto un picardías.

«Son incómodos. Se te suben por los muslos mientras duermes», fue la explicación de Kat.

«¿Qué más da?», replicó él.

A lo que ella había contestado: «Si tuvieras que ponértelo tú, otro gallo cantaría. Además, si me lo pongo, no podrás mantener las manos alejadas de mí».

Y con ese argumento ganó la discusión.

Suspiró mientras le daba un tironcito a la manga del pijama. Si por él fuera, viajaría al pasado para encontrar a quienquiera que hubiese inventado los pijamas como ropa de dormir y le daría una paliza. Seguro que no era el único hombre de la misma opinión.

Claro que la cosa pintaría mejor si Kat no pudiera materializar su propia ropa. Porque entonces habría insistido en que durmiera desnuda o, si acaso, con una de sus camisetas.

La franela era una mierda.

Duérmete, Sin, se dijo.

Era más fácil decirlo que hacerlo. A decir verdad, ese asunto comenzaba a parecer una nueva forma de tortura. Tenía el cuerpo a mil sin posibilidad de alivio a la vista. Con razón algunos rogaban que los castrasen.

Sin embargo, pasó poco tiempo antes de que el cansancio pudiera con él y volviera a dormirse. Sus sueños revivieron sus batallas, pero luego retrocedieron todavía más en el tiempo...

Vio a Anu, con expresión orgullosa cuando el primero de los gallu nació... no del vientre de su madre, sino de un huevo, para que pudieran sobrevivir y nacer aunque la madre muriera.

Después de copular, una hembra podía poner docenas de huevos fecundados. Huevos que sobrevivirían al calor y al frío. Eran prácticamente indestructibles.

Anu estaba al borde de un precipicio, sobre el nido, mientras los primeros huevos eclosionaban.

—Míralos, Sin. Son el arma definitiva. Que intenten otros panteones atacarnos ahora.

—Son hermosos —había dicho Antum, con una sonrisa perfecta en su rostro de rasgos patricios. No solo era la esposa de Anu, sino también la diosa de la creación. Alta y elegante, verla al lado de su esposo causaba sensación.

También había sido la primera víctima de los gallu. En cuanto salieron de sus huevos, subieron por las paredes de la caverna hacia ellos.

Sin había matado a dos mientras atacaban a Antum. Al final consiguieron liberarla, pero no antes de que le mordieran. Al principio no creyeron que fuera grave. En aquella época no sabían que las mordeduras de los gallu creaban a más seres como ellos.

Como los demonios eran pequeños y su veneno, débil, Antum no se había transformado de inmediato. Solo enfermó. Se percataron del horror de su creación cuando llegó la noche.

Antum atacó a su marido mientras dormía y Anu evitó a duras penas que le mordiera y lo convirtiera. Tras una breve pelea, acabó encerrándola en una jaula.

Aunque eran dioses, no encontraron la manera de salvarla. Y precisamente por sus poderes divinos, era muchísimo más peligrosa que los demás.

Puesto que no había otra alternativa, Sin le pidió ayuda a su hija, Ishtar, y juntos destruyeron a Antum, de modo que Ishtar absorbió sus poderes y la sustituyó en el panteón. Anu quedó destrozado por la pérdida. Destrozado por la culpa al saber lo que había desatado.

Al menos hasta que Enlil decidió actuar.

Gracias a sus poderes sobre los seres demoníacos, Enlil debilitó a los gallu lo suficiente para poder controlarlos.

Momento en el que Sin les suplicó que los destruyeran.

—¿Por qué íbamos a destruir algo tan valioso? —Enlil era un firme defensor de salvar a los gallu—. Son nuestra única arma contra los atlantes. Puedes imaginar lo que pasaría si alguna vez nos atacan.

—No son un panteón guerrero —apostilló él.

—Dile eso a los griegos, que están luchando con ellos ahora mismo.

A pesar de eso, había intentado hacer entrar en razón a su padre.

—Los dioses griegos son los agresores.

—Hazme caso: llegará el día en el que los atlantes vendrán a por nosotros. Y tenemos que dar el primer golpe. Los gallu destruirán a sus demonios carontes antes de que ellos nos echen a los carontes encima.

Sin embargo, él sabía cuál sería el futuro. Lo había visto, pero nadie quiso escucharlo.

—No puedes sujetar a un chacal por la cabeza sin que acabe mordiéndote, padre. No podemos dejar que estas criaturas vivan. Tarde o temprano nos destruirán.

Enlil se había reído de sus palabras.

—Eres un necio, Nanna. Los necesitamos. Ya has visto a los atlantes. Esto los mantendrá alejados de nuestras camas... tú ya me entiendes. —Miró al lugar donde su esposa estaba sentada con Ishtar—. Perfectamente, además.

Humillado a más no poder, estuvo a punto de atacar a su padre. Mientras Enlil tuviera la Estela en su poder, era imposible derrotarlo.

—Mi virilidad no necesita de un ejército de demonios para demostrar su poder. Estás sembrando las semillas de nuestra destrucción.

—Estoy asegurando nuestra supervivencia.

Asqueado por la terquedad de su padre, se marchó. Era imposible convencer a quienes se negaban a ver la realidad.

Cuando se marchaba, pasó junto a su esposa. Ningal lo miró con altivez hasta que él se percató del símbolo solar atlante que llevaba al pecho. El sello de ese panteón. La vio esbozar una sonrisa burlona.

Tuvo la sensación de que acababa de abofetearlo. ¿Cómo se atrevía a alardear de sus aventuras? Claro que Arcón era un dios puro, mientras que él no.

Que así fuera.

—No les hagas caso.

Sin siguió andando con Zakar, invisible para todos los demás, a su lado. Era un truco que su hermano había aprendido de niño. Aunque era peligroso, agradecía su apoyo.

—Es más fácil decirlo que hacerlo.

—Ningal es una zorra despiadada. No te preocupes por ella. Haré que sueñe con serpientes y gorgonas cada vez que intente dormir.

La idea le arrancó una carcajada muy a su pesar. Sin embargo, no lo distrajo de sus preocupaciones.

—Tengo razón en esto, Zakar. Sé que la tengo.

—Estoy contigo. Pero no te van a hacer caso. Le tienen tanto miedo al enemigo de fuera que no ven el enemigo que están creando de puertas para dentro. Nunca es el invasor quien destruye el reino. Siempre es alguien de dentro. La persona en quien se confía sin merecerlo. El mentiroso que te sonríe a la cara pero que escupe sobre tu caridad porque cree que se merece más sin más motivo que el de desearlo.

Zakar estaba en lo cierto. Pero eso no cambiaba nada.

Se detuvo en el jardín para mirarlo.

—¿Qué hago para detener esta locura?

—Sé el último en quedar en pie, hermano. Déjalos jugar a sus cosas y escupir su veneno. Al final serán ellos quienes mueran por ese mismo veneno. Lo negativo no sobrevive demasiado tiempo. Se volverán los unos contra los otros porque no saben hacer ninguna otra cosa.

—¿Y qué pasa con el mundo exterior? ¿Qué me dices de eso, de los humanos que nos piden protección? ¿Qué les pasará cuando los gallu anden sueltos?

—Tendrán a sus paladines. Tú y yo estaremos allí. No dejaremos que los demonios les hagan daño.

El problema era que Zakar ya no podía luchar, ni tampoco los guerreros a quienes entrenaron para luchar contra los gallu. Los humanos estaban todos muertos y los demonios habían atrapado a Zakar y lo habían torturado hasta que solo quedó la carcasa de un hombre que en otra época caminó con los poderes de un dios.

Era algo en lo que pensar, algo aterrador.

De repente, sintió una mano cálida en el brazo. Se giró con una mueca burlona, a la espera de ver el rostro de su esposa.

Sin embargo, era Kat. Parecía un ángel allí a su lado, un ángel que lo excitó al punto. Jamás se había alegrado tanto de ver a alguien.

—¿Qué haces aquí? —le preguntó.

—Yo la he traído.

Se giró para mirar a su hermano, que caminaba rodeándolos.

—No entiendo...

—No estás en un sueño, Sin. Esto es la guerra.

Zakar le lanzó una llamarada.

A pesar de que era un sueño, el ataque lo lanzó por los aires y le quemó el pecho. Rodó por el suelo para apagar el fuego antes de mirar a su hermano.

—¿Qué haces?

Zakar extendió una mano y un látigo de púas se enroscó en el brazo de Sin, que siseó de dolor cuando su hermano tiró y le dislocó el hombro.

Kat se giró hacia Zakar.

—¡No! ¡No le hagas daño!

Zakar hizo ademán de lanzarle una llamarada a Kat, pero ella se agachó y le lanzó una de su propia cosecha.

—¿Tienes más truquitos? A ver qué te parece esto. —Le lanzó una descarga de hielo.

—Kat, para —intervino Sin, que se puso de pie y corrió hacia ella—. Le estás haciendo daño.

—A él no le importa si nos hace daño a nosotros. Por mí, que le den.

Para su sorpresa, Zakar se echó a reír. Lo vio levantarse del suelo para acercarse flotando a Kat, que se tensó, lista para luchar.

—Hazle caso, Sin. Tiene razón. ¿Cómo sabes siquiera si soy yo de verdad? —Adoptó la forma de Kessar—. A lo mejor estoy aquí para destruirte. —La aparición corrió hacia él, lo cogió por el cuello y lo tiró al suelo.

—¿Qué te pasa?

—Estoy arruinado, hermano. He venido aquí porque es el único plano donde soy lo que quiero ser. Ya no tengo control de mis actos cuando estoy en mi propio cuerpo. No puedo fiarme de lo que haga cuando estoy despierto, ni tú tampoco.

—¿Te han infectado? —le preguntó a su hermano al tiempo que se sentaba sobre los talones.

—No exactamente. —Zakar se levantó lo suficiente como para sentarse delante de él—. Gracias a mi inmunidad, los gallu no me controlan del todo, pero yo tampoco. Es algo distinto... algo siniestro y peligroso que vive en mi interior. Ya no sé quién soy, no puedo controlarlo. El único lugar donde te puedes fiar de mí es aquí. —Agachó la cabeza—. Siento haber terminado siendo el cobarde que nuestro padre siempre sospechó que era.

Kat lo miró furiosa.

—¿Cobarde? ¿Lo dices en serio? ¡Por todos los dioses! Sabemos muy bien lo crueles que pueden ser esas criaturas. Te enfrentaste a ellos solo, incluso cuando te retenían prisionero. ¿Cómo puedes decir que eres cobarde?

—Fracasé. —Zakar volvió a mirar a Sin—. Los gallu son

peores de lo que crees. Pueden debilitarte en este plano y averiguar cómo atacarte. Aquí es donde descubrirán tus puntos flacos.

Le costaba mucho creerlo.

—¿Por qué nunca me buscaste en sueños para decirme lo que estaban haciéndote?

—No podía. Por su culpa soy débil incluso aquí. Estabas soñando conmigo ahora mismo y me has invocado. Es el único motivo de mi presencia. No podría haberlo hecho solo. Ya no tengo ese poder.

Kat dio un paso para acercarse a ellos mientras esas palabras le atravesaban el corazón.

—Vas a tener que explicarme cómo va todo este asunto. Sé que los dioses del sueño griegos, los Óneiroi, pueden entrar en los sueños de cualquiera cuando les apetece. Incluso tienen pociones para inducir el sueño. ¿Los gallu hacen lo mismo?

Zakar negó con la cabeza.

—A diferencia de tus dioses, estos no se pueden meter en los sueños de los desconocidos. Primero deben haber mantenido contacto físico con la persona en cuestión.

Sin dio un respingo al recordar el encuentro de esa tarde con Kessar. De modo que esa era la razón de que fuera al casino...

—Lo del casino de hoy. Sabía que ese cabrón tramaba algo con su visita.

Su hermano asintió con la cabeza.

—Como te han tocado, ya te pueden encontrar en sueños.

Kat soltó un taco.

—Y yo dejé que me tocara. Muy listo el tío.

Sin le dio unas palmaditas en el brazo.

—No te culpes. No eres la única que metió la pata. —Apretó los dientes mientras la rabia lo consumía—. Me dan ganas de matar a Enlil por esto.

—Les avisaste —dijo Zakar—. Pero se creía demasiado listo como para convertirse en una víctima. Al menos tú no tuviste que ver lo que le hicieron los gallu cuando lo mataron.

Se imaginaba el horror de aquella escena y agradecía enormemente no haberla presenciado.

—¿Qué pasó con sus poderes?

—La mayoría quedaron atrapados en la Estela.

¡Menos mal que pude recuperarla del museo!, exclamó para sus adentros. Con los poderes atrapados en la Estela, era imposible saber qué podrían hacer los gallu si la tuvieran en su poder.

—¿Y el resto?

—Kessar los absorbió. Envió a sus secuaces a por Enlil y lo llevaron a las cavernas. Enlil tuvo el tiempo justo de esconder la Estela antes de que lo capturaran, y en cuanto estuvo delante de Kessar, el demonio lo dejó seco... en más de un sentido. Kessar es mucho más peligroso de lo que crees. Y ahora que está libre...

—¿Quién lo ha liberado? —le preguntó.

—Las cerraduras de su prisión se debilitan al mismo tiempo que las de las Dimme.

Kat frunció el ceño.

—Pero ¿por qué no ha salido hasta ahora?

—Porque estaba retenido en otro lugar de la caverna, con un sistema de sellado independiente. Ahora ese sistema está muy debilitado y sus peores discípulos son capaces de liberarse. Kessar busca el caos total, un baño de sangre. Pero lo que más desea es verte sufrir, hermano, por haber ayudado a encerrarlo.

Kat se estremeció con fingida felicidad.

—¡Estoy segura que nadie te ha querido tanto nunca, Sin! —Se puso seria—. Voto porque liberemos a mi abuela y dejemos que se los coma a todos.

—¿Tu abuela? —preguntó Zakar.

Sin soltó una carcajada ronca.

—Apolimia.

Zakar se quedó blanco.

—¿Está bien encerrada?

—Lo bastante como para que no pueda hacerte nada —contestó, aunque añadió con un brillo travieso en los ojos—: Aunque puedo invocar sus poderes si es necesario.

Sin y Zakar la miraron boquiabiertos.

—¿En serio? —preguntó Sin. Acababa de enterarse de que tenía ese poder.

—Fue el regalo de mi decimosexto cumpleaños —le explicó ella—. Quien se meta conmigo recibe una ración de destrucción atlante. Por eso te dije que Deimos no es ningún problema para mí. Puedo machacarlo con los ojos vendados y las manos atadas a la espalda.

Sin se alegró de saberlo. Sin embargo, eso tenía una pega.

—Pero tenemos que evitar que te dejen sin poderes.

—Siempre viene bien —comentó ella al tiempo que asentía con la cabeza.

—Estupendo —dijo Zakar—. Al menos tenemos un as en la manga. Pero tenéis que recordar que nada es lo que parece en sueños. Pueden atacaros como demonios, pero no necesariamente. Pueden acercarse a vosotros con la apariencia de vuestros mejores amigos. —Miró a Kat—. Con la de tu madre. Tu hermano. Con la de cualquier persona o cosa con la que mantengas una estrecha relación. Son unos maestros en estos temas y tienen mucha práctica. No pueden haceros daño, pero sí destrozar vuestros sueños de modo que seáis más débiles una vez despiertos.

Sin se pasó la mano por la cara mientras pensaba en lo que acababa de decir su hermano. ¡Mierda!, pensó.

—¡Kytara! —gritó Kat de repente. Su voz reverberó por la estancia.

—¿Qué haces? —le preguntó él con el ceño fruncido.

—Quiero dormir tranquila por las noches —contestó ella, cruzando las manos por delante del pecho—. Antes muerta que dejar que un demonio de pacotilla como Kessar no me deje descansar. ¿Se cree un tío duro? Pues yo conozco a unos cuantos. —Se detuvo antes de gritar de nuevo—: ¡Kytara!

—Deja de llamarme a gritos —dijo una mujer casi tan alta como Kat que apareció detrás de ella. Tenía el pelo largo y negro, la piel como el alabastro y unos ojos enormes y tan azules que parecían irreales. Iba vestida con un mono de cuero negro, un cinturón plateado y botas de tacón altísimo.

Kat sonrió mientras se giraba para mirarla.

—Por fin estás aquí, mi malévola amiga.

A Sin no le gustó ese recibimiento.

—¿Malévola?

—Malévola y podrida hasta la médula.

—Cierto —convino Kytara—. No hay nada como una zorra con tacones, y yo soy la mejor. —Miró a Kat—. Sé que me has llamado por algo, dado que estás en un sueño con dos gemelos de toma pan y moja pero nadie está desnudo. Esto no es lo que yo te enseñé, Katra.

Sin cruzó los brazos por delante del pecho y miró a Kat con los ojos entrecerrados.

Kat levantó las manos, como si se rindiera.

—No se refiere a eso. Nunca he hecho nada parecido.

—Mmm —murmuró él, que no la creyó. Con razón había sido tan buena en la cama.

—Es verdad. Kytara, díselo.

—¿Que le diga qué? —preguntó su amiga con expresión inocente—. Kat es una ninfómana descontrolada.

—¡Kytara!

—Vale, vale —replicó la susodicha—. Es tan blandita que a su lado el zumo parece whisky.

La frustración de Kat aumentó al escucharla.

—Muchas gracias.

Kytara se echó a reír.

—Es verdad, lo eres. Demasiado buena y sensata. Llevo años pinchándote para que te sueltes la melena. Bueno, ¿para qué me has llamado si no es para ayudarte a desnudar a estos dos y divertirnos como adultos?

Zakar dio un paso hacia ella.

—Creo que me gusta su sugerencia.

La mirada de Sin lo paró en seco.

Hasta cierto punto.

—Oye, he pasado siglos soportando los mordiscos de esos cabrones en la caverna. Estaría bien que me mordiera una diosa para variar.

Pasó por alto el comentario de su hermano porque le tenía lástima.

—Unos demonios quieren atacarnos mientras dormimos.

—¿Skoti? —preguntó Kytara.

—No —respondió ella—. Gallu.

—¡Oooh! —La sola mención de los demonios pareció estar a punto de provocarle un orgasmo—. Son sangrientos. Me gusta.

Semejante alegría dejó perplejo a Sin.

—Creía que los Óneiroi carecían de emociones.

—Y así es —convino Kat—. Pero Kytara es una skoti. Roba las emociones de los que sueñan y se apropia de ellas.

La susodicha sonrió.

—Es la única manera de vivir. De verdad. Los Óneiroi son unos plastas de cuidado.

Sin no sabía qué decir, así que se quedó callado.

—No queremos que los gallu nos ataquen de noche —dijo Kat, al tiempo que hacía un gesto que los abarcaba a los tres—. ¿Puedes cuidarnos las espaldas mientras dormimos?

Kytara se mordió el labio y meneó las caderas, como si la idea le gustara más de la cuenta.

—Voyeurismo... Perversiones. Me gusta muchísimo.

Kat meneó la cabeza.

—Eres de lo peor.

—Claro que sí. ¿Me habrías llamado si no lo fuera?

De repente, Sin llegó a la conclusión de que la presencia de la skoti no iba a ayudarlos mucho. Que un Óneiroi se metiera en sus sueños era ir buscándose problemas.

—Una curiosidad... ¿Puedes hacerles una visita a los gallu y espiarlos mientras duermen?

Kytara le pasó un dedo por la barbilla y le lanzó una sonrisa seductora.

—Cariño, en sueños puedo hacer lo que me dé la gana.

Kat la apartó de un empujón.

—Ya puedes quitarle las manos de encima a este, si no quieres que un monstruo comemanos te las arranque de cuajo.

Su amiga le lanzó una mirada elocuente.

—Como usted diga.

Aunque a Sin le gustaron los celos de Kat, sabía que tenían

cosas más importantes de las que preocuparse. Carraspeó para que retomaran el tema.

—¿Eso quiere decir que los vigilarás?

—Depende. —Kytara se detuvo para darle emoción antes de preguntar—: ¿Es guapo el demonio?

Kat asintió con la cabeza.

—Mucho.

—¡Uf, voy a comprobarlo! ¡Hasta luego! —Y se desvaneció al punto.

Sin volvió a cruzar los brazos por delante del pecho, aliviado por la marcha de la skoti.

—Tienes unos amigos muy interesantes, Kat.

—Cierto, y de vez en cuando son muy útiles.

Zakar se quedó sin aliento de pronto, como si algo lo hubiera golpeado en el pecho.

Preocupado, Sin le colocó una mano en la espalda.

—¿Zakar?

—Están buscándome. —Apartó a su hermano de un empujón y se tambaleó hacia la izquierda—. ¡Corred!

—No te dejaré solo para que te enfrentes a ellos.

Zakar lo fulminó con la mirada.

—Solo es un sueño. Marchaos.

—¿Y qué hay de malo en que me quede si solo es un sueño?

Zakar meneó la cabeza.

—No sabes lo que haces.

—Claro que lo sé —insistió él—. Estoy protegiendo a mi hermano.

—Una preguntita muy rápida —terció Kat, interrumpiendo la discusión—. ¿Puedes matar a los gallu en este plano?

—No —respondió Zakar—. ¿Por qué?

Kat señaló un lugar tras ellos.

—Porque ya están aquí.

12

Sin se preparó para la inminente lucha, pero por extraño que pareciera Kessar no lo atacó. El demonio se limitó a observar a Zakar con una sonrisa torcida.

—Veo que has encontrado a mi mascota, Nanna —dijo, desviando la mirada hacia Sin—, y a mi hermano —concluyó, sin rastro ya de la expresión burlona.

Sin se encogió de hombros y fingió una mueca compasiva.

—Nos atacó —comentó con un deje sarcástico—. ¿Qué querías que hiciera? ¿Invitarlo a cenar?

—Morir. —Kessar lo miró con los ojos entrecerrados—. Habría sido un buen comienzo.

—No sé —dijo meneando la cabeza—. Yo muero y tú te aburres. El mundo llega a su fin. No mola, ¿verdad? Además, no puedo ponerte las cosas fáciles. ¿Qué es la vida sin sufrimiento?

La mirada de Kessar regresó a Zakar.

—Esa pregunta debería contestarla mi mascota, ¿no crees?

La ira ensombreció la mirada de Sin al percatarse de la expresión avergonzada de su hermano. No obstante, antes de que pudiera vengarse, Zakar le lanzó una descarga al demonio.

Kessar la desvió con un simple gesto de la mano.

—¿No vas a aprender nunca, chucho?

Zakar le lanzó una mirada furibunda.

—Lucharé contra ti hasta la muerte.

Kessar soltó una carcajada.

—Pues no te queda mucho. Ni a estos tampoco. Vais a sufrir lo que no está escrito por la muerte de mi hermano.

—Bla...bla...bla —se burló Kat, enfatizando cada sílaba mientras miraba a Sin como si estuviera más aburrida que una ostra—. ¿Soy la única que está harta del manido monólogo del malo? —Levantó los brazos como si fuera un zombi e, imitando el acento de Kessar, dijo—: ¡Uuuh, soy el hombre del saco! Voy a mataros a todos. Os voy a poner la cabeza como un bombo con mis tonterías narcisistas. ¡Soy un demonio encantadísimo de haberse conocido y estoy intentando intimidaros! —Bajó los brazos y clavó la mirada en Kessar—. Si ese es el caso, te aconsejo que le digas a tu madre que no te vista más con esas pintas. Es difícil creer que seas un asesino si vas vestido como un asesor financiero. Así solo asustas a mi fondo de inversiones.

Kessar se pasó la lengua por los afilados dientes mientras la observaba como si fuera un tierno bocadito.

—Nanna, tienes una novia un poquito deslenguada. Voy a disfrutar mucho obligándola a tragarse sus palabras.

Sin lo miró, furioso.

—Yo sí que voy a disfrutar matándote.

Kat puso los ojos en blanco.

—Pero ¡bueno! ¿Estamos en una conferencia o qué? Menudo par de cotorras y eso que sois dos tíos. Si vamos a luchar, ¿a qué esperamos?

Zakar la miró con el ceño fruncido.

—¿Tantas ganas tienes de morir?

Kat se encogió de hombros.

—No muchas, pero prefiero morir peleando con Kessar a hacerlo de aburrimiento.

De repente, se vieron rodeados por diez o doce demonios idénticos a Kessar.

Kat soltó un taco al comprender que había hablado muy pronto. La cosa podía ponerse muy fea en cuestión de segundos, y eso era quedarse corto dado el número de clones del demonio.

—Oye —le dijo a Sin—, no sé tú, pero yo estoy teniendo un flash-back horroroso de la segunda parte de *Matrix* y no paro de escuchar al señor Anderson en la cabeza y de ver al tío ese que hizo de elfo en *El señor de los anillos. ¿*Sabes quién te digo?

Sin enarcó una ceja.

—¿Orlando Bloom?

—No, el otro.

Kessar se lanzó a por ella sin previo aviso. Kat se preparó para la pelea, pero antes de que el demonio la alcanzara, alguien la quitó de en medio.

De repente, notó que la zarandeaban. Con fuerza.

—¡Ay! —Parpadeó varias veces hasta abrir los ojos del todo y descubrió a Kytara inclinada sobre ella. Estaba en la cama y Sin seguía durmiendo a su lado—. ¿Qué coñ...?

—Despierta a tu novio. Voy a despertar al otro antes de que Kessar lo haga pedazos. —Y desapareció.

Kat bostezó mientras se giraba en el colchón para hacer lo que Kytara le había ordenado. Sin despertó preparado para luchar.

—¡Oye! —exclamó ella, que se agachó para esquivar el golpe—. Soy yo. Kat.

Sin tardó un segundo en ubicarse y comprender que estaba despierto.

—¿Dónde está Kessar?

—Aquí no. Estaba en nuestros sueños —contestó mientras se sentaba en el borde de la cama—. Kytara acaba de despertarme y se ha ido a despertar a tu hermano. Vamos a ver si nos explica lo que ha pasado.

Salieron del dormitorio y se encontraron con la skoti en el salón, que seguía a oscuras. Sin encendió la lamparita del mueble bar y su luz amarillenta los rodeó.

Kytara estaba arrodillada en el suelo al lado del sofá donde dormía Zakar, mirándolo fijamente.

Sin se acercó para despertar a su hermano, pero la skoti se lo impidió. A la tenue luz, el azul eléctrico de sus ojos brillaba con fuerza.

—No es lo que crees.

—Es mi hermano.

—Sí —susurró Kytara mientras enfrentaba su mirada—, pero pregúntate por qué lo han mantenido con vida.

—Para torturarlo.

Kytara negó con la cabeza.

—Para arruinarlo, Sin. Ya no es un dios onírico. Se ha convertido en uno de ellos.

Sin expresó su desacuerdo meneando la cabeza con énfasis.

—Luchó contra ellos. Yo mismo lo vi.

Kat se acercó, dispuesta a darle la razón. Era imposible que Zakar estuviera de parte de los gallu después de todo lo que había sufrido. Después de lo que Kessar y sus acólitos le habían hecho. Era imposible.

No obstante, su amiga sabía algo... Había visto alto que la tenía aterrorizada. Estaba ocultando algo que creía que Sin no podría asimilar.

De modo que se arrodilló al lado de Kytara.

—Zakar también nos dijo que lo habían arruinado. ¿A qué se refería?

Kytara se sentó un momento sobre los talones y después se puso en pie para mirar a Kat desde arriba.

—Lo han infectado y no puede controlarlo. Es tan capaz de mataros a vosotros como de matar a Kessar.

Kat se levantó nada más escuchar eso. Era imposible que...

—Kat curó sus heridas. —A juzgar por la cara que había puesto Sin, tampoco se lo creía.

—Las externas. Lo letal es lo que lleva dentro. Tu hermano padece la misma sed de sangre que ellos.

—No. Luchó contra Asag y sobrevivió. Eso lo hizo inmune a los gallu.

—Lo hizo más fuerte contra el veneno, no inmune. Han estado siglos alimentándose de él sin descanso. El veneno está en su interior, intentando abrirse camino hasta la superficie en este mismo momento. Es un peligro andante. ¿Por qué crees que lo tenían inmovilizado? Tiene la fuerza de un gallu, los poderes de un dios y un demonio en su interior que matará a cualquiera sin remordimientos.

Las noticias dejaron a Kat descompuesta. No era justo que Zakar hubiera sobrevivido a tanto sufrimiento para morir al final.

—Tiene que haber algo que podamos hacer para ayudarlo.

—Matarlo —dijo Kytara sin más.

—No puedo —confesó Sin con la voz quebrada por la emoción—. Es mi hermano. —Sus ojos delataban la agonía que lo consumía—. Mi gemelo.

Kytara se mostró implacable en su réplica.

—Entonces te matará cuando despierte. —Miró de nuevo a Kat—. No sabéis a lo que os estáis enfrentando. He estado en los sueños de las criaturas más malévolas que os podáis imaginar. Pero esto... —Se estremeció—. A su lado, Stryker es una monja de la caridad. Y ahora os persiguen en sueños. Vais a necesitar un ejército para que os proteja.

—¿Qué ejército?

—Uno muy fuerte.

En fin, su respuesta no les ayudaba mucho, de modo que Kat rodeó el sofá para acercarse a ella.

—No lo entiendo.

Su amiga inspiró hondo antes de hablar:

—He estado muy poco tiempo en contacto con Kessar. No exageraste al hablar de sus poderes, son increíbles. Necesitaremos fuerza bruta en el plano onírico para protegeros mientras dormís. Pueden localizaros cuando quieran en sueños y os debilitarán a través de ellos antes de aparecer en el plano humano para liquidaros. —En ese momento se puso blanca y se cubrió los ojos con la palma de la mano—. Ojalá pudiera borrar de mi mente las imágenes que he visto esta noche. Por su culpa tengo ganas de volver a ser una Óneiroi. —Cuando bajó la mano, Kat descubrió que tenía los ojos llenos de lágrimas—. Ojalá volviera a afectarme la maldición de Zeus para deshacerme de los sentimientos. Ha sido lo más espantoso que he visto en la vida y me ha dejado marcada. Tienes que matarlo, Sin. Hazme caso.

—No —insistió él con vehemencia.

—En ese caso lo haré por ti —replicó al tiempo que sacaba un puñal y se acercaba a Zakar.

Sin la agarró de un brazo y la apartó del sofá de un tirón.

—¡Joder, no! Si quieres hacerlo, tendrás que pasar por encima de mi cadáver. No pienso dejar que vuelvan a hacerle daño.

La mirada que Kytara le echó podría haber congelado el infierno.

—Muy bien, me aseguraré de que lo pongan como epitafio en tu tumba. —Se alejó de él para acercarse a Kat—. Hazte un favor. Sal de aquí antes de que ese se despierte —dijo, señalando a Zakar—. Confía en mí. Ya me lo agradecerás.

Kat hizo oídos sordos a sus palabras. No estaba dispuesta a dejar que Sin cargara a solas con el problema.

—¿Puedes hablar con los Óneiroi para ver si se encargan de los gallu que nos persiguen en sueños?

—Puedo intentarlo. Estoy segura de que a M'Adoc, a M'Ordant y a D'Alerian les encantará tener a alguien más a quien poner en su sitio.

Kat meditó un instante sobre los tres líderes de los Óneiroi que Kytara había mencionado. Su amiga no sabía que había dado en el clavo de lleno. Ella, sin embargo, era una de las pocas personas que sabía que estaban recuperando las emociones, razón por la cual cada vez les resultaba más difícil ocultar los arrebatos. Una misión como la de perseguir a los gallu podría ayudarlos a controlarse. Seguro que se lo agradecían.

—Dile a D'Alerian que me debe una y que así estaremos en paz.

Kytara ladeó la cabeza al enterarse.

—¿D'Alerian te debe un favor?

Kat asintió con la cabeza.

—Desde hace años, aunque sé que no se le ha olvidado.

Un brillo travieso iluminó los claros ojos azules de Kytara.

—¿Qué le hiciste?

—Eso es cosa nuestra. Vete.

Su amiga se desvaneció mientras hacía un mohín.

Kat se acercó a Sin al percibir su preocupación y su tristeza mientras arropaba a su hermano con la manta. El movimiento hizo que le rozara el cuello y Zakar se despertó soltando un taco. Extendió un brazo para agarrarlo del cuello, pero Sin se lo impidió aferrándole la muñeca.

El tiempo pareció detenerse mientras sus miradas, idénticas, se encontraban. Ninguno se movió. Ni siquiera Kat, afectada también por la tensión del momento. Lo único que diferenciaba a Sin de su hermano era el pelo. Sin lo llevaba bien cortado y peinado, mientras que Zakar todavía lo tenía largo y enredado. Por lo demás, era como observar a una persona que se estuviera mirando en un espejo.

Y resultaba muy desconcertante.

—¿Zakar? —murmuró Sin, rompiendo por fin el tenso silencio—. Soy yo. Sin.

Su hermano se zafó de su mano y volvió a tumbarse en el sofá. Recorrió la estancia con la mirada.

—¿Dónde estoy?

—En mi casa. Te sacamos de la caverna.

Aunque había estado con ellos en sueños, Zakar parecía incapaz de creerse lo que acababa de escuchar y lo que estaba viendo.

Kat sintió un cosquilleo extraño mientras lo observaba. Notó algo en él. Algo frío y malévolo. Algo poderoso. Intentó advertir a Sin; pero al ver la ternura con la que contemplaba a su hermano, supo que le haría tanto caso como el que le había hecho a Kytara. Además, ¿por qué iba a hacerlo? Zakar era su hermano.

Lo único que podía hacer era estar atenta a un posible ataque por parte de Zakar.

En ese momento los ojos dorados del gemelo de Sin se clavaron en ella.

—Eres la atlante.

—Medio atlante —puntualizó, preguntándose por qué era importante para él.

Zakar miró otra vez a Sin.

—¿Cómo me curaste?

—No fui yo. —Hizo un gesto con la cabeza en dirección a Kat—. Fue ella.

—Gracias —dijo Zakar, mirándola de nuevo.

Ella le correspondió inclinando la cabeza.

—De nada. ¿Cómo te sientes?

—Libre —respondió con una carcajada, aunque la sonrisa no le llegó a los ojos.

La contestación podía ser buena o mala. Si Kytara tenía razón, era malísima.

—¿Tienes hambre? —preguntó Sin.

—No, pero me muero de sed.

La respuesta no le hizo a Kat ni pizca de gracia, dada la naturaleza de los gallu y las advertencias de la skoti.

—¿Quieres un poco de vino? —le preguntó Sin, como si la situación fuera de lo más normal del mundo.

Zakar asintió con la cabeza.

Kat retrocedió mientras Sin se encaminaba al mueble bar. Zakar la miró con una sonrisa burlona.

—¿Tienes algún problema conmigo? —le preguntó.

—No. Estaba pensando.

—¿En qué?

Kat entrecerró los ojos y le miró el cuello, donde ya no había ni rastro de los mordiscos que antes lo desfiguraban.

—En intercambios de sangre.

—¿Qué sabes sobre ellos? —le preguntó con la misma superioridad que utilizaría un maestro de preescolar para pedirle a un alumno que le resumiera el estado de naturaleza de Hobbes.

—Más de lo que me gustaría —contestó, imitando su prepotencia—. Por ejemplo, sé que normalmente crean un vínculo entre los participantes.

—¿Qué estás diciendo, Kat? —preguntó Sin cuando volvió a acercarse a ellos.

No supo por qué, pero su cercanía la tranquilizó.

—No es el enemigo externo quien causa la destrucción, sino el interno.

Aunque esperaba que Sin rebatiera su argumento, no lo hizo. Se limitó a ofrecerle la copa a Zakar y se sumió en un silencio poco característico en él. Algo en su actitud hizo que Kat cayera en la cuenta de que tal vez Sin hubiera usado esa frase unas cuantas veces.

Zakar se incorporó y apuró el vino de un trago. Después se limpió los labios con el dorso de la mano y le devolvió la copa a Sin mientras a ella la taladraba con la mirada.

—No te fías de mí.

—No te conozco.

Lo vio esbozar una sonrisa muy familiar que al mismo tiempo era extraña. A primera vista eran idénticos, salvo por las cicatrices que Sin tenía. Sin embargo, Zakar no la excitaba. No le aceleraba el corazón, ni le sudaban las palmas de las manos al verlo. No deseaba comérselo a besos... Nada. Era como mirar a cualquier otro tío desnudo. La dejaba fría, y eso le hizo recordar que las demás doncellas de su madre la llamaban frígida.

Zakar ladeó la cabeza para mirar a su hermano, que estaba detrás de ella.

—Creo que no le caigo muy bien a tu mujer, hermano.

Sin la miró y le guiñó un ojo con un gesto picarón que logró ponerla a cien.

—No te lo tomes a pecho. Normalmente no le cae bien nadie y eso me incluye a mí en según qué ocasiones.

—Cierto —convino ella—. La gente es desquiciante. Y yo me incluyo.

En ese momento sonó el móvil de Sin, que se alejó para atender la llamada con una disculpa.

Zakar se reclinó en el respaldo del sofá y colocó un brazo sobre los cojines. Su mirada no abandonó en ningún momento a Kat, que no se inmutó por el escrutinio. En cambio, se lo devolvió y le hizo saber que no la intimidaba en absoluto.

Fue él quien puso fin al silencio.

—Quieres decirme algo, ¿verdad?

—La verdad es que no. Estoy muy tranquila —contestó al tiempo que miraba a Sin, que en ese momento salía a la terraza para seguir hablando por teléfono. ¿Qué habría pasado? Pronto lo sabría. Así que siguió pendiente de Zakar—. Debe de ser un alivio saberte tan lejos de los gallu.

—No sabes cuánto.

—No quiero ni imaginármelo después de haber visto cómo

te han mantenido inmovilizado. Supongo que para ti ha sido espantoso.

Nada más escucharla, Zakar desvió la mirada.

—Necesito ropa.

—¿Vas a algún lado? —preguntó ella, extrañada por el tono que había usado.

Zakar no contestó. Se limitó a levantarse, a pesar de que estaba desnudo, y fue hacia el dormitorio como si le importara un pimiento pasearse en bolas por el ático de su hermano con ella presente. Se habría quedado boquiabierta de no saber que los hombres de la antigüedad no eran precisamente pudorosos.

Claro que en la actualidad tampoco había muchos aquejados de ese mal.

Sin volvió de la terraza y recorrió el salón con la mirada.

—¿Dónde está Zakar?

—Ha dicho que necesitaba ropa.

—¿Está en mi dormitorio? —preguntó él, con el ceño fruncido.

—Supongo, porque ha entrado en él.

Sin fue hacia el dormitorio con ella pegada a los talones. Al entrar vieron que la estancia estaba vacía. Pasmada, esperó en balde a que Zakar reapareciera.

No lo hizo.

Sin se acercó al armario y lo abrió, pero no había ni rastro de su hermano. Incluso comprobaron el cuarto de baño. Zakar se había largado usando sus poderes... a saber dónde.

—¿Adónde crees que ha ido?

Sin se encogió de hombros.

—No tengo ni idea. Pero había algo muy raro en él.

—Creí que eran impresiones mías nada más.

—No, yo también lo percibí —le aseguró al tiempo que cerraba con fuerza la puerta del cuarto de baño—. Joder. ¿Qué hemos dejado libre por el mundo?

Kat suspiró.

—La ruina, la destrucción. Al menos no es nuclear, ¿verdad?

Sin esbozó una sonrisilla.

—A estas alturas, ¿quién sabe?

—¡Bien! —exclamó Kat, sonriendo de oreja a oreja—. Don Optimista ha vuelto para jugar con nosotros. Bienvenido de nuevo, los niños te han echado mucho de menos.

Sin sonrió abiertamente muy a su pesar. El humor de Kat debería irritarlo, pero lo encontraba refrescante y aliviaba la seriedad de la situación. A decir verdad, no recordaba ningún momento a lo largo de su vida en el que hubiera disfrutado tanto como desde que estaba con ella. Teniendo en cuenta cómo estaban las cosas, esa debería ser la peor etapa de su existencia, ya que faltaban dos días para el Armagedón. Lo único que hacía soportable las cosas eran la chispa y el valor que Kat demostraba.

—Tú no estás bien, ¿verdad?

Ella resopló antes de contestar:

—Con mi pasado y mi herencia genética, tienes suerte de que haya salido así, colega.

—Ahí le has dado. —Soltó un suspiro cansado mientras intentaba localizar a Zakar, pero no percibió ni rastro de él. Era como si se lo hubiera tragado un agujero negro—. ¿Puedes localizarlo?

—No, no percibo nada. ¿Y tú?

Él negó con la cabeza.

—Por mucho que me reviente, tenemos que esperar a que vuelva.

La mirada de Kat le dejó bien claro que la idea le gustaba tan poco como a él. Pero no tenían otra opción. Necesitaban un rastro, por mínimo que fuera, para seguirlo. Estaba tan cabreado que tenía ganas de matar a Zakar.

Kat se acercó a él por detrás para frotarle la espalda.

—¿Quién te ha llamado?

—Damien. Dice que un gallu intentó entrar, pero que desistió al ver los espejos.

Kat apoyó la barbilla en uno de sus hombros antes de abrazarlo por la cintura. Sí, cualquier hombre podría acostumbrarse a tenerla al lado. Además de resultarle reconfortantes, sus gestos inocentes lo excitaban tanto que lo desconcertaban.

—¿Y si nos ponemos armaduras con espejos? —sugirió—. Como las que llevaban en *El secreto de los hermanos Grimm*.

—Eran metálicas.

—Sí, pero podríamos añadirles espejos. Así los repeleríamos cuando se acercaran. No sé, a lo mejor creamos tendencia y se empieza a ver ropa con espejitos. Para salvar a la Humanidad. Piénsalo.

Sin se echó a reír por la ocurrencia. Aunque apreciaba sus esfuerzos, era muy poco práctico.

—Y cada vez que se rompa uno de los espejos cuando peleemos, tendremos siete años de mala suerte.

—¡Ah! —exclamó ella al punto—. Somos inmortales. ¿Qué son siete años para nosotros?

—Si son malos, una eternidad.

Kat le sacó la lengua y el gesto resultó adorable en ella. ¿Qué le estaba pasando que no podía dejar de pensar en esas cosas?

—Tú practicas para ser aguafiestas, ¿verdad?

Tal vez lo fuera un poco, supuso. Quería ser desenfadado como ella, pero no le salía. En resumidas cuentas, se pasaba el día pensando en la ruina y la destrucción, así que no podía evitar preguntarse qué estaría tramando su hermano. Adónde habría ido. Se pasó una mano por el pelo, consumido por la culpa.

—¿Qué he hecho?

Kat lo abrazó con más fuerza.

—Has salvado a tu hermano.

—¿Y si no es así? —le preguntó él, que apoyó la cabeza sobre la suya. Aspiró el aroma de su pelo y de su piel—. ¿Y si Kytara tenía razón y lo mejor habría sido matarlo mientras teníamos la oportunidad?

—¿De verdad lo crees?

—A estas alturas ya no sé qué pensar.

Kat le dio un beso abrasador en el omóplato.

—No sé, Sin. Yo me fío de ti y de tus decisiones. Sé que has hecho lo correcto.

Su certeza lo dejó pasmado; de hecho, significó tanto para él que nunca sería capaz de expresarlo con palabras.

—Gracias. Ojalá yo tuviera esa confianza en mí que tú demuestras.

—No te preocupes, me sobra para los dos.

Sonrió aunque estaba preocupado por lo que Zakar pudiera estar haciendo. Sentía la necesidad de buscarlo, pero no sabía por dónde empezar. Al igual que Kat, no percibía ni rastro de él. Nada. Y, además, Zakar no contestaba sus llamadas. Era imposible saber lo que estaba haciendo. Tuvo un mal presentimiento. ¿Lo habrían cegado la lealtad y el amor? ¿Y si había dejado suelto en el mundo un depredador para la Humanidad?

—Deja de preocuparte —le dijo Kat mientras le acariciaba la frente para borrar su ceño fruncido.

—Ya, pero es que no sé lo que está haciendo ni lo que va a hacer.

—Lo sé. —Se quitó la diminuta esfora que llevaba al cuello y se la puso en la palma de la mano—. ¿Quieres que intentemos localizarlo con esto?

Se apartó mientras ella usaba la esfora para invocar a Zakar. Sin embargo, lo dejó al cabo de unos minutos.

—No funciona.

—¿Qué quieres decir?

—Es como si no estuviera en la Tierra. Como si hubiera desaparecido. ¿Crees que ha vuelto a la caverna?

—Con lo que le hicieron, no creo. Pero, aunque así fuera y para contestarte, la esfora lo localizó la última vez justo allí. Si hubiera vuelto, también lo habría localizado esta vez, ¿no?

—Sería lo lógico —contestó ella, que lo miró a los ojos—. ¿Alguna vez tienes la impresión de que el mundo está patas arriba?

—Todos los días.

—En fin, pues para mí es una sensación nueva y me pone de los nervios, la verdad.

Sin le frotó los brazos y le dio un beso fugaz en la frente.

—Lo encontraremos.

Aunque quería creerlo, no estaba tan segura. ¿Qué habían liberado? ¿Era Zakar el demonio del que Kytara les había advertido o quedaría en él suficiente bondad como para luchar contra su influencia?

—Si se ha unido al bando de los gallu...

La expresión de Sin se crispó.

—No lo hará. Me niego a creerlo.

—Pero ¿y si lo han convertido?

—Lo mataré —contestó con una convicción que no dejaba lugar a dudas.

Sin embargo, ella sabía lo mucho que quería a su hermano.

—¿De verdad te crees capaz de hacerlo?

Lo vio titubear como si estuviera sopesando la respuesta. Cuando por fin la miró a los ojos, supo que estaba convencido.

—No me quedaría más remedio que hacerlo. No puedo permitir que las Dimme queden libres ni tampoco puedo permitir que Kessar se salga con la suya. Cueste lo que cueste. Tenga que sacrificar a quien tenga que sacrificar. Lo haré para mantenerlos alejados de los inocentes.

Kat no alcanzaba a imaginar la fuerza que iba a necesitar para llevar a cabo su cometido. Apoyó la cabeza en su pecho y lo abrazó con fuerza mientras intentaba entender cuál era la fuente de su valor. Matar a un ser querido era duro. Matar a un hermano gemelo al que había protegido toda la vida para salvar al mundo...

Era un hombre increíble.

—Eres un buen hombre, Sin.

Él apoyó una mejilla sobre su cabeza.

—No, no lo soy. Solo intento enmendar algo que jamás debí permitir que se torciera.

Kat se alejó un poco para besarlo. No acababa de entender cómo había podido juzgarlo tan mal cuando su madre la envió para matarlo. Nunca había conocido a nadie cuya compasión y generosidad se parecieran tanto a las de su padre.

Hasta que lo conoció a él.

Era todo lo que una mujer podía desear.

Despertaba en ella la esperanza de que lograría salvar el mundo, y quería recompensarlo por ello. Acariciarlo. Darle algo a lo que aferrarse para seguir luchando. Le quitó la camiseta y la arrojó al suelo.

Él la miró con el ceño fruncido.

—¿Qué haces?

—Voy a seducirte.

—¿No deberíamos buscar a mi hermano?

—¿Qué importan veinte minutos más que menos?

Su pregunta le arrancó una carcajada ronca.

—¿Veinte minutos? Estás subestimando mi resistencia.

Típico de un dios de la fertilidad, pensó.

—Entonces será un aperitivo antes de la cena que vendrá después.

La sonrisa que Sin esbozó mientras le desabrochaba la parte superior del pijama la excitó. En cuanto acabó, apartó la prenda y comenzó a acariciarle los pechos, arrancándole un gemido. Acto seguido, inclinó la cabeza para llevarse un pezón a la boca, y Kat habría jurado que en ese momento vio estrellitas de colores a su alrededor.

Sin era incapaz de respirar por culpa de las caricias de Kat en su pelo. Siguió desnudándola y le bajó los pantalones del pijama por las piernas hasta que cayeron al suelo, en torno a sus pies. Nunca había visto a una mujer tan preciosa como ella. Jamás.

Incapaz de soportarlo, se puso de rodillas para saborearla.

Kat se apoyó en el mueble bar mientras Sin la acariciaba con la lengua. El placer la atravesó por oleadas hasta que no pudo aguantarlo más. ¡Menudo don el suyo! Se aferró con fuerza a la madera y se puso de puntillas. Incapaz de soportarlo, se dejó llevar por un orgasmo cegador y echó la cabeza hacia atrás para soltar un grito.

Sin siguió acariciándola, pero acabó por ponerse de pie para bajarse los pantalones y separarle las piernas.

Kat se mordió el labio cuando la penetró y alzó las piernas para rodearle la cintura. El placer fue tan intenso para ambos que lo escuchó jadear. Decidió tomar las riendas de la situación utilizando el mueble bar que tenía a la espalda como apoyo.

Sin la observó maravillado por lo que veía. Nunca se había

encontrado con una mujer tan excitante. Su desinhibición era absoluta mientras tomaba de él lo que quería. Aferrándola por las caderas, contempló su cuerpo bañado por la luz de la luna, que resaltaba sus pechos.

Kat se humedeció los labios mientras Sin embestía contra ella. Cada movimiento lo hacía llegar más hondo que el anterior, llenándola por completo. Con razón la gente arriesgaba la vida por eso...

Volvió a correrse y Sin lo hizo con ella.

La abrazó mientras salía de su cuerpo.

—Creo que acabas de matarme.

Kat se echó a reír.

—Qué va, estás hecho de una pasta más dura.

—No sé yo. —La besó con ternura antes de alejarse de ella—. Vamos a darnos una ducha antes de ir en busca de Zakar.

—Si conseguimos localizarlo antes, claro.

—Eso.

La tomó de la mano y la llevó de vuelta al dormitorio. Una vez en el baño, abrió el grifo y esperó hasta que el agua salió caliente.

Kat se quitó la parte superior del pijama y la dejó caer al suelo mientras lo observaba inclinarse hacia delante para comprobar la temperatura del agua. Los músculos de su espalda compusieron una sinfonía de movimientos.

¡Uf!, exclamó para sus adentros. Estaba como un tren. Desde esos hombros anchos hasta las musculosas piernas, pasando por el culo, que era de escándalo.

Estaba tan bueno que no podía soportarlo.

—Tienes el mejor culo del universo, te lo juro.

Sin se enderezó meneando la cabeza y se volvió para mirarla.

—Si acaso, uno de los dos mejores.

—¿Cómo?

—Tengo un gemelo, ¿recuerdas? Su culo es igual que el mío.

Pues no recordaba que fuera así, la verdad. El culo de Zakar la había dejado fría cuando lo vio pasearse en bolas por el salón. Nada que ver con lo que le pasaba cuando veía el de Sin. Tenía tantas ganas de darle un mordisquito que no podía pensar en otra cosa.

—La verdad es que ni he reparado en sus atributos.

Sin no la creyó ni por asomo. Sabía que las mujeres eran muy rápidas a la hora de examinar los «atributos» masculinos, como los había llamado ella.

—Claro, claro.

Kat lo obligó a volverse de un tirón para que la mirara a la cara. La mirada que le echó hizo que le diera un vuelco el corazón.

—No soy Ningal, Sin. No me interesa ningún hombre que no seas tú.

Sus palabras lo conmovieron más de lo que deberían.

Le tomó la cara entre las manos y le dio un beso desesperado. Ansiaba creerla con todas sus fuerzas. Pero ¿debía arriesgarse? Quedaban muchas cosas por hacer y había muchos otros hombres que podrían despertar su interés, que podrían adueñarse de su corazón. Él era el único con el que se había acostado. ¿Cómo podía asegurar con esa firmeza que nunca sentiría la necesidad de probar con otro?

Al menos le agradeció el esfuerzo, la verdad. Aunque en el fondo de su mente se la imaginó con otro, y la idea le resultó tan dolorosa que le dejó huella.

Ella se apartó para mirarlo a los ojos.

—¿Qué te pasa?

—Nada.

—Déjate de rollos. Lo percibo. Hay algo que te está devorando un trocito de corazón.

—No queda nada de mi corazón, créeme. El sitio que ocupaba está vacío.

Kat no sabía por qué le mentía, pero era obvio que no quería discutir el tema. Se metió en la ducha con un suspiro y Sin la siguió.

Se colocó bajo el chorro de agua y vio que él la observaba con recelo.

—No voy a morderte.

—Eso me lo han dicho antes. —Bajó la mirada hacia uno de

sus brazos, marcado con una cicatriz de lo que parecía un buen mordisco.

Ella se lo cogió y cubrió la cicatriz con la otra mano.

—Mis mordiscos no dejan herida ni cicatrices.

—Eso habrá que verlo, ¿no crees?

Kat le besó la mano antes de soltarlo para enjabonarse el pelo. ¿Encontraría el modo de penetrar su armadura?

Aunque claro, ¿cómo iba a culparlo por demostrar ese recelo? ¿Hasta qué punto se podía herir a una persona sin que perdiera la confianza en la bondad de los demás? Era lógico que fuera un hombre desconfiado. Tenía un buen motivo para serlo.

Sin se obligó a alejarse de Kat. Intentó concentrarse en otra cosa que no fuera el agua que resbalaba por su cuerpo, así que abrió el segundo cabezal de la ducha y gritó nada más sentir el chorro de agua helada.

Kat se echó a reír antes de apartarse.

—Si quieres te dejo un ladito, cariño.

El apelativo cariñoso lo dejó petrificado y le atravesó el corazón.

—¿Cariño?

—Sí, ¿pasa algo?

No sabía por qué algo tan tonto lo afectaba de esa forma, pero así era.

—Eres la primera persona que me llama así.

—Sí, bueno, supongo que los demás no han llegado a conocerte tan bien como yo. —Extendió un brazo y le dejó un pegote de espuma en la nariz.

Entre carcajadas, Sin la acorraló contra la pared y la inmovilizó para darle un mordisco en la barbilla. En ese momento comprendió que estaba en la gloria. El roce húmedo y sedoso de su piel, el agua caliente en la espalda, su risa en los oídos...

Era imposible disfrutar de un momento mejor. Y quería saborearlo. Si tuviera sus poderes, detendría el tiempo y haría que ese momento fuera eterno.

Sin embargo, la eternidad quedó muy lejos porque alguien comenzó a aporrear la puerta del cuarto de baño.

—¡Oye, jefe!

La irrupción de la voz de Kish en su felicidad lo apartó de Kat.

—Si valoras tu vida en algo, será mejor que sea importante. Porque si no, voy a matarte.

—Te necesitamos abajo ahora mismo. ¡Un demonio está zampándose a un turista!

13

Sin se teletransportó fuera de la ducha y utilizó sus poderes para vestirse antes de abrir la puerta. Kish estaba al otro lado, en el pasillo.

—¿Qué pasa?

—Abajo, jefe, ahora mismo. Los gallu están merendándose a la gente.

Sin no tenía por costumbre obedecer las órdenes de nadie, pero en esa ocasión ni se lo planteó. Hizo lo que le dijo Kish... bajar directamente.

Una vez en el casino no le costó dar con los gallu. Aunque parecían humanos, su forma demoníaca se reflejaba en los espejos que los rodeaban. Reinaba el caos más absoluto. La gente gritaba y corría hacia las puertas. Los taburetes estaban volcados en el suelo y los empleados humanos corrían junto con los clientes mientras que los daimons y los apolitas intentaban protegerlos a todos. Motivo por el cual les había dado trabajo en el casino. A diferencia de los trabajadores humanos, podía confiar en que ellos mantuvieran la calma y ayudaran en caso de que pasase algo «sobrenatural». Porque debía reconocer que los apolitas y los daimons casi nunca se dejaban llevar por el pánico.

Se alejó de las puertas y se internó en la parte posterior del casino.

Damien y sus vigilantes de seguridad tenían a un gallu atrapado contra una de las ruletas... aunque el término «atrapado» tal vez fuera demasiado optimista, dadas las circunstancias. Llegó junto al demonio justo cuando agarraba a uno de los guardias y le mordía. Por suerte era daimon y no humano... al menos eso pensó hasta que vio que se convertía en un gallu de inmediato.

¡Hostia!, pensó. Su metabolismo aceleraba el cambio. Mientras que un humano tardaba casi un día en completar la conversión, los daimons se transformaban casi al instante.

Las cosas que se aprenden cuando regentas un casino..., se dijo.

En ese momento tenía que enfrentarse a dos gallu.

Damien se quitó la chaqueta.

—Tapadles la cabeza para que no os muerdan y dadles caña.

—¡Y una mierda! —gritó uno de los vigilantes de seguridad, un daimon, antes de echar a correr hacia las puertas.

Bueno, a veces se dejaban llevar por el pánico...

Damien miró con asco al cobarde que huía.

—Eso, tú vete con tu mami, nenaza, ¡y no vuelvas! —Se giró para mirar a su jefe.

Sin no dijo nada y siguió acercándose a sus objetivos. Puso los brazos en cruz e hizo aparecer sus armas en los bíceps y en la cadera.

El daimon convertido fue el primero en abalanzarse sobre él, pero lo volteó en el aire, lo estampó contra el suelo y lo inmovilizó con una rodilla. Después de sacar uno de los puñales, se lo clavó entre los ojos y utilizó un segundo para apuñalarlo en el corazón, por si acaso.

Al ver que el daimon no se desintegraba, supo que el cruce entre daimon y gallu era una putada de proporciones épicas. Pero ya se ocuparía de él más tarde. Los puñales lo mantendrían muerto hasta que pudiera quemarlo. En ese preciso momento tenía que acabar con el otro gallu.

—Ven con papi —le dijo al tiempo que se ponía en pie muy despacio.

Y el demonio lo hizo, aunque era más listo que el anterior. No se abalanzó sobre él, sino que se acercó muy lentamente. Y cuando estuvo lo bastante cerca como para golpearlo, le lanzó un puñetazo. Sin lo esquivó y le devolvió el golpe, que le dio de lleno en el plexo solar, aunque el demonio ni se inmutó. El gallu hizo ademán de morderle, pero él se puso fuera de su alcance.

—¿Quién te enseñó a pelear? ¿Tu hermanita? —se burló al tiempo que lo golpeaba en la espalda.

El gallu se dio la vuelta y le asestó un golpe tan fuerte que lo levantó del suelo y lo tiró de espaldas. El costalazo lo dejó sin aliento, pero volvió a ponerse en pie de un salto, dispuesto para la lucha. Sin embargo y antes de que pudiera atacar, apareció la punta de una pica de acero entre los ojos del demonio.

Cuando la pica desapareció y el demonio cayó al suelo, vio a Deimos detrás.

—Menudos cabrones creó tu familia. Ha llegado la hora de terminar lo que empezamos antes.

—Me muero de ganas.

Deimos le lanzó un golpe que él esquivó, pero el siguiente llegó tan deprisa que casi no tuvo tiempo de pararlo. Apartó la cabeza justo antes de que Deimos lo golpeara. El puño le pasó tan cerca que sintió el escozor en la piel. Respondió intentando darle un puñetazo en la barbilla, pero el Dolofoni apartó la cabeza. Falló por cuestión de milímetros.

Pese a todo, Sin sonrió. Hacía mucho tiempo que no se enfrentaba a alguien a quien pudiera considerar su igual.

Kat apareció en el momento preciso para ver cómo Sin le asestaba una patada brutal a Deimos en el pecho. El Dolofoni trastabilló hacia atrás.

—¿Qué me he perdido? —le preguntó a Damien, junto al que se detuvo para presenciar la pelea.

—No mucho —contestó él con sorna—. Un gallu se ha zampado a un daimon. Sin se ha cargado al daimon/gallu, ese que está tirado en el suelo. Y luego este gilipollas ha aparecido, se ha cargado al gallu y ha atacado a Sin. —La miró de reojo—. ¿Quieres apostar por el ganador?

La sugerencia la dejó de piedra.

—¡Damien!

—¿Qué pasa? —preguntó él con fingida inocencia, como si no supiera qué había dicho de malo—. Gestiono un casino. El juego es mi vida. Si fuera listo, empezaría a correr apuestas ahora mismo. Sin no solo apreciaría mi gesto, sino que lo aprobaría, de verdad.

Lo más triste de todo era que posiblemente tuviera razón.

—Lo tuyo es una falta de principios morales absoluta.

—Cierto. Soy un daimon. La moral no nos sienta bien.

Resopló como si su actitud la ofendiera antes de volver a prestarle atención a la pelea. Saltaba a la vista que Sin, que todavía no había recibido ninguna herida, se las estaba apañando más que bien contra Deimos. No podía decantarse por un ganador.

Al menos no pudo hacerlo hasta que Sin le dio tal patada a Deimos que el Dolofoni salió volando por los aires y acabó estampándose contra uno de los espejos, que se hizo añicos. Dio un respingo al pensar en el dolor que debió de sentir Deimos al caer al suelo.

El Dolofoni la vio en ese momento. Acto seguido, esbozó una sonrisa siniestra y salió disparado hacia ella.

Kat se preparó para repeler el ataque.

Pero Deimos no llegó hasta ella.

Con el rostro demudado por la rabia, Sin salió tras Deimos al tiempo que se desenrollaba un trozo de alambre de espino de la muñeca. Kat estaba a punto de golpear a Deimos cuando él le rodeó el cuello con el alambre y lo apartó de ella.

—Ese ha sido tu peor error —le gruñó al oído al tiempo que apretaba el alambre.

Con los ojos a punto de salírsele de las órbitas, Deimos intentaba con desesperación quitarse el alambre del cuello. Sin no le dio tregua.

—No lo mates —dijo Kat.

—¿Estás loca? —le preguntó con el ceño fruncido—. Es la única forma de detenerlo.

Tal vez, pero Deimos seguía siendo de su familia, por muy loco que estuviera, y no quería verlo morir.

—Deimos, júrame que nos dejarás tranquilos.

—Jamás.

Los bíceps de Sin se tensaron al apretar todavía más. Deimos era hombre muerto. Kat lo sabía, y eso le rompió el corazón.

De repente, la voz de una mujer les llegó desde la puerta:

—¡Damien! Un gallu acaba de coger a una chica en la calle. Su madre está pidiendo ayuda a gritos.

Sin se quedó blanco al escucharla. Kat vio la indecisión en sus ojos mientras miraba a Deimos. Acto seguido soltó un taco, dejó el alambre y echó a correr hacia la puerta.

Deimos cayó de rodillas al suelo y empezó a toser y a escupir mientras se quitaba el alambre del cuello.

Kat dio un respingo al ver que la sangre brotaba de las heridas producidas por las púas. Sin duda alguna, Deimos llevaría las cicatrices toda la eternidad. Meneó la cabeza, apenada por él, antes de salir en pos de Sin, que perseguía al gallu por la calle.

Vio que el demonio se metía por un callejón, arrastrando consigo a una chica, pero de repente se detuvo en seco como si se hubiera topado con un muro invisible. Sin le arrebató a la mujer de los brazos al tiempo que le daba una patada y tras dejar a la chica en manos de Kat se volvió para luchar contra el demonio.

Cuando el gallu se abalanzó sobre él, estalló en llamas.

Kat jadeó.

Deimos salió de las sombras.

—Son criaturas espantosas, ¿verdad?

Sin se tensó a la espera de que Deimos lo atacara. A decir verdad, comenzaba a estar harto. Sin embargo y para su sorpresa, el Dolofoni miró por encima de su hombro a la mujer que sollozaba histérica en brazos de Kat.

—¿Está bien? —preguntó Deimos.

—Aterrada, pero no parece que le haya hecho daño. Creo que Sin llegó a tiempo —contestó ella.

Deimos rodeó a Sin y colocó la mano sobre la cabeza de la chica, que perdió el conocimiento. Acto seguido, la cogió en brazos y la dejó en el suelo con mucho cuidado, justo antes de que su madre se acercara corriendo.

—¿Crystal?

—Está bien —respondió Deimos en voz baja. Miró a Sin—. Él la ha salvado.

La madre lo miró y le dio las gracias entre lágrimas.

—Gracias. Gracias a los dos. No sé qué le habría pasado si no nos hubieran ayudado.

Deimos asintió con la cabeza antes de colocarle la mano en la cabeza para borrar los recuerdos de lo sucedido. Al igual que su hija, la mujer perdió el conocimiento. La colocó junto a ella en el suelo antes de mirarlos por encima del hombro.

—Tenemos un minuto antes de que despierten. Creerán que ha sido obra de un ladrón que luego salió corriendo.

Sin lo miró con recelo.

—¿No vamos a terminar la pelea?

Deimos negó con la cabeza.

—En contra de lo que cree la gente, ni las Erinias ni los Dolofoni somos las mascotas de los dioses griegos. No obedezco órdenes a menos que encuentre un motivo para hacerlo. Estaba dispuesto a matarte porque profanaste restos humanos y parecías estar loco. Ahora estoy dispuesto a perdonarte la vida porque elegiste la vida de una humana inocente por encima de la tuya... —Miró a Kat antes de continuar—: Y por encima de la de alguien muy importante para ti. En mi opinión, eso merece el perdón.

Sin todavía no daba crédito a ese cambio de opinión. No le encontraba sentido.

—¿Vas a retirarte de la lucha?

Deimos resopló.

—Eso de «retirarme» implicaría una caballerosidad de la que carezco. Digamos que, por suerte para ti, no he encontrado lo que necesitaba. Los Dolofoni solo matamos por un motivo, y tenemos que justificarlo ante Temis. Si no lo hacemos, nos ejecuta. —Se limpió la sangre que tenía en el cuello por las heridas del alambre—. No merece la pena morir por haberte matado. Pero sigues teniendo un enemigo que te quiere muerto. Yo que tú me cuidaba las espaldas.

Kat le sonrió.

—Gracias, Deimos.

—No me des las gracias, Katra, no le he hecho ningún favor a nadie. Solo he hecho mi trabajo. —Y se desvaneció en la oscuridad.

Sin la miró con sorna al tiempo que madre e hija comenzaban a despertarse.

Ella se llevó la mano a los labios para que no hablase antes de teletransportarlos a ambos de vuelta al casino, donde habían dejado los cuerpos de los gallu.

Damien los miró con curiosidad.

—Sigues vivo. Bien. ¿Eso significa que vas a ayudarnos a limpiar este estropicio?

—Para eso te pago una pasta gansa, Damien —respondió Sin con una mirada elocuente.

—Ya me parecía a mí. Solo lo preguntaba por curiosidad. —La sonrisa de Damien se esfumó al alejarse de ellos, momento en el que empezó a mascullar.

Kat tenía la sensación de que estaba poniendo a Sin a caldo.

—No puedo creerme que Deimos haya dejado de perseguirte. Te juro que empiezo a respetarlo. Creía que eras hombre muerto cuando apareció, en serio.

—Si no me falla la memoria, era él quien estaba a punto de morir. A lo mejor lo he acojonado.

—Es una posibilidad —dijo ella con una carcajada—. Pero no es un tío fácil de asustar. Y no me sorprendería que se hubiera dejado atrapar para ver qué hacías. No tiene por costumbre abandonar una persecución.

—¿Crees que ha mentido?

—No —respondió con sinceridad—. Es hijo de Alecto, la Erinia encargada de la ira implacable, y lleva la furia de su madre en las venas. Pero no te olvides de que a las Erinias también se las conoce como las Euménides, que quiere decir las «benévolas». Son vengativas, pero también justas. Tal como ha dicho Deimos, creo que has demostrado tu valía a sus ojos.

—Estupendo —murmuró él—. Una cosa menos de la que preocuparme. ¿Cuántas me quedan?

Meditó la respuesta un rato.

—Si contamos a tu hermano... veintitantas. Como poco.

El comentario no pareció hacerle gracia a Sin.

—Gracias por recordármelo.

Sin embargo y a pesar de que había sido un comentario sarcástico, tenía la sensación de que no estaba tan molesto como fingía.

—Lo siento.

Lo vio frotarse los ojos como si estuviera exhausto. Al menos unos segundos, porque acto seguido se puso alerta.

—¿Dónde están los demonios?

—Creo que los has matado a todos.

—Los míos no. Los tuyos. Las carontes. ¿Dónde se han metido?

Buena pregunta, pensó ella. Con todo ese caos se había olvidado de ellas.

—Con un poco de suerte no estarán comiéndose a nadie.

Aterrados por la posibilidad, se teletransportaron a la habitación de Simi y Xirena. Tardó un segundo en ver bien en la oscuridad.

Cuando lo consiguió, tuvo que contener una carcajada al verlas dormidas de tal forma que parecían haber sufrido un accidente aéreo. Simi tenía las piernas apoyadas en la pared, con el cuerpo retorcido y la cabeza y un brazo colgando por el borde del colchón. Xirena estaba bocabajo con la coronilla apoyada en el suelo, atravesada en la cama. Sus alas la cubrían a modo de manta.

Sin ladeó la cabeza con el ceño fruncido, como si intentara encontrar el sentido de sus posturas.

—¿Cómo pueden dormir así? ¿No se les va toda la sangre a la cabeza?

—No tengo ni idea —susurró ella al tiempo que lo empujaba hacia la puerta—. Pero será mejor que las dejemos dormir.

Sin atravesó la puerta sin abrirla, literalmente, y la obligó a hacer lo mismo. Un escalofrío la recorrió de la cabeza a los pies.

—Eso ha sido un poco raro.

—Sí, pero no me negarás que es divertido. Solía hacerlo en Halloween para asustar a los niños.

Soltó una carcajada al ver la expresión traviesa de su apuesto rostro.

—Eres malísimo.

—Nunca lo he negado. —Abrió la puerta de su ático y la invitó a pasar.

Kat sintió su fatiga y la preocupación por su hermano cuando la siguió y cerró la puerta detrás de ellos.

—Ya aparecerá.

—Sí, pero ¿cómo? Este asunto me da mala espina, Katra. ¿Cometimos un error al liberarlo?

Le colocó la mano en la cara para calmar parte de la culpa que lo consumía.

—Sin, sabes que no es así. No habrías sido capaz de dejarlo allí en esas condiciones.

Esos hermosos ojos dorados la miraron con expresión atormentada.

—Lo sé, pero...

—No le des más vueltas —susurró ella al tiempo que le besaba la mejilla, algo áspera por la barba.

Sin asintió con la cabeza mientras Kat se apartaba de él. Se sentía fatal. Y se sintió peor al verla llevarse una mano a la cabeza como si le doliera horrores una zona situada detrás del ojo izquierdo.

—¿Estás bien?

—No sé... de repente, me duele muchísimo la cabeza.

—¿Quieres una aspirina?

Le sonrió con dulzura, mirándolo con un solo ojo abierto.

—Ojalá funcionara. No. Creo que bastará con que me eche un rato.

La llevó al dormitorio y la ayudó a acostarse. ¿Qué le pasaría?, se preguntó.

—¿Mejor?

—No. Me siento fatal. Voy a vomitar.

Cogió la papelera de plástico del suelo y la sostuvo en alto.

Kat gimió al verlo.

—Es un detalle que un hombre te sostenga un cubo para que vomites.

—No te lo tomes a mal, pero si empiezas a vomitar, me van a necesitar abajo a la orden de ya... No lo dudes.

Kat lo fulminó con la mirada a pesar de que solo tenía un ojo abierto.

—Eso no es muy romántico.

—¿Perdona? ¿Me he perdido algo? ¿Qué tiene de romántico vomitar?

—Es el hecho de que un hombre se quede contigo mientras estás enferma. Que te sujete el pelo para que no te caiga sobre la cara... Eso es romántico.

—¿Puede saberse en qué universo paralelo vives? Porque en este lugar al que me gusta llamar realidad, eso es asqueroso. ¿Hay alguien en su sano juicio que diga que eso es romántico?

Kat consiguió abrir los dos ojos para taladrarlo con una mirada muy decepcionada.

—¿Vas a dejarme aquí sola mientras estoy enferma?

—Yo no he dicho eso —respondió él en un intento por defenderse—. En todo caso le diría a Damien que viniera a ver cómo estás.

—Pues vete —le dijo ella con el gesto torcido al tiempo que lo apartaba de un empujón—. Lárgate ahora mismo.

Sin no se apartó de la cama.

—Puedo quedarme. Ahora no estás vomitando.

Al ver que le daba una arcada, dio un paso hacia la puerta.

—Me estás tomando el pelo, ¿verdad? No ibas a vomitar.

Kat apoyó la cabeza en la almohada y cerró los ojos.

—Eres un gallina.

—¿Yo? Como si tú fueras a quedarte conmigo en caso de que me pusiera a vomitar. ¡Venga ya!

—Pues a lo mejor sí me quedaba.

Sin no la creyó.

—Claro, claro. ¿Por qué no bajamos, me pillo un colocón y ponemos a prueba tu teoría?

Kat se colocó una almohada contra la barriga.

—Eres odioso.

—Soy sincero. Créeme, nadie se acerca a una persona cuando la ve vomitar para preguntarle cómo está.

—Da lo mismo. Tú eres un Cazador Oscuro. Ni te pones enfermo ni puedes pillar un colocón.

No era cierto ni mucho menos, y ahí estaban las resacas para demostrarlo.

—Soy un dios depuesto a quien tu padre le dio un trabajo. Sí que me pongo enfermo y me emborracho, y ambas cosas me han pasado muchas veces.

Kat volvió a abrir los ojos para mirarlo con el ceño fruncido.

—¿Has estado enfermo?

—Sí. Al parecer perdí la inmunidad a los resfriados y a las gripes cuando tu madre me arrebató los poderes.

—¿Y no vinieron a ayudarte Damien o Kish?

—Me trajeron comida. Nada más.

Se le encogió el corazón al pensarlo.

—Lo siento mucho, Sin. Nadie debería estar solo cuando se encuentra mal.

—Bueno, todos salimos del paso como podemos, ¿no?

Eso suponía ella. Sin embargo, le parecía muy cruel. Una oleada de culpa la atravesó. Nadie debería sufrir a solas, sin nadie que se ocupara de sus necesidades. Le destrozaba el corazón pensar en Sin solo en la cama, sin nadie que le llevase comida ni le pusiera el termómetro.

Intentó tocarlo, pero de repente la habitación comenzó a dar vueltas y cayó de nuevo al colchón.

Sin la estrechó contra su cuerpo y soltó un taco al notar el calor que desprendía. Estaba ardiendo.

—¿Kat?

En vez de responder emitió un sonido extraño.

—¿Kat? ¿Estás bien? ¡Dime algo!

—No puede.

Cuando levantó la vista, vio a Zakar en la puerta.

—¿Dónde coño te has metido?

232

—Por ahí —replicó su hermano con tono hostil.

—¿Dónde es por ahí?

Lo vio encogerse de hombros como si nada.

—Tienes cosas más importantes de las que preocuparte que mi paradero.

—¿Cómo cuáles?

Zakar señaló a Kat con un gesto de la cabeza.

—A tu novia la ha mordido un gallu. Y ahora mismo se está transformando en uno de ellos.

14

Sin se quedó sin respiración mientras las bruscas palabras de su hermano resonaban en sus oídos. Miró a Kat, que seguía en la cama. Aunque estaba ardiendo por la fiebre, no había el menor indicio de que se estuviera transformando en un demonio.

—¿Cómo que se está transformando en un demonio? No la han mordido.

Zakar la señaló con la mano.

—Hazme caso. Conozco los síntomas. Se está transformando en uno de ellos.

Sin la abrazó, acunándola contra su pecho. Estaba inconsciente, aunque tenía los ojos entreabiertos y su cuerpo estaba laxo. Seguía tan guapa como siempre y su expresión era tranquila. Serena.

No se estaba transformando en un demonio. Se negaba a creerlo. Sus dientes no habían cambiado. Ni sus manos. Su aspecto era el de siempre.

Su hermano se equivocaba.

—Solo está enferma.

Zakar se echó a reír.

—¿Una diosa inmortal enferma? ¿Te has vuelto loco?

—Yo me he puesto enfermo a veces —afirmó a la defensiva—. Es posible que a ella también le pase.

—¿Lo dices en serio?

No, pero ansiaba creerlo con desesperación. Francamente no podía asimilar la idea de que Kat se estuviera transformando en un demonio al que tuviera que matar. La abrazó con más fuerza, temeroso de que su hermano tuviera razón.

—¿Qué hago?

—Matarla.

—¡Y una mierda!

La mirada de Zakar no mostró ni pizca de compasión.

—Lo sabes tan bien como yo. No hay cura para esto. No hay forma de detener el proceso. Una vez que la transformación se pone en marcha, la víctima cambia sin remedio. Lo único que puedes hacer es compadecerte de ella y matarla.

Se negaba a creerlo. La idea de matar a Kat...

No podía soportarlo. A pesar del poco tiempo que habían pasado juntos, se había convertido en algo muy importante para él.

—Tú eres inmune al veneno de esos demonios.

—¿Ah, sí?

Sin sintió un escalofrío en la espalda.

—Zakar...

Su hermano se echó a reír.

—Nanna, fuiste un imbécil al liberarme. —Y saltó sobre la cama para abalanzarse sobre él.

Sin soltó a Kat en el colchón y atrapó a Zakar antes de que cayera sobre él. Ambos acabaron estampados contra la pared. La apariencia de su hermano era normal, salvo por los dientes. La furia que lo invadió fue tal que sintió un estremecimiento.

—¿Quién coño eres?

—Tu hermano.

—No —dijo al tiempo que le asestaba un puñetazo en el mentón que lo arrojó al suelo. Ese no era Zakar, era otra cosa—. ¡Kytara! —gritó—. ¡Si me oyes, mueve el culo y ven aquí ahora mismo!

Zakar se levantó muy despacio y chasqueó la lengua mientras se limpiaba la sangre de los labios.

—Qué patético te has vuelto si tienes que llamar a una mujer para que te defienda.

—No va a defenderme —lo corrigió con gesto burlón—. Es

tu niñera. —Y golpeó a Zakar con una descarga astral que siguió alimentando para impedir que se levantara.

A pesar de que intentó ponerse en pie para huir, Zakar no lo consiguió. Sin lo mantuvo atrapado en el rincón de esa manera hasta que Kytara apareció.

Al ver que estaba atacando a su hermano, la skoti se alegró.

—Buen chico. Mata a ese cabrón.

Sin embargo, no quería matarlo. No podía hacerle eso a su propio hermano. Como mucho podía darle una buena paliza, siempre y cuando se la mereciera.

En cuanto vio que su hermano perdía el conocimiento después de asestarle una nueva descarga, liberó la energía. Se arrodilló a su lado y comprobó su pulso. Descubrió que era regular y fuerte. Satisfecho al saber que su hermano viviría, lo colocó en una postura más cómoda y lo tapó con una manta. Levantó la cabeza para mirar a Kytara, que estaba al lado de la cama.

—¿Sabes algo sobre la transformación en gallu?

Ella se encogió de hombros.

—No mucho, la verdad. Pertenezco a otro panteón, ¿recuerdas? ¿Por qué lo preguntas?

—Porque creo que uno de ellos ha mordido a Kat. —Se acercó a la cama y la vio tiritar con tanta fuerza que incluso le castañeteaban los dientes. No se despertó ni reaccionó al escucharlo—. Necesito que permanezcas aquí mientras voy en busca de ayuda.

Kytara se quedó blanca al comprender lo que le estaba pasando a Kat.

—No hay ayuda posible. Lo sabes.

Negó con la cabeza. No estaba dispuesto a dejarla morir. No de esa manera.

Y tampoco iba a matarla, cosa que sería peor. Seguro que había algo que podían hacer. Lo que fuera. Y estaba dispuesto a mover cielo y tierra para salvarla.

—Me niego a creerlo. —Cogió a Kat en brazos y se volvió para mirar a Kytara—. Vigila a Zakar. No le quites el ojo de encima. Y hagas lo que hagas, no lo mates.

Ella soltó un chillido indignado.

—¿Estás de coña? ¡Ni que fuera una niñera!

—No, no estoy de coña —le contestó con la mirada más hostil de la que fue capaz—. No quiero que mi hermano muera. Dijiste que estaba arruinado. Si solo es eso, podemos ayudarlo. Pero primero tengo que salvar a Kat.

—Es imposible, y lo sabes, Sin. Es una pérdida de tiempo además de una locura.

—Ya veremos. —Se detuvo un instante antes de marcharse—. Una cosa, Kytara, si mi hermano ha dejado de respirar cuando vuelva, los Óneiroi serán la menor de tus preocupaciones.

La skoti soltó un resoplido indignado.

Sin pasó de ella, cerró los ojos y, con Kat en brazos, se teletransportó al último lugar donde querría estar.

Kalosis.

Y, como era normal, se materializó delante de un caronte que lo miró como si fuera un entrecot de primera en una bandeja. Como no estaba de humor para tonterías, no le hizo ni caso.

—¡Apolimia! —gritó mientras enfilaba el largo y estrecho pasillo sin saber dónde encontrar a la diosa—. Te necesito.

La aludida se materializó frente a él con los brazos en jarras y echando chispas por los ojos.

Hasta que vio que llevaba a Kat en brazos.

Su expresión cambió al instante y se tornó preocupada mientras se apresuraba a colocar una mano en la frente de su nieta.

—¿Qué ha pasado?

Por algún motivo desconocido, la simple pregunta que salió de los labios de Apolimia le tocó la fibra sensible y las emociones que llevaba tanto tiempo reprimiendo lo desbordaron. Sintió un nudo en la garganta por culpa de la preocupación.

Más que preocupación, era miedo a perderla. La idea de que muriera...

Llevaba tanto tiempo sin sentirse de esa manera que le costó la misma vida seguir respirando. No podía perderla. No podía.

Tragó saliva haciendo un gran esfuerzo y susurró:

—Creo que le ha mordido un gallu y se está transformando en una de ellos. Necesito que la cures... por favor.

Los ojos de Apolimia se llenaron de lágrimas mientras lo miraba con una impotencia que lo atravesó como si fuera una llamarada.

—No puedo curar algo así.

La furia lo asaltó de repente.

—Te vi curarla cuando estaba herida. Sí que puedes arreglar esto. Lo sé.

La diosa negó sus palabras con la cabeza.

—Puedo curar heridas, pero esto... esto es una afección de la sangre que se extiende por todo su cuerpo. No puedo arreglarlo. Mis poderes no llegan a tanto.

Fue como si alguien acabara de darle un puñetazo, dejándolo sin aire en los pulmones. Movió a Kat entre sus brazos para acercarla y poder darle un beso en la frente, acalorada por la fiebre. El recuerdo de las carcajadas y de las caricias que habían compartido lo quemaba por dentro.

No podía ni pensar que jamás volvería a escuchar otro de sus ácidos comentarios.

Era imposible que las cosas acabaran así. No podía perderla por algo tan tonto como un mordisco que se les había escapado y, por tanto, no habían cauterizado. Si se encontraba en ese estado, era precisamente porque quería ayudarlo.

No, tenía que haber algo que pudiera hacer para salvarla.

Miró furioso a Apolimia mientras sentía el escozor de las lágrimas en los ojos.

—No permitiré que muera así, Apolimia. ¿Me oyes? Tiene que haber algún modo de salvarla. Lo que sea. No me digas que nuestros panteones son incapaces de dar con la solución.

Apolimia le acarició el pelo a su nieta con ternura.

—Es posible que su padre pueda hacer algo. Comprende la naturaleza demoníaca mejor que yo.

Sus palabras le provocaron un escalofrío. El último paradero conocido de Ash era la cama de Artemisa.

—¿Cómo dices?

Apolimia lo miró a los ojos.

—Tienes que llevarla al Olimpo. Apóstolos es el único que creo que podría dar con la cura para esto.

A título personal, preferiría que le sacaran los dos ojos antes que volver a poner un pie en el Olimpo. La última vez que se le ocurrió ir, le costó todo lo que tenía, incluyendo la dignidad.

Sin embargo, un vistazo al precioso rostro de Kat, donde se reflejaba el dolor que estaba padeciendo, le bastó para saber que estaba dispuesto a atravesar los fuegos del infierno para ayudarla.

—¿Dónde está exactamente?

—En el templo de Artemisa.

¡Cómo no!, pensó. ¿Dónde iba a estar Ash cuando él lo necesitaba? Era injusto. Claro que en esos momentos su pasado no importaba. Lo importante era Kat.

—Vale —murmuró—, pero no puedo ir yo solo. Artemisa me arrebató ese poder para evitar que algún día la matara.

—No caerá esa breva... —replicó Apolimia mientras le tocaba el hombro—. Haz que me enorgullezca de ti —susurró. Y después añadió en voz alta—: ¿Apóstolos?

La respuesta de Ash fue inmediata.

—¿Sí, *matisera*?

—Sin y Katra están aquí conmigo. Kat está enferma y te necesita, pero no puedo enviarlos a tu lado si no me ayudas.

Sin ni siquiera tuvo tiempo para parpadear antes de que de repente se descubriera en la terraza del templo de Artemisa.

La enorme puerta de doble hoja que tenía a su izquierda se abrió para dejar paso a Aquerón, vestido con unos pantalones de cuero negro y una larga túnica atlante de seda, llamada *foremasta,* que se agitaba en torno a sus pies al caminar.

—¿Qué le pasa?

Sin se acercó a él y se encontraron en el centro de la terraza.

—Le ha mordido un gallu.

Ash se quedó blanco.

—¿Dónde?

—No lo sé, no estoy seguro. Fuimos a una caverna para liberar a mi hermano y de repente aparecieron algunos y nos atacaron. No se me ocurre otro momento en el que pudiera suceder, pero no me dijo que la hubieran mordido. —La miró y se preguntó por qué no se lo había dicho—. Estaba bien hasta hace un rato. Me dijo que le dolía la cabeza y después empezó la fiebre. Pensaba que estaba enferma hasta que Zakar me dijo que se estaba transformando.

Aquerón se la quitó de los brazos y la llevó al interior del templo, donde la dejó en un diván blanco. La palidez de su piel bastó para que a Sin se le cayera el alma a los pies. Tenía los ojos vueltos, pero al menos ya no le castañeteaban los dientes. Claro que tampoco sabía si ese era un buen síntoma o no.

—¿Katra? —dijo Ash mientras se arrodillaba a su lado.

Al ver que no respondía, le colocó una mano en una mejilla.

En cuanto la tocó, Kat chilló e intentó morderle.

Ash se apartó de un respingo.

Sin soltó un taco al ver los cuatro colmillos afilados. Se estaba transformando de verdad. La idea de perderla fue una agonía. Sentía náuseas y ardía en deseos de matar a Kessar por lo que había hecho.

—Es demasiado tarde, ¿verdad?

Ash alzó la mirada al escuchar el dolor que destilaba la voz de Sin. Fue en ese momento cuando comprendió exactamente la relación que los unía, y le dio un vuelco el corazón. ¿Por qué si no iba a aparecer Sin en el templo de Artemisa y desaprovechar la oportunidad de matarla?

Podría haber dejado a Kat con Apolimia y volver a su casa, desentendiéndose del problema. En cambio, la había llevado al Olimpo, estaba contemplándola con mirada angustiada y la agonía de su voz era evidente.

Solo había una conclusión.

Sin era el amante de Katra.

Lo consumió la ira, pero supo que era demasiado tarde. Ya habían estado juntos. Lo presentía. Además, ni siquiera conocía a su hija, ¿cómo iba a ejercer de padre a esas alturas y a decirle que no debería haberse acostado con Sin? Ya era una mujer hecha y derecha.

Una mujer con un problema muy gordo.

Por desgracia, no podía sacarla de dicho problema solo. Para curarla necesitaba ayuda. Se incorporó y taladró a Sin con la mirada. Tenía que saber sin género de dudas la naturaleza de la relación que mantenían.

La vida de Katra dependía de ello.

—¿Qué significa Katra para ti?

La pregunta hizo que en el interior de Sin se alzara un muro. Ash prácticamente lo escuchó echar el cerrojo de sus emociones, pero no supo si lo hizo motivado por el recelo, por el miedo o por la culpa.

—¿Por qué me lo preguntas?

Apretó los dientes mientras le echaba un vistazo a su hija, que no paraba de retorcerse en el diván. Solo había un modo de salvarla, y la idea le destrozaba el corazón. Era lo último que le desearía a cualquier persona. Pero era la única forma de librarla del demonio que crecía en su interior.

—Tengo que vincularla a alguien.

Las palabras de Ash y su extraña actitud confundieron a Sin. Su reticencia a prestarle ayuda a Kat era evidente, pero no entendía el motivo. Si de él dependiera, removería cielo y tierra para proteger a los suyos. ¿A qué venía el disgusto de Ash?

—Vale. ¿Cuál es el problema?

Su turbulenta mirada plateada lo abrasó y lo atravesó como si pudiera llegar a lo más hondo de su alma. Cuando le habló, lo hizo con una voz cargada de emoción.

—Sin, escúchame. Tengo que sacarle el demonio... extrayéndole toda la sangre. Si de algo estoy seguro es de que el demonio no la abandonará hasta que le quede tan poca sangre que esté a punto de morir. La única forma de salvarla consiste en vincularla a otra persona, porque necesitará su sangre. En cuanto haya establecido el vínculo, necesitará a esa persona durante el resto de su vida para alimentarse de ella. Será un vampiro.

Titubeó al escucharlo. Quería asegurarse de entender lo que Ash le estaba diciendo.

—Pero no será una gallu.

—No. Seguirá siendo la misma... a menos que pase demasiado tiempo sin comer. En ese caso, se convertirá en un ser sin escrúpulos que se alimentará de cualquiera.

—¿Y a qué esperas?

Ash seguía teniendo dudas. Era obvio que no le gustaba la idea de vincularlos y él no entendió por qué hasta que lo escuchó decir:

—Este tipo de vínculos son muy sexuales. Kat es mi hija. Entenderás que no quiera vincularla a mi persona. Así que solo nos queda... —comentó antes de guardar silencio un instante—. Solo nos quedas... tú.

¿No podía haber mascullado la última palabra con más asco?, pensó.

Sin embargo, comprendía por qué Ash estaba tan mosqueado. Él se sentiría igual si estuvieran hablando de su hija.

—¿Estás ofreciéndome a tu hija?

Ash apartó la mirada al tiempo que aparecía un tic nervioso en su mentón.

—Condené a la muerte a mi mejor amigo por robarle la inocencia a la única hija que creía tener.

Cuando Ash miró a Katra de nuevo con los ojos llenos de lágrimas, el amor que sentía por su hija le provocó a Sin un nudo en la garganta y aumentó el respeto que sentía por él.

—Siempre intento aprender de mis errores —siguió Ash, después de carraspear—. No me gusta lo que has hecho, pero no voy a condenaros a muerte a ninguno de los dos por ello. Mis emociones ya han causado bastante daño a la gente a la que quiero. No obstante, antes de que te confíe la vida de mi hija, tengo que saber qué significa ella para ti.

Sin extendió los brazos con un gesto suplicante mientras admitía algo que ni siquiera había querido admitir para sus adentros. La cuestión era que no podía seguir negándolo.

—Estoy aquí delante de ti en el templo de mi peor enemiga y

ni siquiera he intentado matarla. ¿Qué crees que significa Katra para mí?

Ash correspondió a sus palabras asintiendo con la cabeza.

—Lo que voy a hacer no es el típico vínculo de sangre. Una vez que lo haga, no habrá forma de deshacerlo. ¿Seguro que lo entiendes?

Lo entendía a la perfección.

—Cueste lo que cueste, sálvala, Aquerón.

Ash pareció aliviado, pero la expresión desapareció tan rápido de sus ojos que Sin no supo si había sido de verdad o cosa de su imaginación.

—Sujétale las piernas —le dijo.

Se colocó a los pies de Kat y la sostuvo por los tobillos mientras que Ash la tomaba de las manos. En un abrir y cerrar de ojos, Aquerón se transformó. Ya no era humano. Tenía la piel veteada de azul, los labios negros y un par de cuernos. Sus ojos seguían siendo turbulentos, pero en esos momentos eran rojos y amarillos. Los colmillos le crecieron y sus dimensiones se tornaron letales.

En la vida había visto nada semejante.

—¿Qué eres?

Ash soltó una risotada.

—La muerte y la desgracia —respondió y con esas palabras se inclinó hacia delante y le mordió a Kat en el cuello.

Kat gritó y comenzó a forcejear para quitárselo de encima, pero Ash no se detuvo. Sin la mantuvo inmovilizada por los pies, sin hacerle daño, mientras observaba cómo Ash se apartaba de ella y escupía la sangre. En lugar de caer al suelo de mármol, se fue acumulando en una especie de jarra invisible por cuyas paredes se deslizó lentamente hasta llegar al fondo.

El gesto se repitió infinidad de veces, como si estuviera sacando gasolina de un coche. La sangre de la jarra invisible comenzó a coagularse hasta adoptar la forma de un furioso y diminuto demonio que intentó abalanzarse sobre Ash en vano. Parecía estar pegado al fondo de la jarra como una mosca en una tira adhesiva. Aunque no tenía cabeza, de alguna forma se las apañaba para gritar en una lengua desconocida mientras alzaba el puño y golpeaba la jarra exigiendo ser liberado.

Ash hizo oídos sordos a sus palabras.

Sin observó la piel azulada de las manos de Ash, con las que mantenía a Kat inmovilizada. Cada vez que se inclinaba sobre ella su pelo negro los cubría, pero eso no ocultaba el resplandor rojizo de sus ojos.

—Kat no va a volverse azul como tú, ¿verdad?

Esos ojos rojizos y aterradores lo miraron con furia. En comparación, los ojos plateados le parecieron mucho mejores.

—No tengo ni idea —contestó antes de seguir extrayéndole la sangre.

Observó el procedimiento con la esperanza de que a Kat no le resultara doloroso. La idea de que sufriera por su culpa le resultaba insoportable.

Una vez que el demonio estuvo totalmente formado en el interior de la jarra, Ash se sentó sobre los talones y se alejó de Kat, que hacía mucho rato que había dejado de moverse. En ese momento yacía serenamente sobre los almohadones blancos.

Sin contuvo el aliento, asustado. Estaba tan blanca... Su piel no tenía ni rastro de su habitual color, sino un tono grisáceo. Además, los labios se le estaban amoratando.

Estaba muriéndose.

—¿Aquerón? —lo llamó, odiándose por el miedo que escuchó en su voz.

Ash lo agarró de un brazo, que colocó sobre Kat.

—Posiblemente te atacará. No dejes que te quite demasiada sangre o te matará.

—¿Por qué tengo la impresión de que vas a irte?

—Tengo que encargarme del demonio gallu.

Aquerón utilizó una de sus enormes garras negras para hacerle un tajo en la muñeca. Siseó por el dolor mientras le colocaba el brazo sobre la boca de Kat, de modo que la sangre resbaló hasta sus labios. Tan pronto como la primera gota tocó sus dientes, ella abrió los ojos.

En ese instante le aferró el brazo con ambas manos y se llevó la muñeca a la boca para beber con avidez. Su aliento lo abrasaba, y el roce de su lengua le erizó la piel mientras se alimentaba de él con voracidad.

Aquerón ni siquiera los miró. Cogió la jarra con el demonio, que seguía chillando, y se desvaneció.

Sin estaba tan aliviado por la recuperación de Kat que solo atinaba a mirarla. Debería estar asqueado por lo que veía, pero su gratitud era tal que ni siquiera le importó. Si para salvarla tenía que desangrarse, estaba dispuesto a abrirse una vena cada vez que ella lo necesitara.

Al menos eso pensaba hasta que la vio soltarle la muñeca y se abalanzó sobre su cuello, donde le clavó los colmillos. Justo antes de que lo hiciera, percibió la expresión voraz de sus ojos. El dolor fue sustituido por una oleada de placer sensual que lo inundó al instante. Justo entonces comenzó a ver un millón de imágenes en su mente. Imágenes del pasado de Kat. De su niñez, de su adolescencia, de su vida de adulta.

Tardó solo un momento en darse cuenta de que eran sus recuerdos.

El flujo de imágenes se ralentizó un poco, de modo que llegó a escuchar retazos de conversaciones.

La vio en el jardín de Artemisa, riéndose con las otras doncellas. La vio en Grecia, en un barco con una chica llamada Gery con quien discutía en atlante. Después los recuerdos cambiaron y la vio un bar en Minnesota. Estaba bailando con una rubia.

Era tan raro estar en el interior de los recuerdos de otro que de pronto comprendió lo que ella debió de experimentar cuando vio sus sueños. Era una sensación irreal, un poco mareante, y tardó un rato en comprender cómo pasar de recuerdo en recuerdo.

Acunó su cabeza entre las manos y dejó que siguiera alimentándose mientras la veía de adolescente, en un dormitorio blanco y azul. Estaba sentada a una mesa blanca, leyendo un rollo de pergamino.

—¡Katra!

El impaciente grito de su madre la sobresaltó.

—¿Qué querrá ahora? —la escuchó murmurar entre dientes.

—Katra, por favor. Necesito que me ayudes.

Kat se teletransportó hasta el dormitorio de Artemisa. Y se quedó de piedra al ver...

A él en la cama, medio desnudo.

La imagen lo golpeó con tal fuerza que dio un respingo, asaltado por sus propios recuerdos del momento. Sin embargo y movido por la curiosidad, siguió observando lo sucedido a través de los ojos de Kat. Quería saber qué había pasado aquella noche.

Artemisa estaba histérica cuando obligó a Kat a entrar en el dormitorio. Tenía lágrimas en los ojos.

—Katra, tienes que ayudarme. Ha... ha entrado en mi dormitorio y ha intentado violarme.

La diosa estaba cubierta de sangre y con la túnica desgarrada. Por primera vez desde hacía siglos, Sin recordó el pasado que su mente había enterrado.

Recordó a Artemisa sonriéndole y tendiéndole un cáliz.

—Sí, lo de Ningal es vergonzoso. Esta noche la he visto con mi hermano en su templo. Te pone los cuernos a menudo, ¿verdad?

Sin se negó a contestar. Su relación con Ningal no era de la incumbencia de Artemisa y, además, era un tema muy doloroso.

—No quiero hablar de eso.

En parte llegó a sospechar que Artemisa había sacado el tema a colación con el fin de enfurecerlo y de que matara a su mujer para echarle a los ctónicos encima.

Sin embargo, la diosa lo sorprendió con su explicación.

—Tengo una proposición que hacerte, Sin. Tú resuelves mi problema y yo resuelvo el tuyo.

—¿Y cuál es mi problema?

La pregunta hizo que Artemisa arrugara la nariz con asco.

—No seas idiota. Todo el mundo sabe que tu mujer te la pega con el primero al que consigue meter en su cama. Que los hijos que has reconocido como tuyos en realidad no lo son. Que tu propio panteón te mira por encima del hombro, aunque controles la luna, el calendario y su fertilidad. No me imagino lo espantoso que debe de ser que todos se rían de ti, especialmente con el poder que ostentas.

Era mucho más complicado que eso. Por mucho poder que ostentara, sabía que la Estela del Destino podía dejarlo sin él. Y sin sus poderes, sería una presa fácil. Además, la lealtad hacia Zakar lo mantenía a raya. Si él moría, todos descubrirían que su hermano seguía vivo e irían también a por él.

Artemisa se inclinó en ese momento y le susurró al oído:

—¿Nunca has deseado vengarte de ellos?

Más de lo que nunca podrías imaginar, respondió para sus adentros.

Sin embargo, tenía las manos atadas y lo sabía. Mejor ser infeliz que ver cómo mataban a su hermano. Acababa de llegar a esa conclusión cuando comprendió que esa noche no quería estar donde estaba ni en la compañía con la que estaba.

Le parecía un error y sintió deseos de marcharse.

Soltó el cáliz.

—He cometido un error al venir.

Artemisa lo detuvo con una sonrisa como la que hacía siglos que ninguna diosa le dedicaba.

—No, cariño, no lo has hecho. Aquí es donde tienes que estar. —Y lo instó a entrar en su dormitorio—. Al igual que tú, yo también estoy cansada de estar sola todo el tiempo. —Le levantó las manos para besarle los nudillos mientras lo seducía con la mirada—. Quédate conmigo, Sin, y te convertiré en el próximo regente de los dioses.

—No necesito regir sobre nadie.

Artemisa se alejó en aquel momento para servirle más vino.

—Por supuesto que no. Pero piensa en los demás, inclinándose ante ti. Imagínatelos haciendo lo imposible para complacerte. ¿No sería fantástico? —Volvió a su lado y le acercó el cáliz a los labios—. Bebe, corazón. Te sentará bien.

Y apuró el contenido de un trago. Sin embargo, en cuanto se lo hubo bebido, la habitación comenzó a darle vueltas. Comprendió demasiado tarde que lo había drogado.

Intentó caminar, pero cayó de rodillas.

—¿Qué me has hecho?

La expresión de Artemisa se crispó.

—Quiero tus poderes, Sin. Los necesito.

—Zorra mentirosa —masculló, abalanzándose sobre ella.

Artemisa le dio una bofetada, pero él consiguió aferrarla y la arrojó al colchón con la intención de matarla. Sin embargo, perdió el conocimiento cuando comenzaba a estrangularla.

En ese momento se vio en aquella cama con la mirada de Kat. Artemisa tenía el cuello enrojecido después de su ataque. Pero él no le había desgarrado la túnica.

—Tienes que arrebatarle sus poderes, Katra —dijo la diosa, señalándolo con una mano—. Si no lo haces... —se interrumpió, presa de los sollozos—. Volverá en sí. Y que Zeus se apiade de mí si lo hace. Me matará en cuanto despierte. Lo sé.

—Pero *matisera...*

—¿¡Qué!? —la interrumpió con voz furiosa—. ¿Vas a dejar a tu madre indefensa ante un atacante? Míralo ahí despatarrado en mi cama, durmiendo tranquilamente como si esto no fuera con él. ¡Y ahora mírame a mí! Si no lo hubiera alcanzado con una descarga, me habría violado, me habría arrebatado mis poderes y me habría dejado indefensa como un bebé. ¿Quién crees que te protegería de los otros dioses si eso llegara a pasar? —Y comenzó a llorar entre histéricos hipidos.

Sin percibía el sufrimiento de Kat al ver a su madre tan herida y llorando de esa forma. Artemisa nunca lloraba y verla así le partía el corazón. Quería consolarla.

—*Matisera,* por favor, no llores.

—¿Cómo no voy a llorar? Mi hija no me quiere.

—Sí que te quiero.

—¡Pues demuéstramelo! ¡Dame sus poderes!

Sin percibió la indecisión de Kat mientras se acercaba a la cama y le tocaba un brazo. Nada más tocarlo, la asaltó la cólera que albergaba en su interior y apartó la mano al instante.

—Quiere verte muerta.

—¡Ya te lo he dicho! Si sigue siendo un dios cuando despierte, ya no podrás contar conmigo para protegerte.

248

Kat estaba aterrorizada. Su madre lo era todo para ella. La idea de perderla le resultaba inconcebible.

—No permitiré que nadie te haga daño, *matisera*. Te lo prometo.

Y así se acercó de nuevo a él a regañadientes al tiempo que extendía un brazo para que su madre la tomara de la mano.

Artemisa se acercó a la cama y aferró la mano de su hija. Kat le colocó a él la mano libre en el pecho y cerró los ojos.

Sin jadeó al sentir cómo sus poderes pasaban de su cuerpo al de Kat y de este al de Artemisa. Cada latido de su corazón lo debilitaba mientras que Artemisa se hacía más fuerte.

La verdad lo dejó consumido por la ira y la traición. Artemisa no le había arrebatado sus poderes.

Fue Kat.

Fue ella quien lo cubrió con la *diktion* para que su madre pudiera arrojar su cuerpo a...

No quería recordarlo. La herida seguía estando abierta pese a los siglos transcurridos. La humillación era demasiado grande. ¡Y las dos eran culpables!

Incapaz de respirar, abrió los ojos y miró a Kat, que seguía alimentándose. La apartó de su cuello y soltó un taco.

Kat se sentía un poco aturdida cuando alzó la vista para mirar a Sin y descubrió la expresión furiosa de su rostro. Daba igual. La sed de sangre estaba convirtiéndose en algo muy distinto.

Sentía el cuerpo en llamas y lo necesitaba. No podía resistir el impulso. Tenía que poseerlo.

¡En ese mismo momento!

Se levantó del diván y caminó despacio hacia él.

—No me toques —masculló Sin, apartándola.

Kat lo abrazó e intentó acercarlo de nuevo a sus labios, extrañada por la ira que irradiaba.

—Sin, te necesito.

Él se zafó de sus manos y se alejó unos metros.

—Me traicionaste.

Volvió a acercarse a él para enterrarle la cara en el cuello y aspirar el olor de su piel... y de su sangre.

—Sin —susurró sobre su piel al tiempo que le daba un lametón.

Él la alejó de un empujón.

—Me has traicionado. ¿Por qué no me has dicho que fuiste tú quien me arrebató los poderes?

Kat intentaba comprender sus palabras, pero era incapaz de seguir el hilo de una conversación. Olía su sangre, la saboreaba... y el deseo estaba consumiéndola.

Sin intentó marcharse, pero comprendió que no tenía el poder necesario para abandonar el Olimpo.

—Suéltame, Katra. Ahora mismo.

Lo dijo en vano, porque volvió a perseguirlo.

De modo que la agarró por los hombros para mantenerla apartada. Había confiado en ella como en ninguna otra persona desde hacía siglos. Había bajado la guardia a su lado. ¿Y para qué? ¿Para descubrir que le había ocultado algo así? ¿Que lo había engañado y había permitido que siguiera culpando a Artemisa por algo que no había hecho?

¿Cuántas veces le había dicho ella que no podía devolverle sus poderes? ¡Era mentira! Deseó mandarla a la mierda. Se sentía como un imbécil.

—Ahora mismo no soporto que me toques. ¿Lo entiendes? Arruinaste mi vida y no has tenido la decencia de decírmelo, aunque sabías que yo culpaba a Artemisa.

—Lo siento.

—¿Que lo sientes? —No acababa de creer que le fuera con esas—. ¿Eso es lo único que vas a decirme? «Lo siento» no arregla lo que hiciste. Ni por asomo. Toda mi familia está muerta por tu culpa, salvo mi hermano gemelo que ha pasado siglos torturado por esos demonios. Y ahora se ha convertido en uno de ellos. Confié en ti, vine a casa de mi peor enemiga para salvarte la vida y ¿para qué? Para descubrir que eres una mierda, como todos los demás. Para descubrir que la persona con la que bajo la guardia y a la que le permito cubrirme las espaldas es la que más daño me ha hecho de todas. Te odio por lo que has hecho. Me hiciste pensar que podía volver a confiar en alguien y, cuando por fin lo hago, me has jodido vivo.

Kat se apartó de él, espabilada por su diatriba.

—No quería hacerte daño.

—¿Ah, no? ¿Creías que iba a despertarme sin poderes y a darte las gracias por los servicios? Y cuando me seguiste hasta Nueva York ¿qué? ¿Se te ha olvidado? Me parece que eso es lo que has intentado siempre, hacerme daño. —La recorrió de arriba abajo con una mirada fría y furiosa—. Felicidades, Kat. Has rematado la faena.

Kat extendió un brazo, pero él se apartó.

—¡Aquerón! —gritó.

Ash apareció frente a él de inmediato. Ya no estaba azul y su apariencia volvía a ser la de siempre, por lo que se sintió agradecido.

—Envíame a mi ático ahora mismo.

La mirada extrañada de Ash pasó de Sin a Katra.

—Todavía no ha acabado de alimentarse.

Sin lo miró echando chispas por los ojos.

—Me da igual.

Ash se tensó.

—Eso no es lo que me dijiste.

—Sí, bueno, he descubierto algunas cosas sobre ella.

—¿Como por ejemplo?

Sin miró a Kat, que lo observaba con lágrimas en los ojos. Unas horas antes sus lágrimas le habrían importado. Pero en ese momento no quería volver a verla en la vida y si sufría... ¡que le dieran!

—Me robó mi divinidad y le dio mis poderes a su madre.

Ash volvió la cabeza con brusquedad para mirar a Kat, que había clavado la vista en el suelo.

—¿Que hizo qué?

—Ya me has oído y no tienes la menor idea de lo que duele una traición así.

Ash soltó una amarga carcajada.

—Joder, Sin. No tienes ni idea de lo que es una traición, te lo digo yo. Lo que Katra te ha hecho ni siquiera entra en mi escala personal de sufrimiento. —Se acercó despacio a ella, que dio un respingo al verlo cerca—. ¿Eres una transmisora?

Kat asintió con la cabeza.

—Pensé que quería hacerle daño. Solo intentaba proteger a mi madre.

Sin respetaba sus motivos, pero eso no cambiaba las cosas ni lo que le había arrebatado.

—Yo era inocente —le recordó.

Kat levantó la cabeza y vio que las lágrimas relucían en sus ojos verdes.

—Eso lo sé ahora. ¿Cómo crees que me siento cada vez que te miro, sabiendo lo que te hice y lo que te costó? ¿Crees que esto ha sido fácil para mí?

—En ese caso, devuélveme mis poderes.

Al ver que una solitaria lágrima resbalaba por la mejilla de Kat, Sin descubrió muy a su pesar que le dolía verla llorar. Claro que ¿cuántas lágrimas había derramado él por su culpa? No, no iba a permitir que la compasión lo ablandara.

—¿Crees que no te los devolvería si pudiera? Mi madre sabe qué hacer para bloquearme. Los únicos poderes que podría darte son los míos.

La información hizo que Sin enarcara una ceja.

—No —dijo ella con rotundidad—. Aquerón, dile que no puedo.

—Estoy segurísimo de que te ha oído.

Sin meneó la cabeza, cada vez más furioso.

—Ash, quiero irme a casa. Es lo menos que puedes hacer.

Ash se sentía dividido entre la lealtad hacia un amigo y la lealtad hacia una hija que no conocía. Sin embargo, sabía que lo mejor que podía hacer era alejar a Sin de Katra por un tiempo. Ambos necesitaban tranquilizarse.

Aunque antes tenía que recordarle a Sin el trato al que habían llegado.

—Me dijiste que estabas dispuesto a hacer cualquier cosa para salvarla. Que su vida era lo único que te importaba en el mundo.

—Eso fue antes de descubrir que fue ella quien me traicionó. Eso no se lo podré perdonar jamás.

El orgullo antecede a la caída, pensó Ash.

—Llévalo a casa —susurró Kat.

Confundido por su reacción, Ash la miró.

—¿Estás segura?

Ella asintió con la cabeza.

—No lo quiero aquí.

Bueno, eso zanjaba el asunto. Si lo quería fuera de su vista...

Antes de acercarse a ella, envió a Sin a su ático.

—No has acabado de alimentarte.

—Sobreviviré.

—Sí, pero cuanto más tiempo pases sin alimentarte, más amoral te volverás. Y al final serás como un gallu... pero peor.

Lo miró con esos ojos de expresión sabia e inocente a la vez.

—¿Por eso toleras a Artemisa?

Él asintió con la cabeza. No hacía falta ocultarle algo así a Katra cuando era tan obvio.

No obstante, su relación con su madre no era la que le importaba en ese momento.

—Katra, Sin te quiere. Deberías haber visto su cara cuando te trajo. Estaba aterrorizado por la posibilidad de perderte.

Kat se limpió la lágrima que había resbalado por su mejilla.

—Eso tampoco me sirve de mucho, porque fui yo quien metió la pata.

Tiró de ella para abrazarla y aplacar en parte el dolor que sentía.

—No sé si sabes que lo más sorprendente de los corazones es su inmensa capacidad de perdón. Te sorprendería saber lo que la gente es capaz de pasar por alto cuando ama a alguien.

Kat lo abrazó por la cintura y apoyó la cabeza en su pecho.

—¿Has perdonado a Nick por haberse acostado con Simi?

Ash se desentendió del dolor agudo que le provocó la pregunta. Seguía sin aceptarlo, pero había superado el asunto.

—Sí.

—Pero él no te ha perdonado.

No. Y no estaba seguro de que Nick llegara a perdonarle algún día la muerte de su madre. Sin embargo, prefería que su antiguo amigo lo culpara a que intentara vivir con la culpa de haber contribuido a su muerte. Que los dioses lo ayudaran si alguna vez intentaba llevar ese peso sobre los hombros, porque acabaría con él.

—No tengo control sobre los sentimientos de Nick.

Kat tragó saliva antes de decir con un hilo de voz:

—¿Y qué hay de mamá? ¿La has perdonado por lo que te ha hecho?

La pregunta lo hizo inspirar hondo. Porque tocaba una fibra excesivamente sensible.

—Eso es un poco más complicado, Katra. No estamos hablando de un error puntual que perdonar. Cada vez que creo que he superado su última traición, descubro una nueva. Como por ejemplo, haberme ocultado tu existencia.

Kat se apartó de él para mirarlo.

—Pero tú la quieres, ¿no?

No contestó. No podía.

—¿Papá?

—No puedo contestar una pregunta si no sé la respuesta —afirmó con una sonrisa hueca—. El odio que siento por Artemisa no sería tal si no la hubiera amado antes. Así que, si dejo de odiarla, ¿seguirá ahí el amor? La verdad es que no tengo ni idea. —Le apartó el pelo de la cara y le acarició las mejillas con las palmas de las manos. Quería darle el regalo que le habría gustado que alguien le diera a Artemisa. Katra necesitaba comprender la encrucijada en la que se encontraba—. Lo que sí sé, Katra, es que podría haberle perdonado la primera traición, a pesar de lo dolorosa que fue, si me hubiera pedido perdón de verdad. Si me hubiera prometido que jamás volvería a hacerme daño, habría dado mi vida por ella. En cambio, se dejó llevar por el orgullo. Estaba más interesada en castigarme por la supuesta humillación que había sufrido que en el futuro que podríamos haber tenido juntos.

Kat lo miró con el ceño fruncido.

—¿Qué quieres decir?

—Katra, vi la cara de Sin cuando llegó a suplicarme por tu vida. Nadie hace algo así si no quiere mucho a la otra persona. Todavía estás a tiempo. Puede perdonarte.

—Pero su pasado...

—Es doloroso, razón por la que este tipo de cosas lo afectan tanto. Pero precisamente por eso te necesita.

Kat contuvo la respiración al escuchar que su padre le decía justo lo que quería oír. Aunque no sabía si creerlo o no.

—¿Estás seguro?

—Confía en mí, cariño. Todo el mundo desea tener a alguien a quien abrazar y a quien querer. Alguien que esté ahí cuando las cosas se desmoronan. Sin no es una excepción.

Kat notó el escozor de las lágrimas en los ojos al darse cuenta de que su padre hablaba por experiencia y desde su propio sufrimiento. Estaba intentando ayudarla, evitarle los siglos de angustia que él había sufrido.

—Te quiero, papá.

Ash la cogió de la mano y la besó con ternura en la mejilla.

—Si quieres a Sin aunque sea un poco, no lo dejes en la oscuridad. No es justo enseñarle a alguien el sol para sumirlo en la oscuridad más absoluta al poco tiempo. Hasta el diablo puede llorar si echa un vistazo por el infierno y se da cuenta de que está solo.

Kat asintió con la cabeza y le dio un apretón en la mano.

—Gracias, papá. Espero que Sin me escuche.

Ash esbozó una sonrisa torcida.

—Si no lo hace, ya sabes dónde guarda Artemisa las redes.

Kat jadeó al escucharlo.

—No creo que eso me ayudara precisamente.

—No, pero lo mantendría a raya.

—Voy a intentarlo —dijo ella, soltando la mano de Ash y apartándose de él.

—No, nena. Intentarlo es de tontos. —Su mirada la atravesó—. Tú vas a conseguirlo.

La confianza y la sabiduría que demostraba hicieron que sonriera.

—Deséame suerte.

—No, mejor te deseo que seas feliz.

El amor por su padre la inundó al tiempo que asentía con la

cabeza, tras lo cual se teletransportó del Olimpo al ático de Sin.

Nada más materializarse, algo la golpeó con fuerza. Jadeó al darse un costalazo contra el suelo. Se movió e intentó quitarse el peso de encima.

En ese momento fue cuando comprendió lo que la había tirado de espaldas.

Era Sin, y estaba sangrando muchísimo.

15

Kat intentó salir de debajo de Sin, pero él se lo impidió.

—No te muevas —le susurró al oído entre dientes antes de apartarse y levantarse de un salto para enfrentarse a lo que fuera que lo hubiera tirado contra ella.

Seguramente debería hacerle caso..., pensó ella.

Sin embargo, no tenía por costumbre hacerle caso a nadie. De modo que se levantó. Y al instante deseó haberlo obedecido.

Kessar estaba en la habitación con otros seis demonios. Eso bastó para que se le helara la sangre en las venas. Pero lo peor no era eso, sino que volvían a tener a Zakar encadenado y, para colmo, Kytara estaba muerta en el suelo a escasa distancia.

Se le llenaron los ojos de lágrimas mientras contemplaba el cuerpo sin vida de su amiga. Daba la sensación de que hubieran intentado despedazarla. Literalmente. La dantesca escena que tenía delante y el dolor que sentía le provocaron una arcada. ¿Cómo habían podido hacer algo así?

Sin estaba de pie, intentando luchar contra los demonios... Pero no podía, sus esfuerzos se quedaban en eso: en el intento. Saltaba a la vista que algo le pasaba a sus poderes.

Furiosa por lo que habían hecho, intentó lanzarle una descarga astral a Kessar, pero en ese momento se dio cuenta de lo que le pasaba a Sin. Porque ella tampoco tenía sus poderes. Algo los anulaba.

—Tiene la Estela —masculló Sin al tiempo que hacía chocar a dos demonios.

Vale, eso lo explica todo, pensó, pero no le servía de nada. La Estela les estaba robando los poderes. Genial. Estupendo. Con razón los demonios habían podido atrapar a Zakar y matar a Kytara.

Kessar soltó una carcajada antes de echar a andar hacia ella con paso decidido y letal.

Para su más absoluta sorpresa, Sin se interpuso entre ellos. Kessar le lanzó un puñetazo, pero Sin lo esquivó de un salto y lo golpeó en el pecho con fuerza. No obstante, el demonio ni se inmutó y sorprendentemente le dio una patada tan fuerte que lo levantó del suelo.

—¡Simi! —gritó ella a todo pulmón. Era hora de acabar con todo aquello.

Simi y Xirena aparecieron al instante.

—¿Qué pasa? —preguntó Simi, pero luego vio a los gallu.

Simi y Xirena adoptaron su forma demoníaca al punto. Al verlas, Kat retrocedió un paso... Era la primera vez que veía a Simi en su forma demoníaca. Tenía la piel de un rojo sangre y los labios, el pelo, las alas y las garras de color negro. Vio cómo se abalanzaba sobre el gallu que tenía más cerca y lo degollaba de un zarpazo.

Volvió la cara para no ver la espantosa escena.

Kessar apuntó a Simi con la Estela y comenzó a murmurar en sumerio.

Xirena se echó a reír.

—No somos dioses, gilipollas. Somos demonios. Esa cosa no nos afecta. —Se fue a por él.

Kessar se apartó, cogió la cadena que ataba a Zakar y se desvaneció llevándoselo con él.

—¡No! —gritó Sin, que intentó sin éxito darles alcance antes de que desaparecieran.

Y no tenía sus poderes para seguirlos.

Kat sintió en sus carnes el dolor que vio en el rostro de Sin cuando la miró mientras Simi y Xirena terminaban con los demonios que se estaban «comiendo». Nunca había visto a un hombre más destrozado.

—Lo siento —murmuró.

Su semblante siguió siendo despiadado mientras se acercaba a ella. En sus ojos solo se veía una inmensa agonía.

—Parece que no sabes decir otra cosa.

—Pero lo digo de todo corazón.

La miró con una mueca burlona.

—La sinceridad no nos sirve de mucha ayuda, ¿no te parece?

No, no lo hace, ni tampoco va a devolverle la vida a Kytara, pensó ella. ¿Cómo habían conseguido matarla? No tenía sentido.

—¿Qué ha pasado?

Lo escuchó suspirar con cansancio al tiempo que se limpiaba la sangre que tenía en la ceja izquierda.

—Cuando regresé, Kessar ya tenía encadenado a Zakar y sostenía la Estela en la mano. —Señaló a Kytara—. Debió de usar la Estela para quitarle los poderes. Ya estaba muerta cuando llegué.

—¿Cómo ha conseguido la Estela?

—No tengo ni zorra idea. La guardaba en mi cámara de seguridad.

Aquello era espantoso. Se tapó los ojos con una mano, presa de la culpa y del dolor. Todo era culpa suya. Todo.

De no ser por ella, Sin aún tendría sus poderes divinos y el mundo no estaría en peligro.

Kytara seguiría viva...

¿Cómo podía empezar a reparar siquiera todo el daño que había hecho? Todo estaba desmoronándose porque ella tomó una decisión equivocada siglos atrás. Se le cayó el alma a los pies al intentar imaginarse qué pasaría cuando las Dimme atacaran.

—Estamos perdidos, ¿verdad?

—Sí —respondió él con voz grave—, estamos perdidos. Si te quedan cosas por hacer antes de que llegue el día de la aniquilación, te sugiero que las hagas ya.

Todavía en forma demoníaca, Simi se acercó a ellos encantadísima de la vida.

—¿Puedo comerme a la zorra odiosa?

—Me temo que la única zorra odiosa que anda por aquí soy yo —susurró ella, resignada.

Simi negó con la cabeza.

—Akra Kat no es una zorra. Siempre es buena con Simi.

—Pero no fui buena con Sin. —Se acercó a él muy despacio, esperando que comprendiera hasta qué punto se sentía culpable—. Sé que no me crees, pero siento muchísimo todo esto. Más de lo que te imaginas.

La expresión de Sin era fría.

—Bonitas palabras, pero no cambian nada, ¿o sí? —Se acercó al cuerpo de Kytara, le cerró los ojos y la cubrió con una manta—. Creo que deberías llevar su cuerpo al Olimpo. Es lo menos que podemos hacer por ella.

Eso la desconcertó.

—¿No tenemos que quemarla?

Lo vio menear la cabeza.

—No. Se han limitado a matarla. No he visto marcas de mordiscos. Supongo que no querían convertirla.

No terminaba de creérselo, dado que Kessar y sus secuaces parecían empeñados en convertir a todo aquel que se pusiera a su alcance. Seguro que un dios onírico habría sido un gran fichaje. Claro que los actos de ese demonio no tenían el menor sentido.

¿Cómo se han podido torcer tanto las cosas?, se preguntó.

Frunció el ceño al ver que Simi y Xirena retomaban su forma más humana y suspiró.

—¿Por qué no llamaste a Simi y a Xirena en cuanto viste a los gallu?

—Bueno, no sé, posiblemente no me acordé de ellas porque me teletransporté en mitad de una pelea e intenté liberar a mi hermano mientras esperaba que Kytara estuviera herida y no muerta. Siento mucho haber estado tan ocupado intentando que no me mataran como para pensar en los demonios que estaban al otro lado del pasillo.

Kat se mordió la lengua para no soltarle una fresca. Sin estaba sufriendo. La situación no era fácil para ninguno de ellos, y añadir otro comentario sarcástico solo conseguiría alejarlo más de ella.

—¿Hemos perdido los poderes para siempre?

—No. A menos que tengan un transmisor —dijo, lanzándole una mirada elocuente— que nos deje secos. Recuperaremos los poderes. Creo que ese capullo está jugando con nosotros.

Ella no era de la misma opinión.

—No, creo que les tenía miedo a Simi y a Xirena.

—Porque le podían arrancar el corazón y, tal como acabamos de enterarnos, son inmunes a la Estela.

—Lo que nos da ventaja.

—Siempre que no sean muchos, sí. Pero en cuanto abran la puerta y dejen salir a toda la *troupe,* nuestros carontes estarán muertos.

Xirena puso los ojos como platos.

—Esto... No me gusta la muerte. La muerte es mala.

Simi asintió la cabeza para darle la razón.

—El akri de Simi se pondría muy triste si Simi muriera. Y a Simi tampoco le haría gracia.

—Ni a mí —les aseguró ella—. No os preocupéis. No dejaremos que os coman.

Sin plegó el sofá. Sus ademanes distraídos pusieron de manifiesto que estaba buscando una solución. Al cabo de un rato la miró a los ojos.

—¿Alguna posibilidad de que tu abuelita deje sueltos a algunos demonios más?

—No lo sé. Demasiados carontes fuera de Kalosis sin Apolimia para controlarlos sería lo mismo que tener a los gallu campando a sus anchas. Creo que solo cambiaríamos la naturaleza del destructor de la raza humana.

—Cómo no —gruñó Sin—. Ahora tienen a la Luna Abandonada y la Estela que encontré para ellos y nosotros no tenemos poderes mientras siga en su poder. Si los atacamos, nos dejarán secos. Casi es mejor pegarme un tiro y acabar con el sufrimiento antes de que me conviertan.

El arranque melodramático hizo que Kat pusiera los ojos en blanco.

—No tires la toalla todavía. La lucha no se acaba hasta que liberen a las Dimme, ¿no?

Lo oyó resoplar.

—Perdona que no tenga muchos ánimos y esperanzas en este preciso momento. Al fin y al cabo, la persona en quien creía que podía confiar fue quien me dio la peor puñalada.

Tuvo que cerrar los puños para no abofetearlo. Su primer impulso fue responderle en consecuencia. Pero conforme abría la boca para replicarle, recordó las palabras de Aquerón:

«Lo que sí sé, Katra, es que podría haberle perdonado la primera traición, a pesar de lo dolorosa que fue, si me hubiera pedido perdón de verdad. Si me hubiera prometido que jamás volvería a hacerme daño, habría dado mi vida por ella. En cambio, se dejó llevar por el orgullo. Estaba más interesada en castigarme por la supuesta humillación que había sufrido que en el futuro que podríamos haber tenido juntos».

Esas palabras le hicieron morderse la lengua. No quería cometer el mismo error que su madre. Había cometido una injusticia con Sin y los dos lo sabían.

Inspiró hondo para armarse de paciencia y se giró hacia Simi.

—¿Simi? —dijo en voz baja—. ¿Podrías llevar el cuerpo de Kytara al Olimpo? Entrégaselo a M'Adoc.

Simi asintió con la cabeza antes de darle un abrazo.

—No estés triste, akra Kat. Simi y Xirena se comerán a todos los demonios gallu y arreglarán las cosas. Ya lo verás.

Le sonrió a las dos.

—Sé que lo haréis, Simi. Gracias.

Cuando Simi se acercó para recoger el cuerpo de Kytara, Xirena se quedó sin saber qué hacer.

—Te espero en nuestra habitación —dijo el demonio antes de desvanecerse un segundo antes de que Simi lo hiciera.

Sin se acercó al mueble bar para servirse una copa.

—¿Por qué no te vas con ellas? No hace falta que te quedes.

Lo siguió al otro lado de la barra.

—No te vas a librar de mí tan fácilmente.

Sin dejó el vaso en la barra con un golpe tan fuerte que estuvo a punto de romperlo.

—No me presiones, Kat. Estoy tan enfadado contigo ahora

mismo que la única emoción que la supera es mi deseo de matar a Kessar. Como no puedo ponerle las manos encima, es posible que me conforme contigo. —Se llenó el vaso hasta arriba.

—Solo quiero hacerte comprender cuánto siento lo que os hice a ti y a tu familia. Si bastara con ponerme un cilicio para compensarte, lo haría. Todos los dioses habidos y por haber saben que me encantaría poder retroceder en el tiempo y devolverte tus poderes. Te los mereces. Pero no puedo hacerlo. —Vio que Sin hacía ademán de marcharse, pero no estaba dispuesta a que se fuera sin más. Furiosa por su desdén, lo obligó a darse la vuelta y lo besó—. Te quiero, Sin. Solo quería que lo supieras.

Sin se quedó de piedra tanto por sus gestos como por su declaración. No podía moverse. Solo atinaba a contemplar la expresión tierna de su cara. La sinceridad. No obstante y al mismo tiempo, escuchó las risas y las burlas de su esposa en la cabeza: «Eres incompetente como dios, como amante, como hombre...».

Lo único que siempre se le había dado bien era matar. Sin embargo, Kat le hacía sentir que tenía más habilidades. Lo hacía sentirse importante. Lo hacía sentirse valorado.

Y eso fue lo que hizo añicos su reticencia.

—Conseguiremos ganar esta batalla y también salvaremos a tu hermano —dijo ella al tiempo que le colocaba una mano en la mejilla—. Te lo prometo. Nunca más te volveré a hacer daño. Jamás te traicionaré. Te lo juro por mi vida, pasada y futura. Puedes confiar en mí, Sin.

Tragó saliva cuando las emociones amenazaron con desbordarlo. Quería alejarse de ella, pero no podía. Ya era demasiado tarde para eso.

—No me decepciones, Kat. No creo que pueda recuperarme si lo haces.

A Kat se le llenaron los ojos de lágrimas al escuchar esas palabras. No le había dicho que la quería, pero era un buen comienzo. No se había reído de ella ni la había echado del ático.

Le había dado la promesa de una relación. La oportunidad de recuperar la confianza que se había visto truncada. No podía esperar nada más.

—Te doy mi palabra, Sin.

Sin agachó la cabeza para darle un delicadísimo beso en los labios. A pesar de todo, le provocó un escalofrío y la excitó, de modo que enterró los dedos en su pelo y lo mantuvo cerca para poder acariciarle la mejilla con la suya. El olor de su piel la puso a mil. Llevaba toda la vida esperando esa cercanía. Era maravilloso tenerlo entre sus brazos.

No quería ser como su madre. No quería perderlo. No quería vivir con el recuerdo de lo que habían tenido a sabiendas de que lo había perdido por su propia estupidez.

Por primera vez en su vida, veía con claridad meridiana la relación de Artemisa con su padre. Era una tragedia que no quería repetir.

Acarició un mechón de su pelo entre los dedos al darse cuenta de lo mucho que lo quería. No solo deseaba su cuerpo, que estaba para comérselo, sino al hombre que era.

—Vamos a ganar esta batalla.

—Cuando te escucho decirlo casi me lo creo.

Se apartó de él con una sonrisa.

—Bueno, ¿qué hay que hacer?

Lo vio tomar una honda bocanada de aire antes de responder:

—Primero: no morir. Segundo: no dejar que nos muerdan.

—¿Y qué más? —Esperaba que hubiera algo más.

—Darles una paliza —contestó él sin más.

—Buen plan. Un poco parco en detalles.

—Ahora que lo dices... —replicó él con una sonrisa perversa.

Soltó una carcajada al ver su actitud juguetona que sería contagiosa de no ser por que sus vidas pendían de un hilo.

—He llegado a la conclusión de que los detalles no son malos en situaciones como esta. Que sepas que los planes pueden ser tus amigos.

—¿De verdad? Pues yo creo que los grandes planes siempre son un estorbo. Es mejor tomárselo con calma e improvisar sobre la marcha.

—Así que «tomárselo con calma»... —repitió ella al tiempo

que cogía el vaso y lo apuraba de un trago—. ¿Así es como piensas enfrentarte a esto?

Se apartó de ella con un suspiro y su rostro perdió todo rastro de buen humor.

—No. Tenemos una bomba a punto de explotar entre las manos y mucho que hacer. El primer paso es...

—Liberar a tu hermano.

Lo vio negar con la cabeza.

—Primero tenemos que hacernos con la Estela.

—¿Vas a dejar a Zakar en sus manos?

Lo vio dar un respingo como si la mera idea lo asqueara.

—No es lo que preferiría, pero ahora que saben que podemos llegar hasta él, lo estarán vigilando con más celo que antes. Y si tienen la Estela cuando vayamos a buscarlo...

—La paliza nos la llevaremos nosotros.

—Tú lo has dicho. Tenemos que recuperar la Estela. La pregunta es cómo.

Meditó la respuesta un instante. No podían plantarse allí y exigir que se la devolvieran. Ni siquiera sabían dónde estaba. Necesitaban a un infiltrado.

—¿Tiene Kessar alguna debilidad? —preguntó ella.

—Ninguna que yo conozca.

¿Por qué no le sorprendía? Sencillo, porque de haber conocido alguna debilidad, a esas alturas ya la habría explotado.

—En fin, es posible que conozca a alguien que pueda averiguarlo. Ahora vuelvo.

Sin la miró con el ceño fruncido.

—¿Adónde vas?

—A la Isla del Retiro. Quédate aquí y descansa, que yo vuelvo enseguida.

—¿Seguro que no quieres que te acompañe? —Daba la sensación de que tenía miedo por ella.

—Sí. Tengo que hacerlo sola.

—Ten cuidado.

Conmovida por su preocupación, asintió con la cabeza antes de intentar teletransportarse. No llegó muy lejos.

—Es por la Estela —le recordó Sin cuando ella soltó un gruñido frustrado—. Sigues sin poderes.

El gruñido se convirtió en un grito.

—Esto es un poco frustrante.

Sin se colocó detrás de ella, que cerró los ojos al sentir el calor de su cuerpo. Tenía algo que siempre conseguía excitarla. Su olor, su presencia... Él en conjunto le provocaba una poderosa oleada de deseo. Acto seguido, la aferró por las caderas e inclinó la cabeza para susurrarle al oído. En cuanto escuchó las melodiosas palabras sumerias, sintió que el poder fluía desde sus manos y la inundaba. La sensación le provocó un delicioso escalofrío desde la base de la espalda hasta la nuca, donde le dejó un cosquilleo.

—¿Qué haces?

—Prestarte los poderes que me quedan.

Esas palabras le llenaron los ojos de lágrimas y le provocaron un nudo en la garganta.

—¿Vas a confiar en mí?

Tenía sus labios tan cerca de la mejilla que le hicieron cosquillas al hablar.

—Me pediste otra oportunidad. Estoy haciendo todo lo posible por concedértela.

No me falles.

Aunque no había pronunciado esas palabras, las sintió en su corazón.

—No te fallaré —susurró un segundo antes de que sus debilitados poderes se fundieran y le permitieran teletransportarse a la sala donde Simi había llevado a Kytara. Sin embargo, Simi no estaba por ningún sitio, por lo que supuso que había regresado a Las Vegas.

Con las emociones a flor de piel, se detuvo en una esquina para recuperar la compostura. D'Alerian, M'Adoc y M'Ordant estaban de espaldas a ella. Desde donde se encontraba, los dioses oníricos parecían casi idénticos. D'Alerian tenía una larga melena negra, pero M'Ordant lo llevaba corto al igual que M'Adoc, aunque este último lo tenía rizado. Los tres iban vestidos de negro y estaban hablando en voz baja.

M'Ordant agitó la mano y cubrió el cuerpo de Kytara con una sábana de seda.

—Es inquietante pensar que los gallu tienen este poder. Creía que nos habíamos librado de esos cabrones hacía siglos.

D'Alerian meneó la cabeza.

—Solo en el plano humano. Sus dioses eran muy listos y los escondieron muy bien a nuestros ojos.

Carraspeó para hacerles saber que no estaban solos. Los tres se giraron hacia ella con expresiones serias que desaparecieron al darse cuenta de que era ella y no otro dios.

Se acercó a ellos.

—Siento haber escuchado a hurtadillas.

M'Adoc no parecía dispuesto a perdonarla.

—¿Llevas mucho tiempo ahí?

—No. He llegado cuando hablabais de lo inquietante que era esto. Y estoy de acuerdo.

A diferencia de lo que ocurría con M'Adoc, la expresión de D'Alerian era completamente inexpresiva.

—¿Qué te trae hasta aquí, Katra? ¿Es que Artemisa quiere que atormentemos a alguien?

Ese solía ser el motivo por el que los buscaba.

—No, no es eso. Necesito saber si alguno de vosotros ha visitado los sueños de algún gallu. Y más concretamente si ha estado algún Cazador Onírico en los sueños de Kessar.

El rostro de D'Alerian siguió completamente impasible.

—¿Por qué iba un Óneiroi a...?

—No hablo de un Óneiroi —lo interrumpió ella—. No busco a alguien que hubiera ayudado a sanar a los gallu. Busco a un skoti brutal. Alguien que sepa qué es lo que aterra de verdad a Kessar.

Los tres se miraron sin comprender.

M'Adoc cruzó los brazos por delante del pecho.

—Solo hay dos que encajen en esa descripción. Solin o Xypher.

—Xypher —dijeron los otros dos a la vez.

M'Ordant imitó la postura de M'Adoc.

—Por muy cruel que sea, a Solin le tiran más las mujeres y el sexo. No asusta a nadie a menos que sea para echar a un Óneiroi de un sueño.

D'Alerian le dio la razón.

—Xypher sí está enganchado al miedo, desde el principio. Pero es un renegado. Ni siquiera nosotros podemos controlarlo.

Xypher parecía el tío que ella necesitaba.

—Genial. ¿Dónde está?

—En el Tártaro —respondió M'Adoc con frialdad—. Nos vimos obligados a matarlo, de modo que ahora se pasará la eternidad siendo castigado por sus crímenes.

La cosa mejora por momentos, pensó.

—¿Lo matasteis?

M'Adoc asintió con la cabeza.

—Permíteme repetir que es un renegado. Es la encarnación del miedo de la gente a quedarse dormida. Pero si alguien sabe lo que acojona a un demonio, es precisamente él.

—Genial. —Enfatizó la palabra todo lo que pudo—. Me muero por conocerlo. ¿Podría alguno de vosotros mandarme al reino de Hades?

M'Adoc frunció el ceño.

—¿No puedes ir tú sola?

—Ando un poco baja de batería ahora mismo y agradecería el empujoncito.

D'Alerian chasqueó los dedos y de inmediato se encontró en uno de los lugares en los que prefería no estar. El Inframundo. Un sitio escalofriante. De esos que provocaban escalofríos en la espalda y el impulso de mirar por encima del hombro por si algo o alguien tenía ganas de comer. Había un montón de criaturas desagradables que consideraban ese sitio su hogar.

Aunque no todo era malo. Los Campos Elíseos eran muy agradables. Eran el paraíso al que iban las almas decentes para pasar la eternidad en una felicidad absoluta. Ojalá Xypher hubiera estado allí. En cambio, tenía que estar en el peor sitio de todos. El Tártaro. Allí enviaban a los seres malvados para recibir su castigo. No había luz. Ni risas. Nada bonito ni agradable.

Estaba todo oscuro y lleno de dolor. La zona estaba repleta de cavernas y celdas en las que resonaban gritos agónicos, chillidos que buscaban clemencia. Los ocupantes solían estar tan mal que ni sus madres los reconocerían, y la disposición de las cuevas era un complicado laberinto.

Sin ayuda sería incapaz de encontrar a Xypher.

—¡Eris! —gritó, llamando a la diosa de la discordia... a la que normalmente evitaba como a la peste. La última vez que estuvieron juntas, acabaron en una batalla de descargas astrales que solo terminó cuando Zeus intervino para mandarlas a sus respectivas habitaciones durante toda una década.

Eris se materializó frente a ella con cara de pocos amigos. Ataviada con un vestido negro, estaba más pálida que un fantasma. Llevaba el pelo recogido en una coleta desde la cual sus rizos negros caían hasta rozarle las caderas. Era tan hermosa como Afrodita, pero también era la diosa más malvada de todas.

—¿Has llamado, asquerosa?

Inspiró hondo para no responder al insulto. Como diosa de la discordia que era, Eris tenía la costumbre de enzarzarse en peleas.

—Necesito encontrar a un recluso y estoy segura de que tú me llevarás directa hasta él.

La diosa enarcó una ceja.

—¿En serio? ¿Por qué estás tan segura?

Echó un vistazo al entorno tan lúgubre antes de contestar:

—Porque sé que te encanta torturar a la gente. Cada vez que Ares se está tirando a alguien, sé que vienes aquí a jugar.

Eris levantó la barbilla en actitud desafiante y entrecerró los ojos.

—¿Quién te lo ha dicho? ¿Perséfone?

—Da igual quién me lo haya dicho. El asunto es que necesito que me ayudes.

—¿Y qué me darás a cambio?

No te daré una paliza, pensó. Ojalá pudiera decirlo en voz alta.

—Mmm... Supongo que podría seguir manteniendo el secreto de que fuiste tú quien le contó a Hera la aventurilla que tuvo Zeus con esa modelo neoyorquina el otoño pasado.

La diosa se quedó blanca, sin rastro de su anterior altivez.

—¿Cómo lo sabes?

—Al contrario que tú, tengo amigos por todos los sitios a quienes les encanta cotillear. En fin, ¿vas a ayudarme o no?

Eris resopló con furia.

—Si algu...

Levantó la mano para interrumpirla.

—No pierdas el tiempo con amenazas. Si haces algo para cabrearme, te obligaré a tragarte esa manzanita dorada que te encanta tirarle a la gente. Ahora llévame hasta el antiguo skoti llamado Xypher.

Un brillo malicioso iluminó los ojos oscuros de la diosa de la discordia.

—Te gusta el peligro, ¿no? Pero para que nadie diga que no soy justa, te advierto que es un animal.

—Genial... Llévame hasta él.

Eris sonrió con sorna antes de que ambas desaparecieran. Se materializaron en el interior de una pequeña gruta. Kat apenas veía, pero sí escuchaba el ruido constante de algo en movimiento. No sabía muy bien qué era.

Al menos no lo supo hasta que Eris chasqueó los dedos y se hizo la luz.

Dio un respingo al ver a un hombre en el suelo con la espalda cubierta de latigazos y sangre. El ruido que había escuchado era el del látigo que empuñaba un esqueleto junto al hombre, mientras lo golpeaba sin descanso.

Con un rugido, el hombre se giró y agarró el látigo, pero este se desintegró en su mano. Otro volvió a aparecer al instante en la mano del esqueleto, que continuó con los azotes.

Eris chasqueó la lengua.

—Hola, Xypher... ¿Quieres jugar con tu prima Eris?

—Vete a la mierda, zorra.

—¡Huy! —exclamó Eris, que frunció la nariz—, ya veo que estás juguetón esta mañana. ¿Quieres que me una al grupo?

—Eris —dijo ella en voz baja—, déjanos.

La diosa hizo un puchero que un niño malcriado habría envidiado antes de desaparecer.

Kat se acercó a Xypher mientras él intentaba coger el látigo de nuevo, pero sucedió lo mismo que la vez anterior. Vio, y sintió, lo frustrado que se sentía, lo mucho que le dolía. Cada golpe resonaba por todo su cuerpo, pero él se negaba a gritar.

Cerró los ojos e hizo acopio de todo el poder que le fue posible. La esfora fue calentándose contra su pecho a medida que deseaba que el esqueleto desapareciera de la estancia.

Para su sorpresa, funcionó.

Xypher, que estaba vestido con unos pantalones de cuero negro, volvió la cabeza para fulminarla con la mirada. El odio que irradiaban sus ojos la atravesó mientras lo observaba levantarse muy despacio.

—Empieza ya, zorra.

Su rabia la desconcertó.

—¿Cómo dices?

—Que empieces con la tortura que tengas planeada. Estoy listo.

La idea de que solo esperase torturas de un visitante le formó un nudo en el estómago.

—No he venido para castigarte.

—Sí, claro...

—De verdad.

—¿Y para qué has venido? ¿Para pasar el rato?

—Quiero información.

Lo escuchó soltar una carcajada amarga.

—Dado que llevo siglos metido en este agujero apestoso, me cuesta creerte. Ni siquiera sé en qué año estamos, ¿qué clase de información podría tener que te fuera útil?

—Me han dicho que eres un skoti fóbico. Necesito que me digas si has estado en los sueños de los demonios.

Lo vio titubear antes de decir:

—¿Y qué si lo he hecho?

—Necesito saber a qué le tienen pánico.

Nada más decirlo se materializaron dos esqueletos... con sendos látigos de púas en las manos. Ella dio un respingo y Xypher retrocedió con la vista clavada en los recién llegados. Podría ordenarles que se fueran, pero no tenía autoridad en ese reino y necesitaba conservar los pocos poderes que le quedaban hasta que desaparecieran los efectos de la Estela.

Cuando el primer esqueleto hizo restallar el látigo, Xypher lo esquivó, pero no le sirvió de nada. Del techo brotaron unas gruesas raíces que se enroscaron en sus brazos. Xypher se debatió cuanto pudo, pero al final las raíces consiguieron levantarlo del suelo y dejarlo expuesto para la flagelación. El skoti soltó un taco con un rugido y la cabeza hacia atrás y se tensó justo antes de que los esqueletos lo azotaran a la vez. Intentó darles una patada, pero no lo consiguió. Al final levantó la cabeza para mirarla.

—Si quieres mi ayuda, sácame de aquí.

—No puedo hacerlo.

—Pues yo no puedo decirte nada. —Siseó cuando lo golpearon de nuevo.

Asqueada, se apartó para no ver lo que hacían. Xypher tenía razón, no podía dejarlo así. Era cruel. Demasiado cruel incluso para ese sitio. No sabía lo que había hecho, pero seguro que no se merecía ese tipo de castigo.

Muy bien, se dijo, pensaría en verde e intentaría negociar.

—¿Hades?

El dios apareció delante de ella. Hades era alto, atlético y guapísimo. Se percató de lo bien que le sentaba la melena ondulada mientras la miraba con expresión burlona.

—¿Otra vez tú? ¿Es que no tienes nada mejor que hacer que poner a prueba mi paciencia?

Lo miró con el ceño fruncido.

—Hace más de una década que no te veo.

—¿En serio? Parece que fue ayer. Bueno, da igual. —La rodeó y miró con una mueca a los esqueletos—. ¿Qué sois? ¿Nenazas? Dadle con más caña. Joder, mi mujer podría pegarle con más fuerza que vosotros.

Dio un respingo cuando los esqueletos comenzaron a flagelar a Xypher con más fuerza y velocidad.

—¿Te importaría detener la paliza?

Hades resopló.

—Está siendo castigado. ¡Holaaaa, estás en el Tártaro! ¿Recuerdas el propósito de esta parte del Inframundo? No somos muy acogedores y amables por estos lares.

—Necesito que me haga un favor, y se niega a ayudarme mientras sigas azotándolo.

A Hades no le hizo mucha gracia.

—¿Qué favor necesitas de alguien como él?

—Información sobre un sueño.

Hades rechazó su petición.

—Consíguela de uno de los Óneiroi.

—Lo he intentado, pero me han mandado aquí. Me han dicho que Xypher es el único que puede ayudarme.

—Pues lo tienes crudo.

—No, Hades —lo contradijo, porque quería que supiera lo que se estaban jugando—. Lo tenemos crudo todos. Esos demonios sumerios tan monos, los gallu, están agrupándose para liberar a las Dimme. Ya nos hemos quedado sin recursos para detenerlos, así que necesitamos a alguien que pueda meterse en sus cabezas y nos diga cómo hacerlo.

Hades levantó la mano y los esqueletos se detuvieron de inmediato.

—¿Sabes lo que pasó la última vez que las Dimme se liberaron?

—No, pero visto lo visto con los gallu, me imagino que fue bastante chungo.

—No tienes ni idea. —Se acercó a Xypher. El único indicio del sufrimiento que acababa de padecer aparte de las heridas era su respiración alterada—. ¿Qué sabes de los gallu?

Xypher no respondió.

Hades le asestó un puñetazo brutal en el costado.

—¡Oye! —exclamó ella, que se acercó a los dos—. Que ya ha tenido bastante, ¿no?

—Ni de coña.

Xypher le escupió a Hades, pero la saliva no llegó al dios, sino que dio media vuelta en el aire y cayó sobre su propia cara.

Hades hizo una mueca burlona.

—Buen intento, capullo. ¿Crees que has sido el primero en hacerlo? Ahora contéstame.

La expresión furiosa de Xypher la desconcertó. Era como si quisiera hacer enfadar al dios.

—Y una mierda voy a contestarte.

—Vas a contestarme porque puedo hacer que tu estancia aquí sea aún peor de lo que ya lo es.

—Me muero de ganas.

Hades echó el brazo hacia atrás, pero ella se lo cogió.

—Por favor, ¿podemos intentarlo a mi manera?

—Eres idiota, Katra. Este tío solo respeta la violencia. Por eso está aquí. ¿Sabes que hicieron falta once Óneiroi para matarlo? Once. Y casi no sobrevivieron al encuentro.

—Sí —respondió ella en un susurro—, y la última skoti que mandé tras los gallu murió a sus manos.

A juzgar por la expresión del dios, supo que ya lo sabía.

—Kytara. Ahora mismo está en los Campos Elíseos.

Eso la consoló. No soportaba la idea de que torturaran a Kytara de esa forma.

—Necesito a alguien que pueda meterse en los sueños de los demonios sin que puedan matarlo.

Hades le lanzó una mirada a Xypher.

—Ya está muerto.

—Sí. —Kat rodeó al dios para poder hablar directamente con Xypher—. Si te devolvemos a la vida, ¿nos ayudarás?

—¡No! —gritó Hades—. No permitiré que semejante monstruo vuelva a campar a sus anchas.

—¿Qué hizo para que fuera tan espantoso?

—Torturaba a la gente, Katra. Los volvía locos con pesadillas y no le importaba a quién hacía sufrir. No tiene conciencia ni principios morales.

—No quiero recuperar mi vida —los interrumpió Xypher—. Podéis metérosla por el culo.

Una vez más su furia la desconcertó.

—¿Y qué quieres?

—Mi libertad.

Hades resopló.

—¿Que te dejemos libre? Nunca.

—Por favor, Hades —suplicó ella—. Sé que puedes negociar. ¿Voy a tener que llamar a Perséfone?

Al escuchar el nombre de su esposa, Hades se tensó. Dado que Perséfone y ella eran viejas amigas, la diosa siempre se ponía de su parte y Hades nunca salía bien parado. Por suerte, él lo sabía muy bien.

—Vale, ¿qué quieres?

Inspiró hondo, aliviada al darse cuenta de que iba a salirse con la suya. Miró al skoti. Era un riesgo que estaba dispuesta a correr, pero si tenían suerte, saldría bien.

—Xypher, si me ayudas, Hades te dejará libre y te convertirá en humano. —Siendo humano, siempre podrían matarlo si volvía al mal camino.

Vio la duda en los ojos del skoti, pero también un rayito de esperanza.

—¿Juras que me liberarás de este sitio?

Asintió con la cabeza.

—Lo juro por el Estigio.

—Trato hecho.

Con una sonrisa, se giró hacia el dios.

—¿Qué me dices?

Hades titubeó, indeciso. Cuando habló, lo hizo con voz seria.

—Si te ayuda, le concederé la libertad. Pero solo será humano durante un mes. Si al final del mes no ha demostrado que merece su humanidad, volverá aquí.

A juzgar por la expresión de Xypher, saltaba a la vista que quería mandar a Hades y a su trato a la mierda. Pero en el fondo sabía que no iban a ofrecerle nada mejor.

—Vale. Ahora soltadme para que os ayude.

Las raíces lo soltaron tan de repente que cayó al suelo. Se levantó muy despacio, y cuando por fin estuvo en pie, Kat se percató de que era mucho más alto que ella. Incluso herido era formidable.

—¿Qué necesitas?

—Necesito saber dónde está la Estela del Destino y también cualquier debilidad del demonio llamado Kessar... Y lo necesito para ayer.

Xypher asintió con la cabeza antes de mirar a Hades.

—Tienes que devolverme mis poderes.

El dios torció el gesto.

—Estás muerto.

—Pero necesito mis poderes de Óneiroi si voy a ayudarla.

Hades entrecerró los ojos.

—No creas que podrás huir de mí, con poderes o sin ellos. Has hecho un trato y tienes que cumplirlo.

—Y es lo que voy a hacer.

Hades chasqueó los dedos.

El rostro de Xypher reflejó su alivio mientras materializaba su ropa. Cuando la miró a los ojos, vio sinceridad y gratitud en su mirada.

—Estaremos en contacto —dijo antes de desvanecerse.

Kat sonrió satisfecha hasta que vio a Hades menear la cabeza.

—Espero que sepas lo que haces.

—Creo que sí.

—No, Kat, no lo sabes. ¿Te has molestado en preguntarle a alguien por qué lo condenaron a muerte?

—Ya me lo has dicho. Era un skoti que se negaba a acatar las órdenes.

—Sí, eso es verdad. Pero también perseguía a los humanos y los aterrorizaba hasta que se volvían locos. Y no a unos pocos, Kat. Estoy hablando de cientos. Su última víctima se prendió fuego intentando escapar de las pesadillas que Xypher había creado.

Horrorizada, se cubrió la boca con las manos.

—¿Por qué no me lo has dicho antes?

—Porque has dicho que sabías lo que hacías. Me alegra saber que eres capaz de mentir como el resto.

Eso le dolió más de lo que estaba dispuesta a admitir. No había sido su intención mentirle a nadie, y detestaba el hecho de que Hades supiera cómo atacar a la gente para hacer más daño.

Sin embargo, no le daría el gusto de saber que había dado en el clavo.

—Gracias por tu ayuda, Hades.

El dios la saludó con la cabeza antes de dejarla a solas con el miedo por lo que acababa de hacer. Tenía la sensación de que, al intentar arreglar las cosas, acababa de desatar otra amenaza para el mundo.

Al paso que iba, ¿para qué temer a los gallu? Ella parecía ser la peor amenaza para la Humanidad.

Abrumada por la culpa, se marchó para contarle a Sin las buenas nuevas...

16

Kat se materializó en la habitación de Simi para asegurarse de que los demonios estaban bien, sobre todo Simi. Ignoraba si tenía mucha amistad con Kytara, pero sabía por experiencia que Simi se tomaba la muerte de sus amigos bastante mal. Un detalle que debería haber tenido en cuenta antes de enviarla al Olimpo con el cuerpo de Kytara.

Sin embargo, tan pronto como la vio se dio cuenta de que se había preocupado en vano. Xirena había utilizado el servicio de habitaciones y las dos estaban dando buena cuenta de la comida.

—Las peleas dan mucha hambre —explicó Xirena entre bocado y bocado a una hamburguesa.

La explicación fue más que suficiente para ella, poco dispuesta a ahondar en el tema. Lo importante era que las dos estaban ocupadas y que Simi no parecía marcada por lo sucedido.

Las dejó que siguieran con lo suyo y se fue al ático de Sin. Lo encontró tendido en la cama, completamente vestido. Daba la sensación de que se había echado para descansar un momento, pero que el agotamiento lo había vencido. Se compadeció de él. Los dos últimos días habían sido un calvario.

Pobrecito.

Lo desnudó usando los pocos poderes que tenía para que estuviera más cómodo y se mordió el labio al verlo desnudo. El suyo era uno de los mejores cuerpos masculinos que había visto en la vida. Estaba para comérselo, desde los anchos hombros cubiertos de cicatrices hasta los marcados abdominales. Y le costó la misma vida no inclinarse para darle un bocadito en algún sitio. Sí... hacía honor a su nombre, era tan tentador como el pecado.

Contuvo una carcajada por el chiste tan malo que acababa de hacer antes de acariciarle el pelo, suave como la seda.

—¿Cómo te ha ido?

La pregunta, pronunciada con esa voz tan ronca, la sobresaltó.

—Creía que estabas dormido.

—Lo estaba hasta que me tocaste. —Bostezó y se giró para ponerse de espaldas.

Kat enarcó una ceja al ver que otra parte de su cuerpo también se había despertado.

—¿Estás seguro de que no eres Príapo?

Sin resopló, pero no hizo ademán alguno por taparse.

—Lo último que supe de ese imbécil es que estaba atrapado en un libro, condenado a ser un esclavo sexual para las mujeres. No, definitivamente no soy Príapo. Al parecer, solo soy capaz de satisfacer a una mujer en concreto —le dijo con una mirada muy elocuente.

La expresión de su rostro alentó sus esperanzas.

—¿Eso significa que me has perdonado?

Sin se mordió la lengua para no decir lo que pensaba: Ojalá pudiera seguir enfadado contigo. Tenía las palabras en la punta de la lengua, pero no se atrevió a pronunciarlas. Lo único que le hacía falta era que descubriese el poder que ejercía sobre él. Estaba seguro de que eso solo le daría otro disgusto, y de los gordos.

—Es posible —susurró mientras ella se inclinaba para darle un beso muy tierno en los labios.

—Lo de antes lo dije muy en serio. Nunca volveré a hacerte daño, Sin.

—Y yo quiero creerte. Sé que lo dijiste muy en serio, pero la experiencia no me ha enseñado a confiar en los demás.

Kat meneó la cabeza y comenzó a dejarle una lluvia de besos en el torso, en dirección descendente.

Sin contuvo el aliento, mareado por el roce abrasador de sus labios en la piel. No había nada mejor que tenerla a su lado, acariciándolo de esa forma. Por eso era tan peligrosa. Porque la deseaba con todas sus fuerzas, y cuando la gente deseaba algo con tanto afán, cometía errores muy estúpidos.

Pero, a pesar de saberlo, la miró hipnotizado mientras seguía descendiendo por su cuerpo. Cuando una de sus manos se cerró en torno a su miembro, supo que estaba perdido. Atrapado por los sentimientos que despertaba en él cuando hacían el amor.

Arqueó la espalda cuando lo tomó en la boca. Con el corazón desbocado, se incorporó un poco y le aferró la cabeza con las manos. Aunque en esos momentos estuviera en la gloria, no podía evitar preguntarse cuándo llegaría el infierno.

Todas las mujeres que habían pasado por su vida le habían enseñado alguna lección vital. Su madre, el odio. Su hija, el amor. Artemisa, la traición.

¿Qué le enseñaría Katra cuando todo hubiera acabado? Eso era lo que lo tenía aterrorizado. Le había entregado un trocito de su corazón que jamás le había entregado a nadie.

Y tenía el poder de destruirlo.

Kat gimió en cuanto probó su sabor y vio que la miraba con los ojos entrecerrados por el placer. Iba un poco a ciegas, pero como él parecía estar disfrutando, no le importó nada más. Quería que confiara en ella aunque no lo mereciera y quería compensarlo por lo que le había hecho.

Si es que había compensación posible.

El miedo a entregarse por completo a un hombre, a permitir que alguno se le acercara, había sido siempre una constante en su vida; y en ese instante se preguntó cómo era posible que Sin se hubiera ganado su corazón con tanta facilidad. ¿Qué tenía que la afectaba de esa manera tan poderosa, que le hacía desear hacer cualquier cosa con tal de complacerlo?

Era una locura, pero así eran las cosas. No podía negarlo. No podía negar la felicidad que sentía con algo tan simple como una sonrisa suya.

Su mirada la abrasó mientras la instaba a incorporarse para besarla en los labios. Acto seguido, rodó hasta dejarla de espaldas en el colchón y colocarse encima de ella. Percibía una especie de desesperación en él, un anhelo inexplicable.

Sin embargo, cuando la penetró solo percibió en él lo mismo que ella sentía: amor. Y fue increíble.

Hicieron el amor con frenesí. Kat le acarició la espalda mientras alzaba las caderas para recibir sus envites cada vez más hondo. El deseo que sentía por él parecía tan voraz como el suyo, y eso lo dejó pasmado. Sí, evidentemente había disfrutado de otras amantes mucho más experimentadas y de otras tan dispuestas que casi lo habían violado. No obstante, nada de eso se parecía a lo que había encontrado con Kat. Porque no eran dos personas que satisfacían una necesidad básica. Eran dos personas que se querían.

Ella lo quería. Eso le había dicho. Ninguna mujer se lo había dicho antes. Ninguna. Le resultaba muy difícil de asimilar, pero estaba desesperado por creerla.

Un sinfín de sueños que creía haber desterrado hacía siglos surgió de repente de algún lugar desconocido de su corazón, despertando en él una arrolladora oleada de ternura. Ansiaba tener un futuro con ella.

Una familia.

La idea lo sobresaltó hasta tal punto que salió de ella un instante. ¿Una familia? ¿En qué estaba pensando? Eso sería lo más absurdo del mundo.

No obstante, se preguntó cómo sería un hijo de ambos. ¿Rubio como su madre o moreno como él? ¿Sería un bebé con poderes? Aunque lo más importante era que sería parte de él y parte de ella.

¡Uf, parezco una vieja pensando en estas cosas!, se reprendió.

Antes de que se diera cuenta estaría haciendo mantelitos de ganchillo y recortando cupones de descuento.

O, peor aún, llevaría una bata rosa con zapatillas de andar por casa, de esas de pelito.

Kat notó que las caricias de Sin cambiaban y se volvían mucho más tiernas, cosa que la derritió. Lo besó con pasión mientras se hundía en ella. Eso era lo que quería. Lo que necesitaba. El amor era algo desconocido para ella hasta que Sin apareció en su vida y no se imaginaba sintiendo nada parecido por otro hombre.

Quería pasar la eternidad abrazándolo. Quería mantenerlo cerca y protegerlo de cualquiera que pudiera hacerle daño.

Sintió un cosquilleo al mismo tiempo que todos sus sentidos se agudizaban, y experimentó un orgasmo cegador. Echó la cabeza hacia atrás y gritó de placer. Sin siguió moviéndose un poco más, pero acabó acompañándola hasta el paraíso. Se desplomó sobre ella y la abrazó con fuerza. Sentía los fuertes latidos de su corazón en el pecho y el roce de su aliento en el cuello le hacía cosquillas.

—Creo que me has roto algo —le susurró ella al oído.

—¿Cómo dices?

—Es que no siento las piernas y no tengo ganas de salir de esta cama nunca más.

Sin soltó una carcajada.

—¿Puedo dormir aquí arriba?

—Mmmm, pues no. Esa posición es mía. Tú pesas mucho.

Lo escuchó jadear con fingida indignación.

—¿Que peso mucho? Por si no lo sabes...

—Mides dos metros. Y tus huesos ya de por sí pesan una tonelada.

—¿Y tú?

—Yo también peso, pero quiero estar arriba.

Sin le mordisqueó los labios.

—Vale. En ese caso haremos un trato... puedes ponerte encima siempre que te apetezca. —Dicho lo cual, rodó y la llevó consigo para dejarla sobre él.

Kat sonrió, aunque acabó acomodándose a su lado.

—Ah, sí. Así estamos genial. —Le puso una mano en el pecho, extendió los dedos y se limitó a disfrutar del tacto de su piel en la palma.

Sin no podía respirar por culpa de la cercanía de Kat, que estaba pegada a él mientras le contaba lo que había pasado con Xypher y el trato al que había llegado con Hades. Su olor lo embriagaba y, para su sorpresa, descubrió que se le estaba poniendo dura otra vez.

¿Cómo era posible? Sin embargo, a las pruebas se remitía.

Alguna parte desconocida de su cuerpo la necesitaba más que el aire que respiraba.

Katra ejercía un poder sobre él que de momento le resultaba incomprensible. Sin embargo, no lo cambiaría por nada del mundo. Cuando se colocó sobre él para alimentarse, sintió un vínculo especial con ella. Era como si compartieran mucho más que la sangre. Como si estuvieran compartiendo el alma.

Siguió allí tendido, disfrutando de su olor y de su cuerpo, y se quedó dormido sin darse cuenta.

Saciada en todos los aspectos, Kat sonrió cuando escuchó el suave ronquido de Sin. Le resultaba tan reconfortante que no tardó en quedarse dormida arrullada por su respiración. No obstante, a diferencia de lo maravilloso que había sido compartir su sangre con él y reponer fuerzas, sus sueños estuvieron plagados de pesadillas.

Lo único que veía eran demonios que la perseguían. Solo escuchaba la voz de Kessar ordenándoles a las Dimme que los mataran.

Ojalá tuviera la certeza de que era solo un sueño y no una premonición.

Se despertó sola en la cama. Estuvo a punto de entristecerse porque echaba de menos el calor y la presencia de Sin.

Al menos hasta que lo escuchó trastear en el salón. Sonriendo, cogió su camisa de la cama y se la puso sin abotonar, con la esperanza de atraerlo otra vez al dormitorio.

Abrió la puerta y sonrió al verlo inclinado sobre el mueble bar. Se mordió el labio y comenzó a acercarse con mucho sigilo... hasta que él se enderezó.

En ese momento vio que no era tan alto ni tan ancho de hombros y soltó un chillido al comprender que no era Sin. Kish se volvió con el ceño fruncido y jadeó al verla casi desnuda.

Avergonzada hasta lo más profundo del alma, regresó a la carrera a la seguridad del dormitorio y cerró dando un portazo.

—Kat —lo escuchó llamarla desde el otro lado de la puerta—. Tranquila. No he visto nada, de verdad.

—Sí, claro.

—Vale, a ver... Nunca admitiré haber visto algo. Por favor, no se lo digas a Sin o me sacará los ojos. ¿Vale? Es un secreto entre los dos. Te lo juro.

Kat gruñó mientras buscaba su ropa y se vestía. De repente, recordó que podría haber usado sus poderes para hacerlo, pero estaba tan alterada que no sabía ni lo que hacía.

—¿Qué haces aquí?

—Estoy limpiando. Sin no quiere que entren los del servicio de limpieza. No se fía.

—No se fía de nadie —replicó ella al tiempo que abría la puerta.

—Cierto. Te estaba calentando el desayuno. Sin me ha dicho que me arrancará las pelotas si no te cuido bien. Y como resulta que me gusta tenerlas pegadas al cuerpo, estoy intentando tratarte estupendamente, desde un punto de vista platónico, claro.

Era un tío bastante raro, pero divertido.

—¿Dónde está Sin?

—Abajo, planeando la destrucción de los gallu con Damien. Me dijo que necesitabas descansar y que no te molestara. No te he molestado, ¿verdad?

—No hasta hace un segundo.

Kish la miró, angustiado.

—Vas a decirle que me mate, ¿verdad?

Se lo pensó... en serio. Pero al final decidió que no era tan cruel.

—No.

El ayudante de Sin soltó un suspiro aliviado mientras regresaba al mueble bar.

—Como no sabía lo que te gustaba, he pedido un poco de todo. Tortitas de queso, tostadas francesas, huevos preparados de nueve formas distintas, rosquillas... lo que te apetezca está aquí o lo tendrás aquí en un santiamén. Lo que no te comas, se lo llevaremos a los demonios.

Sonrió en contra de su voluntad al escucharlo.

—Estoy segura de que te lo agradecerán.

—No lo sabes muy bien. El personal de la cocina está loco por todo lo que están pidiendo. Hemos tenido que contratar cocineros de otros casinos y de otros restaurantes solo para ellas.

Pasó al lado de Kish entre carcajadas y cogió una tostada.

—Me apetecen huevos revueltos, beicon y tostadas. Y un vaso de zumo.

—Genial. Siéntate aquí —dijo, indicándole uno de los taburetes—, y yo me encargo de todo. —Señaló la tostada que tenía en la mano y preguntó—: ¿Mermelada, confitura o mantequilla?

—Nada gracias, me gusta sola.

Kish alzó los pulgares.

—Por mí, estupendo.

Kat le dio un mordisco al pan mientras lo observaba preparar un plato con lo que le había pedido y se preguntó qué habría llevado a un tío tan raro a trabajar con Sin.

—¿Cuánto tiempo llevas con Sin?

Kish se encogió de hombros.

—Unos cuantos miles de años, siglo arriba o siglo abajo.

La inesperada respuesta estuvo a punto de hacer que se ahogara, porque había supuesto que era humano. Obviamente, no lo era.

—¡Venga ya! ¿En serio?

—Por eso confía en mí. —Dejó el plato frente a ella antes de colocar los cubiertos y la servilleta de lino.

—Pero eres humano, ¿no?

Lo vio asentir con la cabeza.

—Soy humano... menos por las mañanas cuando me levanto. No me aguanto ni yo.

En circunstancias normales el comentario le habría hecho gracia, pero en ese momento tenía un misterio que resolver, de modo que no le prestó atención.

—Pero si eres humano...

—¿Cómo es que estoy vivo? —Le sonrió y le guiñó un ojo—. También leo la mente.

Sí, tírate otra..., pensó ella.

Antes de que contestara, Kish limpió lo que había derramado mientras le servía los huevos revueltos.

—Resulta que en el pasado le entregué mi alma a un demonio a cambio de riqueza e inmortalidad. —La miró a los ojos y Kat se percató de la admiración y de la gratitud que sentía por su jefe—. Sin me salvó.

—¿Cómo?

Kish se encogió de hombros.

—Nunca le he preguntado por los detalles. Me daba miedo descubrir lo que le había costado. Lo único que sé es que me liberó y que desde entonces estoy a su lado. Haría cualquier cosa por él. Lo que fuera.

Lo entendía a la perfección y lo admiraba por su lealtad. El tiempo que llevaba en el mundo le había permitido descubrir que la mayoría de la gente solía revolverse contra aquellos que los habían ayudado a las primeras de cambio y sin motivo aparente. La presencia de Kish y el hecho de que reconociera la deuda que tenía con Sin pese a todo el tiempo transcurrido decía mucho de él.

—¿Cómo lo conociste?

Un brillo socarrón apareció en sus ojos mientras tapaba la comida que había sobrado.

—Igual que Damien. Intenté matarlo.

Estuvo a punto de atragantarse con los huevos. Esa no era la respuesta que había esperado escuchar.

—¿Y te perdonó la vida?

—Raro, ¿verdad? —Kish soltó una carcajada antes de seguir hablando—. La vida de Sin está rodeada de muerte por todos los lados. Lo creas o no, salva a todo el que puede, siempre que puede. Mi demonio todavía no me había mordido, así que pudo liberarme. La mayoría de la gente, y digo «gente» por decir algo, que trabaja abajo le debe la vida a Sin de una forma o de otra.

¡Vaya!, pensó, la compasión de Sin era sorprendente, sobre todo teniendo en cuenta su afán de mantener las distancias con los demás. Y también las traiciones que había padecido. El hecho de que todavía pudiera ayudar a los demás...

Era un hombre increíble y eso hacía que lo quisiera aún más. Bebió un poco de zumo antes de volver a hablar.

—Pero ¿cómo es posible que sigas vivo?

—Sin era el dios del calendario. Aunque Artemisa le quitó la mayoría de sus poderes, le quedaron algunos, como este que te digo, claro que solo lo conserva en parte. Gracias a él puede detener el proceso de envejecimiento. No es tan efectivo como lo habría sido cuando era un dios sumerio, pero es suficiente para mantenerme con vida y sin envejecer.

Ese sí que era un poder estupendo que tener a mano, pensó.

—¿Por qué no hizo lo mismo con Damien?

—No pudo. Lo intentó una vez y estuvo a punto de matarlo. Damien está maldito. Una maldición es harina de otro costal, y los poderes de Sin no pueden hacer nada contra ella.

—Pero a ti te salvó la vida —reiteró con el corazón derretido—. Debiste de ser un buen hombre.

Kish resopló al escucharla.

—Era lo peor de lo peor. Un mentiroso y un ladrón, capaz de rebanarle el pescuezo a cualquiera por dinero, ya fuera hombre, mujer o niño. Me daba igual. No estoy orgulloso de lo que fui. Merecía que Sin me hubiera dejado morir. —Alzó la vista y la miró con incertidumbre—. Nunca he podido comprender por qué me salvó. Bien saben los dioses que no lo merecía. No supe lo que era la compasión hasta que él me dejó vivir.

Cuanto más averiguaba sobre Sin, más la sorprendía. Y quería comprender exactamente por qué le salvó la vida a su ayudante. Así que extendió un brazo y lo tocó. Al instante, vio justo el momento preciso.

Kish estaba ensangrentado en el suelo y Sin lo observaba mientras jugueteaba con el puñal con el que había intentado matarlo poco antes.

—Hazlo —masculló Kish.

Sin lo levantó del suelo agarrándolo por la túnica y lo sostuvo en el aire para mirarlo a los ojos. En ese momento fue cuando vio la vida que Kish había sufrido. El terror. El dolor. Era un esclavo fugado y lo único que había ansiado siempre eran la libertad y un poco de comodidad. Algo por lo que no tuviera que luchar. Ese anhelo reverberó en el alma de Sin. Él comprendía muy bien lo que podía llegar a significar algo tan aparentemente tonto.

De modo que volvió a dejarlo en el suelo.

—La vida tiene el valor que cada uno le da. Si te mato ahora mismo, la tuya habrá sido inútil y nadie te llorará. ¿Eso es lo que quieres?

Kish lo miró con cara de asco.

—Mi vida no es mía. No significa nada para mí.

—Entonces no significa nada para nadie. —Sin lo miró con los ojos entrecerrados—. Pero si te dieran otra oportunidad para vivir tu vida, ¿seguiría siendo despreciable?

—No entiendo de acertijos. Solo soy un esclavo.

—Esclavo o amo, da igual. El caso es que no eres idiota. La pregunta es muy sencilla. Si te perdono la vida, ¿volverás a desaprovecharla o lucharás para que merezca la pena?

Kish no contestó, pero lo miró con esperanza y eso bastó. De modo que Sin le perdonó la vida.

Kat le soltó el brazo y sonrió al sentir la calidez que la había invadido.

Kish resopló, indignado.

—No sé si sabes que es de mala educación espiar de esa manera sin pedir permiso. Además de una desconsideración, claro.

—Lo siento. Pero quería averiguar cómo fue.

Sin embargo, Kish no parecía aplacado en absoluto.

—¿Y ese es motivo para que hurgues en mi pasado y en mis emociones?

—Vale, lo siento. Lo pillo. Maldita sea, eres igualito que Sin. Te prometo que nunca volveré a hacerlo.

—Me alegro, porque no me gusta. ¿Cómo te sentirías si de repente yo metiera la nariz en tu pasado sin preguntarte primero?

—Kish...

Él se alejó con cara de enfado.

—Solo estoy diciendo que deberías controlar ese poder. Nada más.

—Está controlado —le dijo al tiempo que levantaba las manos en un gesto de rendición—. Y ahora deja el tema o le digo a Sin que me has visto desnuda.

La amenaza hizo que la cara de enfado desapareciera al instante.

—No volveré a sacar el tema en la vida. Mmm, espera un momento. ¿Qué tema? Tengo alzheimer. No sé nada de nada. —Corrió hacia la comida y levantó una de las tapaderas de las bandejas—. ¿Quieres esto o se lo llevo a los demonios?

—Llévaselo.

Kish salió pitando hacia la habitación de Simi con el carrito de la comida. Iba a tal velocidad que solo faltó que las ruedas echaran humo.

Kat soltó una carcajada al ver las prisas que llevaba y siguió desayunando. Cuando acabó, se dio una ducha y se vistió para bajar en busca de Sin, que supuestamente estaba en el despacho de Damien. No obstante, al llegar se encontró solo con el gerente sentado tras su escritorio y hablando por el móvil.

Colgó nada más verla.

—No quería interrumpir —le dijo con timidez.

Él le restó importancia con un gesto de la mano.

—No has interrumpido. Solo estaba despotricando.

—¿Sobre?

—La familia de Sin, que pensaban que podían encerrar y controlar a todos esos demonios.

Sí, era para ponerlos a caldo.

—Yo también despotrico muchas veces contra mi propia familia. Pero en vez de demonios, en mi familia sobra carácter.

Damien se llevó las manos a la nuca y se apoyó en el respaldo del sillón para observarla con una sonrisa torcida.

—¿De verdad has mandado un skoti a espiar a los gallu?

—¿Se te ocurre algo mejor?

—Pues no, la verdad. Mi brillante idea solo sirvió para que hiciera el canelo. No quiero volver a sufrir una humillación semejante. Lo entiendes, ¿verdad?

Al menos se lo había tomado con sentido del humor. Kat echó un vistazo por el despacho, que estaba decorado con carteles de películas y figurillas de famosos personajes de ficción. Parecía un tío normal y simpático, aunque fuera letal. Y se alimentaba de almas humanas.

—¿Sabes lo desconcertante que me resulta mantener una conversación con un daimon?

—Más o menos igual que a mí lo de trabajar para un Cazador Oscuro. Pero al final te acabas acostumbrando.

—Eso parece.

Damien se enderezó en el sillón.

—No queda otra, si queremos sobrevivir.

—Supongo. Y hablando de sobrevivir, ¿has visto a Sin?

Damien enderezó un montón de archivadores apilados en el escritorio.

—Se fue hace un rato, ¿por qué?

—Por curiosidad. ¿Sabes adónde ha ido?

El daimon se encogió de hombros.

—Estábamos hablando de la agenda de la semana próxima y de repente le dio la sensación esa rara que le da cada vez que un grupo de gallu se libera. Me dijo que me quedara aquí y que ya volvería.

La respuesta le resultó sorprendente.

—¿Y lo dejaste ir solo?

Damien la miró como si fuera tonta.

—Bueno, teniendo en cuenta la zona horaria en la que estamos y que ahí afuera brilla el sol, pues sí. Un daimon achicharrado sería de poca ayuda. A mí no me haría gracia y a mi sastre, tampoco.

Lo miró con los ojos entrecerrados.

—Damien...

—Kat... —replicó él, usando el mismo tono impaciente—. ¿Qué?

—¿Por qué no has subido a decirme que ha salido solo?

—Porque es lo que suele hacer. Y no se me ocurrió, la verdad. Pero ahora que estás aquí me aseguraré de mantenerte al tanto de todo lo que haga. Así podrás cortarle el filete cuando cenéis, atarle los cordones de los zapatos y llevarlo a hacer pipí.

No tenía muy claro si el comentario era irritante o gracioso.

—Te juro que no pensaba encontrar a alguien que estuviera a la altura de mi sarcasmo. Todavía no lo he encontrado, pero a ti te falta muy poco.

Damien sonrió.

—Lo tomaré como un cumplido. —Se puso en pie y cogió la chaqueta del respaldo del sillón—. Y ahora si me disculpas, tengo que hacer las rondas en el casino. Hasta luego.

Meneó la cabeza cuando la dejó sola en el despacho. Sintió el impulso infantil de encender su ordenador y borrarle unos cuantos archivos, pero eso sería caer muy bajo.

De momento.

Además, tenía a un dios depuesto al que localizar. Cerró los ojos y usó sus poderes para encontrarlo. Una vez que lo hizo, se teletransportó y se materializó a su lado. O mejor, a su espalda. Tenía a un tío inmovilizado en el suelo y estaba dándole hasta en el carnet de identidad. No se dio cuenta de que era un gallu hasta que se acercó un poco. De todas formas, Sin lo estaba golpeando con saña.

Ese era el loco que había visto en Central Park.

—¡Sin! —exclamó, intentando llamar su atención—. Mátalo y ya está.

Sin le asestó un último puñetazo antes de obedecerla. Cuando se volvió para mirarla, la expresión de su rostro era tan feroz que la asustó de verdad. Lo observó quemar al demonio con evidente alegría.

La primera vez que lo vio lo creyó un animal por hacer algo así. Pero había descubierto lo suficiente sobre él como para saber que no hacía las cosas sin motivo.

—¿Qué ha pasado?

—Estaba rondando una guardería.

La respuesta la descompuso. Con razón lo había golpeado de una forma tan brutal.

—Pero lo atrapaste a tiempo, ¿no?

—Por los pelos. Si llego a aparecer un segundo después... —Meneó la cabeza—. Ya te digo que ha sido por los pelos. He estado demasiado pendiente de ti, de tu bienestar. No estaba en lo que tenía que estar. No puedo permitirme ese tipo de distracciones. ¡Por los dioses! ¿Te imaginas lo que podría haberle hecho a una niña?

El miedo la dejó helada.

—¿Qué estás diciendo?

Esos ojos dorados la dejaron petrificada.

—Necesito que vuelvas al Olimpo y que te quedes allí hasta que todo esto acabe.

La simple idea bastó para que echara humo por las orejas. ¿¡Cómo se atrevía siquiera a sugerir algo así!?

—¡Ni hablar!

No obstante, Sin no dio su brazo a torcer.

—¿Es que no lo entiendes? —le preguntó entre dientes—. Esto no es un juego. Estamos jugando con la vida de la gente. Con la vida de los niños. No merecen morir por nuestra culpa.

Lo entendía perfectamente, pero que se enfrentara solo a los gallu era una locura.

—No puedes hacerlo solo.

—Mentira. Llevo solo desde que el mundo es mundo. He estado luchando a solas contra los gallu y me ha ido de puta madre. Hazme caso, tienes que irte.

No. Ni de coña.

—Sin, no puedes tirar lo nuestro por la borda por algo que podría haber pasado. Llegaste a tiempo. Tienes que confiar en eso.

—¿Y si no hubiera llegado a tiempo? ¿Qué les habrías dicho a sus padres, eh? «Lo siento, no llegué a tiempo para salvar a su hija, porque estaba echando un polvo mañanero.»

La crudeza de sus palabras la dejó pasmada, y comprendió que había algo mucho más profundo que el hecho de haber llegado en el último momento.

—¿Qué es lo que te preocupa de verdad?

La expresión de Sin se volvió inescrutable.

—No sé de qué estás hablando.

—Sí que lo sabes. Sabes muy bien de qué estoy hablando.

Hay otra cosa que te afecta mucho más que el hecho de haber llegado por los pelos. ¿Qué es?

Sin no quería sentir el dolor que comenzaba a embargarlo. Quería seguir enfadado. La ira era más fácil de manejar.

La culpa, el remordimiento, la angustia, la soledad... eran otro cantar, algo de lo que se desharía sin pensárselo dos veces. Eran las emociones que debilitaban a un hombre.

Sin embargo, cuando la miró las sintió todas de golpe y no supo cómo librarse de ellas sin apartar también a Kat de su lado.

—Atraparon a mi hermano porque yo estaba ocupado contigo, Katra. Tu bienestar me preocupaba más que el suyo. Y ahora he estado a punto de dejar que uno de ellos se acerque a una niña. No puedo vivir así. No puedo. Necesito estar concentrado. No puedo permitirme tener una debilidad, de ningún tipo.

—¿Debilidad? —repitió ella con voz herida, desgarrándolo por dentro—. Puedo darte una paliza en el momento que me dé la gana, ¿sabes?

En parte quería tirar de ella para abrazarla con fuerza, pero racionalmente sabía que no podía hacerlo. Era un peligro para él, y no podía perderla. Había abrazado a su hija mientras la vida la abandonaba. Se negaba a revivir ese dolor con Kat. Su muerte lo destrozaría.

—Te mordieron en una pelea en la que a mí ni siquiera me arañaron. ¿Te acuerdas? Estuviste a punto de convertirte en uno de ellos.

—Vale —soltó, levantando las manos—, cometí un error. Se me olvidó lo del mordisco con todo el follón de salvar a Zakar. Lo reconozco. Soy culpable. Castígame. Me lo merezco.

—Estás simplificando el asunto, y no tiene nada de sencillo. No puedo permitirme ningún error, y el preocuparme por ti me hace ser descuidado. Les deja un resquicio para matarnos a los dos.

Kat se calmó un poco y le lanzó una mirada muy seria.

—No soy Ishtar, Sin. No acabarán conmigo.

Quería confiar en ella, pero no podía.

—Ya han estado a punto de hacerlo.

—Me ha servido de advertencia. He aprendido la lección. No volverá a pasar.

Sabía que lo decía en serio y quería extender un brazo para acariciarla. Sin embargo, no podía. Un solo roce y su determinación flaquearía.

—Ahora entiendes mi punto de vista. No podría enterrarte ni quemarte y no voy a poner en riesgo a nadie más. Hasta aquí hemos llegado, Katra. Quiero que te vayas y que te lleves a tus demonios.

Kat hizo un mohín mientras sopesaba la idea de despedazarlo por su terquedad. ¿Por qué tenía la cabeza tan dura?

—¿Irme y dejarte solo con los gallu? ¿No es un plan un poco absurdo? Si no me quieres, vale. Soy una mujer adulta, puedo soportarlo. Pero quédate con Simi y con Xirena. Son lo único que los gallu no pueden tocar. Deja que te cubran las espaldas y que te protejan... Por favor.

—Vale. Si eso te hace feliz, que se queden. Y ahora te quiero lejos de aquí.

Furiosa y derrotada, levantó las manos. La actitud de Sin y su tono de voz dejaban bien claro que no iba a permitirle que se quedara.

Tal vez recapacitara si le daba un poco de espacio. Claro que, conociéndolo, lo dudaba mucho.

—Como quieras. Sigue haciéndote el machote todo lo que quieras. Me largo.

Sin la observó desvanecerse. Le ardía la garganta y ansiaba gritar su nombre para que regresara, pero no pensaba hacerlo.

No podía hacerlo, se corrigió.

Era una distracción. Más aún, era una debilidad que no podía permitirse. Le había tocado enterrar a todos los seres queridos que había tenido en la vida.

Y se negaba a perderla también. Mejor sufrir un poco en ese momento y saber que estaba viva, que permitirle que se quedara y verla morir.

Kat lo superaría, lo mismo que él.

Kat abrió de un empujón la puerta de la sala del trono de su madre, echando humo por las orejas.

—¡*Matisera!* —la llamó.

Necesitaba a su madre. No sabía muy bien por qué. Artemisa no era la más cariñosa ni la más compasiva de las mujeres. Sin embargo, necesitaba el consuelo que suponía su presencia.

Pero Artemisa no apareció.

Aquerón salió del dormitorio y la miró con curiosidad.

—¿Algo va mal?

En parte ansiaba correr hacia sus brazos para que la consolara, pero otra parte de sí misma quería mantener las distancias. En ese preciso momento le recordaba demasiado a Sin.

—¿Dónde está Artemisa?

Aquerón usó el pulgar para señalar por encima de su hombro.

—En la casa grande de la colina. Es imposible pasarla por alto. Hortera y exagerada para compensar algún complejo de inferioridad. Zeus está de fiesta, y Artemisa ha ido de visita.

Cómo no. Dada la suerte que tenía últimamente, seguro que su madre tardaba horas en volver.

Aquerón se acercó a ella.

—¿Puedo ayudarte en algo?

—No —respondió malhumorada—. Eres un hombre y ahora mismo os odio a todos.

—Me parece estupendo —replicó él mientras retrocedía unos pasos—. Puesto que es evidente que mi presencia te molesta, me llevaré mi masculinidad a la terraza, así que ya sabes dónde estoy si te ves capaz de superar mi obvio defectillo de nacimiento.

Lo miró con muy mala leche. Era típico de un hombre quitarle hierro al asunto cuando era algo tan hiriente. Por eso precisamente los odiaba en general en ese momento.

Su padre salió a la terraza y se sentó en la balaustrada con la espalda apoyada en una columna. La parte de sí misma que seguía enfadada quería salir, darle un empujón y verlo despatarrado en el jardín. Y aunque la imagen le resultó graciosa hasta cierto punto, sabía que no podía hacerlo. En realidad, no estaba enfadada con él.

Lo que quería era aplastar a Sin.

Incapaz de soportarlo, salió.

Aquerón se volvió para mirarla con una ceja enarcada.

—¿Por qué sois tan cerdos todos los hombres? —preguntó ella mientras cruzaba los brazos por delante del pecho—. Y mira que lo sabía de antemano, pero aun sabiéndolo, voy y me enamoro tontamente de uno. ¿Por qué? ¿Por qué soy tan masoquista? Desnudas tu alma delante de un hombre ¿y qué recibes a cambio? «Nena, ¿puedes cambiar de canal?» —dijo, fingiendo una voz masculina—. Sois unos insensibles que solo os preocupáis por vosotros mismos.

Aquerón imitó su pose y también cruzó los brazos por delante del pecho.

—¿Quieres mi opinión o prefieres despotricar a gusto para desahogarte?

—¡Las dos cosas!

—Vale, de acuerdo, tú sigue despotricando. Cuando acabes, ya comento.

¿Por qué tenía que ser tan razonable el puñetero? Sus palabras aplacaron en parte el enfado, de modo que decidió dejarlo hablar.

—No, vamos, suéltalo ya. Si tienes algo que decir, adelante.

—Antes de nada, esto no es un problema de tensión masculina/femenina. Es un problema emocional. Dices que los hombres somos insensibles, vale. Pues deberías ver a las mujeres desde mi punto de vista. Te juro que algunas son un glaciar ártico. En serio, mi opinión al respecto no iba a gustarte ni un pelo. Es más, como hombre que soy, si alguna vez se me ocurriera ir por ahí y tocarle el pecho a una mujer, me arrestarían. ¿Sabes cuántas me han tocado el paquete porque les ha dado la gana?

—¡Papá!

—Lo siento, pero es cierto. Las mujeres son tan propensas a utilizar a los hombres como los hombres lo son a utilizarlas a ellas. No es justo juzgar al conjunto por lo que unos cuantos o unas cuantas gilipollas hayan hecho. Y ahora, ¿qué te ha hecho Sin para que odies al género masculino en general?

—No se trata solo de Sin —contestó a la defensiva—. Mira lo que el abuelo le hizo a la abuela y lo que... —Se interrumpió y se mordió la lengua justo a tiempo para no soltar lo siguiente.

—Lo que yo le he hecho a tu madre.

¡Maldita sea!, pensó. Lo había adivinado. Inclinó la cabeza, avergonzada y un poco resentida.

—No quería decirlo así tal cual.

—No te disculpes. Lo has pensado y lo he escuchado alto y claro.

¡Uf, se le había olvidado que tenía ese poder!

—Lo siento.

—Mentira, no lo sientes —la contradijo con una sonrisa comprensiva—. Siempre lo has pensado. Ten presente que has heredado de mí esa capacidad para leerle la mente a la gente y para interpretar sus emociones.

La verdad, en ese momento dicha capacidad la sacaba de sus casillas. Con razón el pobre Kish se había puesto hecho una fiera.

—¿Yo también soy tan insoportable cuando lo hago?

—Posiblemente.

—Normal que la gente se moleste tanto conmigo.

—Estoy seguro de que te perdonan pronto.

Pues no, pero no quería discutir con él. Aquerón se inclinó y la atravesó con una mirada penetrante.

—Por cierto, yo no le he hecho nada a tu madre.

—La sedujiste.

—Solo la besé, y te juro que mi intención no era que me deseara. En realidad, esperaba que me matara por el atrevimiento.

Su confesión la sorprendió, porque era radicalmente distinta a la versión que Artemisa ofrecía de los hechos.

—¿Cómo dices?

Lo vio asentir con la cabeza y percibió su sinceridad.

—Jamás he intentado seducir a una mujer, y lo digo en serio. Me he pasado la vida intentando que la gente no me manosee. Así que, antes de culparme por haber seducido a tu madre para después dejarla tirada, entérate mejor de las cosas. La besé una vez, esperando que me matara, pero luego ella comenzó a perseguirme.

Era difícil asimilar lo que le estaba diciendo, pero tenía cierta lógica.

—En cuanto a mis padres... —siguió Ash—, las cosas se torcieron entre ellos desde el principio, pero eso no tiene nada que ver contigo ni conmigo. Y mucho menos con tu relación con Sin, a menos que tú lo quieras ver de ese modo. No lo hagas. Tus problemas con Sin son muy simples. Él está asustado y tú lo estás presionando con la intención de que dé un paso para el que no está preparado.

—Pero me dijiste que fuera a buscarlo. Y eso he hecho.

—¿Y le pediste perdón?

—Sí.

—En ese caso dale tiempo, Katra. Cuando te has pasado toda la vida sintiéndote traicionado por todos los que te rodean, es difícil confiar en alguien. Sin tiene miedo del amor.

No lo entendía.

—¿Cómo es posible que alguien tenga miedo del amor?

—¿Por qué no? —preguntó Ash a su vez con cara espantada—. Cuando quieres a alguien, cuando lo quieres de verdad, ya sea un amigo o un amante, desnudas tu alma. Le entregas una parte de ti que no le has dado a nadie y le dejas ver una parte de tu persona que solo él o ella puede herir. Prácticamente le das el cuchillo y el mapa con los puntos exactos para que corte en el sitio preciso de tu corazón y de tu alma. Y cuando ataca, te deja lisiado. Te destroza el corazón. Te deja desnudo, expuesto, y te preguntas qué has hecho para provocar tanta rabia cuando lo único que querías era amar a esa persona. Te preguntas qué es lo que haces mal para que nadie confíe en ti, para que nadie te ame. Si pasa una vez, es malo. Pero si se repite... ¿te parece que no es para asustarse?

Tragó saliva para librarse del nudo que tenía en la garganta después de escuchar el sufrimiento que su padre llevaba dentro. Con los ojos llenos de lágrimas, se acercó a él y lo abrazó.

Ash era incapaz de respirar mientras sentía los brazos de su hija a su alrededor. Solo Simi lo abrazaba de esa forma. Sin exigencias y sin esperar nada a cambio. Solo para consolarlo.

Y eso significaba mucho para él.

—Te quiero, papá. Nunca te haré daño conscientemente.

Cerró los ojos, conmovido por sus palabras.

—Lo sé, nena. Dale a Sin un poco de espacio para que pueda aclarar sus ideas y dejar atrás su pasado.

—¿Y si no lo hace?

—Lo sacaré a la calle y le daré una paliza por haber hecho llorar a mi niña.

Kat soltó una carcajada entre lágrimas y se apartó de él.

—¿De verdad?

—Por supuesto. Caeré sobre él con todo el peso de un dios atlante mosqueado, y tú sabes muy bien lo que un dios atlante mosqueado es capaz de hacer. A su lado, Hannibal Lecter es un pelele.

Kat sonrió y se sorbió la nariz.

—Que sepas que te tomo la palabra.

—Como quieras. Estoy encantado de ir por la vida repartiendo leches.

Además de gustarle la idea, a Kat no le costaba trabajo imaginárselo. Se limpió las lágrimas y cambió de tema de forma radical al preguntarle:

—¿Qué haces cuando mamá te deja solo como ahora?

Se encogió de hombros.

—Escribo novelas románticas.

Su respuesta fue tan rápida, concisa e inesperada que la dejó alucinada.

—¿De verdad?

—¡Qué va! —Le guiñó un ojo—. No tengo tanto talento y no entiendo de romanticismo. Es que quería ver tu reacción.

¡Ja, ja!, pensó. No sabía si podría acostumbrarse a su sentido del humor algún día.

—¿Y qué haces? En serio.

—Nada. De verdad. Me aburro como una ostra. Artemisa no me deja traer nada. Nada de guitarras. Ni de dibujos animados.

Algunas veces me traigo algún libro de extranjis para verla subirse por las paredes cuando lo descubre.

No lo entendía. ¿Por qué era su madre tan cruel?

—¿Por qué no te deja traer nada?

—Porque no tolera ninguna distracción. Mi parte del trato es estar a su disposición total y absoluta. Así que tengo que esperarla sin hacer nada. Es una demostración más de poder. Una pequeña victoria de la que presumir.

—¿Por qué se lo permites?

La expresión que apareció en esos turbulentos ojos plateados le provocó un escalofrío.

—Por la misma razón por la que Sin se niega a morir. En la Tierra hay seis mil millones de personas que necesitan que alguien las proteja de ciertas cosas mucho más peligrosas que el cobrador del frac o el hombre del saco. Ciertas cosas que ni una pistola podría parar. Mientras sus vidas estén en juego, ¿qué importancia tiene una humillación más en mi vida? Además, ya estoy acostumbrado.

Un gesto muy altruista del que ella no se creía capaz.

—Sí, pero eres un dios del destino. ¿No puedes cambiarlo?

—Katra, estás pensando como una niña. Las cosas que parecen sencillas rara vez lo son. Voy a ponerte un ejemplo para que lo entiendas. Imagina que un mecánico se pone a arreglar un carburador y sin querer hace un agujero en el radiador que agrava el problema. En la Tierra todo está conectado. A veces es fácil ver dicha conexión entre las personas, pero en la mayoría de los casos es muy complicado. Si haces un cambio significativo, se corre el riesgo de alterar la Humanidad en su conjunto. Tu caso, por ejemplo. Si te hubiera impedido quitarle los poderes a Sin, no se habría convertido en el hombre que es ahora. Habría sido tan insensible como tu madre.

—Pero su panteón habría sobrevivido.

—¿Estás segura? El destino nunca es tan sencillo. No sigue una línea recta y cuanto más lo tergiversas, más te complicas la existencia. El destino es implacable. Sin habría perdido sus poderes de alguna otra forma, en otro lugar y en otra época.

Y quienquiera que se los arrebatara podría haberlo matado. De haber muerto, el mundo habría llegado a su fin o los gallu habrían sido liberados y habrían campado a sus anchas. Las posibilidades son infinitas.

—Pero si el destino es implacable... si está fijado, ¿cómo es posible que las posibilidades sean infinitas? —Era una cuestión que siempre le había costado asimilar.

—El destino solo tiene fijados ciertos acontecimientos. Pero no el resultado de dichos acontecimientos. Estaba escrito que Sin perdiera su condición de dios, pero no cómo iba a pasar ni lo que sucedería a continuación. Eso depende del libre albedrío, una variable peliaguda que pone tantas cosas en movimiento que nadie, ni siquiera yo, puede controlar.

—No lo entiendo.

Ash respiró hondo mientras le frotaba el brazo para reconfortarla.

—Otro ejemplo. Cuando conocí a Nick Gautier, estaba escrito que se casaría a los treinta años y que tendría un montón de hijos. A medida que nos fuimos haciendo amigos, perdí la capacidad de ver su futuro. Y entonces, en un momento de cólera, cambié su destino al decirle que debería suicidarse. No lo dije en serio, pero como soy un dios del destino, ese tipo de comentario acaba convirtiéndose en una sentencia. El destino alineó las circunstancias de modo que lo llevaran a plantearse el suicidio. La mujer con la que iba a casarse murió en su tienda. Un daimon mató a su madre y Nick se pegó un tiro al lado de su cadáver. No debería haberle dicho lo que le dije, pero el libre albedrío me llevó a hacerlo. El libre albedrío debería haber hecho que Nick intentara vengarse de los daimons matando alguno y no suicidándose. Sin embargo, como yo dije lo que dije y soy quien soy, mi sentencia de que se suicidara pesó más que su fuerza de voluntad y no le dejó otra salida. Yo le quité la capacidad de decidir libremente y por mi culpa murió su madre. ¿Lo entiendes?

Comenzaba a hacerlo, pero todavía estaba el asunto del destino original de Nick.

—Pero si el destino es implacable, Nick debería encontrar

a alguien con quien casarse y tener un montón de hijos, ¿no?

—Debería ser así, sí. Pero como forcé su libre albedrío, alteré su destino para siempre. Su futuro ya no está escrito y su libre albedrío lo llevará por un camino que no puedo ver. Lo que sé es que sus futuras acciones afectarán las vidas de ciertas personas a las que quiero mucho, y cualquier cosa que les pase será responsabilidad mía por haber sido un imbécil. No seas imbécil, Katra. Nunca hables guiada por la furia, y no intentes imponerle tu voluntad a nadie. Así nunca encontrarás la paz.

Comprendió a lo que se refería. Su madre llevaba siglos intentando imponerle su voluntad a su padre. Su abuelo, Arcón, había intentado imponerle su voluntad a su abuela. Y en ambos casos el resultado había sido desastroso para todos los involucrados. Por mucho que quisiera seguir al lado de Sin, no encontrarían la felicidad a menos que él también lo quisiera.

—Lo entiendo.

—Muy bien. Ese es el primer paso.

Si él lo decía... Por su parte, lo único que tenía claro era lo doloroso que resultaba hacer lo correcto cuando lo que quería era obligar a Sin a seguir con ella. Miró a su padre y meneó la cabeza.

—Eres muy sabio.

Él se echó a reír.

—Solo cuando se trata de los demás. Es fácil dar con la solución a sus problemas. Ver la viga en el ojo propio es bastante más complicado.

—En fin, pues te lo agradezco. Mucho. —Le dio un beso en la mejilla y lo dejó en la terraza.

Para llegar hasta su dormitorio tenía que atravesar el dormitorio común donde dormían las demás *korai* que servían a Artemisa. El suyo estaba al fondo, a la izquierda.

Le daría a Sin el espacio que necesitaba para que decidiera lo que quería hacer con su vida. No lo atosigaría. Dejaría que fuese él quien la buscara. Era la única forma.

Se acercó a la ventana para descorrer las cortinas y dejar que entrara la luz del sol, pero escuchó algo a su espalda. Se volvió justo cuando Xypher se materializaba en el centro de su dormitorio.

Su expresión era cruel y feroz mientras arrastraba por el suelo a un gallu, en su forma demoníaca. Lo tenía agarrado por el cuello y la criatura no paraba de patear y chillar, exigiendo que lo soltara. Xypher estaba cubierto de sangre y tenía el lado izquierdo de la cara lleno de arañazos.

Sin embargo, parecía ajeno a todo eso mientras caminaba hacia ella.

Tan pronto como estuvo cerca, le arrojó el demonio a los pies. El gallu hizo intento de levantarse, pero él se lo impidió de una patada.

—He encontrado a esta mierda intentando comerse a una mujer al lado de una charcutería. Creí que podía sacarle información y, efectivamente, no me equivoqué. —Agarró al demonio del pelo y le levantó la cabeza para que Kat le viera la cara—. Dile aquí a la señora dónde tiene Kessar la Estela del Destino.

—La lleva al cuello. No deja que nadie se acerque.

—¿Y dónde tiene a Zakar?

—Clavado en la pared de la sala del trono.

Xypher dejó que el demonio cayera al suelo.

—¿Te parece bien? ¿Puedo matarlo ya?

Kat observó las heridas del skoti, que no paraban de sangrar.

—¿Y tú no te transformas?

Xypher soltó una amarga carcajada.

—Estoy muerto. No puedo transformarme si no tengo pulso.

Eso la tranquilizó... en cierta forma.

—¿Puedo matarlo ya?

Titubeó, aunque no sabía por qué. Miró al demonio, que estaba indefenso en el suelo... Una cosa era matarlo en una pelea y otra muy distinta cuando ya estaba derrotado, por muy demonio que fuera. De algún modo le parecía que estaba mal.

—¿Qué te pasa? ¿Y esa debilidad? —masculló Xypher al ver que no respondía—. No me digas que quieres que le perdone la vida a este patético animal, cuando él no te demostraría compasión alguna. Hazme caso, es mejor cortarle la cabeza a una cobra antes de que ataque.

—Una cobra no puede luchar contra su naturaleza. ¿Por qué castigarlo cuando lo único que hace es precisamente aquello por lo que los dioses lo crearon?

Xypher puso los ojos en blanco.

—¿Vamos a ponernos filosóficos o quieres que le pida perdón al gallu con un besito? ¿Quieres que lo suelte para ver si se lanza a por ti y te degüella de un bocado?

Tenía razón. No era momento para mostrarse compasiva, sobre todo después de haber sido testigo de lo que los gallu eran capaces. No demostraban compasión ni clemencia. Sin embargo, eso no significaba que tuviera que rebajarse a su nivel.

—Que sea una muerte rápida.

—Sí, majestad —replicó el skoti con una voz ponzoñosa y sarcástica—. Me aseguraré de usar una hoja bien afilada.

—El sarcasmo sobra.

—Y tu corazoncito también.

Lo miró con los ojos entrecerrados.

—Recuerda que fue mi corazoncito lo que te dio la oportunidad de volver a ser libre.

La expresión del skoti se tornó inescrutable.

—Majestad, fue precisamente un corazoncito lo que me llevó al lugar donde me encontraste. La persona que estaba intentando proteger cuando me atraparon no me dio ni siquiera las gracias. La muy puta estaba utilizándome. Así que, hazme caso, deshazte de la vena compasiva. Ya me lo agradecerás. —Y con eso se esfumó.

Se quedó donde estaba un rato mientras esas palabras resonaban en sus oídos. Llegó a preguntarse si Xypher tendría razón. La traición parecía ser un gran defecto de la Humanidad.

Al menos los gallu no fingían. Se limitaban a ser lo que eran: demonios. Siempre se sabía qué se podía esperar de ellos. No fingían ser humanos ni daban puñaladas traperas. Iban directos al cuello desde el principio.

Casi los respetaba por ello. Tal vez fueran una forma de vida superior después de todo. La traición no era un rasgo inherente a su naturaleza.

Y con esa conclusión llegó otra aún más aterradora: Sin sabía cómo matarla. Le había confesado un secreto que ni siquiera su madre sabía.

¿Y si la ternura que le había demostrado solo era una treta para ganarse su confianza y después traicionarla? Imposible.

Pero le arrebaté sus poderes, se recordó.

Llevaba siglos intentando matar a Artemisa porque la consideraba culpable, pero acababa de descubrir que su madre era inocente y que lo había hecho ella.

Eso es una tontería, estoy exagerando, se dijo.

Pero era muy probable...

—Ya vale, Kat. Sin no te haría daño nunca.

No lo haría, y se negaba a seguir pensando en esas tonterías. En ese momento Sin estaba herido y confundido. Como ella.

No permitiría que esos temores infundados destruyeran lo que habían encontrado juntos.

¿Y qué es lo que habéis encontrado? Te ha dicho que te largaras, insistió su cabeza.

¡Uf, cómo odiaba a la voz de su conciencia!

—No voy a escucharte. Quiero a Sin y no voy a renunciar a él así como así.

Ojalá él pensara lo mismo. Si no, acabaría matándola.

17

—Sabes que podrías matar a Kat sin más, ¿no?

—¡Kish! —rugió Sin, que se moría de ganas por estampar a su ayudante contra la pared que tenía detrás.

—¿Qué? La semana que lleva fuera ha sido horrible. Solo has estado rumiando como una vaca moribunda.

—Las vacas moribundas no rumian.

—¿Y tú qué sabes? ¿Vas por ahí rondando a las vacas moribundas?

Fulminó con la mirada al hombre que se afanaba en limpiar su ático. Llevaba una semana acampado en el sofá, que solo abandonaba para matar demonios y salir en busca de su hermano y de Kessar. Dormía en el sofá, comía en el sofá y se regodeaba en su miseria en el sofá. En un esfuerzo inútil por sacar a Kat de su vida.

A decir verdad, la echaba de menos. Echaba de menos el olor de su piel y de su pelo. Echaba de menos la forma en que fruncía el ceño cuando creía que estaba majara. Echaba de menos el sonido de su voz, la caricia de sus manos.

Aunque sobre todo echaba de menos las risas compartidas. Su agudo ingenio.

Le dolía el estómago por el vacío que había dejado su marcha. Era un dolor tan profundo que le calaba hasta lo más hondo. No quería hablar con nadie. No le quedaban fuerzas.

Solo quería que Kat volviese.

¡La madre que la p...!

Kish recogió la caja de la pizza, que aún estaba intacta, y la echó a la basura.

—Solo digo que una vaca moribunda puede rumiar.

—Al menos di «un toro moribundo» —comentó Damien al entrar en la estancia—. Eso le subirá el ego. Supongo que sería mejor que la nenaza llorica con la que hemos tenido que lidiar estos siete días.

Sin extendió una mano y les lanzó una descarga astral a cada uno. Kish y Damien gritaron antes de salir despedidos por los aires.

—¿Alguna queja más, niñas?

—¡Ay! —se quejó Kish—. Creo que me ha roto el cuerpo.

—¿Qué parte?

—El cuerpo entero. Me duele todo.

Damien se levantó apoyándose en uno de los taburetes del mueble bar y lo fulminó con la mirada.

—¿Tienes un espejo al menos?

Lo miró con el ceño fruncido.

—¿De qué coño hablas?

—De ti. Joder, con razón te dejó Kat. Apestas, tienes el pelo enredado y no te has afeitado en... ¿Cuánto hace que no te afeitas? No va a hacerte falta luchar contra los gallu. En cuanto te huelan, estarán muertos. —Miró a Kish, que también estaba levantándose—. No enciendas una cerilla. Con ese tufo a alcohol saldrá ardiendo a lo bonzo.

—¡Cierra la boca! —rugió él al tiempo que se levantaba para coger la botella medio vacía de Jack Daniel's que tenía en la mesita auxiliar.

Se fue al dormitorio para no tener que soportar sus quejas. Al menos ese era el plan, pero las paredes eran tan delgadas que era imposible no escucharlos.

—¿Cuándo se cambió de ropa por última vez? —preguntó Damien.

—El mismo día que se bañó por última vez, creo... El día que se fue Kat.

Escuchó el tintineo de los vasos al chocar.

Damien soltó un taco.

—¿Cuánto alcohol se ha metido en el cuerpo?

—Para que te hagas una idea, ahora repongo el mueble bar dos veces al día.

—Joder, ¿cómo puede luchar contra los demonios en ese estado?

—Creo que antes has dado en el clavo: enciende una cerilla y les echa el aliento. Es como un lanzallamas humano.

—Si no fuera tan triste, además de cierto, me reiría.

—Sí, ya somos dos. La verdad es que yo dejé de reírme cuando encontré esto debajo de su almohada.

Sin soltó un taco al darse cuenta de lo que Kish había encontrado. Se acercó a la cama a toda prisa para verificarlo. Justo lo que se había temido... el espantoso pijama de franela de Kat.

¡Qué imbécil y patético soy!, pensó. Lo había puesto debajo de la almohada para poder olerlo mientras dormía. Su olor lo había reconfortado de un modo inimaginable.

Y en ese momento, al ser descubierto, se sentía como un capullo. Aunque esa sensación se desvaneció al caer en la cuenta de que otro hombre estaba tocando la ropa de Kat...

Hecho una furia, salió en tromba al salón y le quitó el pijama a Kish.

—¿Te importa? No es tuyo.

—Lo siento.

Al girarse vio la mueca burlona de Damien.

—¡¡Y tú qué miras!?

—Nada. Solo intento imaginarte con un pijama de franela rosa. Estoy seguro de que el rosa te queda genial.

Kish se echó a reír.

—La verdad es que con su tono de piel es más que posible que le quede bien de verdad. Creo que no me equivoco al decir que le van los colores otoñales.

—Los veraniegos, idiota.

Sin los miró con frialdad.

—Me resulta fascinante comprobar que sabéis que las gamas de colores tienen nombres en el mundillo de la moda. —Se giró hacia Damien—. El hecho de que tú hayas corregido a Kish me acojona.

—Oye, que no soy yo el que duerme con un pijama rosa. Así que no me vengas con esas.

Le lanzó una mirada asesina.

—Menos mal que no me mangas dinero del casino, porque si no, te mataría ahora mismo. —Y volvió a su dormitorio.

Cerró la puerta y se apoyó en ella. De forma inconsciente, se llevó el pijama a la cara y aspiró el suave olor de Kat. No entendía cómo algo tan tonto podía calmarlo y destrozarlo a la vez. Pero era imposible negar lo que estaba sintiendo.

La quería a su lado. Y le estaba destrozando estar solo.

—¿Qué he hecho?

Aunque lo sabía muy bien. Tenía que mantenerla alejada. Era por su bien. Si Ishtar cayó frente a los gallu, ¿qué posibilidades tenía Kat de sobrevivir? Nunca pondría en peligro su seguridad con su egoísmo.

Asqueado por su debilidad, se obligó a arrojar el pijama a la cama y fue al cuarto de baño. En cuanto vio su reflejo en el espejo, entendió las quejas de Damien y de Kish. Estaba hecho un desastre.

Tenía los ojos hinchados por la falta de sueño... Ni siquiera recordaba la última vez que se había afeitado. Tenía el pelo enredado. Kat le daría una paliza por tener esas pintas... y seguramente oliera tan mal como parecía.

Descorazonado, se metió en la ducha para demostrarles a todos que podía seguir viviendo sin ella.

El problema era que no quería hacerlo.

Mientras esperaba que saliera el agua caliente, cerró los puños y los colocó en la mampara de la ducha antes de apoyar también la frente. Si cerraba los ojos, podía ver su imagen en la cabeza... podía sentirla.

—¿Sin?

Se tensó al escucharla pronunciar su nombre. Era como si estuviese detrás de él, aunque sabía muy bien que no era así.

Pero después lo sintió. El suave roce de una mano contra el

hombro. Temeroso de que solo fuera un producto de su torturada imaginación, se negó a abrir los ojos.

—¿Estás bien? —preguntó ella.

—Depende.

—¿De qué?

—De si estarás ahí cuando me dé la vuelta o no.

—¿Quieres que me vaya?

La palabra «no» se le quedó atascada en la garganta.

Joder, tío, mueve la cabeza y dile que se largue. Es por su bien. Es por tu bien, se dijo en silencio.

Su mano seguía acariciándole la piel.

Se obligó a girarse y a abrir los ojos, momento en el que vio lo más hermoso que había contemplado nunca. El rostro de Kat. Incapaz de resistir el impulso, la estrechó entre sus brazos y la besó.

Kat se quedó sin respiración por el feroz abrazo de Sin. Intentó enterrarle los dedos en el pelo, pero se encontró con un sinfín de enredos. Seguro que estaba haciéndole daño, aunque él ni parecía darse cuenta mientras sus lenguas jugueteaban y su espesa barba le pinchaba la cara.

Su aroma, combinado con el olor a whisky, se le subió a la cabeza y le aceleró el corazón. Había temido tanto por la acogida que iba a darle que aquello fue toda una sorpresa.

—¿Esto quiere decir que te alegras de verme?

—Mucho más que eso. —La inmovilizó contra la mampara de la ducha y antes de que supiera qué estaba pasando se encontró desnuda.

Se quedó sin aliento cuando Sin bajó la cabeza y empezó a juguetear con el pezón derecho. La barba le pinchaba y le provocaba un millar de escalofríos al tiempo que su lengua la torturaba. No le dio tregua mientras sus manos y sus labios acariciaban todo su cuerpo.

El éxtasis la consumió. Esa bienvenida era lo último que había esperado cuando pensó en ir a verlo. A decir verdad, creía que iba a echarla de su casa y a decirle que no volviera nunca. O cuando menos que le daría la espalda y se iría sin escuchar ni una sola palabra de lo que le dijera.

Ni en sus más locas fantasías había esperado que estuviera tan desesperado por ella como ella estaba por él. Tan desesperado por tocarla que le arrancó una sonrisa al saber lo mucho que la había echado de menos. Era maravilloso estar en sus brazos de nuevo. Que su aliento le abrasara la piel. La simple caricia de sus fuertes brazos la ponía a cien.

—Te deseo, Sin —le susurró al oído—. No quiero esperar.

Extendió una mano por encima de la cabeza para sujetarse a una de las barras de la ducha cuando la penetró.

Sin gimió al entrar en ella. Todo su cuerpo gritó de alivio. Levantó la vista para ver esa maravillosa sonrisa en su rostro mientras ella observaba cómo se hundía en ella. Le temblaba el cuerpo de placer. Temblaba de pies a cabeza al sentir cómo lo acogía en su interior.

Esperar a que ella alcanzase el clímax fue lo más duro que había hecho nunca, y tuvo la sensación de que pasó una eternidad hasta que por fin le clavó las uñas en los brazos y echó la cabeza hacia atrás mientras gritaba. En cuanto sintió que llegaba al orgasmo, se dejó llevar.

A Kat le daba vueltas la cabeza mientras soltaba la barra metálica. En ese momento se dio cuenta de que el metal se le había clavado en la mano. Aun así, nada le importaba salvo pegarse a él y escuchar su respiración junto al oído.

—Esto ha sido una sorpresa —admitió con una carcajada.

Sin quería reír con ella, pero no le hacía gracia. La había puesto en peligro y había echado por tierra todo lo que había intentado lograr en esa semana.

¿Y para qué?

Por sentir el roce de su mano en mi cara..., se dijo.

Ese hecho lo atravesó como un puñal. Había vendido su alma por pasar un momento con ella. Pero no podía decírselo.

—¿Por qué has venido? —preguntó con una voz pastosa que le sonó rara.

—Xypher me ha dicho cuál es la debilidad de Kessar y creí que te gustaría saberla.

¿Eso era todo? ¿Era el único motivo por el que había ido a

verlo? Una parte de él quería que le dijera que lo había echado de menos. Que había sido incapaz de seguir con su vida sin él. Sin embargo, al mirarla se dio cuenta de que estaba genial. A diferencia de él, parecía haber dormido bien. No había indicios de que hubiera estado penando por los rincones ni sufriendo.

Y eso lo cabreó. Mucho.

Kat lo miró con el ceño fruncido.

—¿Estás bien?

—Genial —masculló.

—Pues no lo pareces. Es como si estuvieras... cabreado. Creí que las noticias te alegrarían.

—Estoy que me salgo. —Sí, señor, un poquito de sarcasmo nunca iba mal...

—Eres un capullo —dijo ella al tiempo que le daba una palmadita.

—¿Capullo? —preguntó él—. ¿Es lo único que tienes que decirme después de una semana?

Kat cruzó los brazos por delante del pecho al tiempo que lo miraba a los ojos.

—Sí, eso y que tienes que ducharte.

—Iba a hacerlo cuando te has presentado de golpe.

—Por la pinta que tienes —dijo ella con el ceño fruncido—, diría que tendrías que haberlo hecho hace un par de días por lo menos.

Cogió una esponja del montón que había en la balda.

—¿Has venido para insultarme? Porque si es así, hay dos tíos que se te han adelantado. Y que lo hacen mucho mejor que tú, que lo sepas.

—Lo dudo mucho.

Pasó de ella mientras comprobaba la temperatura del agua.

—Dime lo que has averiguado y lárgate.

—No, no lo haré hasta que me digas qué te pasa.

—No me pasa nada.

—Claro. Vamos, Sin, deja de hacer pucheros y contéstame.

—Yo no hago pucheros.

Claro, claro...

—Tienes el mismo mohín que un crío de dos años.

—De eso nada.

Kat colocó los brazos en jarras, imitando a un niño pequeño, antes de replicar con la voz más infantil de la que fue capaz:

—¡Sí que lo tienes!

La fulminó con la mirada. Aunque quería seguir enfadado, se le escapó una carcajada.

—Te odio. —Pero carecía de la emoción necesaria para que lo tomara en serio.

—Vale —dijo ella, que le dio un cachete—. Allá tú. Ya me buscaré a otro a quien amar.

En cuanto hizo ademán de alejarse de él, la cogió del brazo.

Kat se detuvo al ver la expresión furiosa de sus ojos. Porque era furia lo que estaba viendo, y eso la dejó helada.

—¿Quién es? —rugió Sin.

¿De qué estaba hablando?, se preguntó ella.

—¿Quién es quién?

—¿Con quién te vas?

De repente, todo cobró sentido. Su comportamiento, su furia. Todo.

—¡Madre mía, Sin! Es increíble que de verdad pienses que voy en busca de otro. No he permanecido virgen once mil años para empezar ahora a acostarme con todo bicho viviente. Si soy capaz de algo, es de controlarme. Así que ya puedes atar en corto tus celos. Átalos bien y enciérralos donde no vean nunca el sol. No quiero volver a ver este lado tuyo.

Sin retrocedió.

—¿Y qué querías que pensara? No tienes pinta de haber sufrido mucho.

—¿Cómo dices?

—Olvídalo —respondió él al tiempo que apartaba la mirada.

Lo detuvo antes de que se metiera en la ducha.

—¿Crees que esta semana ha sido un paseo para mí?

Él la miró con desdén.

—No te veo muy afectada.

Kat gruñó al escucharlo.

—Tío, da gracias a que estás para comerte desnudo, porque si no, te habría despellejado por decir eso. He pasado un infierno por ti. ¿Crees que quería venir aquí para que me dijeras que me perdiera otra vez? Sé que te cuesta creerlo, pero yo también tengo mi orgullo, y que sepas que no pienso volver a rebajarme.

Sin esbozó una sonrisa radiante.

—¿Me has echado de menos?

La pregunta consiguió irritarla más.

—¿Es lo único que se te ha quedado de todo lo que te he dicho?

—No, pero es lo que me interesa que contestes.

Kat soltó un suspiro frustrado.

—Sí, te he echado de menos. He llorado tu pérdida. Te he odiado. He estado a punto de mandarte a Simi con salsa barbacoa y solo he pensado en lo mucho que quería abrazarte... Y sí, te he echado de menos al completo, desde ese gruñido que sueltas cuando te enfadas hasta cómo me abrazas mientras dormimos. ¿Ya estás contento?

Sus ojos dorados brillaron de alegría.

—Contentísimo. —Volvió a besarla.

Se apartó de él y meneó la cabeza.

—Me siento como si fuera un yoyó. O me quieres o no me quieres. Deja de jugar conmigo, porque ya no puedo más.

—Te quiero aquí conmigo, Katra. De verdad. Casi no he sido persona esta semana.

Ladeó la cabeza al escucharlo.

—¿Estás seguro?

—Sí —murmuró él—. Me distraes mucho más cuando no estás que cuando te tengo al lado.

No tenía muy claro si era algo bueno o no, pero lo aceptaría tal cual. Complacida porque su olor le daba una excusa perfecta, frunció la nariz y dijo:

—Pues en ese caso, dúchate. Apestas.

—¿Qué dices?

Levantó la mano e hizo un gesto con el índice y el pulgar.

—Solo un poquito.

Sin resopló.

—Vale. —Abrió la mampara de la ducha y entró. Para su alegría, Kat lo siguió y le quitó la esponja de las manos antes de empezar a enjabonarle la espalda.

—¿Qué has averiguado sobre Kessar? —le preguntó por encima del hombro.

—Solo le tiene miedo a una mujer llamada Ravanah.

Sin la miró con semblante serio.

—No es una mujer. Es otro demonio.

—¿Y está viva?

—Según los rumores está viva y coleando, pero han pasado siglos sin que nadie la viera.

—¿Es una gallu?

—No, no. Es única en su especie.

—¿En serio?

—Se alimenta de otros demonios. Por eso Kessar le tiene miedo.

—¡Genial! Eso nos vendría bien.

—Si conseguimos encontrarla. Pero yo no me haría muchas ilusiones. Por no mencionar que cuando no hay demonios cerca, se alimenta de niños y embarazadas. Es un monstruo cruel.

—Parece encantadora. ¿Te parece que la invitemos a cenar una noche? —Lo obligó a girarse para enjabonarle el pecho. Costaba mucho concentrarse cuando estaba tocando su cuerpo desnudo. Se había olvidado de lo mucho que la excitaba. Era tan fuerte y tan poderoso... tan sexy. Apenas podía concentrarse en otra cosa que no fuera echar otro polvo en el que pensaba dejarlo baldado—. Por cierto, también he descubierto dónde está Zakar...

—Encadenado al trono de Kessar, que tiene la Estela alrededor del cuello.

Levantó la vista y captó el brillo ardiente de sus ojos cuando le pasó la esponja por la entrepierna.

—¿Ya lo sabías?

—Me aseguré de conseguir la información de una de mis víctimas más recientes.

—Genial. La información que he recabado no sirve de nada. Me alegra saberlo.

Sin le cogió la mano y se frotó con ella suavemente. Tuvo que tragar saliva al sentirlo contra los dedos, resbaladizos por el jabón. De no ser por la espuma, a esas alturas le estaría lamiendo los pezones.

—Al menos lo has intentado. —Bajó la cabeza para besarle el cuello—. Es más de lo que han hecho muchos.

—Ojalá sirviera de algo más.

—Ha servido para algo.

Le quitó la esponja y le echó más gel.

Kat estuvo a punto de gemir cuando comenzó a enjabonarle el pecho.

—Bueno, hay algo más.

—¿En serio?

Le colocó las manos en los hombros para no perder el equilibrio mientras él la enjabonaba con ternura.

—Seguramente ya sabes que las Dimme no son muy buenas amigas de los gallu. De modo que Kessar está reuniendo a sus demonios alrededor de la tumba.

Eso lo detuvo en el acto.

—¿Sabes dónde está la tumba?

—Sí.

Soltó una carcajada antes de cogerla en brazos y besarla.

—Gracias.

—¡Menos mal! Eso quiere decir que soy útil.

—Sí que lo eres. Ahora solo nos hace falta un plan.

Kat asintió con la cabeza.

—Uno en el que no acabemos todos muertos.

—Es un buen punto de partida.

Separó las piernas cuando él introdujo la mano entre sus muslos y dejó caer la esponja para acariciarla con sus largos dedos. Se quedó sin aliento cuando su dedo índice la penetró.

—Antes tenía tanta prisa que no pude saborearte siquiera.

Ni siquiera pudo replicar mientras Sin la acariciaba. Solo atinó a mirarlo mientras se arrodillaba y le separaba más los muslos para reemplazar sus dedos con la lengua. Se le endurecieron los pezones al sentir el roce de su barba en la delicada piel de la entrepierna, que le provocó otro escalofrío.

Sin gimió al saborear su cuerpo. Quería bañarse en su aroma. Quería saborear su placer. Tenía los muslos húmedos por el agua, y sus gemidos eran música celestial para sus oídos. Jamás había deseado complacer a una mujer tanto como deseaba complacerla a ella. No había nada más gratificante que verla alcanzar el orgasmo. Que escucharla gritar su nombre mientras se corría para él.

El agua caliente le caía por la espalda mientras la acariciaba con la lengua. La penetró con otro dedo más, arrancándole otro grito de placer.

Tras unas cuantas caricias, Kat lo agarró del pelo y se estremeció. Soltó una carcajada mientras continuaba lamiéndola y atormentándola con la lengua y los dedos, hasta que la dejó exhausta.

Cuando notó que los espasmos de placer cesaban, se levantó y la estrechó entre sus brazos.

Kat se volvió a quedar sin aliento cuando Sin la penetró. La sostuvo contra la pared mientras embestía con las caderas. El deseo la abrasaba y verlo consumido por la pasión aumentó su excitación. Lo abrazó con fuerza y le clavó los colmillos en el cuello. Estaba tan débil que le costaba la misma vida seguir en pie. No sabía cómo era posible que Sin tuviera fuerzas a esas alturas. No obstante, no pasó mucho tiempo antes de que lo escuchara gemir al llegar al orgasmo.

—Eres insaciable —jadeó al soltarlo.

—Era un dios de la fertilidad, ¿sabes? Es lo normal entre nosotros.

Kat se echó a reír.

—Ahora entiendo por qué las mujeres te adoraban. —Lo besó en la mejilla—. Pero que no se te suba a la cabeza.

—No te preocupes, te conozco muy bien. En cualquier momento me soltarás alguna que me pondrá en mi sitio.

Le dio un breve apretón antes de apartarse y enjuagarse.

En cuanto terminaron de ducharse, Sin llamó a Damien, a Kish y a los dos demonios carontes.

Simi gritó nada más verla.

—¡Akra Kat, has vuelto!

—He vuelto, Simi. ¿Qué tal te ha ido?

—Muy bien. Simi y Xirena han comprado mucho. —Levantó las manos para enseñarle los anillos que adornaban sus dedos—. ¿Sabes que el casino tiene tiendas? Simi y Xirena han comprado como un buen par de demonios.

Kish resopló.

—Ya lo creo. Su habitación parece un almacén.

Simi se echó el pelo por encima del hombro.

—A Simi le gustan los almacenes. Tienen un montón de cosas buenas.

—Por eso les enseñé la web de The Container Store —añadió Kish con un guiño, complacido por la idea de haberles mostrado la tienda de artículos de almacenaje.

—¡Síii! —exclamó Simi—, a Simi y a Xirena les encanta. Tienen muchas cajas para meter las compras y las cositas brillantes de Simi.

Sin carraspeó.

—Esto... Perdón por interrumpir la conversación, pero tenemos un problemilla más grave que el de guardar la ropa de un demonio. —Se giró hacia ella—. Enséñales la distribución de las cavernas.

—Según Xypher, Kessar duerme aquí —señaló tras dibujar un plano de la caverna en el aire con sus poderes al tiempo que marcaba una X al fondo de una galería—. Da audiencias y planea la estrategia con los demás aquí. —Era la galería más alejada de su habitación—. Las Dimme están aquí detrás. —En una estancia circular bastante alejada de la de Kessar—. El problema es que quiere trasladar a todos los gallu a la zona donde están las Dimme y ofrecerles a cuarenta humanos como sacrificio. Mientras las Dimme se zampan a los humanos, tienen la intención de ofrecerles una alianza. Si las Dimme acceden, vendrán a por nosotros como un solo ejército.

Damien frunció el ceño.

—¿Y si se niegan?

—Planea dejarlas hacer un enorme agujero hasta llegar a la superficie para que los gallu escapen y luego las matará antes de que puedan irse.

Kish imitó el gesto del daimon.

—¿Puede hacerlo?

—No lo sé —respondió ella con un suspiro—. La Estela no afecta a Simi ni a Xirena. —Miró a Sin—. ¿Afectaría a un demonio sumerio?

Él se encogió de hombros.

—Los únicos que sabrían la respuesta son Anu y Enlil, pero están muertos.

—Muy útil, sí —dijo Damien.

Kish resopló, frustrado.

—¿No podemos meterles un bombazo nuclear y enterrar a esos cabrones?

—Las pruebas nucleares fueron el motivo de que empezaran a liberarse —le recordó Sin—. Es como leche materna para estos demonios.

—Pero si puedes quemarlos...

—Quemarlos es un proceso independiente. No es lo mismo que la bomba. Por las diferencias moleculares o no sé qué. Soy un dios de la fertilidad depuesto, no un físico nuclear. Solo sé que las bombas nucleares no funcionan, pero el fuego sí.

—Pues que alguien nos consiga un poco de napalm —dijo Kish.

Kat no le hizo caso.

—Pregunta: ¿por qué no se han establecido en el mundo exterior? Lo pregunto en serio. Si pueden salir en grupitos, ¿por qué no han establecido su comunidad en la superficie hasta ahora?

—Lo han hecho. —Sin se acercó al plano para estudiarlo mientras hablaba—. Aquerón y yo hemos ido a por ellos conforme los descubríamos. Kessar se ha quedado bajo tierra porque allí está protegido. Son más fuertes en su territorio, que es en lo que se han convertido las cavernas.

—Además, la unión hace la fuerza —añadió Damien—. Aquí fuera están controlados porque los matamos en cuanto salen de su territorio. En las cavernas...

—Hay miles a los que enfrentarse —concluyó Sin por él—. Ir a por las Dimme es un suicidio.

Kat soltó una carcajada.

—¿Quién quiere vivir eternamente?

Kish levantó la mano.

—Para que conste en acta, yo.

Sin lo fulminó con la mirada.

—¿Por qué tienes que irritarme tan a menudo?

—¿Porque la tendencia suicida es un defecto de mi especie?

Kat se desentendió de sus pullas mientras contemplaba el plano.

—Es como dijo Kytara, ¿no? Necesitamos un ejército.

Sin meneó la cabeza.

—Pues estamos un pelín cortos de personal. Los Cazadores Oscuros no pueden pelear juntos sin anular sus poderes. A los dioses griegos les importa una mierda y los otros dioses a quienes les importaba están muertos. Solo quedamos nosotros.

Damien asintió con la cabeza.

—Y seguramente moriremos por una buena causa.

—Sí —convino Sin en voz baja—. Kessar lleva acosándome una semana en sueños. No puedo ni con mi alma. Nos hace falta un milagro.

A lo que Kish se apresuró a añadir:

—O al menos un plan en el que yo no muera.

Kessar gruñó mientras apartaba a un encadenado Xypher de su trono, que forcejeó para liberarse. Estaba en forma incorpórea, así que no tenía ni idea de cómo había conseguido atraparlo el demonio. Pero no le gustaba ni un pelo. Si conseguía soltarse, despedazaría a ese cabrón muy lentamente. Miró a Zakar, que se negó a devolverle la mirada.

¿Lo habría traicionado el dios onírico? Justo lo que se merecía por intentar liberarlo. ¿Cuántas veces tenían que traicionarlo para que aprendiera la lección? La gente era gilipollas y solo se preocupaba por sí misma. A la mierda los demás.

Zakar era la única manera de que Kessar lo hubiera encontrado. Zakar era el único ante el cual se había mostrado. Menos mal que había intentado ayudarlo...

Un demonio hembra lo cogió y le clavó los colmillos en el muslo. Siseó de dolor. Intentó apartarla de un empujón, pero Kessar tiró de la cadena que le ataba las manos para que no pudiera llegar hasta ella.

El demonio se apartó con expresión confundida y escupió su sangre en el suelo.

—No sabe bien.

—No estoy vivo, zorra imbécil. Mi sangre es más espesa porque no corre por mis venas como la de un humano.

Kessar le dio una patada en las costillas.

—Gracias por la lección de anatomía.

El demonio se limpió los labios ensangrentados.

—¿Para qué lo queremos? Matémoslo.

Kessar lo miró como si fuera un insecto.

—Ya está muerto, no creo que podamos hacerlo.

Xypher le hizo un corte de manga.

—Premio para el caballero.

En esa ocasión Kessar le dio una buena patada en la espalda. Gruñó, deseando que no se pudiera sentir dolor después de la muerte. Pero ¡qué leches!, ya estaba acostumbrado.

—¿Qué haces aquí? —exigió saber Kessar—. ¿Espías para Sin?

—¿Quién cojones es Sin?

Kessar le asestó otra patada. Sí, iba a disfrutar de lo lindo rajándole el pescuezo.

—No te pases de listo. Estás aquí para espiar, y el único a quien le puede interesar este sitio es Sin.

—De eso nada —lo contradijo muy despacio—. Solo estaba dando un paseo cuando me di cuenta de que aquí abajo hay un montón de gente cabreada. Un skoti sería capaz de alimentarse solo contigo durante mucho tiempo.

Kessar se inclinó sobre él en ese momento y vio lo que necesitaba. La Estela del Destino.

Dorada, redonda y brillante. Preciosa.

Antes de que Kessar adivinara sus intenciones, la cogió, se la arrancó del cuello de un tirón y después le asestó una patada. Acto seguido, se apartó del demonio.

Kessar gritó al tiempo que su rostro adoptaba su verdadera forma e intentaba coger la cadena.

Estaba convencido de que el gallu lo ataparía, pero cuando hizo ademán de cogerlo, algo lo apartó de un tirón.

Zakar lo cogió y tiró de él hacia el trono.

—Dile a Sin que el Cetro está en la casa. Lo entenderá.

Xypher se encontró de vuelta en el Olimpo, en la plaza situada entre los templos de Zeus, Apolo, Artemisa y Ares.

—¡Qué c...!

Se detuvo un instante mientras rememoraba los últimos segundos hasta encontrar la respuesta más plausible.

Para salvarle la vida a fin de poder transmitirle el mensaje a Sin, Zakar acababa de firmar su sentencia de muerte.

18

Sin se apoyó en el mueble bar para estudiar el plano en silencio mientras Kat y Damien tomaban notas a su lado. Seguro que había algún modo de arreglar las cosas sin que murieran todos.

Eso sí, ¡ni zorra idea de cuál era!

Por muchas vueltas que le diera a la situación, solo veía un baño de sangre. Lo presentía. Todos los escenarios, todos los planes que se le ocurrían acababan con ellos convertidos en merienda.

Seguro que se le estaba escapando algo...

Ladeó la cabeza cuando se le ocurrió algo nuevo. Miró el plano con el ceño fruncido y se acercó al darse cuenta de lo que había pasado por alto.

—¿Dónde está la cerradura?

Kat levantó la vista de la libreta.

—¿Qué cerradura?

—El mecanismo, una especie de temporizador, que hay que detener para que las Dimme sigan encerradas. Zakar lo detuvo la última vez. Debería estar cerca de ellas, en una cadena, pero no la veo.

Kat se levantó para examinar el plano.

—¿Cómo es la cerradura?

—Es sumeria.

Lo miró con sorna.

—No la veo.

—Esto sí que es una putada —dijo él—. Sin cerradura no podemos detenerlas.

Kat abrió los ojos como platos.

Y él notó que se le erizaba el vello de la nuca al sentir una presencia detrás. Se dio la vuelta, listo para la lucha, pero se encontró con Xypher, cuyo aspecto ponía de manifiesto que le habían dado una buena tunda.

—¿Qué te ha pasado?

El skoti resopló.

—Me han vuelto a confundir con un saco de boxeo. —Se limpió la sangre de los labios al tiempo que se acercaba al plano—. Tu hermano acaba de firmar su sentencia de muerte para sacarme del atolladero.

A Sin se le cayó el alma a los pies.

—¿Cómo?

Xypher asintió con la cabeza.

—Tenemos que sacarlo de ahí ahora mismo. Kessar tiene pensado ofrecérselo de sacrificio a las Dimme... Eso si no lo mata antes por haberme ayudado a escapar.

Por mucho que le doliera, una parte de su ser se alegraba de saber que no habían convertido a su hermano por completo. Todavía intentaba hacer lo correcto.

—Zakar también quería que te dijera que el Cetro está en la casa. Espero que tú sepas lo que significa, porque yo no tengo ni idea.

Meneó la cabeza mientras lo pensaba. No, él tampoco sabía... Al menos al principio.

—Un momento... El Cetro. —Dio media vuelta y se dirigió a su dormitorio.

Sabía que Kat lo seguía, pero no le prestó atención mientras abría el armario y la cámara de seguridad.

Sacó varios pergaminos de sus cajas y los extendió sobre la cama.

Kat hizo una mueca.

—¿Qué haces?

—¿Sabes leer sumerio?

—Lo tengo un poco oxidado, pero se me daba bien.

Le tendió un pergamino.

—Buscamos cualquier referencia al Cetro del Tiempo.

La oyó resoplar.

—El Cetro del Tiempo, la Luna Abandonada, la Estela del Destino... Mira que os gustan los nombrecitos rebuscados a los sumerios...

La miró con sorna.

—No me pidieron opinión cuando le pusieron los nombres.

—Me alegro, porque mi opinión sobre tu inteligencia habría disminuido bastante si lo hubieran hecho. —Se dejó caer sobre él con gesto juguetón antes de apartarlo de un empujoncito.

Sin contuvo el impulso de echarse a reír y señaló el escritorio con un gesto de la barbilla.

—Mueve el culo y empieza a leer antes de que te dé con mi Cetro del Tiempo.

Kat le lanzó una mirada picarona.

—Se me ocurren mejores cosas que hacer con tu cetro, guapo.

—¡Por todos los dioses, pero qué bajo hemos caído! —exclamó él con un gemido—. Me rindo. Me retiro antes de que pierda todas las neuronas.

—Vale, chuparrisas. Me llevaré mi pergamino para jugar yo solita.

—¿Chuparrisas? ¿De qué estás hablando?

—Pues eso, que chupas las risas como un vampiro chuparía la sangre.

Meneó la cabeza al escucharla.

—Tienes un vocabulario interesantísimo.

—Sí, pero no me negarás que es muy creativo. A diferencia de ese Cetro del Tiempo tan original.

Decidió no hacerle caso y extendió el primer pergamino, que procedió a leer.

Xypher también se unió en la búsqueda de alguna referencia. El tiempo pareció eternizarse mientras leían sin encontrar ninguna pista. Se le había olvidado lo retorcidos y aburridos que podían ser sus compatriotas.

¡Joder, lo que podría haber hecho un buen editor con las historia de Gilgamesh...!, pensó.

Estaba a punto de darse por vencido cuando Xypher levantó la vista del pergamino que estaba leyendo.

—Lo tengo. —Lo sostuvo en alto para enseñarles la imagen del Cetro. Parecía una daga de hoja curva.

Le quitó el pergamino de las manos para observarlo de cerca. Recordaba vagamente haber visto ese objeto.

—Ahora la pregunta es: ¿en qué casa la dejó?

Xypher se encogió de hombros.

—Dijo que tú lo sabrías.

Y en ese instante lo comprendió. Era una genialidad, y también el único lugar al que se habría referido Zakar.

—La tumba de Ishtar.

Kat se quedó blanca.

—¿Cómo dices?

Sin dejó el pergamino a un lado, descompuesto por la idea de tener que volver a ese lugar.

—Es el único lugar seguro. A ningún gallu se le ocurriría ir allí y además está escondida... Ni el arqueólogo más persistente podría encontrarla. Zakar debió de ocultar el Cetro allí después de encerrar a las Dimme. Es el único lugar que tiene sentido —dijo, retrocediendo con la intención de marcharse.

—Espera —dijo Kat al tiempo que le cogía la mano—. Voy contigo.

Meneó la cabeza.

—Kat... —replicó, conmovido y a la vez preocupado por su expresión seria y decidida.

—No te conviene ir solo.

Habría rebatido su opinión, pero sabía que estaba en lo cierto. Ese era el último lugar al que querría ir sin ella.

—Gracias.

La cogió de la mano y entrelazó sus dedos.

Kat inclinó la cabeza antes de que él los teletransportara a la zona más recóndita del Sahara, en una gruta escondida bajo las dunas movedizas y protegida por un hechizo que jamás permitiría que los ojos de un mortal vieran su contenido.

Fue allí donde llevó a su hija para que reposara y donde Ishtar había dormido en paz, una paz que él había sido incapaz de encontrar. Al menos hasta que Kat entró en su vida y la puso patas arriba.

Kat titubeó cuando se materializaron en la oscura caverna. Escuchaba el sonido de los roedores y de los insectos al huir de los recién llegados. Se estremeció, deseando que no se acercaran.

Vio que Sin levantaba la mano por encima de su cabeza y hacía aparecer una antorcha para que iluminara sus pasos. El alivio la inundó al instante al no ver criaturas repugnantes, ni acercándose a ellos ni alejándose. Detestaba los insectos y los roedores con todas sus fuerzas.

Lo que la dejó alucinada fue la belleza del lugar. Las paredes que los rodeaban estaban cubiertas por frescos con niños jugando con el agua de las fuentes y de cervatillos corriendo por el bosque. De una fuente de oro macizo emplazada en un rincón le llegaba el borboteo incesante del agua. Había un cuervo a un lado y en el otro una niñita que se miraba en el agua para contemplar su propio reflejo.

—¡Qué preciosidad!

Sin tragó saliva y sintió el agónico dolor que lo consumía.

—A Ishtar le encantaba jugar en las fuentes y también con los animales cuando era pequeña.

Sin se detuvo junto a la imagen de una niña que tenía una mariposa en el hombro mientras le daba de comer a un cervatillo con una mano y a un chacal con la otra. Acto seguido, lo vio extender la mano sobre la niña con los ojos llenos de lágrimas.

—Un día, cuando tenía cuatro años, me la encontré así. Me miró con sus preciosos ojos azules y me dijo: «No te preocupes, papá, no voy a hacerles daño».

Lo abrazó y lo acunó con los ojos llenos de lágrimas, conmovida por su sufrimiento.

—¿No era tu hija de verdad?

—A mí me daba igual. Siempre la consideré hija mía en mi corazón.

—Lo sé.

Sin carraspeó y le pasó un brazo por los hombros.

—Nunca supe quién fue su verdadero padre. Ningal se negó a decírmelo. Y sus amantes se podían contar a cientos. Podría haber sido cualquiera.

Sin embargo, nunca había culpado a Ishtar. La había querido a pesar de todo, y eso hizo que ella lo quisiera todavía más.

—No sé por qué Ningal me odiaba tanto. Hice todo lo que estuvo en mi mano para que lo nuestro funcionara, pero era imposible complacerla. Era como si quisiera hacerme daño.

En ese momento Kat sintió un escalofrío al caer en la cuenta de algo. De hecho, tuvo que morderse la lengua para no decir lo que estaba pensando. Porque teniendo en cuenta lo que acababa de decirle, se preguntó si Ishtar no sería su hija después de todo. ¡Qué crueldad mentirle y decirle que no era el padre de su propia hija...!

Ningal no podía haber sido tan cruel. Pero allí, en brazos de Sin, supo la verdad. Ese habría sido el golpe definitivo y estaba convencida de que Ningal se lo había asestado con mucho gusto.

Sin se apartó de ella y enfiló una estrecha galería que conducía a otra estancia. En cuanto entró, las antorchas iluminaron el lugar. El fuego creó sombras en formas de niños que jugaban y cervatillos que corrían.

El esplendor la dejó boquiabierta. Las paredes estaban cubiertas de oro. Había esmeraldas y diamantes incrustados para formar la hierba sobre la que jugaban los niños. Y en el centro estaba el sarcófago con forma de templete. Era una preciosidad.

La tapa era una reproducción del rostro de Ishtar, con dos zafiros perfectos por ojos. Vio el parecido con Sin al instante. No se había equivocado con respecto a la maldad de Ningal, aunque seguía sin comprender cómo era posible que alguien fuese tan cruel. ¿Por qué se había ensañado Ningal de esa manera con la persona que debería haber sido lo más importante para ella? Era incomprensible.

Vio que Sin se detenía delante del sarcófago y que colocaba la mano sobre el rostro de Ishtar. Su agónica expresión la conmovió. La idea de abrir la tumba de su hija lo destrozaba.

Quería evitarle más dolor.

—¿Quieres que lo busque yo?

—No —se apresuró a responder él con voz grave—. Nunca le gustó que la tocaran los desconocidos. Era muy tímida. —Con expresión reservada cerró los ojos y apartó la tapa, que se sacudió ligeramente antes de moverse. El sonido de la piedra al deslizarse resonó por la caverna.

Se acercó a la tumba y jadeó al ver a Ishtar. Al ser una diosa, su cuerpo no se había descompuesto. Estaba tan perfecta como el día que murió. Con los ojos cerrados parecía estar dormida, y una parte de ella quería que se despertase y los mirara. Se preguntó si Sin estaría pensando lo mismo.

Ishtar llevaba una túnica escarlata, con el dobladillo adornado con rubíes que resaltaban su piel morena. Tenía las manos cruzadas sobre el pecho y cubiertas por guantes de oro. Y bajo ellas estaba el Cetro del Destino. Tenía la forma de un cuervo y también estaba hecho de oro con incrustaciones de piedras preciosas.

Miró a Sin.

—Es preciosa.

—Lo sé. —Extendió el brazo para sacar el Cetro de debajo de las manos de Ishtar. En cuanto tocó la piel de su hija, una solitaria lágrima se le escapó por el rabillo del ojo—. La echo muchísimo de menos —susurró. Levantó la vista para mirarla—. No quiero verte así, Katra. ¿Lo comprendes?

Asintió con la cabeza, sin poder hablar por la emoción que la embargaba. Ella tampoco quería enterrarlo.

—Lo mismo digo, tío. Porque si te pasa algo, me voy a mosquear mucho.

Sin no volvió a hablar hasta que hubo cerrado el sarcófago y tuvo el Cetro en la mano.

—Tenemos la llave.

—Ahora nos hace falta la cerradura.

—Y un milagro.

Kessar estaba junto a la cerradura con Neti a su espalda. Alto, delgado y ataviado con un traje marrón, Neti había sido una de sus mejores conversiones. El que fuera guardián del Inframundo sumerio trabajaba para él, aunque lo mantenía separado del resto.

—Es retorcido, amo.

Cuánta razón llevaba el comentario. Era el amo y también era retorcido. Se echó a reír mientras se acariciaba el mentón. Había incrustado la cerradura que mantendría encerradas a las Dimme en el pecho de Zakar. La única manera de que Sin salvara el mundo sería matando a su gemelo.

Saboreó la imagen de Sin arrancándole el corazón a Zakar para salvar a la Humanidad.

Una imagen sublime que solo se vería superada si en el lugar de Zakar estuviera la mujer con la cerradura incrustada en el pecho. Pero eso habría sido una temeridad, porque su muerte podría echarles encima a un ejército de carontes.

No, eso era muchísimo mejor. Sería como matar a Sin, pero más doloroso todavía.

Dio un paso hacia delante y ladeó la cabeza mientras observaba a Zakar, que lloraba por el dolor de haberle abierto el pecho. La cadena que conducía a la tumba de las Dimme le salía por la espalda.

Sonrió al ver su sufrimiento.

—¿Cómo era ese dicho humano que aprendí anoche? Ah, sí. Unas veces estás arriba y otras, abajo. —Chasqueó la lengua—. Supongo que a ti te ha tocado estar abajo, ¿no?

Zakar temblaba de arriba abajo, pero levantó la cabeza para fulminarlo con la mirada.

—¡Vete a tomar por culo!

—No, gracias. Me gustan las mujeres. —Se apartó cuando Zakar intentó escupirle—. Los dioses os creéis tan superiores al resto... Pero lloráis, escupís y suplicáis clemencia como todo el mundo. Tenéis la misma dignidad que un vagabundo harapiento. —Lo agarró del pelo y tiró con fuerza—. Estoy impaciente por verte morir.

Zakar jadeó por culpa del dolor y eso lo puso a cien.

Kessar retrocedió un paso. Necesitaba pasar un rato con una mujer.

—Neti, no le quites el ojo de encima. Volveré enseguida para seguir jugando con él.

Sin y Katra acababan de regresar al ático cuando el Cetro comenzó a brillar. Un segundo después, una especie de terremoto sacudió el casino.

—¿¡Qué co...!? —exclamó Damien, que dejó la frase a medias al ver que varios cuadros se cayeron al suelo—. ¿Más pruebas nucleares?

Sin meneó la cabeza, consumido por un mal presagio.

—No, esto es distinto. —Miró a Kat para comprobar si ella sentía lo mismo.

—No sé qué ha sido —admitió ella, asustada—. Pero no me gusta ni un pelo.

Kish se apartó de la pared.

—A lo mejor es el terremoto que llevan siglos anunciando para Las Vegas.

—Es posible... —Pero el Cetro seguía brillando y había comenzado a emitir una especie de zumbido—. Algo no va bien.

De repente, un haz de luz brotó del Cetro e iluminó la zona situada frente a él. Una mujer alta y de pelo oscuro, ataviada con una antigua túnica marrón, apareció en el otro extremo del haz. No tenía la menor idea de quién era...

—El sello se ha debilitado —dijo la mujer en sumerio—. Las Dimme se liberarán en seis marcas. El portador del Cetro debe volver a sellar su tumba...

—¿Seis marcas? —dijo Damien—. ¿Qué coño es eso?

—Dos horas —respondieron Kat y él al unísono.

Kat lo miró.

—Creía que teníamos un par de semanas...

—Y yo —replicó él con voz gruñona—. Ha sucedido algo que ha acelerado la cuenta atrás.

Damien puso cara de payaso.

—¡Maravilloso! ¡Supercalifragilisticoespialidoso! ¡Qué día más estupendo!

Kat suspiró.

—Adiós a la planificación, ¿no?

Sin atravesó el plano que había creado Kat para coger la última espada que podría matar a los gallu sin dificultades.

—Tenemos que reunir a todos los que podamos.

Damien resopló.

—Esto... Jefe, siento aguarte la fiesta, pero creo que ya estamos todos aquí.

Esas palabras hicieron que mirara a Simi, Xirena, Damien, Kat, Kish y Xypher. Menuda panda de defensores. Pero eran lo único con lo que contaba el mundo.

—En ese caso vamos a tener que armarnos hasta los dientes.

Damien se santiguó.

—Dios te salve María, llena eres de gracia...

—¿Qué haces? —preguntó Kish—. No eres católico.

—Sí, pero ahora mismo me siento muy religioso y me ha parecido una buena idea.

Sin puso los ojos en blanco antes de mirar a Simi y a Xirena.

—Vosotras dos sois nuestros blindados. —Miró a los demás—. Tenemos que protegerlas para que no las sobrepasen y las aniquilen. Si las perdemos, nadie podrá ayudarnos.

Kat frunció el ceño.

—Espera. Tengo una idea... Empezad a coger armas sin mí. Vuelvo enseguida.

Abrió la boca para discutir con ella, pero antes de que pudiera hablar ya había desaparecido.

Kat se teletransportó al Olimpo, a la terraza de su madre. Por suerte, Aquerón estaba sentado allí, más aburrido que una ostra.

Su padre la miró con expresión gélida.

—¿Se han liberado ya las Dimme?

La pregunta la dejó pasmada.

—¿Cómo sabes...?

—He sentido la vibración. La misma que sentí la otra vez cuando estuvieron a punto de liberarse. Y la pregunta que te haces ahora mismo tiene que contestártela Artemisa. No puedo salir de aquí hasta que ella me deje.

Menuda mierda, pensó ella.

—Estás de broma.

—Nunca bromeo cuando se refiere a Artemisa. Le prometí que me sentaría aquí sin hacer nada, y aquí estoy. Como un perrito faldero muy grande. La verdad es que preferiría darme cabezazos con una valla electrificada... creo que sería igual de divertido.

—¿Dónde está? —le preguntó entre dientes.

—Sigue con su padre.

Echó la cabeza hacia atrás y soltó un taco mirando el techo. Detestaba tener que ir a ese lugar en concreto.

—Vale. Tú quédate aquí mientras yo voy a hablar con ella.

Aquerón se echó a reír.

—Buena suerte.

Se teletransportó justo fuera de la sala de recepción del templo de Zeus, donde los dioses se reunían para divertirse. Se mantuvo oculta entre las sombras mientras analizaba la situación. Apolo estaba a la derecha con Ares y Deméter mientras que Atenea estaba sentada con Afrodita y Niké. Hades estaba en un rincón con Perséfone y Zeus se reía de algo que había dicho Hermes.

Por suerte, Artemisa estaba sola, bebiendo de un cáliz con dos asas. La música flotaba en el aire mientras el resto de los dioses retozaban, bailaban y reían.

Con todo el sigilo del que fue capaz, se acercó a su madre, que dio un respingo al darse cuenta de su presencia.

—¿Qué haces aquí? —preguntó Artemisa de malos modos.

—Tengo que hablar contigo.

Artemisa miró a su alrededor con nerviosismo.

—Es un mal momento.

No tienes ni idea, pensó ella.

—Es muy importante que hable contigo. Ahora.

—Katra...

—Por favor.

Su madre la fulminó con la mirada antes de apartarse de la mesa y conducirla a los jardines.

—¿Qué pasa?

—Necesito que liberes a Aquerón.

Artemisa soltó una carcajada antes de responder:

—No.

—*Matisera,* por favor. Las Dimme están a punto de liberarse, pero él podría ayudarme a disponer de más demonios carontes y...

—¿¡Te has vuelto loca!? —bramó su madre—. ¿Es que no has visto lo que pasa cuando los carontes andan sueltos? No, no lo has visto porque sigues viva. Son como una plaga de langostas con los dientes de una piraña. Es imposible detenerlos.

—Pero Aquerón podría controlarlos.

—Y también podría acabar muerto, y eso no lo permitiré nunca.

—¿Y yo qué?

—Estarás bien.

La respuesta la dejó alucinada, pero no pensaba echarse atrás.

—Necesito su ayuda.

Artemisa agitó la mano para restarle importancia al asunto.

—Deja a los humanos a su suerte, no te preocupes por ellos. Siempre podemos hacer más.

Y con eso, Artemisa regresó al banquete.

Se quedó allí boquiabierta. No daba crédito a lo que acababa de decir su madre. «Siempre podemos hacer más.»

¿Por qué le sorprendía? ¿Cómo era posible que hubiera esperado otra respuesta? Era de cajón que su madre no se levantaría un día convertida en la Madre Teresa de Calcuta.

Disgustada, se teletransportó de vuelta al ático de Sin, que la miró expectante.

Levantó la mano para que no dijera nada.

—Ni me preguntes.

—¿La respuesta típica de Artemisa?

—Te he dicho que ni me preguntes.

Con el alma en los pies, se acercó a las armas que Sin había dispuesto en su cama y cogió un pequeño arco con el que le habría encantado atravesar el pérfido corazón de su madre.

En cuanto lo levantó, un brillante haz de luz iluminó la habitación. Se giró, lista para enfrentarse a lo que fuera.

Pero vio a Deimos... y a otros quince Dolofoni.

Ni la aparición de su abuela la habría sorprendido más.

Sin retrocedió con expresión recelosa.

—¿A qué viene esto?

—Somos los refuerzos —explicó Deimos, taladrándola con esos ojos oscuros y fríos—. He escuchado lo que le dijiste a Artemisa... y su respuesta. No todos somos iguales.

Una de las mujeres sonrió.

—Además, luchar es lo que mejor se nos da.

Sin lo meditó un momento antes de tenderle la mano a Deimos.

—Bienvenido a la guerra.

Deimos inclinó la cabeza antes de estrecharle la mano.

—Para que conste, esto no significa que me caigas bien.

—Lo mismo digo.

Sin los guió hasta el plano de Kat para enseñarles la distribución de las cavernas, y en ese momento aparecieron D'Alerian, M'Adoc y M'Ordant. Su presencia la descolocó mucho más que la de Deimos.

—¿Tenéis sitio para tres más? —le preguntó M'Adoc a Sin.

—Claro —respondió él—. Siempre nos vendrá bien tener más madera para la pira.

Kish resopló.

—Yo también quiero que conste en acta que no ardo muy bien.

Xirena le alborotó el pelo.

—Créeme, humano, todos ardéis bien.

—Es verdad —añadió Simi—. Simi sabe tostarlos hasta que quedan extracrujientes.

Kish suspiró.

—Qué bonito...

Sin se desentendió de las pullas y repasó el plan.

—Las buenas noticias son que no tienen tiempo para reunir a todos los sacrificios humanos. Espero que ignoren que han acelerado la cuenta atrás.

Damien hizo una mueca.

—¿Qué pasa si lo han hecho a propósito?

—Seamos positivos, si no te importa —dijo Kat con la misma voz que pondría una maestra de guardería—. Finjamos que todos vamos a sobrevivir.

Kish sonrió.

—Estoy con Kat. Me gusta su plan. Mucho.

Después de fulminar con la mirada a su ayudante, Sin dio unas palmadas para llamar la atención de los presentes.

—Muy bien, chicos. Vamos a una fiesta en la que no nos quieren. ¿Sabe todo el mundo lo que tiene que hacer?

—No tengo ni idea —contestó Kish con voz cantarina—. Pero estoy seguro de que me espera el desmembramiento y la muerte, seguido todo de una lluvia de entrañas y piel arrancada.

—Así me gusta, con optimismo... —replicó Damien con una carcajada.

—A ver si te ríes tanto cuando te saquen a plena luz del día.

—Creo que podré soportarlo.

Damien dio un paso adelante, pero Sin lo detuvo.

—Vas a tener que quedarte atrás.

Damien lo fulminó con la mirada.

—¡Y una mierda!

—No —insistió él con determinación—. Kish tiene razón. Es de día. Y no estoy dispuesto a correr el riesgo.

Damien se negó a claudicar.

—Estaremos bajo tierra.

—Y haciendo un montón de agujeros en las galerías. Si alguien da en el sitio justo, la luz del sol entrará y tendremos a un Damien muy muerto.

Un tic nervioso apareció en el mentón del daimon, pero acabó cediendo.

—Vale, pero cuando te pateen el culo, recuerda que yo intenté salvártelo.

Sin le dio una palmada en la espalda antes de mirar a los miembros del equipo.

—Ojalá se me ocurriera un discurso que elevara la moral. Algo con lo que enviaros a la batalla, pero cuando os miro...

—Solo veo a gente que está a puntito de morir —concluyó Kish.

Kat soltó una carcajada.

—Eso lo resume todo. Pero si vamos a palmarla, al menos nos llevaremos a unos cuantos por delante. —Se acercó a él y le cogió la mano—. No estás solo, cariño.

Le devolvió el apretón.

—Gracias a todos por haber venido. Tal vez la Humanidad no esté al tanto, pero sé que os lo agradecen. Y ahora... a matar demonios.

19

Una cosa era planear un ataque y otra muy distinta llevarlo a cabo.

Kat los detuvo un momento antes de que se desplegaran en dirección a la cámara donde estaba situada la tumba.

—Voy a hacer un reconocimiento rápido. A ver si saben que el sello se está rompiendo y nos están esperando.

Sin le cogió una mano y la miró un buen rato con el corazón en los ojos, expuesto a su escrutinio.

—Como dejes que te hagan daño...

Kat esbozó una sonrisa juguetona.

—Si sigues hablando así, voy a acabar pensando que te gusto y todo.

—Te quiero, Katra, y no quiero tener que enterrarte.

Kat sabía lo mucho que le había costado decir esas palabras. Y que lo hubiera hecho delante de tantos testigos... Nada la había conmovido tanto en la vida.

—No te preocupes, volveré para atormentarte antes de que te des cuenta siquiera.

—Eso espero. Si no estás a mi lado, podría convertirme en un egocéntrico... Los dioses no lo quieran. —Le dio un beso fugaz y la soltó.

Kat adoptó su forma de Sombra a fin de moverse por las serpenteantes galerías de la caverna sin ser vista ni oída. No parecía haber mucha actividad en ningún sitio. No daba la sensación de que los demonios estuvieran reuniendo un ejército.

—¿Cuándo empezamos a traer humanos?

Esa voz femenina y brusca la dejó petrificada. Procedía justo de una cámara situada frente a ella. Se acercó despacio y al asomarse vio a Kessar, tumbado junto a una mujer delante de la chimenea.

—A finales de esta semana —contestó el gallu—. No hace falta traerlos antes. Odio escucharlos gemir y llorar. Son unas criaturas patéticas y lloronas.

Sintió una repentina oleada de alegría al oír el comentario. Kessar no sabía que el sello se había roto. Bien, muy bien. Por fin la suerte los favorecía un poco.

Sonrió mientras retrocedía.

Hasta que se chocó con algo sólido.

El corazón le dio un vuelco cuando extendió un brazo hacia atrás y tocó un brazo.

Por favor, que sea uno de los nuestros, por favor...

Se volvió muy despacio con la esperanza de encontrarse a Xypher o a algún otro.

No fue así.

Era un demonio macho muy alto que la observaba como si fuera un pavo asado el Día de Acción de Gracias. Aunque no debería verla ya que era una Sombra, lo hacía.

—¡Kessar! Tenemos una espía —anunció al tiempo que extendía un brazo para agarrarla.

Se desvaneció al instante y se materializó en el lugar donde la esperaban Sin y los demás.

—Houston, tenemos un problema. Uno de los gallu me ha visto y ya ha dado la voz de alarma.

Sin soltó un taco.

—Pero... —se apresuró ella a añadir—, las buenas noticias son que no saben que se ha acelerado la cuenta atrás.

Deimos miró a Sin.

—Con suerte, pensarán que Kat estaba sola.

Sin asintió con la cabeza.

—Tenemos que dividirnos para evitar que descubran cuántos somos. —Se giró hacia Kish—. No te separes de Simi y de Xirena, y síguenos a Kat y a mí. Iremos a la tumba a detener el temporizador.

—Nosotros distraeremos a los demonios —dijo Deimos—. Armaremos gresca.

—Gracias.

Deimos asintió con la cabeza.

—¿Preparados? —les preguntó a sus hermanos, que parecían estar contentísimos por la idea de luchar. Con un grito de guerra espeluznante, los Dolofoni se internaron en las cavernas.

Menos mal que no estaban debajo de una montaña nevada, pensó Kat. Con ese ruido seguro que habrían provocado un alud.

M'Adoc se llevó un dedo a una oreja y esperó hasta que los Dolofoni desaparecieron por completo.

—No soporto su histrionismo... ni sus decibelios.

Acto seguido, M'Adoc, D'Alerian y M'Ordant los siguieron a un paso mucho más tranquilo.

Kat echó un vistazo a su alrededor.

—¿Dónde está Xypher?

—Fue detrás de ti para echarte un ojo.

—No lo he visto.

—Porque estaba haciendo un reconocimiento por mi cuenta.

Se giraron y descubrieron que estaba muy pálido.

—¿Dónde te has metido? —preguntó Sin.

—He ido a buscar a Zakar. Ya sé por qué se ha activado la cuenta atrás y no te va a gustar ni un pelo. Le han incrustado el temporizador en el pecho.

Se le revolvió el estómago al escuchar las noticias.

—Estás de coña.

Xypher negó con la cabeza.

—Supongo que el hechizo gracias al cual funciona el temporizador...

—Ha hecho que la cuenta atrás se acelere. Zakar es mitad demonio y mitad dios. La mezcla ha acelerado el mecanismo.

Xypher hizo un gesto afirmativo.

Kat se estremeció al pensar en el dolor que debía de estar padeciendo Zakar.

—¿No podemos quitárselo?

—Podemos echarle un vistazo, pero me da que no.

La expresión de Sin era furiosa, fría y feroz.

—Kessar me la está devolviendo por haber matado a su hermano.

—No —lo contradijo Xypher—, se la está devolviendo a Zakar por haberme ayudado. Menudo cabrón.

Kat le colocó a Sin una mano en un brazo para reconfortarlo, aunque sabía que era imposible. ¿Cómo iba un simple roce a aliviar el sufrimiento que debía de estar padeciendo?

—Guíanos hasta él —dijo Sin con voz quebrada.

Xypher lo hizo.

Sin sintió que se quedaba blanco al ver a su hermano de rodillas al lado de la tumba donde las Dimme estaban encerradas. Vestido solo con unos vaqueros, estaba apoyado contra la piedra y tenía los brazos encadenados a la pared y separados del cuerpo. Se acercó a él corriendo.

—¿Zakar?

Su hermano lo miró con el rostro demudado por el dolor. La compasión se apoderó de él. Daría cualquier cosa por liberarlo.

—¿Te das cuenta de lo que han hecho? —preguntó Zakar.

—Sí.

Los ojos dorados de su hermano lo atravesaron.

—Entonces mátame y acabemos con esto.

Sin meneó la cabeza. Jamás lo mataría.

—No puedo matarte. Eres mi hermano.

—Mátame, Sin —insistió Zakar entre dientes—. Mi vida no merece la pena. Pon fin a mi sufrimiento.

—No.

Zakar, que respiraba con dificultad, miró a Kat.

—Díselo, Katra. No tenemos tiempo para discutir. Los demonios ya están luchando contra los demás y no tardarán en llegar hasta aquí. Los oigo. Dile que me mate y que detenga la cuenta atrás.

Titubeó sin saber qué hacer. ¿Cómo iba a decirle a Sin que

matara a su gemelo? Sería la mayor de las crueldades... De ahí que se le hubiera ocurrido a Kessar.

Matar a Zakar acabaría con Sin. Con todos los poderes que ella tenía, pensó, ¿por qué no podía contar con uno que detuviera el...?

De repente, se le ocurrió algo.

—Esperad un momento. Tengo un plan.

Se acercó a Zakar para examinar de qué forma le habían incrustado el mecanismo que servía de cerradura y temporizador en el pecho. La imagen la estremeció. Kessar lo había hecho de manera que resultara lo más doloroso posible.

Tragó para librarse del sabor amargo de la bilis y se enfrentó a la mirada esperanzada de Sin.

—Simi puede sacarle el temporizador y yo lo curaré al instante.

—¿Estás segura?

Asintió con la cabeza.

—Segurísima.

Sin tomó la cabeza de su hermano entre las manos y lo miró a los ojos.

—Hermano, confío en ti. Si te quedas conmigo, saldremos de esta.

La esperanza iluminó los ojos de Zakar mientras Simi se acercaba para coger la cadena que sobresalía por su espalda.

—Esto va a dolerte muchísimo. Lo siento. —Y tiró para liberarlo.

Zakar soltó un aullido que reverberó por la caverna antes de desplomarse en los brazos de su hermano. La sangre manaba por su boca y por su espalda.

Acongojada por los dos, Kat se acercó a Sin y tomó a Zakar entre sus brazos.

—Lo tengo. Encárgate de detener la cuenta atrás.

Tan pronto como Sin soltó a su hermano, Kat cubrió la herida de la espalda con una mano y cerró los ojos para detener la hemorragia. No contaba con mucho tiempo para curarlo y corría el riesgo de que muriera.

Antes de que Sin pudiera insertar el Cetro en la cerradura, esta salió volando de sus manos.

Kat soltó un taco al comprender que sus poderes tampoco funcionaban. La herida de Zakar no estaba sanando.

El miedo se apoderó de ella. Algo no iba bien.

Y en ese momento comprendió lo que había pasado.

Kessar.

Se volvió y lo descubrió de pie en la entrada, con el mecanismo en la mano.

—¿Pensabais que iba a ser tan fácil ganar? ¿Que si mandabais a vuestros amigos en busca de mis demonios me distraeríais y no os encontraría? ¡Por favor!

Sin corrió hacia él, pero Kessar lo lanzó al suelo sin tocarlo siquiera. Lo mismo le pasó a Xypher cuando intentó atacarlo.

—Tengo la Estela del Destino y vosotros habéis perdido vuestros poderes.

—Y una mierda —masculló Xypher—. Te la quité —le recordó, sacándose el medallón del bolsillo.

Kessar se echó a reír mientras levantaba un brazo para mostrarle un medallón idéntico que colgaba de su muñeca.

—¿En serio me crees tan imbécil? Si de verdad me la hubieras quitado, te habría perseguido hasta las mismísimas puertas del Olimpo para recuperarla. Reitero lo dicho: no tenéis poderes.

Xirena resopló y dijo:

—Yo sí.

—Simi también tiene los suyos.

Sin embargo, antes de que pudieran lanzarse a por él, Kessar retrocedió y cerró la entrada de la cámara. La piedra que la sellaba chirrió al moverse hasta encajarse en el hueco con un fuerte golpe que resonó en el interior. Kat corrió hacia la puerta, pero la losa era maciza y se necesitaría un elefante para moverla.

¡Era imposible apartarla! ¡Maldita sea!

—Esto es increíble —dijo, después de soltar un suspiro asqueado—. Estamos aquí atrapados con las Dimme y la cerradura está fuera. —Se volvió para mirar a Sin—. ¿Cuánto se tarda en recuperar los poderes?

Sin estaba tan decompuesto como sugería su apariencia.

—Unas cuantas horas si todo va igual que el otro día.

—Genial —replicó ella con sarcasmo—. ¿Cuánto nos queda hasta que estas zorras se despierten?

—Menos de dos horas.

—Niños, niñas —dijo Kat—, repetid conmigo: estamos bien jodidos.

Sin pasó de ella y se acercó a Zakar. En su mentón apareció un tic nervioso mientras tiraba de su hermano para apoyarlo en él.

Kat estaba al borde de las lágrimas. Se acercó a él con el corazón en un puño y comenzó a masajearle los hombros.

—Lo siento muchísimo, Sin. No se me pasó por la cabeza que las cosas podrían acabar así.

—Lo sé.

Sin embargo, las palabras no cambiaban nada. Zakar estaba muerto y ellos, atrapados. Se arrodilló para abrazar a Sin por detrás mientras él abrazaba a su hermano.

—¿Akra Kat?

Volvió la cabeza para mirar a Simi.

—¿Qué quieres, cariño?

—Simi va a ir a por akri para que arregle las cosas.

Ojalá fuera tan fácil. Sin embargo, su padre estaba atrapado en el Olimpo de la misma forma que ellos lo estaban allí abajo.

—Ya lo he intentado.

Kish observó a Simi en silencio.

—¿Por qué no mandamos a los demonios en busca del Cetro?

—Es imposible que puedan enfrentarse a todos los gallu —le recordó Xypher—. Son dos contra miles. Las masacrarían.

—Simi va a por akri. —Y se esfumó.

Sin no dijo ni una sola palabra. Se limitó a abrazar a su hermano sin más y parecía que a él también le hubieran arrancado el corazón.

—No sé por qué estás enfurruñado.

Ash puso los ojos en blanco y se plantó delante del diván de Artemisa mientras ella lo miraba furiosa.

—No estoy enfurruñado, Artie. El cabreo siempre me acompaña cuando estás cerca. No creo que te pille de sorpresa.

Antes de que Artemisa pudiera replicar, apareció Simi.

—¡Sácala de mi templo antes de que se mee en la alfombra! —exclamó Artemisa con cara de asco.

—No tienes alfombras —le recordó él, a quien no le había hecho ni pizca de gracia el comentario.

—Pues antes de que se mee en el suelo.

Simi siseó mientras la miraba.

Decidió no hacerle caso a Artemisa y le preguntó a su demonio:

—¿Qué pasa, nena?

—Akra Kat está en peligro, akri. Los demonios la han atrapado y no tiene poderes. Van a dejar que otros demonios malísimos se la coman.

Artemisa se puso en pie y se acercó a ellos con la cara blanca.

—¿Qué quieres decir con que no tiene poderes?

—Hay un demonio con un medallón que le quita los poderes a los dioses y lo han usado con akra Kat. Y ahora van a matarla.

Antes de que pudiera impedírselo, Artemisa desapareció. Aunque reapareció al cabo de unos segundos.

—Sería mejor que me acompañaras.

—¿Tú crees? —Sin la haría pedazos si no iba con ella. El problema era que necesitaba que Artemisa se lo dijera abiertamente—. ¿Me liberas de la promesa?

—¡Sí, y ahora ayúdame a proteger a mi hija!

Kat alzó la mirada al notar la sombra que se cernía sobre ella. El corazón le dio un vuelco cuando descubrió a Aquerón.

—Has venido.

Ash señaló con el pulgar a Artemisa, que estaba a su espalda.

—No hay nada como una osa preocupada por su cachorro.

—Frunció el ceño al ver a Sin con su hermano en brazos. Y, aunque dejó a Zakar en el suelo nada más percatarse de su presencia, el hecho de que no se abalanzara sobre Artemisa decía mucho sobre su contención—. ¿Qué ha pasado?

Kat tragó antes de contestar:

—Kessar lo ha matado. Iba a curarlo, pero no tengo poderes.

La mirada de Ash se topó con la de Sin, que estaba destrozado.

—No te preocupes, Sin. Ya has perdido suficientes seres queridos. No voy a permitir que vuelva a pasarte. —Se arrodilló en el suelo junto al cuerpo de Zakar y le colocó las manos en el pecho.

En un abrir y cerrar de ojos Zakar jadeó y su cuerpo volvió a la vida. Se inclinó hacia delante, tosiendo.

El alivio de Sin fue más que evidente.

—Gracias, Aquerón.

Correspondió a esas palabras con una inclinación de cabeza antes de recorrer el resto de la cámara con la mirada.

—¿Puedes contener a las Dimme? —preguntó Kat, esperanzada.

Él se frotó una mejilla mientras consideraba la situación en su totalidad.

—No puedo controlar el Cetro. No es un objeto atlante. Solo Sin o Zakar pueden detenerlas.

Sin ayudó a su hermano a ponerse en pie. Zakar parecía tener dificultades para respirar, pero estaba vivo y eso era lo único que importaba. Además, cada bocanada de aire parecía fortalecerlo.

Sin se enfrentó a la mirada de Ash.

—Necesitamos nuestros poderes.

Ash se volvió hacia Artemisa y ella se hizo la tonta.

—¿Qué?

La irritación de Ash resultó más que evidente.

—Kat es un Sifón, y por tanto es capaz de transferir poderes aunque esté débil. Uno de los dos tiene que compartir sus poderes con ella mientras que el otro va en busca de Kessar para arrebatarle el Cetro del Tiempo.

Artemisa puso cara de asco.

—No pienso tocar a ese demonio. Es asqueroso.

—Entonces tendrás que cederle algunos poderes a Kat... y a Sin.

Eso la sacó de quicio. Todo el mundo sabía que a Artemisa no le gustaba compartir nada.

—Vale. ¿Y quién la protegerá si no consigues volver con el Cetro?

—Simi. Y créeme que volveré. Ya lo creo que volveré.

Kat no lo tenía tan claro.

—¿Y si Kessar te deja sin poderes antes de que le quites el Cetro?

Ash esbozó una sonrisa malévola.

—Tengo la esperanza de que la Estela no debilite todos mis poderes. De todas formas y si eso sucede, todavía me quedarán ciertos truquillos para darle caña.

—¿La esperanza? —La respuesta de su padre no le hizo ni pizca de gracia—. No es momento de tener esperanza.

Ash le guiñó un ojo.

—Es un momento perfecto para tener esperanza. Cuanto más difícil sea la situación, más esperanza se necesita.

Sin resopló.

—Sabes que algo va a salir mal.

—Es muy posible. —Los ojos plateados de Ash relucían como si estuviera encantado con la idea—. Siempre falla algo.

Artemisa cruzó los brazos por delante del pecho.

—No me gusta este plan. Quiero uno donde todos mis poderes sigan conmigo.

—No hay ningún otro plan y tampoco hay tiempo para sacarse uno de la manga. —Ash señaló la tumba con la barbilla—. Te resultaría más fácil negociar con Apolimia que con ellas. El único que puede contenerlas es Sin y necesita sus poderes para hacerlo.

Kat miró a su madre con su mejor mohín.

—Por favor, te necesitamos. Te necesito.

Artemisa le tendió la mano a regañadientes.

Kat le sonrió, agradecida porque su madre se mostrara razonable por una vez en la vida.

—Te lo agradezco.

—Es lo mínimo que debes hacer, agradecérmelo. —La furibunda mirada de Artemisa los recorrió uno a uno—. Todos debéis agradecérmelo.

Sin tampoco se mostró dispuesto a aceptar la mano de Kat.

—¿Estás segura de que no vas a revertir el proceso y a entregarle a tu madre los pocos poderes que conservo?

Sus temores eran más que comprensibles. Sin embargo, Kat no pudo evitar torturarlo un poco.

—Supongo que tendrás que confiar en mí, ¿no?

Sin titubeó. Le daba muchísimo miedo tocar la mano de Kat. Porque podría matarlo. No solo desde el punto de vista físico. Porque si lo traicionaba...

Sería imposible volver atrás, y sabía que no se recuperaría jamás. En ese momento era más vulnerable que nunca. Las traiciones sufridas a lo largo de los siglos salieron a la superficie, instándolo a huir hacia la puerta.

Sin embargo, cuando la miró, su corazón supo que Kat nunca volvería a hacerle daño. No de forma intencionada.

Ahora o nunca, se dijo.

La cogió de la mano con el corazón a punto de salírsele por la boca y esperó a que Kat lo traicionara.

Kat cerró los ojos e invocó los escasos poderes que conservaba. Sintió el familiar impulso eléctrico mientras examinaba los poderes de su madre en busca de los que le arrebató a Sin siglos antes. En cuanto los localizó, se los envió de vuelta a su dueño.

Artemisa dio un respingo y le soltó la mano.

—Me estás debilitando demasiado.

Sin se quedó de piedra al darse cuenta de que Kat no lo había traicionado. Poseía poderes que había perdido hacía siglos. ¡Y se sentía genial!

Kat acababa de devolverle todo lo que le había quitado. Todo. Volvía a ser un dios. Se llevó su mano a los labios para besarle los nudillos.

—¡Oye! —masculló Aquerón—. Si no quieres que te arranque la cabeza de cuajo, ya puedes ir apartando esa boca de ella.

Sin se echó a reír mientras se alejaba de Kat.

—Lo siento —le dijo a ella antes de hablarle a Aquerón—. Estoy listo para la batalla.

—Bien. Vamos a ello.

Ash sentía la sangre correrle por las venas mientras se dirigía hacia la batalla con Zakar, que había adoptado la vestimenta de Sin para hacerse pasar por su hermano. El olor a sangre permeaba el aire y saturaba sus sentidos. Se lamió los labios, ansioso por lo que estaba a punto de pasar.

La sed de sangre lo dominaba por completo, exigiéndole saborear lo que estaba oliendo. Era una bestia que habitaba en su interior, muy difícil de controlar sobre todo con una batalla en ciernes. Ansiaba alimento, lo que le recordó que había pasado demasiado tiempo desde la última que vez que se alimentó. Debería haberle dado un mordisquito a Artemisa antes de iniciar la búsqueda.

Pero ya era demasiado tarde.

Entró en la cámara principal de la caverna. Los Dolofoni seguían luchando, ya que solo habían caído dos en batalla. M'Adoc estaba en un rincón y en ese momento acabó con dos demonios con un solo tajo de su espada.

Su mirada se cruzó con la de D'Alerian un instante antes de que matara al gallu que se abalanzó sobre él.

Dos demonios corrieron hacia Ash, cuyos colmillos se alargaron en cuanto su cuerpo adoptó el modo de batalla. Agarró al primer gallu por el cuello usando una mano y lo estampó contra el suelo antes de girarse a por el otro. La bestia que moraba en su interior ansiaba abrirle el cuello de un zarpazo. Sin embargo, se decidió por una muerte más humana. Le lanzó una descarga astral que le dio justo entre las cejas.

—¡Kessar! —gritó, abriéndose paso entre la refriega de modo que Zakar lo siguiera hasta el líder de los gallu.

La expresión satisfecha del demonio se transformó en incredulidad cuando lo vio en la cámara. Agarró el medallón que llevaba en la muñeca y comenzó a entonar un cántico en sumerio.

—¿Qué te hace creer que ese antiguo amuleto funcionará conmigo? —preguntó entre carcajadas al notar que su piel se volvía azul. Extendió un brazo para arrebatárselo, y soltó un taco cuando le quemó la mano.

Se le había olvidado que los emblemas de otros panteones tenían ese efecto en él. Aunque no le importó. Lidiar con el dolor no era nada nuevo. Aferró la Estela con fuerza y apretó los dientes para enfrentarse al terrible dolor que le provocaba mientras le quemaba la palma y los dedos.

Estaba absorbiendo sus poderes. Sin embargo, seguía conservando suficientes como para dar caña.

Le arrancó la Estela a Kessar de la muñeca y se la lanzó a Zakar, tras lo cual le asestó al demonio un cabezazo en la frente.

Kessar trastabilló hacia atrás, pero no tardó en recuperar el equilibrio mientras soltaba una diabólica carcajada.

Esa risa le provocó un mal presentimiento.

—¿De qué te ríes? —exigió saber.

El demonio se acercó a él y le susurró al oído:

—Acabas de abrir la tumba de las Dimme al resucitar a Zakar y entregarle la Estela manchada con tu sangre. Felicidades, Apóstolos. Eres el heraldo del Telikos... el fin del mundo.

20

El sonido que reverberó por la caverna recorrió a Kat como una descarga eléctrica. Artemisa y ella se tambalearon y cayeron sobre Kish, que tenía los ojos como platos mientras las paredes que los rodeaban se sacudían. Del techo comenzaron a caer rocas a medida que el sonido aumentaba de intensidad. Miró a Sin a los ojos y vio la confirmación de sus peores temores.

Soltó una carcajada nerviosa.

—Por favor, dime que la caverna solo tiene indigestión.

Sin embargo, sus temores se confirmaron cuando una nueva vibración los sacudió justo antes de que escuchara el alarido procedente del interior de la tumba.

Las Dimme estaban a punto de salir.

Al ver los dedos femeninos que aparecieron por una grieta se tensó, preparada para la lucha. Tenían las uñas largas y negras, e intentaban agrandar la grieta.

—Retroceded —les ordenó Sin a todos.

—No tengo poderes —dijo Artemisa—. No puedo luchar contra los demonios porque se los presté a alguien temporalmente —protestó, lanzándole una mirada asesina a Kat—. Al menos espero que sea algo temporal...

Kat asintió con la cabeza. Le había devuelto sus poderes a Sin y también había cogido algunos para ella, pero nunca le arrebataría los poderes a su madre. Tal vez discutieran de vez en cuando, pero en el fondo la quería con locura.

Sin sonrió al tiempo que le lanzaba a Artemisa una mirada elocuente.

—Creo que ya hemos dado con nuestro sacrificio.

—¡Por favor! —exclamó Simi, enfurruñada—. No podemos permitir que la foca muera. Akri también se morirá si no puede beber de ella. —Se interpuso entre Artemisa y la tumba echando chispas por los ojos... literalmente—. Vamos, Xirena, tienes que ayudar a Simi a proteger a la foca.

Xirena soltó un gruñido asqueado cuando se colocó junto a su hermana.

Kish se acercó a la diosa.

—Creo que es el lugar más seguro para un humano que no quiere acabar de merienda.

Artemisa lo miró con desdén al tiempo que Xypher se colocaba entre Sin y Kat.

—¿Algún plan maestro? —le preguntó Xypher a Sin.

—Seguir con vida.

—Me gusta. Sencillo, atrevido. Imposible. Me va.

Kat frunció el ceño por el comentario.

—¿De qué te quejas, Xypher? Tú ya estás muerto.

El skoti soltó una carcajada.

—Vaya, por una vez me alegra estar en mi pellejo.

Ojalá estuviera en su misma posición, pensó ella. Miró a Sin.

—¿Algún consejo para matar a estas cosas?

—Nada. La última vez tuvimos que estar tres para encerrarlas... Encerrarlas, que no matarlas, porque nunca hemos sabido cómo hacerlo. Son unos bichos asquerosos.

Genial. Se moría de ganas por conocerlas.

De repente, se escuchó un estrépito a su espalda. Se giró a tiempo de ver cómo Aquerón entraba en la cámara, acompañado de Zakar y del resto del grupo.

—Sella la puerta —le ordenó Ash a Deimos.

Kish frunció el ceño.

—Esto... no es por llevar la contraria ni nada parecido, pero ¿no hemos tenido que luchar para abrirla?

Una Dolofoni lo miró con sorna.

—En fin, si quieres dejarla abierta para que entren todos los demonios...

—Ciérrala, por favor.

La Dolofoni sonrió.

—Ya sabía yo que me darías la razón.

Deimos y Fobos, su hermano gemelo, se apoyaron contra la roca que había sellado la puerta. Jadeaban y sangraban, al igual que el resto.

—Bueno —dijo M'Adoc al tiempo que se limpiaba la sangre de la frente—, al menos estos bichos solo son siete.

—Que son veinte veces peores y más fuertes que los otros —puntualizó Sin.

—Genial —replicó ella—, me encanta estar en igualdad de condiciones... —Harta de tonterías, extendió las manos e hizo aparecer dos espadas.

Zakar se acercó a ellos y Sin le dio el Cetro que habían recuperado de la tumba de Ishtar.

—Simi —dijo Ash con sequedad—, lleva a Artemisa al Olimpo.

Simi resopló, molesta.

—A ver si dejas que Simi se la coma un día de estos.

—Simi...

—Simi ya se va, ya se va... —gruñó antes de cumplir con la orden.

Sin miró a Ash con desdén.

—¿Por qué?

Ash se encogió de hombros.

—Las Dimme te parecerán lindos gatitos si ella muere, porque tendrías que vértelas conmigo en mi verdadera forma. ¿Estás preparado para eso?

—Hoy no, estoy un poco cansado.

Sin hacerles caso, Zakar colocó el Cetro en la cerradura. Cuando intentó sellarla, el Cetro se rompió.

—Creo que hemos esperado demasiado. No hay forma de detener la cuenta atrás.

Kat miró los dedos de las Dimme, que seguían ensanchando la grieta.

—Están despiertas y empiezan a hacer mella en la piedra.

—¿Cómo coño se mata a una Dimme? —preguntó Xypher.

Se miraron entre sí a medida que los iluminaba el resplandor verdoso que salía de la tumba. Los gallu que había al otro lado de la puerta siguieron con sus intentos de echarla abajo. Las Dimme empezaron a chillar con más fuerza mientras arrancaban trozos de piedra.

¿Cómo se mataba a una criatura invencible? Kat siguió dándole vueltas y más vueltas a la pregunta hasta que ya no pudo más. De repente, volvió a mirar la tumba y se le ocurrió una idea.

Se giró hacia Sin.

—Creo que estamos abordando mal el tema. Olvídate de matarlas. ¿Cómo las encerrasteis la última vez?

—Con tres dioses sumerios y un cántico.

Kish suspiró.

—Lástima que nos falte uno.

—No —corrigió Ash—. Tenemos tres. Zakar, Sin y Katra.

Sin se quedó pasmado al entender lo que decía. Era brillante. Al salvar la vida de Kat, cabía la posibilidad de que también hubiera salvado el mundo.

—El intercambio de sangre.

Ash asintió con la cabeza.

—Kat comparte tu sangre sumeria. Puede ocupar el puesto del tercer dios.

Sonrió al ver la expresión esperanzada de Kat. Miró a Zakar y por primera vez tuvo la sensación de que tenían la oportunidad de sobrevivir.

—¿Recuerdas cómo las encerramos la última vez?

—Sí, pero el Cetro se ha roto. Necesitamos utilizar otra cosa como llave.

—¿Servirá la esfora? —le preguntó Kat a Sin—. Puede moverse a través del tiempo.

No estaba seguro, pero valía la pena intentarlo.

—Creo que servirá. Solo hay una manera de averiguarlo.

Kat se quitó el colgante y se lo tendió a Sin.

—¿Qué hacemos ahora?

Después de darle la esfora a su hermano, Sin colocó a Kat en el centro de la tumba mientras que él se ponía a la derecha y Zakar a la izquierda.

En cuanto estuvieron en sus puestos, comenzó a cantar en sumerio:

—Yo soy el elegido, la guía de los demonios de esta tierra. Convocamos a las fuerzas que nos crearon y nos dieron la vida. Hay un ahora y un antes para todo. Protegemos y guardamos con todo nuestro ser. Nos entregamos por las vidas de los demás. Protegeremos por siempre la vida de los vivos.

Repitió el cántico dos veces antes de que Zakar se le uniera.

Kat contuvo el aliento mientras intentaba retener las palabras sumerias con la vista clavada en la mano de una Dimme que se deslizaba por el agujero. La carga del ejército de Kessar contra la puerta resonó con más fuerza cuando ella se unió al cántico.

En cualquier instante aparecería delante de ellos alguno de los dos grupos o los dos.

La esfora adquirió un color rojo intenso.

—¡Zakar! —La voz de Kessar resonó en la estancia—. ¡Libera a las Dimme!

Zakar titubeó.

—Sigue conmigo, hermano —dijo Sin con una voz increíblemente tranquila.

Kessar siguió ordenándole a Zakar que los ayudara.

Zakar bajó el brazo que sujetaba la esfora y su voz perdió volumen al tiempo que se escuchaban las carcajadas de las Dimme.

Kat miró a Sin.

—No te muevas —le dijo él—. Tenemos que quedarnos donde estamos para que funcione.

Zakar respiraba con dificultad mientras Kessar seguía ordenándole que liberase a las Dimme.

—No voy a dejar que sigas controlándome —masculló de repente. Tenía la frente perlada de sudor—. No te pertenezco. No traicionaré a mi hermano. No lo volveré a hacer.

Vamos, Zakar, lo animó Kat en silencio. No nos falles.

Aunque sobre todo rezaba para que no se fallara a sí mismo.

Saltaba a la vista que el demonio que llevaba dentro aunaba fuerzas para apoderarse de él, y eso la aterró.

Más rápido que el rayo, Ash se colocó detrás de Zakar y comenzó a susurrarle al oído. De repente, los ojos de este se volvieron blancos y levantó la mano que sujetaba la esfora al tiempo que retomaba el cántico con renovado fervor.

Aunque se moría por saber lo que estaba sucediendo, Kat no se atrevió a interrumpir su propia letanía.

Un fuerte viento comenzó a soplar en la cámara. Era tan fuerte que los Dolofoni se tambalearon y chocaron entre sí. Xirena plegó las alas. Y ella sintió el azote del pelo en la cara.

Tenía la sensación de que estaba clavada al suelo, de que aunque el viento le agitara el pelo y la ropa, no podría moverla del sitio. Las Dimme buscaban la libertad a golpes, y sus gritos se entremezclaban con el cántico.

La luz inundó la estancia cuando los gallu echaron la puerta abajo.

—¡Al ataque! —gritó Deimos, que corrió hacia los demonios.

Se desató el caos más absoluto mientras Zakar, Sin y ella intentaban retener a las Dimme.

La esfora soltó un destello cegador antes de que una de las Dimme escapara.

La criatura pasó por encima de su cabeza, obligándola a agacharse, pero se mantuvo en su sitio.

—Olvídala —dijo Sin—. Sigue cantando. Primero tenemos que sellar la tumba con las demás dentro. Ya iremos a por ella después.

Siguió concentrada en el cántico mientras los demás se le echaban encima, en mitad de la pelea. Vio cómo la tumba por fin volvía a sellarse poco a poco. El tiempo pareció detenerse hasta que los gritos de las Dimme se silenciaron por fin.

Empapado de sudor, Zakar colocó la esfora en la cerradura y la selló antes de caer al suelo.

Estaba a punto de acercarse para ayudarlo cuando vio a Kessar por el rabillo del ojo. El líder de los gallu apartó de su camino a uno de los Dolofoni y se abalanzó sobre Sin por detrás, clavándole una espada que le atravesó el corazón.

La escalofriante escena la dejó sin aliento.

—¡No! —gritó.

Kessar soltó una carcajada cruel.

Sin puso los ojos como platos justo antes de caer de rodillas. En ese momento se dio cuenta de que Kessar se había apoderado de la espada de Sin, la misma que había forjado su pueblo. Era lo único que podía matar a los gallu, pero también lo único que podía matar a Sin...

Se le nubló la vista y le lanzó a Kessar una descarga astral. Y volvió a lanzarle otra, y otra más, hasta que lo tuvo contra el suelo. Estaba tan concentrada en su objetivo que no vio al demonio que la atacó por la espalda y la tiró al suelo. Se puso en pie de un salto y se giró hacia el atacante al tiempo que hacía aparecer un puñal en su mano para defenderse. El gallu esquivó su ataque e intentó morderle, pero ella le asestó una patada en las piernas y luego le clavó el puñal entre los ojos.

Volvió a girarse en busca de Kessar, dispuesta a matarlo... Por desgracia, no lo vio. Aunque sí vio a Sin en un charco de sangre.

Corrió hacia él presa del pánico.

—¿Sin? —Lo abrazó temblando de la cabeza a los pies—. Ya te tengo, cariño —murmuró al tiempo que le colocaba una mano sobre la herida. Susurró unas palabras mientras intentaba curarlo, pero no se cerró. ¿Cómo era posible?—. No entiendo...

—Es un arma sumeria —explicó Ash, que se arrodilló a su lado—. Diseñada para matar a sus dioses.

Miró a su padre e hizo algo que jamás había hecho hasta el momento. Suplicar.

—Cúralo, por favor. Haré cualquier cosa.

—No puedo, Katra. No está en mis manos.

—No puede morir. ¿No lo entiendes? Por favor... ¡Por favor, papá, ayúdalo!

A Ash se le rompió el corazón al escuchar la desesperación y el amor de su voz. Kat estaba dispuesta a hacer cualquier cosa para proteger a Sin. Recordó una época en la que él había sentido lo mismo por Artemisa. Pero el objeto de ese amor lo había traicionado y le había arruinado la vida. Lo había dejado destrozado y vacío. Perdido y condenado.

Podría decirle a Kat la forma de salvar a Sin, pero ¿acabaría Sin como Artemisa, rompiéndole el corazón? ¿Echaría Kat la vista atrás en algún momento y se arrepentiría de ese instante como él hacía con su propio pasado? ¿Se odiaría más adelante por ese momento de desesperación en el que solo tenía cabida el hombre que amaba, en el que solo importaba retenerlo a su lado?

No interfieras con el libre albedrío, se recordó. Kat quería a Sin. ¿Quién era él para evitar que se sacrificara por él?

Controlaba el destino, sí. Pero el corazón humano no tenía más dueño que sí mismo, tuviera razón o no. Fuera bueno o malo.

El miedo, la agonía y el amor se debatieron en su interior mientras apretaba los dientes. ¿Cuál era su deber? ¿Proteger a su hija de un futuro incierto o darle lo que más deseaba en ese mundo?

Sin embargo, en el fondo sabía que no le quedaba alternativa. La decisión era de Kat, no suya. La vida era una sucesión de decisiones y de consecuencias.

Por favor, que esto no le haga daño. Que no se arrepienta de su amor como yo me arrepentí del mío. Por favor..., rogó en silencio.

Inspiró hondo.

—Dale tus poderes, Kat.

—¿Qué? —Lo miró con el ceño fruncido—. No tengo el poder para curarme a mí misma.

—Lo sé. Pero tus poderes provienen de los panteones atlante y griego. No son sumerios. Esos poderes contrarrestarán el de la espada. Lo salvarán. Confía en mí. Pero tendrás que dárselos de forma permanente.

Kat se quedó sin aliento al escucharlo. Nunca había vivido sin poderes... eso la dejaría indefensa. Vulnerable.

—No lo hagas, Kat —dijo Sin, a quien le castañeteaban los dientes por el dolor—. No te debilites por mí.

Esas palabras la ayudaron a tomar una decisión. Con el corazón desbocado, se inclinó sobre Sin y lo besó. Y mientras lo hacía, hizo acopio de sus poderes y los canalizó a través de su cuerpo hasta él.

El roce de los labios de Kat y el poder que lo inundó de golpe hicieron que a Sin le diera vueltas la cabeza. Se quedó tendido sin poder respirar mientras su vista y su oído se agudizaban. Sabía que Kat era poderosa, pero la magnitud real de sus poderes lo asombró.

Pensar que había renunciado a todo eso...

Por él.

Pensar que no había abusado de ese poder ni lo había utilizado para hacerle daño a nadie... Era una idea abrumadora que aumentó el amor que sentía por ella.

Kat se apartó para mirarlo.

Él le cogió la cara entre las manos y la miró maravillado. Era el alma más hermosa con la que jamás se había encontrado.

—Te quiero, Kat.

Un brillo juguetón iluminó esos ojos verdes.

—Lo sé.

Se puso en pie con renovadas fuerzas. Kat se colocó a su derecha y Ash, a su izquierda. En cuanto estuvieron de pie, los demonios retrocedieron. Aquellos que fueron capaces, se teletransportaron.

—¡Por favor! —se burló él—. ¡Cobardicas!

Pero no había ni rastro de los demonios.

Deimos se limpió la mejilla con la mano mientras sus hermanos remataban a los demonios heridos o ya muertos.

—¿Alguien ha visto adónde ha ido esa Dimme?

Nadie lo había hecho. Uno a uno acabaron admitiendo que no se habían dado cuenta de que una se escapaba.

Deimos soltó un suspiro.

—La hemos cagado.

Kish resopló.

—Pues a mí no me lo parece. Si estamos vivos, es un día maravilloso.

Xypher asintió con la cabeza.

—Ahí lo ha clavado. Hacedle caso al único de los presentes que sabe lo que es estar muerto de verdad.

Sin se acercó a su hermano, que seguía temblando y sudando aunque había logrado mantenerse en pie.

—El demonio sigue dentro de mí —susurró Zakar.

—Lo sé. —Abrazó a su hermano—. No vamos a dejar que se salga con la suya.

Kat observó la carnicería que la rodeaba. Había demonios muertos por todas partes. Los Dolofoni heridos se cauterizaban las heridas. Menos mal que habían logrado reducir el campo de batalla a esa cámara.

La pregunta era si podrían hacer lo mismo la próxima vez.

—¿Una Dimme es capaz de destruir el mundo ella sola?

Sin se apartó de Zakar.

—No con la misma facilidad que siete. Además, no creo que nos cueste dar con ella. No sabrá relacionarse con la gente y está hambrienta.

Ojalá tuviera razón.

—Cuando atacan, ¿convierten a quienes muerden?

Sin negó con la cabeza.

—No. Solo matan.

—Menos da una piedra.

M'Adoc se acercó para decirle a Sin:

—Vigilaremos los sueños en busca de algún gallu.

—Y yo avisaré a los Cazadores Oscuros, a los dioses ctónicos y a los Escuderos para que estén al tanto —añadió Ash.

Kat suspiró al ver la carnicería.

—Supongo que es lo único que podemos hacer. Aparte de curarnos las heridas.

—Sí —dijo Kish—, pero hoy hemos salvado el mundo. Debes sentirte orgullosa por eso.

—Yo lo estoy —admitió Sin—. Pero me sentiré muchísimo mejor cuando encontremos a Kessar y a su pandilla, y cuando demos con la Dimme y eliminemos esa amenaza de una vez por todas.

—Todos nos sentiremos mucho mejor entonces —le dijo ella al tiempo que se apoyaba contra él.

Sin entrelazó sus dedos antes de dirigirse a Ash.

—¿Puedes localizarlos?

—No, no aparecen en mi radar. La mejor defensa contra ellos eres tú.

Sin pensar en lo que hacía, rodeó la cintura de Kat con el brazo. Nada más hacerlo, vio la mirada que le lanzó Ash.

—Si alguna vez le haces daño —dijo al tiempo que se acercaba a ellos con los brazos cruzados por delante del pecho—, te daré una buena paliza, y me da lo mismo que seas un dios.

Sin soltó una carcajada al escucharlo.

—No te preocupes. Antes muerto que verla sufrir.

—Mientras no se te olvide, tendrás una vida muy larga y tranquila.

Kat sonrió, abrumada por el amor que sentía por los dos.

Uno a uno, los Cazadores Oníricos y los Dolofoni se marcharon.

—¿Xypher? —dijo Kat cuando lo vio a punto de irse. Esperó a que la mirase para añadir—: Hablaré con Hades de inmediato para que te deje libre.

Xypher torció el gesto.

—Humano por un mes. Me muero de ganas.

Sin embargo, bajo el tono desdeñoso, escuchó la esperanza y la emoción que la idea le provocaba.

Tras despedirse con un gesto de la cabeza, Xypher se desvaneció.

Ash le tendió la mano a Xirena.

—¿Estás lista para volver a Kalosis?

—Y tanto. El mundo humano tiene demasiados humanos para mi gusto, lo que no estaría mal si pudiera comerme a alguno. Pero tal como están las cosas, es cruel atormentarme de esta manera. Mejor volver a mi sala de compras.

—Vendré a veros cuando pueda —dijo Ash antes de marcharse—. Pero ya sabéis dónde encontrarme...

Sin se giró hacia Zakar.

—Vamos, hermano. Volvamos a casa.

El aludido negó con la cabeza.

—Creo que necesito estar solo por un tiempo.

—¿Adónde vas a ir? —le preguntó él con el ceño fruncido.

—No lo sé. El mundo ha cambiado mucho... igual que yo. Tengo que volver a encontrar mi sitio. No te preocupes. Me mantendré en contacto.

Kat sintió la tristeza que lo invadió cuando su hermano desapareció.

—Lo ha dicho en serio. No va a hacerle daño a nadie.

—Lo sé. Pero me cuesta verlo marchar de esta manera. —Apoyó la cabeza sobre la suya—. Solo espero que encuentre lo que necesita.

Kat le dio unas palmaditas en los costados antes de apartarse para coger la esfora. La apretó entre los dedos. Parecía muy pequeña e insignificante, pero había evitado la destrucción del mundo.

—En fin, hemos evitado esta crisis. Me muero de ganas por saber qué viene a continuación.

Kish salió de las sombras.

—Esto... Chicos, ¿os importaría que nos fuéramos ya a casa?

Sin la cogió de la mano.

—Sí, nos vamos a casa.

Kessar contemplaba desde la distancia lo que quedaba de su gente. Habían recibido un terrible golpe ese día. Pero no los habían derrotado. Aunque estaban en un aprieto, todavía quedaba esperanza.

Y la esperanza lo había ayudado a sobrevivir en circunstancias peores.

Dejó a su gente para que se curara las heridas y estableciera sus guaridas, y echó a andar por las cavernas que habían localizado previamente por si surgía la necesidad de buscar un nuevo refugio.

Ya estaba cansado de tener que esconderse. Aunque si querían establecerse en el exterior, necesitarían un aliado. Uno del que pudieran fiarse, uno que estuviera tan cabreado y sediento de sangre como él.

Uno que odiara a los humanos tanto como él, o tal vez más...

Al llegar al corazón de la caverna, el antiguo dicho acudió a su cabeza: «El enemigo de mi enemigo es mi amigo».

Dibujó un círculo en el suelo con la imagen de un dragón... el antiguo emblema de una raza maldita que antaño fue su enemiga.

La guerra hacía extraños compañeros de cama.

—¡Strykerio! —gritó para invocar a un demonio muy diferente y sacarlo de su hogar.

Una densa humareda brotó del círculo para crear la imagen de un hombre a quien hacía siglos que no veía. Alto, fuerte, con el pelo negro y corto, y un cabreo que igualaba al suyo.

Stryker lo miró con gélido desdén.

—Creía que estabas muerto.

Kessar soltó una carcajada antes de quitarse las gafas de sol para mostrarle a Stryker sus brillantes ojos rojos.

—Estoy vivo... y tenemos que hablar.

Epílogo

Un mes más tarde

Kat se acurrucó al lado de Sin en la cama. No había nada mejor que sentir sus duros músculos contra su cuerpo desnudo. Si pudiera, se pasaría toda la eternidad así.

No obstante, llevaban en la cama casi catorce horas y tarde o temprano tendrían que levantarse para atender los asuntos del casino... y para atender otros asuntos como salir a la caza y captura de demonios gallu.

Todavía no habían encontrado a la Dimme que se había escapado. Aunque de momento el demonio no había hecho de las suyas. El problema era que no tenía muy claro si era una buena señal o no. Se alegraba de que la Dimme no estuviera matando humanos a diestro y siniestro, pero era obvio que tenía que matar a alguien para sobrevivir. Y seguiría haciéndolo hasta que la localizaran.

Kat suspiró al escuchar que el teléfono móvil de Sin sonaba de nuevo.

—Damien —dijo ella, al reconocer el tono de llamada.

—Seguramente —replicó Sin al tiempo que se giraba para frotarle la nariz con la suya.

Lo rodeó con los brazos y las piernas y gimió por la maravillosa sensación de tenerlo encima.

—¿No vas a contestar?

—Un día de estos. Quiero hacer otra cosa primero.

—Y yo que creía que ya lo habías hecho —dijo al tiempo que le regalaba una sonrisa traviesa.

Esos ojos dorados la atravesaron mientras la devoraban.

—Todavía no —murmuró él antes de apoderarse de sus labios.

Kat suspiró al sentir su sabor hasta que la atravesó la descarga eléctrica de los poderes que él estaba traspasándole. Intentó apartarse, pero Sin la sujetó con fuerza hasta que recuperó sus antiguos poderes al completo.

Sin esperó a que hubiera finalizado el proceso para soltarla y la estudió de arriba abajo como si temiera haberle hecho daño.

—¿Ha funcionado? ¿Has recuperado tus poderes?

Asintió con la cabeza, a lo que él respondió con un suspiro aliviado.

—Bien. Llevo dándole vueltas al asunto desde que me los diste. Que sepas que no es fácil controlar todo ese poder.

—Sí, lo sé. —Le acarició la mejilla—. Por eso cuando era muy joven le arrebaté todo su poder a cierto dios sumerio y estuve a punto de matarlo.

—Eso era lo que temía que te pasara. No quería hacerte daño, pero deseaba que volvieras a ser como antes.

—¿Por qué?

—Porque adoro esa parte de ti y no quiero arrebatarte nada. Solo quiero hacer de tu vida algo tan maravilloso como tú has hecho de la mía.

La alegría la inundó al escucharlo.

—Supongo que esto quiere decir que ya has abandonado todos tus planes de venganza contra Artemisa, ¿no?

Un brillo malicioso apareció en sus ojos. Un brillo que solo aparecía cuando tramaba algo.

—No, no del todo.

—¿Qué quieres decir?

Sin se encogió de hombros antes de mordisquearle los labios.

—Acabo de encontrar una venganza mejor.

—¿Cuál?

Un brillo tierno iluminó sus ojos cuando la miró.

—Quiero ver la cara que pone cuando le digas que va a ser abuela.

Su respuesta le arrancó una carcajada. Era malo, malísimo, pero eso era lo que adoraba de él.

—Cariño, vete vistiendo, porque vamos a hacer que tu día sea redondo.

Fue el primer Cazador Oscuro. Ahora es el líder de todos ellos.
No responde ante nadie y todos acatan sus órdenes.
Es poderoso. Es enigmático. Es inaccesible.
Una leyenda entre las leyendas, sus orígenes y su pasado
han sido un secreto... que pronto será revelado.

En septiembre de 2010 llega el libro más esperado
de los Cazadores Oscuros: *Aquerón,*
del cual te ofrecemos un avance.

Y recuerda: el acero más fuerte se forja
en las llamas del infierno...

9 de mayo, 9548 a. C.

—¡Matad a ese bebé!

La furiosa orden de Arcón reverberaba en los oídos de Apolimia mientras huía por las estancias de mármol de Katoteros. El fuerte viento que soplaba por el pasillo le pegaba el vestido negro al vientre y sacudía su larga melena de color rubio platino. Tras ella corrían cuatro de sus demonios, protegiéndola de los otros dioses que estaban más que dispuestos a cumplir las órdenes de Arcón. Junto con sus demonios carontes, Apolimia ya se había cargado a la mitad de su panteón. Y estaba lista para matar al resto.

¡No le quitarían a su hijo!

La traición que había sufrido pesaba en su corazón. Le había sido fiel a su marido desde el día de su unión. Lo había seguido amando aun después de descubrir sus infidelidades e incluso había acogido a sus bastardas en su hogar.

Y ahora quería matar a su hijo nonato.

¿Cómo podía hacerle algo así? Llevaba siglos intentando concebir un hijo de Arcón. Era lo único que había ansiado durante todo ese tiempo.

Tener un hijo.

Y por culpa de la profecía de tres niñas (las tres hijas bastardas de Arcón, corroídas por los celos) su hijo sería sacrificado, ejecutado. ¿Por qué? ¿Por las insidiosas palabras de esas mocosas?

Nunca.

Ese era su hijo. ¡Era suyo! Y mataría a todos los dioses atlantes con tal de que siguiera con vida.

—¡Basi! —gritó, llamando a su sobrina.

La aludida apareció frente a ella en el pasillo, tambaleándose de tal forma que se vio obligada a apoyarse en la pared. Puesto que era la diosa de los excesos, rara vez estaba sobria. Lo cual era perfecto para su plan.

Entre hipidos y risas tontas Basi le preguntó:

—¿Me has llamado, tía? Por cierto, ¿por qué están todos tan enfadados? ¿Me he perdido algo importante?

Apolimia la agarró por la muñeca y abandonó Katoteros, el lugar donde moraban los dioses atlantes, para materializarse de nuevo en Kalosis, el reino infernal gobernado por su hermano.

Fue precisamente en ese lugar húmedo y prohibido donde ella nació. Ese era el único sitio que Arcón temía de verdad. Porque sabía que, pese a todos sus poderes, ella ostentaba la supremacía en el reino de la oscuridad. Porque sabía que allí podía destruirlo.

Puesto que era la diosa de la muerte, la destrucción y la guerra, Apolimia contaba con sus propios aposentos en el suntuoso palacio de ébano de su hermano.

Y allí llevó a Basi.

Antes de convocar a sus dos demonios carontes de confianza, cerró puertas y ventanas.

—Xiamara, Xedrix, os necesito.

Los demonios, que residían en su propio cuerpo en forma de tatuajes, la abandonaron y se manifestaron frente a ella.

En esa ocasión, Xiamara eligió un tono rojo veteado de blanco para su piel. Su larga melena negra enmarcaba un rostro alargado con enormes ojos rojos que la observaron con preocupación. Xedrix, que era su hijo, había heredado sus rasgos faciales, pero su piel era naranja y roja, colores que delataban su nerviosismo.

—¿Qué necesitas, akra? —preguntó Xiamara, dirigiéndose a ella con el término atlante que significaba «dueña y señora».

En realidad, no entendía la insistencia de Xiamara en llamarla de esa manera cuando su relación era más fraternal que otra cosa.

—Vigila que no entre nadie. Me da igual que sea el mismo Arcón quien exija entrar. Lo matas. ¿Me has entendido?

—Tus deseos son órdenes, akra. Nadie te molestará.

—¿Por qué siempre llevan los cuernos a juego con las alas? —preguntó Basi, que se mecía agarrada a uno de los postes de la cama—. En serio. No sé, con lo coloridos que son, podrían ser un poco más creativos. Creo que Xedrix estaría mucho más guapo con los cuernos de color naranja.

Hizo oídos sordos a sus comentarios, ya que no tenía tiempo para aguantar las tonterías de su sobrina. No si quería salvar la vida de su hijo.

Porque quería a ese niño y haría cualquier cosa por él.

Lo que fuera.

Con el corazón en la garganta, sacó la daga atlante de uno de los cajones de la cómoda y la sostuvo un momento entre sus manos. El oro de la empuñadura estaba frío. Las rosas negras y los huesos grabados en la hoja de acero resplandecían en la penumbra de la habitación. Era una daga pensada para matar.

Ese día, en cambio, salvaría una vida.

Se estremeció al pensar en lo que debía hacer, pero no había otra manera de salvarlo. Cerró los ojos y aferró con fuerza la fría empuñadura de la daga. Intentó no llorar, pero se le escapó una lágrima por el rabillo de un ojo.

¡Ya está bien!, rugió para sus adentros mientras se la enjugaba con gesto furioso. No era momento para dejarse llevar por las emociones, sino para actuar. Su hijo la necesitaba.

Con la mano temblorosa por culpa de la ira y el miedo, se acercó a la cama y se tumbó. Se levantó el vestido para dejar su vientre expuesto, el cual acarició con una mano. Allí descansaba su hijo, protegido y al mismo tiempo amenazado. Jamás volvería a estar tan cerca de él como lo estaba en esos momentos. Jamás volvería a sentir sus patadas ni sus inquietos movimientos, que siempre lograban arrancarle una sonrisa paciente. Estaba a punto de separarse de él, a pesar de que todavía faltaba un tiempo para la fecha del nacimiento de Apóstolos.

Sin embargo, no le quedaba otra alternativa.

—Sé fuerte, hijo —susurró antes de abrirse el vientre con la daga, dejando a su hijo expuesto.

—¡Qué desagradable! —exclamó Basi—. Yo me v…

—¡No te muevas! —bramó Apolimia—. Si sales de aquí, te arranco el corazón.

Basi se quedó donde estaba, con los ojos desorbitados.

Como si supiera lo que acababa de suceder, Xiamara apareció junto a la cama. Su piel roja y blanca la convertía en el caronte más precioso de todo su ejército. Sin mediar palabra, Xiamara sacó al niño de su vientre y la ayudó a cerrarse la herida. Después de quitarse el chal de color rojo sangre que llevaba en torno al cuello, envolvió a Apóstolos en él y se lo ofreció con una reverencia.

Apolimia se desentendió del dolor físico en cuanto tuvo a su hijo en brazos por primera vez. La alegría la inundó al verlo sano y salvo. Era tan diminuto, tan frágil… Perfecto y precioso.

Pero, por encima de todo, era suyo y lo quería con toda el alma.

—Vive por mí, Apóstolos —dijo entre sollozos. Las lágrimas que resbalaban por sus frías mejillas como si fueran hielo relucían en la oscuridad—. Cuando llegue el momento preciso, volverás y reclamarás el lugar que te corresponde como regente de los dioses. Yo me aseguraré de ello. —Y le dio un beso en su frente azul.

Apóstolos abrió los ojos en ese momento y la miró. Tenía sus mismos ojos, de iris plateados y turbulentos. E irradiaban una sabiduría infinitamente mayor que la suya. Gracias a esos ojos, la Humanidad reconocería su condición de dios y lo trataría en consecuencia. Uno de sus diminutos puños le acarició la mejilla, como si entendiera lo que el destino le tenía preparado.

El roce le arrancó un sollozo. ¡No era justo! Ese era su bebé. Había esperado toda una eternidad, y cuando por fin lo tenía…

—¡Maldito seas, Arcón! ¡Maldito seas! Jamás te lo perdonaré.

Abrazó a su hijo, renuente a separarse de él.

Aunque tenía que hacerlo.

—¿Basi? —llamó a su sobrina, que seguía meciéndose agarrada al poste.

—¿Mmm?

—Llévatelo. Ponlo en el vientre de alguna reina embarazada. ¿Lo has entendido?

Basi soltó el poste y se enderezó.

—Mmm, puedo hacerlo. ¿Y el niño de la reina?

—Vincula la fuerza vital de Apóstolos con la del niño de la reina. Que algún oráculo les informe de que si mi hijo muere, el suyo también morirá. —Esa sería la mejor forma de protegerlo.

Sin embargo, todavía le quedaba una cosa por hacer. Se quitó la esfora blanca que llevaba al cuello y la sostuvo contra el pecho de Apóstolos. Si alguien sospechaba que era su hijo o algún dios detectaba su presencia en el plano humano, lo matarían al instante.

Sus poderes debían permanecer sellados y ocultos hasta que fuera lo bastante mayor y fuerte como para defenderse. De modo que observó cómo la esfora absorbía su divinidad. Su diminuto cuerpo perdió el color azul y adquirió la pálida piel de un humano.

De esa forma estaría seguro. Ni siquiera los dioses sabrían lo que acababa de hacer.

Aferró con fuerza la esfora mientras volvía a besarlo en la frente antes de entregárselo a su sobrina.

—Llévatelo. Y no me traiciones, Basi. Si lo haces, Arcón será el menor de tus problemas. Como no me ayudes, no descansaré hasta revolcarme en tus entrañas.

Los ojos castaños de Basi se abrieron como platos.

—Bebé en vientre. Plano humano. No se lo digas a nadie y no metas la pata. Lo tengo. —Se desvaneció al instante.

Apolimia siguió sentada en la cama, con la vista clavada en el lugar donde habían estado. Su corazón aullaba de dolor por la pérdida de su bebé.

Ojalá pudiera...

—Xiamara, síguela y asegúrate de que hace lo que se le ha ordenado.

El demonio le hizo una reverencia antes de desaparecer.

Se demoró un instante en la cama ensangrentada con el corazón destrozado. Quería llorar y patalear, pero ¿para qué? No le serviría de nada. Ni sus lágrimas ni sus súplicas impedirían que Arcón matara a su hijo. Sus mocosas lo habían convencido de que Apóstolos acabaría con su panteón y lo suplantaría como dios supremo.

Que así fuera.

Abandonó la cama pese a los dolores.

—¿Xedrix?

El hijo de Xiamara se materializó frente a ella.

—¿Sí, akra?

—Tráeme una roca del mar, por favor.

La orden pareció confundirlo, pero la obedeció sin rechistar.

Cuando volvió y le entregó la piedra, ella la envolvió en un arrullo. Débil por el parto, por la ira y por el miedo, se apoyó en Xedrix y lo tomó del brazo.

—Llévame con Arcón.

—¿Estás segura, akra?

Asintió con la cabeza.

El demonio la ayudó a volver a Katoteros. Aparecieron en el centro del salón donde se encontraba Arcón con sus hijas Chara y Agapa, que por ironías del destino eran las diosas de la alegría y del amor, respectivamente. Ambas habían nacido por partenogénesis la primera vez que Arcón miró a Apolimia. Las diosas salieron del pecho de su padre sin más. El amor que Arcón le profesaba era legendario. Hasta que lo destruyó al pedirle lo único que ella jamás le daría.

La vida de su hijo.

Las facciones de Arcón eran perfectas. De complexión alta y fuerte, su pelo rubio brillaba en la penumbra. Ciertamente era el dios más guapo de todos. Lástima que la belleza solo fuera superficial.

Arcón entrecerró sus ojos azules al ver el bulto que ella llevaba en brazos.

—Ya era hora de que recuperaras el sentido común. Dame ese niño.

Apolimia se apartó de Xedrix y dejó el niño de piedra en brazos de su marido.

Arcón la fulminó con la mirada.

—¿Qué es esto?

—Es lo que te mereces, cabrón, y es lo único que conseguirás de mí.

A juzgar por el brillo de sus ojos, supo que quería golpearla. Pero no se atrevió. Ambos sabían quién era el más fuerte, y no era precisamente él. Arcón regía sobre los demás solo porque ella estaba a su lado. Revolverse contra ella sería el último error de su vida.

Según la ley ctónica, los dioses tenían prohibido matar a otros dioses. Aquel idiota que osara quebrantar la ley recibiría a cambio la ira de los ctónicos. El castigo por semejante acto era rápido, brutal e irreversible.

En ese preciso instante se aferraba a su mente racional y mantenía a raya sus turbulentas emociones a duras penas. Si Arcón la golpeaba, olvidaría la razón, y su marido era muy consciente de ello. El golpe la haría olvidar el miedo que le inspiraban los ctónicos y desataría toda su furia, que recaería sobre él. Ya no le importaría el castigo ni la muerte… aunque fuese ella quien los sufriera.

La araña debe ser paciente, se dijo, recordando el dicho preferido de su madre.

Esperaría con paciencia hasta que Apóstolos creciera y pudiera defenderse. Llegado ese momento, él ocuparía el lugar de Arcón y le enseñaría al regente de los dioses lo que era el verdadero poder.

Por el bien de su hijo, no molestaría a los caprichosos dioses ctónicos que bien podrían aliarse con Arcón y matar a su bebé. Ellos eran los únicos que podían privarla de forma permanente de sus poderes y destruir a Apóstolos. Al fin y al cabo, las tres hijas bastardas de Arcón y Temis controlaban el destino de todos y de todo. Y por culpa de su estupidez y de su miedo, las Moiras habían maldecido sin querer a su hijo.

Solo por eso tenía ganas de matar a su marido, que la miraba con expresión confusa.

—¿Nos condenarás a todos por un niño? —le preguntó Arcón.

—¿Condenarás tú a mi hijo por tres bastardas medio griegas?

Arcón resopló.

—Sé razonable aunque solo sea por una vez. Las niñas no sabían que estaban condenándolo cuando hablaron. Todavía están aprendiendo a controlar sus poderes. Tenían miedo de que el niño les arrebatara nuestro cariño. Por eso estaban cogidas de las manos cuando pronunciaron en voz alta sus miedos. Y por eso su palabra es ley y no puede deshacerse. Si él vive, nosotros moriremos.

—Pues moriremos todos, porque él vivirá. Me aseguraré de que así sea.

Arcón aulló antes de lanzar la piedra envuelta en el arrullo contra la pared. Extendió las manos hacia Agapa y Chara y entonó un cántico.

Los ojos de Apolimia se volvieron rojos al ser testigo de lo que estaban haciendo. Era un hechizo de confinamiento.

Para ella.

Y puesto que habían unido sus poderes, serían capaces de obligarla a cumplir su voluntad.

No obstante, se echó a reír. Sin perder detalle de aquellos dioses que se sumaron a la traición de su marido.

—Algún día os arrepentiréis de lo que me habéis hecho. Cuando Apóstolos regrese, lo pagaréis caro.

Xedrix se interpuso entre ella y los demás. Apolimia le colocó una mano en el hombro para evitar que atacara.

—No nos harán daño, Xedrix. No pueden.

—No —convino Arcón con amargura—, pero permanecerás encerrada en Kalosis hasta que nos reveles dónde está Apóstolos o hasta que él muera. Solo entonces podrás regresar a Katoteros.

Apolimia siguió riendo.

—Cuando mi hijo alcance la madurez, tendrá el poder de venir a buscarme. Y cuando me libere, el mundo que conocéis llegará a su fin. Y yo os derrocaré a todos. A todos.

Arcón meneó la cabeza.

—Lo encontraremos. Lo mataremos.

—No lo conseguiréis. Y yo bailaré sobre vuestras tumbas.

El diario de Ryssa, princesa de Dídimos

23 de junio, 9548 a. C.

Mi madre, la reina Aara, yacía en su cama dorada, con el cuerpo cubierto de sudor y el rostro ceniciento, mientras una sierva le quitaba el pelo rubio y húmedo de la cara para que no se metiera en sus ojos azules. A pesar del dolor, nunca vi a mi madre más feliz que ese día, y me pregunté si habría sido tan feliz el día de mi nacimiento.

La estancia estaba repleta de cortesanos, y mi padre, el rey, estaba a un lado de la cama con su consejero de Estado. Los enormes ventanales estaban abiertos para dejar que la brisa marina aliviara el calor del día estival.

—Es otro niño muy hermoso —anunció la partera con voz cantarina al tiempo que envolvía al recién nacido en un arrullo.

—¡Por la dulce mano de Artemisa! ¡Aara, me has llenado de orgullo! —exclamó mi padre mientras los presentes gritaban de júbilo—. ¡Unos gemelos para gobernar nuestras islas gemelas!

Como solo tenía siete años, empecé a dar saltos de alegría. Por fin, después de los numerosos abortos y bebés muertos, no solo tenía un hermano, sino dos.

Entre carcajadas, mi madre acunó al segundo niño nacido contra su blanco pecho mientras otra partera aseaba al primer bebé que había nacido.

Me colé por entre la multitud para verlo. Era pequeño y precioso, y no paraba de agitarse en su afán por respirar con sus pulmones de recién nacido. Acababa de tomar una buena bocanada de aire cuando escuché el grito alarmado de la partera que lo sostenía.

—Que Zeus se apiade de nosotros, el primer bebé está deforme, majestades.

Mi madre levantó la mirada con la frente arrugada por la preocupación.

—¿A qué te refieres?

La partera lo llevó hasta la cama.

La posibilidad de que algo estuviera mal me tenía aterrada. Desde mi punto de vista, el bebé parecía normal.

Esperé y vi que el primer bebé extendía el brazo hacia el hermano con quien había compartido vientre esos meses. Era como si buscara el consuelo de su gemelo.

Sin embargo, mi madre apartó al niño de su lado.

—No puede ser —sollozó mi madre—. Está ciego.

—No está ciego, majestad —señaló la más anciana de las curanderas al tiempo que daba un paso hacia delante para abrirse camino a través de la multitud. Sus túnicas blancas estaban bordadas con hebras de oro y llevaba una recargada guirnalda dorada sobre el cabello canoso—. Os ha sido enviado por los dioses.

Mi padre, el rey, miró a mi madre con expresión furiosa.

—¿Me has sido infiel? —le preguntó con tono acusatorio.

—No, nunca.

—Entonces, ¿cómo es posible que ese crío haya salido de tus entrañas? Todos nosotros hemos sido testigos.

La habitación en pleno volvió la cabeza hacia la curandera, que miraba con expresión inescrutable al diminuto e indefenso bebé que lloraba para que alguien lo cogiera y le ofreciera algún tipo de consuelo. De calidez.

Sin embargo, nadie lo hizo.

—Este niño será un exterminador —dijo, y su anciana voz resonó alta y clara para que todos pudieran escuchar su proclamación—. Su mano traerá la muerte a muchos. Ni los propios dioses estarán a salvo de su ira.

Jadeé, aunque no terminé de comprender la importancia de sus palabras.

¿Cómo era posible que un simple bebé pudiera hacerle daño a alguien? Era muy pequeño. Estaba indefenso.

—En ese caso, matémoslo ahora. —Mi padre ordenó a su guardia que trajeran su espada y asesinaran al bebé.

—¡No! —gritó la curandera, que detuvo al guardia antes de que pudiera llevar a cabo la voluntad del rey—. Si matáis a este infante, vuestro hijo morirá también, majestad. Sus fuerzas vitales están entrelazadas. Es la voluntad de los dioses que lo criéis hasta que se convierta en un hombre.

El heredero sollozó.

Yo también sollocé, ya que no comprendía el odio que sentían hacia un bebé.

—No criaré a un monstruo —rugió mi padre.

—No os queda más remedio. —La curandera cogió al bebé de los brazos de la partera y se lo ofreció a la reina.

Fruncí el ceño al ver la expresión satisfecha en los ojos de la partera, una mujer rubia muy guapa que en ese momento se abrió paso entre los testigos del parto y desapareció.

—Ha nacido de vuestro cuerpo, majestad —siguió la curandera, lo que me llevó a mirar otra vez a mi madre—. Es vuestro hijo.

El bebé empezó a llorar con más fuerza al tiempo que estiraba de nuevo los brazos hacia mi madre. Hacia la que también era su madre. Sin embargo, ella se apresuró a apartarse y a abrazar a su segundo hijo con más fuerza que antes.

—No pienso amamantarlo. No lo tocaré. Apártalo de mi vista.

La curandera le llevó el niño a mi padre.

—¿Y qué me decís vos, majestad? ¿Lo reconoceréis?

—Jamás. Ese niño no es hijo mío.

La curandera exhaló un profundo suspiro y le mostró el niño a la sala. Lo sujetaba sin miramiento alguno, sin rastro de amor ni compasión en la forma de sostenerlo.

—Entonces se llamará Aquerón, como el río de la tragedia. Al igual que el transcurso del río del Inframundo, su viaje será oscuro, largo e imperecedero. Tendrá el don de dar la vida y de quitarla. Caminará solo y abandonado… siempre buscando benevolencia, pero encontrando solo crueldad. —La curandera bajó la mirada hacia el niño que tenía entre las manos y murmuró la verdad que lo perseguiría durante el resto de su existencia—: Que los dioses se apiaden de ti, pequeñín. Porque nadie más lo hará.

30 de agosto, 9541 a. C.

—¿Por qué me odian tanto, Ryssa?

Dejé mi labor para mirar a Aquerón, que se acercaba con timidez. A sus siete años era un niño increíblemente guapo. Su largo pelo rubio relucía en la habitación como si hubiera sido bendecido por los mismos dioses que parecían haberlo abandonado.

—Nadie te odia, *akribos*.

Sin embargo, en el fondo de mi corazón yo sabía la verdad.

Al igual que él.

Cuando se acercó más, vi la marca enrojecida de una mano en su rostro. No había lágrimas en sus turbulentos ojos plateados. Se había acostumbrado a los golpes de tal manera que ya no parecían afectarlo.

Al menos, no físicamente, solo en su corazón.

—¿Qué ha pasado? —le pregunté.

Aquerón desvió la mirada.

Me aparté del bastidor y acorté la escasa distancia que nos separaba. Me arrodillé delante de él y le aparté el pelo con cuidado de la mejilla hinchada.

—Cuéntamelo.

—La vi abrazar a Stig.

No me hizo falta preguntarle a quién se refería. Había estado con nuestra madre. Nunca entendí cómo podía ser tan cariñosa con Stig y conmigo y al mismo tiempo ser tan cruel con Aquerón.

—¿Y...?

—Yo también quería un abrazo.

En ese momento reparé en ellos. En los signos evidentes de un niño que solo quería el amor de su madre. Vi el ligero temblor de sus labios, el brillo de las lágrimas en sus ojos.

—¿Por qué si soy igual que Stig, yo soy antinatural pero él no? No entiendo por qué soy un monstruo. No me siento como un monstruo.

No podía explicárselo porque yo, en contraste con los demás, nunca había visto esa diferencia. Habría dado cualquier cosa por que Aquerón conociera la misma faceta de nuestra madre.

Sin embargo, todos lo llamaban monstruo.

Yo solo veía a un niño pequeño. Un niño que solo deseaba que la misma familia que quería desterrarlo lo aceptara. ¿Por qué no podían mis padres mirarlo y ver lo cariñoso y bueno que era? Callado y tranquilo, nunca le hacía daño a nada ni a nadie. Jugábamos juntos, nos reíamos. Y, sobre todo, lo consolaba acunándolo entre mis brazos mientras lloraba.

Cogí una de sus manitas. Una mano suave. La mano de un niño. No tenía el menor rastro de malicia. No había matado a nadie.

Aquerón siempre había sido un niño dulce. Mientras que Stig siempre se quejaba por tonterías y me quitaba los juguetes (también se los quitaba a cualquier niño que estuviera cerca), Aquerón solo intentaba mediar entre todos. Consolar a quienes lo rodeaban.

Parecía tener más de siete años. En ocasiones me parecía incluso mayor que yo.

Sus ojos eran raros. Su turbulento color plateado desvelaba que su origen tenía algo de divino. Aunque eso debería hacerlo especial, no espantoso.

Le regalé una sonrisa con la esperanza de mitigar parte de su dolor.

—Algún día, Aquerón, el mundo sabrá lo especial que eres. Algún día nadie te tendrá miedo. Ya lo verás.

Hice ademán de abrazarlo y él se apartó de mí. Estaba acostumbrado a que la gente le hiciera daño y, aunque sabía que yo nunca se lo haría, le costaba aceptar mi consuelo.

Al ponerme en pie, la puerta de mi salita privada se abrió. Un gran número de soldados entró.

Asustada, retrocedí un paso, ya que no sabía lo que querían. Aquerón se agarró con fuerza a la falda de mi túnica azul y se escondió detrás de mis piernas.

Mi padre y mi tío se abrieron paso entre los guardias hasta quedar delante de mí. Los dos eran casi idénticos. Tenían los mismos ojos azules, el mismo pelo rubio y ondulado, y la misma piel clara. Aunque mi tío era tres años menor que mi padre, a simple vista no lo parecía. Podrían pasar por gemelos.

—Ya te dije que estaría con ella —le dijo mi padre al tío Estes—. Ya está corrompiéndola de nuevo.

—No te preocupes —replicó Estes—, yo me encargo. Nunca más tendrás que preocuparte por él.

—¿Qué quieres decir? —pregunté, aterrada por la siniestra nota de su voz. ¿Iban a matarlo?

—No te preocupes —masculló mi padre. Jamás lo había escuchado hablar de forma tan desagradable. Se me heló la sangre en las venas.

Cogió a Aquerón y lo lanzó contra mi tío.

Mi hermano estaba aterrado. Intentó correr hacia mí, pero mi tío lo cogió del brazo sin miramientos y lo apartó de un tirón.

—¡Ryssa! —gritó.

—¡No! —protesté yo mientras intentaba ayudarlo.

Mi padre me apartó y me sujetó para que no pudiera hacer nada.

—Va a un lugar mejor.

—¿Adónde?

—A la Atlántida.

Contemplé horrorizada cómo se lo llevaban mientras me pedía a gritos que lo salvara.

La Atlántida estaba muy lejos de casa. Demasiado lejos, y hasta hacía muy poco tiempo habíamos estado en guerra con ella. Lo único que sabía sobre ese lugar y sobre sus habitantes eran cosas terribles.

Miré a mi padre entre lágrimas.

—Estará asustado.

—Los de su clase no se asustan.

Los gritos y las súplicas de Aquerón desmentían esas palabras.

Mi padre era un rey poderoso, pero estaba equivocado. Yo conocía muy bien el miedo que anidaba en el corazón de Aquerón.

Y también conocía el miedo que anidaba en el mío.

¿Volvería a ver a mi hermano alguna vez?

3 de noviembre, 9532 a. C.

Habían pasado nueve años desde la última vez que vi a mi hermano Aquerón. Nueve años. Y no había pasado ni un solo día sin que me preguntara qué estaría haciendo. Cómo lo estarían tratando.

Durante las visitas de Estes siempre conseguía llevarlo a un aparte para preguntarle por él.

—Está bien y goza de buena salud, Ryssa. Lo trato como si fuera uno más de mi familia. Tiene todo lo que necesita. Estaré encantado de decirle que te has interesado por él.

Aun así, algo en mi interior no terminaba de conformarse con esas palabras. Le pedí una y otra vez a mi padre que mandara llamar a Aquerón. Que al menos lo llevara a casa por las fiestas. Como príncipe que era, no deberían haberlo alejado de casa. Sin embargo, residía en un país con el que nos manteníamos al borde de la guerra. El hecho de que Estes fuera embajador no protegía a Aquerón de una muerte inminente si entrábamos en guerra con la Atlántida.

Pero mi padre rechazó todas mis peticiones.

Mantuve correspondencia con Aquerón durante años y por regla general me devolvía las cartas religiosamente. Las suyas siempre eran breves y concisas, pero aun así atesoraba todas y cada una de ellas.

Así que no vi nada extraño en la última que recibí.

Hasta que la leí.

Saludos, excelentísima princesa Ryssa:
Perdonad mi atrevimiento y perdonad también mi imper-
tinencia, pero he encontrado una de sus cartas dirigidas a
Aquerón y he decidido, con gran peligro para mi persona,
escribiros. No puedo narrar qué infelicidades le han sucedido, pero si de verdad amáis a vuestro hermano como decís, os
pido que vengáis a verlo.

No le hablé a nadie de la carta. Ni siquiera estaba firmada.
Por lo que sabía, bien podría ser una trampa.

Sin embargo, no podía desterrar la idea de que no era así, de
que Aquerón me necesitaba.

Durante días estuve meditando la posibilidad de ir, hasta que
no pude aguantar más.

Me llevé a mi escolta personal, Boraxis, para que me protegiera, y me escabullí del palacio tras ordenarles a mis doncellas
que le dijeran a mi padre que me encontraba de visita en casa de
mi tía, en Atenas. Boraxis creía que estaba cometiendo una locura al viajar hasta la Atlántida movida por una carta anónima,
pero me daba igual.

Si Aquerón me necesitaba, acudiría en su ayuda.

No obstante, mi voluntad empezó a flaquear unos días más
tarde, cuando me encontré a las puertas de la mansión de mi tío
en la capital de la Atlántida. El enorme y reluciente edificio rojo
era mucho más intimidante que nuestro palacio en Dídimos.
Parecía diseñado con el único propósito de inspirar miedo y
asombro. Por supuesto, como embajador, a Estes le convenía
impresionar a nuestros enemigos y causarles esa sensación.

La isla donde se emplazaba el reino de la Atlántida, muchísimo más adelantado que mi patria griega, resplandecía al sol. Había más actividad a mi alrededor de la que jamás había visto. Era
una metrópoli muy bulliciosa, sí.

Me tragué el miedo que sentía y miré a Boraxis. Era fuerte y
corpulento, más alto que la mayoría de los hombres y llevaba su

abundante pelo trenzado por la espalda. Su apariencia era letal. Y me era leal hasta la muerte, a pesar de ser un sirviente. Me protegía desde niña y sabía que podía confiar en él.

Nunca permitiría que me hicieran daño.

Tras recordarlo, subí la escalinata de mármol que conducía a la puerta dorada. Un sirviente abrió antes de que yo llegara a ella.

—Milady —me saludó con amabilidad—, ¿puedo ayudaros?

—He venido a ver a Aquerón.

El sirviente inclinó la cabeza y me indicó que lo siguiera. Me resultó raro que no preguntara mi nombre ni qué asunto quería tratar con mi hermano. En casa, nadie tenía permitido acercarse a la familia real sin ser interrogado antes.

Admitir a un desconocido en nuestra residencia privada era un crimen castigado con la muerte. Sin embargo, a ese hombre le parecía lo más normal del mundo meternos sin más en casa de mi tío.

El sirviente se giró hacia nosotros y miró a Boraxis al entrar en una estancia determinada.

—¿Vuestro escolta os acompañará durante el tiempo que paséis con Aquerón?

La pregunta me desconcertó.

—Supongo que no.

Boraxis siseó. Sus ojos castaños me miraron con preocupación.

—Princesa...

Le coloqué una mano en el brazo.

—No me pasará nada. Espera aquí, volveré enseguida.

Mi decisión no le gustó, y la verdad era que a mí tampoco me hacía mucha gracia, pero era imposible que me pasara nada en casa de mi tío. De modo que lo dejé allí y seguí por el pasillo.

A medida que caminaba, reparé en el extraño silencio que reinaba allí. No se oía ni un susurro. Nadie reía. Nadie hablaba.

Lo único que se escuchaban eran nuestros pasos por el largo y oscuro pasillo. A mi alrededor se alzaban unas negras paredes de mármol que reflejaban nuestras imágenes mientras caminábamos entre las opulentas estatuas desnudas y los macetones de plantas exóticas.

El sirviente me condujo a una habitación en el extremo más alejado de la mansión y abrió la puerta.

Entré, pero titubeé al darme cuenta de que era el dormitorio de Aquerón. Qué raro que me condujera hasta allí sin saber que yo era su hermana. Claro que tal vez lo supiera. Eso lo explicaría todo.

Sí, debía de ser eso. Seguro que el criado se había dado cuenta del gran parecido existente entre nosotros. Salvo por los ojos plateados de Aquerón, compartimos el mismo color de pelo y de piel.

Me relajé y eché un vistazo a mi alrededor. Era una estancia muy grande con una chimenea enorme. Había dos sillones delante del hogar con una extraña estructura de madera entre ellos. Me recordó a un cadalso para castigos, pero eso no tenía sentido. Tal vez fuera una curiosidad atlante. Me había pasado la vida escuchando que los atlantes tenían costumbres muy raras.

La cama era bastante pequeña para una habitación de ese tamaño y contaba con cuatro postes tallados en forma de pájaro. En cada uno de ellos la cabeza del ave estaba vuelta de forma que el pico quedara hacia arriba a modo de alzapaños para recoger los cortinajes del dosel; sin embargo, no había cortinajes.

Al igual que el pasillo que daba a esa habitación, las paredes eran de un reluciente mármol negro que reflejaba mi imagen a la perfección. Al mirar a mi alrededor, me di cuenta de que no había ventanas. Ni tampoco terraza. La única luz procedía de los candelabros colocados a lo largo de la pared. Su luz le confería un aire tenebroso a la estancia.

Qué raro…

Tres criadas estaban haciendo la cama de Aquerón mientras una cuarta las supervisaba. La supervisora era una mujer de aspecto frágil que parecía rondar los cuarenta años.

—No es hora —le dijo al sirviente que me había conducido hasta allí—. Todavía está preparándose.

El sirviente la miró con el gesto torcido.

—¿Quieres que le diga a Gerikos que he hecho esperar a una cliente mientras Aquerón pierde el tiempo?

—Pero ni siquiera ha tenido tiempo de comer —insistió la mujer—. Ha trabajado toda la mañana sin tomarse un descanso.

—Ve a buscarlo.

Sus susurros y su comportamiento me hicieron fruncir el ceño. Algo malo pasaba. ¿Por qué iba a estar trabajando mi hermano, un príncipe?

La mujer se giró hacia una puerta situada en el extremo más alejado de la estancia.

—Espera —dije, deteniéndola—. Yo iré. ¿Dónde está?

La supervisora miró al sirviente con temor.

—Es el tiempo de la dama —dijo el hombre con firmeza—. Que haga con él lo que le plazca.

La supervisora retrocedió un paso al tiempo que abría la puerta de una antesala. Entré mientras escuchaba que los sirvientes se marchaban.

Otro detalle que me pareció muy raro...

Con paso inseguro me interné en la antesala con la esperanza de encontrarme al hermano gemelo de Stig. Un joven arrogante que creía que lo sabía todo del mundo. Un muchacho insultante y jactancioso. Un adolescente malcriado que se preguntaría por qué lo molestaba con mis tonterías.

No estaba preparada en absoluto para lo que encontré.

Aquerón estaba sentado en un baño enorme. Veía su inmaculada espalda, ya que se encontraba sentado pero con el cuerpo inclinado hacia un lateral, apoyando la cabeza en el borde como si estuviera demasiado cansado como para bañarse erguido. El pelo rubio le llegaba por debajo de los hombros; lo tenía húmedo, no empapado.

Con el corazón en la garganta, di unos pasos hacia el baño, momento en el que me percaté del intenso olor a naranja. En el suelo, a su lado, había una pequeña bandeja con pan y queso, pero ni siquiera la había tocado.

—¿Aquerón? —pregunté en un susurro.

Vi que se tensaba un momento antes de enjuagarse la cara. Salió del baño y se secó con movimientos rápidos, sin que pareciera importarle que lo hubiera interrumpido.

Lo rodeaba un aura de poder mientras se secaba con precisión. Cuando acabó, arrojó el paño sobre un montón de otros secos.

La belleza juvenil y masculina de su cuerpo me dejó subyugada un instante. Porque no hizo ademán alguno de vestirse. Lo único que cubría su cuerpo eran unos aros de oro. Llevaba uno muy delgado al cuello, con una especie de colgante. En los antebrazos tenía un par de brazaletes, otros dos adornaban sus bíceps y en las muñecas tenía otro par. Una cadena de eslabones pequeños los unía. También tenía un aro con un pequeño eslabón en cada tobillo.

Petrificada, lo observé acercarse. Era el gemelo de Stig y deberían ser iguales, pero vi pocas semejanzas entre ellos.

Stig se movía deprisa. De forma impulsiva.

Aquerón se movía despacio. Metódicamente. Como una criatura seductora cuyos movimientos eran una sinfonía de músculos, fuerza y elegancia.

Era más delgado que Stig. Muchísimo más delgado, como si no comiera lo suficiente. A pesar de eso, sus músculos estaban muy bien definidos y perfectamente ejercitados.

Sus ojos seguían siendo turbulentos y plateados, pero apenas logré fijarme en ellos antes de que bajara la vista para clavarla en el suelo, delante de mí.

Me percaté de algo más. Lo rodeaba un aura de desesperada resignación. La misma que había visto en incontables ocasiones en los campesinos y los mendigos que acudían en busca de despojos a la cocina de palacio.

—Perdonadme, milady —me dijo en voz baja, con un tono curiosamente seductor, a pesar de hablar entre dientes—. No sabía que vendríais.

El suave tintineo de las cadenas rompió el silencio cuando se colocó detrás de mí como un fantasma seductor y sigiloso. Me rodeó el cuello con los brazos para desabrocharme el himatión.

Aturdida por sus actos, ni se me ocurrió protestar cuando me quitó la prenda y la dejó caer al suelo. Solo cuando me apartó el pelo de la nuca e hizo ademán de besarme la piel desnuda me aparté de él.

—¿Qué haces? —le pregunté.

Parecía tan desconcertado como yo, pero siguió con la mirada fija en el suelo, a mis pies.

—Ignoro lo que habéis pagado —dijo él en voz baja—. Vuestra apariencia me hizo pensar que deseabais un trato delicado. ¿Me he equivocado?

Sus palabras me desconcertaron, al igual que me desconcertó su afán de hablar con los dientes apretados. ¿Por qué lo hacía?

—¿Lo que he pagado? Aquerón, soy yo, Ryssa.

Lo vi fruncir el ceño como si no recordara mi nombre. Hizo ademán de tocarme de nuevo.

Me aparté de él y recogí el himatión del suelo.

—Soy tu hermana, Aquerón, ¿no me reconoces?

La furia relampagueó en sus ojos un instante cuando me miró.

—No tengo ninguna hermana.

Empezó a darme vueltas la cabeza mientras intentaba entender lo que pasaba. Ese no era el mismo muchacho que me escribía cartas casi todos los días, el adolescente que me hablaba de sus días de asueto.

—¿Cómo puedes decir eso después de todos los regalos y de todas las cartas que te he enviado?

Su rostro se relajó como si por fin lo entendiera.

—¡Ah! Es un juego en el que queréis que participe. Deseáis que sea vuestro hermano.

Lo miré malhumorada, presa de la frustración.

—No, Aquerón, no es un juego. Eres mi hermano y te escribo casi todos los días. Y tú me has contestado.

Noté que quería mirarme a los ojos, pero no lo hizo.

—Soy analfabeto. No podré seguiros el juego.

La puerta que tenía detrás se abrió de golpe. Un hombre bajito y rechoncho, vestido con una larga *foremasta* atlante entró en la antesala. Estaba leyendo un pergamino y no reparó en nosotros.

—Aquerón, ¿por qué no estás en…? —Dejó la frase en el aire cuando levantó la vista y me vio. Entrecerró los ojos.—. ¿Qué es esto? —masculló. Su mirada furiosa se clavó en él, que retrocedió dos pasos—. ¿Estás aceptando clientes sin avisarme?

Vi el miedo que asomaba al rostro de mi hermano.

—No, *despotis* —contestó, utilizando el término atlante para «patrón»—. Nunca se me ocurriría hacer algo así.

Furioso, el hombre torció el gesto y cogió a Aquerón del pelo para obligarlo a arrodillarse en el duro suelo de mármol.

—Entonces, ¿qué es esto? ¿Te estás entregando de balde?

—No, *despotis* —repitió Aquerón al tiempo que apretaba los puños, como si intentara controlarse para no tocar al hombre que estaba estirándole el pelo—. Por favor. Juro que no he hecho nada malo.

—¡Suéltalo! —Cogí la mano del hombre e intenté apartarlo de mi hermano—. ¡Cómo te atreves a golpear a un príncipe! ¡Haré que te corten la cabeza por esto!

El hombre se rió en mi cara.

—No es un príncipe. ¿A que no, Aquerón?

—No, *despotis*. No soy nada.

El hombre llamó a sus guardias para que me sacaran de la antesala, y aparecieron enseguida.

—No pienso marcharme —le dije. Me encaré con los guardias y les lancé mi mirada más altiva—. Soy la princesa Ryssa de la casa de Aricles de Dídimos. Exijo ver a mi tío Estes. ¡Ahora mismo!

Por primera vez vi cierta reserva en sus ojos.

—Perdonadme, princesa —se disculpó, aunque no parecía en absoluto arrepentido—. Haré que os escolten al recibidor de vuestro tío —dijo al tiempo que les hacía una señal a los guardias.

Asombrada por su arrogancia, me giré para marcharme. Gracias al mármol negro, vi que le susurraba algo a Aquerón.

Y también vi que a mi hermano se le descomponía la cara.

—Idikos me prometió que nunca más tendría que verlo.

El hombre le dio un tirón de pelo.

—Harás lo que se te ordene. Ahora levántate y ve a prepararte.

Los guardias cerraron la puerta y me sacaron de la estancia. Me condujeron por el mismo pasillo hasta un pequeño recibidor sin más muebles que tres silloncitos.

No tenía la menor idea de lo que estaba pasando en esa casa. Si alguien nos hubiera tocado a Stig o a mí de la manera que ese hombre había tocado a Aquerón, mi padre los habría hecho matar al punto.

Nadie podía hablarnos salvo con el más absoluto respeto y la mayor de las reverencias.

—¿Dónde está mi tío? —le pregunté a los guardias cuando vi que se marchaban.

—En la ciudad, alteza. Volverá enseguida.

—Enviad a alguien a buscarlo. Ahora mismo.

El guardia me saludó con una inclinación de cabeza antes de cerrar la puerta.

Llevaba muy poco tiempo allí cuando vi que al lado de la chimenea se abría una puerta secreta por donde entró una mujer. Era la supervisora que había visto en el dormitorio de Aquerón al llegar, la mujer de aspecto frágil que se había preocupado por su bienestar.

—¿Alteza? —me dijo con aprensión—. ¿Sois vos de verdad?

En ese momento supe quién era.

—¿Fuiste tú quien me escribió pidiéndome que viniera?

La mujer asintió con la cabeza.

Solté un suspiro aliviado. Por fin alguien podría explicarme lo que pasaba.

—¿Qué está pasando aquí?

La mujer inspiró hondo, como si lo que estaba a punto de decir le resultara muy doloroso.

—Están vendiendo a vuestro hermano, milady. Le hacen cosas que nadie debería padecer.

Se me formó un nudo en el estómago al escucharla.

—¿A qué te refieres?

La vi retorcerse las manos bajo las mangas del vestido.

—¿Cuántos años tenéis, milady?

—Veintitrés.

—¿Sois virgen?

Me ofendió que se atreviera a preguntar algo tan íntimo.

—Eso no es de tu incumbencia.

—Perdonadme, no era mi intención ofenderos. Solo intento averiguar si podréis entender lo que voy a explicaros. ¿Sabéis lo que es un *tsoulus*?

—Por supuesto que sé... —Me sentí embargada por el horror más absoluto.

Era un término atlante que no tenía traducción literal al griego, pero conocía la palabra. Eran hombres y mujeres jóvenes a los que se entrenaba como esclavos sexuales para los nobles y los ricos. A diferencia de las prostitutas y las cortesanas, o de sus equivalentes masculinos, los *tsoulus* eran aislados a una edad muy temprana para comenzar un cuidadoso entrenamiento.

La misma edad que mi hermano tenía cuando se lo llevaron de nuestra casa.

—¿Aquerón es un *tsoulus*?

La mujer asintió.

Empezó a darme vueltas todo. Era imposible.

—Estás mintiendo.

Ella negó con la cabeza.

—Por eso os pedí que vinierais, milady. Sabía que no me creeríais a menos que lo vierais con vuestros propios ojos.

Seguía sin creerlo. Era imposible.

—Mi tío jamás permitiría algo así.

—Vuestro tío es quien lo vende. ¿Cómo creéis que sufraga los gastos de esta residencia?

Las noticias me espantaron, aunque parte de mí insistía en negar lo evidente.

—No te creo.

—En ese caso, acompañadme para que podáis comprobarlo con vuestros propios ojos.

No quería hacerlo, pero la seguí por los pasillos que utilizaba la servidumbre de la mansión. Caminamos lo que me pareció una distancia interminable hasta llegar a la antesala donde vi a Aquerón tomar su baño.

La mujer se llevó un dedo a los labios para indicarme que guardara silencio.

Y entonces fue cuando lo escuché. A pesar de ser virgen, no era inocente. Había escuchado a las parejas copular en las fiestas a las que mi padre me prohibía asistir.

Sin embargo, peor que esos sonidos tan típicos eran los gritos de dolor que mi hermano profería. Le estaban haciendo daño y al culpable le producía un inmenso placer.

Hice ademán de acercarme a la puerta, pero la mujer se interpuso en mi camino.

—Milady, si lo interrumpís, vuestro hermano sufrirá de un modo inimaginable —me advirtió en voz baja y mortalmente seria.

Sus palabras me atravesaron. Mi alma gritaba para que detuviera lo que estaba sucediendo. Sin embargo, la mujer había demostrado decir la verdad. Ella conocía a mi hermano y a mi tío mejor que yo.

Y nada más lejos de mi intención que causarle más sufrimiento a Aquerón.

Después de lo que me pareció una eternidad, se hizo el silencio.

Alguien atravesó la habitación, abrió la puerta y la cerró.

Yo era incapaz de respirar por el miedo. No podía moverme.

La criada abrió la puerta del dormitorio y vi que Aquerón estaba encadenado a la cama mediante los aros. Los que llevaba en torno a las muñecas y a los tobillos descansaban en los picos de los pájaros que decoraban los cuatro postes.

Y yo, tonta de mí, los había tomado por alzapaños.

«Ignoro lo que habéis pagado. Vuestra apariencia me hizo pensar que deseabais un trato delicado. ¿Me he equivocado?»

Las palabras de mi hermano me atravesaron mientras observaba cómo la mujer lo liberaba.

Fui incapaz de apartar la mirada de su cuerpo desnudo. Herido. Ensangrentado.

Mi hermano.

Se me llenaron los ojos de lágrimas al recordar la última vez que lo había visto. Su carita regordeta con la huella de la bofetada, pero no herida de esa forma. Tenía los labios partidos, el ojo izquierdo hinchado y la nariz ensangrentada. Su cuerpo estaba cubierto de marcas rojizas y comenzaban a aparecer algunos moratones.

Nadie merecía sufrir así.

Di un paso para acercarme a él justo cuando la puerta se abría. La supervisora me sacó del dormitorio.

Aterrada, me apresuré a ocultarme entre las sombras, desde donde podría escuchar sin que me descubrieran.

Escuché un improperio.

—¿Qué ha pasado aquí? —preguntó una voz que reconocí como la de mi tío Estes.

—Estoy bien, idikos —contestó Aquerón con evidente dificultad y voz pastosa.

El ruido que escuché me hizo pensar que había abandonado la cama y acababa de tropezar.

Aunque esperaba que mi tío se enfureciera por el daño que el hombre le había ocasionado a mi hermano, no fue así. Su ira recayó sobre Aquerón.

—¡Eres despreciable! —masculló Estes—. Mírate. Así no vales ni un sol de plomo.

—Estoy bien, idikos —repitió Aquerón con un tono tan servicial que me revolvió el estómago—. Puedo limpiarme las...

—Traed el poste y la vara —ordenó Estes, interrumpiéndolo.

Alcancé a escuchar las protestas de mi hermano, pero sus palabras se convirtieron en una especie de murmullo como si algo le impidiera hablar.

Ansiaba reunir el valor para irrumpir en el dormitorio y ordenarles que se detuvieran, pero no era capaz de lograr que mis pies me obedecieran. Estaba demasiado horrorizada para moverme siquiera.

Escuché el tintineo de unas cadenas y después el sonido de la madera al golpear un cuerpo.

Aquerón gritó, aunque lo hizo con voz sofocada.

El castigo prosiguió hasta que guardó completo silencio. Yo lo escuché sentada en el suelo, sin poder contener las lágrimas. Mordiéndome una mano para evitar que mis sollozos se oyeran al otro lado mientras me devanaba los sesos en busca de una solución. ¿Cómo podía ponerle fin a todo aquello?

¿Quién iba a creerme? Estes era el hermano a quien mi padre más amaba. Nunca antepondría mi palabra a la suya. Jamás.

—Metedlo en el cubículo —dijo Estes.

—¿Cuánto tiempo? —preguntó otra voz masculina.

Mi tío suspiró como si le diera asco.

—A pesar de lo pronto que sana, tardará por lo menos un día en recuperarse lo suficiente como para atender clientes. Busca a Ores y que pague las pérdidas que nos ha provocado. Cancela las citas de Aquerón y déjalo en el cubículo hasta mañana por la mañana.

—¿Lo alimentamos? —preguntó la supervisora.

—Si no trabaja, no come —masculló Estes—. Y hoy no se ha ganado el pan.

Escuché que una puerta se abría y después se cerraba.

—A ver, ¿dónde está mi sobrina?

—En el recibidor —contestó la misma voz masculina de antes.

—Ya he estado allí, pero no la he visto.

—Dijo que iba a pasear por la ciudad —se apresuró a explicar la supervisora—. Estoy segura de que no tardará en volver.

—Avísame en cuanto lo haga —ordenó Estes de mal humor—. Dile que Aquerón ha salido, que está pasando unos días con unos amigos.

Los hombres abandonaron el dormitorio.

Yo seguí donde estaba, con la vista clavada en el baño. En el mármol pulido que recubría las paredes de la estancia.

¿Cuántos clientes había atendido mi hermano? ¿Cuántos días llevaba soportando lo que acababa de presenciar?

Hacía nueve años que nos habían separado. No siempre habría sido así… ¿verdad?

La mera idea me revolvió el estómago.

La supervisora regresó. Me percaté de su expresión horrorizada y me pregunté si la mía sería igual.

—¿Cuánto llevan haciéndole esto? —le pregunté.

—Yo llevo aquí casi un año, milady. Pero comenzó mucho antes de que yo llegara.

Intenté pensar en alguna solución. Pero solo era una mujer. Un ser insignificante en un mundo controlado por los hombres. Mi tío nunca me escucharía. Y, evidentemente, mi padre mucho menos.

Jamás creería que su hermano era capaz de hacer algo así. De la misma forma que yo tampoco podía creer que el tío al que siempre había adorado pudiera hacerlo.

Sin embargo, era imposible negar la evidencia.

¿Cómo era capaz de cenar con Stig y conmigo en nuestro palacio mientras vendía a un muchacho que era idéntico a Stig salvo por los ojos?

No le encontraba el menor sentido.

Sin embargo, tenía muy claro que no podía dejar a Aquerón allí. Y menos así.

—¿Puedes traer a mi escolta hasta aquí sin que os vean? —le pregunté.

La sirvienta asintió con la cabeza.

Cuando se marchó, seguí en el rincón, ya que estaba demasiado asustada como para moverme.

Encontré el valor para hacerlo cuando la mujer volvió con Boraxis, que me ayudó a ponerme en pie con el ceño fruncido.

—¿Estáis bien, milady?

Asentí de forma distraída.

—¿Dónde está Aquerón? —le pregunté a la supervisora, que me acompañó hasta el dormitorio de mi hermano.

La cama seguía estando revuelta y ensangrentada. Aparté la vista y la seguí hasta una puerta.

Cuando la abrió, vi a mi hermano dentro. Estaba arrodillado

sobre una superficie llena de bultos que debían de clavársele en las rodillas. La estancia era tan diminuta que no me cupo la menor duda de que la habían diseñado con el fin de castigarlo. Estaba desnudo y su cuerpo estaba ensangrentado y amoratado. Le habían inmovilizado las manos a la espalda, pero lo que más llamó mi atención fueron las plantas de sus pies.

Las tenía moradas.

Por fin comprendía lo que había escuchado. ¿Qué mejor lugar que las plantas de los pies para golpear a alguien sin que nadie se percatara de que era maltratado? Nadie le vería las plantas de los pies.

Con todo el cuidado del que fuimos capaces, la supervisora y yo lo sacamos de ese cubículo. Tenía una correa muy extraña alrededor de la cabeza. Cuando la mujer se la quitó, me di cuenta de que pegada a la correa había una bola de considerable tamaño cubierta de púas que le habían metido bajo la lengua. Le sangraban las comisuras de los labios.

Di un respingo cuando la mujer le quitó el artilugio y lo escuché sisear de dolor.

—Llevadme dentro —dijo entre dientes mientras la supervisora le desataba las manos.

—No —lo contradije—. Voy a sacarte de aquí.

—Tengo prohibido marcharme, milady —replicó él con los dientes aún apretados—. Jamás podré hacerlo. Por favor, devolvedme al cubículo. Es mucho peor si lucho contra ellos.

Sus palabras me destrozaron el corazón. ¿Qué le habían hecho para que la simple idea de huir lo aterrara de ese modo?

Intentó volver a su sala de castigo, pero se lo impedí y lo obligué a quedarse donde estaba.

—No voy a permitirles que sigan haciéndote daño, Aquerón. Lo juro. Voy a llevarte a casa.

Me miró como si no conociera la palabra.

—Tengo que quedarme —insistió—. Fuera de aquí corro peligro.

Hice oídos sordos a lo que me decía.

—¿Dónde está su ropa? —le pregunté a la sirvienta.

—No tiene ropa, milady. No la necesita para lo que lo obligan a hacer.

Su respuesta me provocó un escalofrío.

—Que así sea.

Lo envolví con mi himatión y, con ayuda de Boraxis lo sacamos de la casa a pesar de que mi hermano protestó a cada paso que dimos. Me temblaban las manos y las piernas por el miedo a que Estes o cualquiera de sus criados nos descubrieran.

Por suerte, la supervisora se conocía todos los pasadizos que llevaban a la calle.

De alguna forma conseguimos salir y alquilar un *herio* cerrado en la parte posterior de la mansión. Boraxis se sentó junto al cochero y Aquerón y yo nos acomodamos en el interior. A solas.

Juntos.

No respiré hasta que la casa de Estes desapareció de la vista y estuvimos bien lejos de los muros de la ciudad, al otro lado del puente y de camino hacia los muelles.

Aquerón pasó todo el trayecto en silencio contemplando el exterior por las ventanillas.

Sus ojos parecían inertes. No había vida en ellos. Como si hubieran visto demasiados horrores.

—¿Necesitas un médico? —le pregunté.

Él negó con la cabeza.

Quería consolarlo y reconfortarlo, pero no estaba segura de que hubiera algo en la faz de la Tierra capaz de lograrlo.

Viajamos sumidos en el silencio hasta que llegamos a una aldea. El cochero cambió el tiro de caballos mientras nosotros aguardábamos en una casa. Le había alquilado a la dueña de la misma una pequeña estancia donde asearnos un poco y descansar tranquilos.

Boraxis encontró o compró en algún sitio ropa para mi hermano. Le quedaba un poco pequeña y las telas eran bastas, pero él no se quejó. Se limitó a aceptarla y a vestirse en el interior de la habitación alquilada.

Cuando lo vi salir y acercarse a mí, que lo esperaba en un estrecho pasillo, me percaté de que cojeaba un poco. Se me encogió el corazón al pensar que caminaba con las plantas de los pies amoratadas sin emitir ni una sola queja.

—Ven, deberíamos comer ahora que tenemos la oportunidad.

El pánico pareció adueñarse de su mirada. Aunque pronto fue sustituido por una expresión resignada.

—¿Qué pasa? —quise saber.

Él no contestó. Se limitó a cubrirse la cabeza con la capucha como si quisiera ocultarse del mundo. Me siguió hasta el pequeño comedor de la planta baja con la cabeza gacha y los brazos cruzados por delante del pecho.

Elegí una mesa situada al fondo, cerca de la chimenea.

—¿A quién tengo que pagarle por la comida? —me preguntó en voz baja con la cara oculta por la capucha.

—¿Tienes dinero? —le pregunté yo, extrañada.

Mi pregunta pareció desconcertarlo tanto como a mí me había desconcertado la suya.

«Si no trabaja, no come. Y hoy no se ha ganado el pan.»

Se me hizo un nudo en el estómago al recordar las palabras de Estes. Las lágrimas amenazaron con ahogarme.

Mi hermano pensaba que yo quería que…

—Yo pagaré la comida, Aquerón. Con mi dinero.

El alivio que apareció en su rostro me conmovió hasta el alma.

Me senté. Mi hermano rodeó la mesa y se arrodilló en el suelo, a mi derecha, prácticamente detrás de mí.

Lo miré con el ceño fruncido.

—¿Qué estás haciendo?

—Perdonadme, milady. No pretendía ofenderos. —Se alejó un poco más, arrastrando las rodillas.

Totalmente asombrada, me volví para mirarlo.

—¿Por qué estás en el suelo?

—Os esperaré en la habitación —me contestó con la desilusión pintada en la cara mientras hacía ademán de marcharse.

—Espera —le dije al tiempo que lo agarraba del brazo—. ¿No tienes hambre? Me han dicho que hoy no has comido.

—Tengo hambre —afirmó él entre dientes.

—En ese caso, siéntate.

Y volvió a arrodillarse en el suelo.

Pero ¿qué estaba haciendo?

—Aquerón, ¿por qué estás en el suelo en lugar de compartir la mesa conmigo?

—Los putos no comparten la mesa con personas decentes —contestó con una mirada vacía y sin artificios. Habló sin inflexión alguna en la voz, como si se hubiera limitado a repetir una frase tan trillada que había perdido su significado.

Sin embargo, sus palabras me dolieron.

—Aquerón, tú no eres un puto.

Aunque no rechistó, la mirada de esos ojos claros y turbulentos me contradijo.

Alargué un brazo para acariciarle la cara, pero noté que se tensaba.

De modo que no lo toqué.

—Ven —dije en voz baja—. Siéntate a la mesa conmigo.

Me obedeció con manifiesta incomodidad, como si temiera que alguien pudiera apartarlo de la mesa agarrándolo del pelo en cualquier momento. No paraba de tirarse de la capucha como si quisiera protegerse.

En ese momento comprendí de qué otro modo se podía castigar a una persona sin que quedaran marcas visibles. Tirándole del pelo. ¿Cuántas veces se lo habrían hecho?

Se acercó un sirviente para atendernos.

—¿Qué quieres comer, Aquerón?

—Lo que vos deseéis, idika.

«Idika.» «Ama» en atlante.

—¿Te apetece algo en concreto?

Lo vi negar con la cabeza.

Pedí la comida sin apartar la mirada de él, que mantuvo la cabeza gacha en todo momento mientras se abrazaba el torso.

De repente, tosió y vi algo extraño en su boca.

—¿Qué es eso? —le pregunté.

Él alzó la mirada antes de volver a clavarla en la mesa.

—¿A qué os referís, idika? —preguntó él a su vez, hablando de nuevo entre dientes.

—Aquerón, soy tu hermana, puedes llamarme Ryssa.

No dijo nada.

Repetí la pregunta con un suspiro.

—¿Qué tienes en la boca? Enséñame la lengua.

Me obedeció y vi que en el centro de la lengua tenía una hilera de bolitas doradas que brillaban a la luz. Nunca había visto nada semejante en la vida.

—¿Qué es eso? —le pregunté, extrañada.

Aquerón cerró la boca y, a juzgar por el movimiento de su mentón, comprendí que estaba frotándose la lengua contra el paladar.

—*Erotiki sfairi.*

—No conozco ese término.

—Bolas eróticas, idika. Aumentan el placer que les proporciono a mis clientes cuando los acaricio con la lengua.

Ni un bofetón me habría sorprendido tanto como su respuesta. Porque hablaba como si tal cosa de un tema que en mi mundo era tabú.

—¿Duele? —le pregunté, sin poder contenerme y para mi absoluta sorpresa.

Él negó con la cabeza.

—Solo tengo que tener cuidado de no golpearme los dientes para no rompérmelos.

Por eso hablaba con los dientes apretados.

—Es un milagro que puedas hablar.

—Nadie espera que un puto use la lengua para hablar, idika.

—¡Tú no eres un puto! —Varias cabezas se volvieron para mirarme, cosa que me hizo comprender que había hablado más alto de lo que había sido mi intención. Me ardían las mejillas, pero en la cara de mi hermano no había indicios de que se sintiera avergonzado. Se limitaba a aceptar la situación como si fuera la única verdad y lo único que se merecía—. Eres un príncipe, Aquerón. ¡Un príncipe!

—Entonces, ¿por qué me echasteis de casa?

Su pregunta me sorprendió. No solo por los términos que había empleado, sino por el sufrimiento que destilaba su voz al hablar.

—¿Qué quieres decir?

—Idikos me contó lo que decíais de mí.

«Idikos». El término atlante masculino para «amo».

—¿Te refieres a Estes?

Asintió con la cabeza.

—Es tu tío, no tu amo.

—No se discute con el látigo ni con la vara. Al menos, no por mucho tiempo.

Tragué saliva al escucharlo. No, supongo que era mejor no discutir en esas circunstancias.

—¿Qué te contó?

—Que el rey me quería muerto. Que solo me permite seguir con vida porque si muero, también lo hará el hijo al que ama.

—Eso no es cierto. Padre dijo que te envió lejos de casa porque tenía miedo de que alguien intentara hacerte daño. Eres su heredero.

Aquerón siguió mirando al suelo.

—Idikos me dijo que mi familia se avergüenza de mí. Que no soy digno de estar cerca de ella. Que por eso el rey me envió lejos y le dijo a todo el mundo que había muerto. Solo sirvo para una cosa.

No hacía falta que le preguntara para qué.

—Te mintió. —El peso de la verdad amenazaba con aplastarme el corazón—. Del mismo modo que nos ha mentido a padre y a mí. Nos dijo que eras feliz, que estabas bien. Que estabas recibiendo una buena educación.

Mis palabras le arrancaron una amarga carcajada.

—Me han educado bien, idika. Podéis creerme, soy el mejor en lo que me han enseñado a hacer.

¿Cómo era posible que algo así le hiciera gracia?, me pregunté.

Aparté la mirada de él cuando el sirviente nos trajo la comida. Estaba a punto de empezar a comer cuando noté que Aquerón no se había movido siquiera. Se limitaba a contemplar la comida con expresión hambrienta.

—Come —le dije.

—No me habéis dado mi porción, milady.

—¿A qué te refieres?

—Vos coméis y el placer que os reporte mientras lo hacéis será el que determine la ración que merezco.

—¿El placer que me…? No, espera. No me lo expliques. Creo que prefiero no saberlo. —Suspiré al tiempo que señalaba su plato y su vaso—. Eso es para ti. Puedes comer todo lo que quieras.

Miró la comida con recelo antes de clavar la vista en el suelo, al lado de mi silla.

En ese momento comprendí por qué se había arrodillado allí.

—Normalmente comes en el suelo, ¿verdad?

Como un perro o cualquier otro animal.

Asintió con la cabeza.

—Si idikos encuentra mi comportamiento especialmente placentero —confesó él en voz baja—, me da de comer de su propia mano.

Sus palabras me robaron el apetito.

—Come tranquilo, hermano —le dije con la voz quebrada por las lágrimas reprimidas—. Come todo lo que quieras.

Bebí un sorbo de vino con la intención de que me calmara el malestar del estómago mientras lo observaba comer. Sus modales eran exquisitos y me sorprendió lo despacio que comía. La meticulosidad de sus movimientos.

Cada gesto era elegante. Preciso.

Y pensado para seducir.

¡Se movía como un puto!

Cerré los ojos, presa del deseo de chillar por la injusticia de toda esa situación. Era el heredero al trono y lo que le habían hecho…

¿Cómo habían sido capaces?

Más importante aún, ¿por qué?

¿Porque sus ojos eran distintos? ¿Porque incomodaban a la gente?

No había nada amenazador en ese muchacho. No era como Stig, famoso por ordenar que encerraran y golpearan a todo aquel que lo ofendía. Un pobre pastor había recibido una paliza por aparecer descalzo en palacio… cuando en realidad no podía permitirse un calzado.

Aquerón no me gastaba bromas pesadas ni se reía de los demás. No juzgaba a nadie ni lo denigraba.

Se limitaba a comer en silencio.

En ese momento llegó una familia que ocupó una mesa situada a nuestro lado. Aquerón dejó de comer al ver que había un muchacho y una joven. El chico debía de ser más pequeño que mi hermano, pero la muchacha parecía tener su misma edad. Al ver cómo los observaba, comprendí que nunca había visto una familia que comiera junta. Le resultó curioso.

—¿Puedo hablar, milady?

—Por supuesto.

—¿Stig y vos compartís mesa con vuestros padres?

—También son tus padres.

Siguió comiendo sin hacer el menor comentario.

—Sí —contesté—. A veces cenamos con ellos.

Sin embargo, él nunca lo había hecho. Mientras vivió con nosotros, tuvo prohibido compartir la mesa con la familia.

A partir de ese momento no volvió a hablar. Tampoco miró más a la familia. Se limitó a comer con esos modales tan impecables.

Por mi parte, logré comer un par de bocados, pero descubrí que no tenía apetito.

Regresamos a nuestros aposentos para esperar que el cochero concluyera su descanso y terminara de alimentar a los caballos. El crepúsculo se acercaba y no sabía muy bien si debíamos continuar el viaje durante la noche o no.

Me senté en la silla pequeña y cerré los ojos para descansar. Había sido un día muy largo. Esa misma mañana había llegado a la Atlántida y en aquel momento no había esperado tener que regresar tan pronto. A lo que se sumaba el nerviosismo por haber arrancado a mi hermano de las garras de mi tío. Lo único que quería era dormir.

Sentí que Aquerón se acercaba a mí.

Al abrir los ojos lo vi desnudo salvo por los aros.

Lo miré con el ceño fruncido.

—¿Qué haces?

—Estoy en deuda con vos por la ropa y la comida. —Se arrodilló a mis pies y me levantó el bajo del himatión y de la túnica.

Me puse de pie de un salto y le agarré la mano.

—A los miembros de la familia no se les toca de esa forma, Aquerón. Está mal.

La confusión le hizo fruncir el ceño.

Y fue cuando descubrí la verdad más horrible.

—Estes… ¿te ha…? ¿Tú y…? —Era incapaz de preguntárselo.

—Todas las noches le pago por la amabilidad que demuestra al alojarme bajo su techo.

En la vida había sentido tantas ganas de llorar, pero descubrí que tenía los ojos secos por extraño que pareciera. Lo que le habían hecho a mi hermano me provocaba ira y asco. ¡Si en ese momento hubiera tenido a mi tío delante…!

—Ponte la ropa. No hace falta que me pagues por nada.

Aquerón se alejó para obedecerme.

Me pasé el resto de la tarde observándolo. Se mantuvo sentado en un rincón sin mover un solo músculo. Era obvio que también lo habían entrenado para eso. Rememoré los horrores que había descubierto a lo largo del día.

El horror que debía de haber sido su vida.

Mi pobre Aquerón.

Le dije que mi padre lo acogería con los brazos abiertos. Le aseguré que mi madre se alegraría muchísimo de verlo.

Le conté historias del palacio y de lo suntuosos que serían sus aposentos.

Me escuchó en silencio, aunque sus ojos me dejaron muy claro que no se creía ni una sola palabra.

Los putos no vivían en palacios, me decía su mirada.

Y, a decir verdad, yo misma comenzaba a dudar de mis propias palabras.

El mundo de los Cazadores Oscuros de Sherrilyn Kenyon

Títulos publicados:

Un amante de ensueño

Placeres de la noche

El abrazo de la noche

Bailando con el diablo

El beso de la noche (incluye el relato «Las Navidades de un Cazador Oscuro»)

El juego de la noche

Disfruta de la noche
(incluye el relato «El comienzo»)

Pecados de la noche

Desnuda la noche
(incluye un glosario de los Cazadores Oscuros)

La cara oscura de la luna

El cazador de sueños

El diablo puede llorar

De próxima aparición:

La luna de la medianoche

Atrapando un sueño

Aquerón

Descúbrelos en

PLAZA JANÉS   DEBOLSILLO